DOUGLAS LINDSAY

Der Herr der Klinge

Buch

Trotz des strömenden Regens macht sich Barney Thomson, der gefürchtetste Mörder Schottlands und verschwiegendste Frisör der Welt, auf zu den Londoner Docklands, um bei der Werbeagentur Bethlehem, Forsyth & Crane vorstellig zu werden: Die Firma sucht dringend jemanden, der ihren Mitarbeitern zwischen Kantine und Konferenz einen neuen Haarschnitt verpassen kann. Aber kaum hat Barney den Job angetreten, gibt es schon das erste Mordopfer zu beklagen. Entgegen allen Vermutungen fällt der Verdacht dieses Mal nicht auf Barney, denn die Fingerabdrücke am Tatort sind eindeutig zu identifizieren: Es sind die der Queen Elizabeth. Ashley Daniels, ermittelnde Polizeibeamtin, steht vor einem Rätsel. Warum sollte die Queen ein Interesse daran haben, Werbefachleute ins Jenseits zu befördern? Wie konnte sie – Königin hin oder her – zur selben Zeit an zwei verschiedenen Orten sein, da sie offiziell auf Staatsbesuch in Frankreich weilt? Und eine weitere Frage muss Ashley dringend klären, nämlich die, ob sie mit Barney essen gehen soll. Barney, der inzwischen aus Mangel an weiteren noch lebenden Mitarbeitern in die Werbeabteilung befördert worden ist, hat Ashley angeboten, ihr bei der Aufklärung der Mordfälle zu helfen und sie zu einem Dinner auszuführen. Und als hätte Barney damit nicht schon genug zu tun, taucht plötzlich ein merkwürdiger Mann in der Agentur auf und bittet um eine neue Marketingkampagne: Er sei Gott und mache sich Sorgen um die rapide abnehmende Anzahl der Seelen im Himmel…

Autor

Douglas Lindsay wurde 1964 in Schottland geboren. Seine Romane über das Leben von Barney Thomson, dem Frisör und Killer wider Willen, haben mittlerweile eine feste Fangemeinde gefunden. Weitere Romane von Douglas Lindsay sind bei Manhattan in Vorbereitung. Zurzeit lebt der Autor mit seiner Familie in Belgrad. Weitere Informationen auch unter: www.barney-thomson.com.

Von Douglas Lindsay außerdem als Manhattan Taschenbuch lieferbar:

Furcht und Schrecken im Frisörsalon. Romen (54138)
Waschen, schneiden, umlegen. Roman (54153)
Interview mit einem Barbier. Roman (54180)
Für eine Hand voll Lockenwickler. Roman (54181)

Douglas Lindsay

Der Herr der Klinge

Roman

Aus dem Englischen
von Kristian Lutze

GOLDMANN
MANHATTAN

Umwelthinweis:
Alle bedruckten Materialien dieses Taschenbuches
sind chlorfrei und umweltschonend.

Manhattan Bücher
erscheinen im Wilhelm Goldmann Verlag, München,
einem Unternehmen der Verlagsgruppe Random House GmbH.

1. Auflage
Deutsche Erstveröffentlichung Oktober 2004

Dieses Werk wurde vermittelt durch die
Literarische Agentur Thomas Schlück GmbH, 30827 Garbsen
Die Nutzung des Labels Manhattan
erfolgt mit freundlicher Genehmigung
des Hans-im-Glück-Verlags, München
Redaktion: Anke Knefel
Satz: Uhl + Massopust, Aalen
Druck: GGP Media GmbH, Pößneck
Verlagsnummer: 54204
KvD · Herstellung: Sebastian Strohmaier
Made in Germany
ISBN 3-442-54204-9
www.goldmann-verlag.de

Teil 1

Am Ende läuft's immer auf dasselbe hinaus

Prolog

Barney Thomson wartete darauf, dass sein Kunde sich erklärte. Im Salon war es ruhig, weshalb Barney ihm bisher schon fünf Minuten gegeben hatte, in denen der Mann seinen kantigen Schädel im Spiegel betrachtet und versucht hatte, betreffs seiner Frisur zu einer Entscheidung zu kommen. Soweit Barney erkennen konnte, hatte er ohnehin nur die Wahl zwischen einem ›An den Seiten und im Nacken kurz‹ und einem ›An den Seiten und im Nacken noch kürzer‹. Der Kunde hingegen schwankte zwischen einem 68er Omar Sharif und einem Robert Redford.

Barney blickte aus dem Fenster. Die blasse Sonne war hervorgekommen, Straßen und Bürgersteige waren noch pitschnass vom Regen, der beinahe den ganzen Tag gefallen war. Der Winter in Kingsbridge war in vollem Gange, trübe, feucht und mild, und es würde noch ein paar Monate dauern, bis sich der Frühling tapsig in den Ort schleppte, die Reste eines hartnäckigen Winds um die Schultern. Und dann würden die Touristen kommen, der Hafen würde sich mit Booten füllen, und die Stadt würde ihren Kopf unter der grauen Decke hervorstrecken. Barney war erst seit einem Monat hier und fühlte sich schon wieder rastlos. Er wusste, dass er wahrscheinlich keine Touristen sehen würde.

Er wanderte, wie es seine Art geworden war, über die Erde und geriet in Abenteuer. Ehrlich gesagt bestanden seine Abenteuer zum größten Teil aus Übernachtungen in miesen kleinen Bed & Breakfast-Pensionen, dem Verzehr von ungenießbaren, gebratenen Frühstücken, der kurzzeitigen Beschäftigung in vorsteinzeitlichen Frisörsalons mit rot-weiß gestreiften Säulen vor der Tür und Reklame für Bryl Cream und TÜV-geprüfte, reißfeste Kondome im Laden. Hin und wieder ging es aber auch um Massenmord, kopflose Leichen, enthauptete Schafe, abgetrennte Gliedmaßen, Köpfe in Einmachgläsern und die übliche Runde polizeilicher Routineermittlungen. Aber das war längst nichts Neues mehr für Barney. Andererseits konnte er auch die ruhigen Zeiten nicht genießen, in denen sich das Leben prosaisch und konturenlos erstreckte wie der Strand von Weston-Super-Mare bei Ebbe.

Er war an der Südküste und erwog bereits seinen nächsten Schritt. Vielleicht war es an der Zeit, den Kanal zu überqueren und die französische Coiffeur-Szene anzutesten. Schon seit einiger Zeit, genauer seit seinem kurzen Gastspiel als Privatfrisör des Scottish First Minister, hatte er seinen Pass immer bei sich, und Frankreich rief. Er traute es sich durchaus zu, nach Paris zu gehen und sich mühelos in den Gefilden eines 71er Sacha Distel, eines Charles de Gaulle ›*Fuck Britain*‹ und eines 98er WM Zinedine Zidane zu tummeln. Wie viel anders konnte es schon sein? Vielleicht ein bisschen mehr Schaumfestiger und haufenweise mehr Stil.

Der Salonbesitzer, Sheldon B. Catheter, ein Greis mit einem Gesicht, das an Furchen in feuchtem Sand gemahnte, döste friedlich im hinteren Teil des Ladens und stieß, den Kopf auf der Brust, die aktuelle Ausgabe des neuesten Herrenmagazins *Leck Mich!* zu Füßen, mit den Lippen seltsame, leise ploppende Laute aus. Der andere Frisör Jude Troodon – Troodon war nicht sein wirklicher Name, doch er hatte große Insektenaugen und den Namen wie einen bleiernen Hosenlatz mit sich herumgeschleppt, seit seine Klasse im zweiten Schuljahr eine Dinosaurier-Projektwoche gemacht hatte – frönte seiner Leidenschaft für Liebesromane und hatte sich in die saftigen Stellen eines Nackenbeißers mit dem Titel *Die Chadrigill-Fotheringhams von Mountebank Street* vertieft, der demnächst mit Kate Winslet, Colin Firth und Helena Bonham-Carter verfilmt werden sollte.

Barney betrachtete eine Zeit lang die Sonne auf den feuchten Pflastersteinen, ließ den Blick zum Meer schweifen, das zwischen den alten Häusern auf der anderen Seite des Hügels aufschimmerte. Eine Yacht flog mit geblähten Segeln im Wind. Vielleicht könnte er für eine Weile London ausprobieren und mit eigenen Augen sehen, worüber alle immer redeten. Und dann weiter nach Paris und danach wer weiß wohin. Spielte es eine Rolle? Er sah der Yacht nach, bis sie hinter einem kahlen Felsen verschwand, lauschte dem Klagen der Möwen, dem traurigen Klang, der mit der Sonne zu kommen und zu gehen schien, erschauderte und wandte sich wieder seinem Kunden zu.

»Und was soll es nun sein, mein Freund?«, fragte er in der Hoffnung, das stundenlange Warten nun endgültig beenden zu können.

»Na ja«, sagte der Mann, nun schließlich doch bereit, sich ein wenig ins Gespräch verwickeln zu lassen. »Ich habe die ganze Zeit versucht, mich zwischen einem Omar Sharif und einem Robert Redford zu entscheiden. Und«, fuhr er erneut aufrichtig zögernd fort, bis Barney sich fragte, ob er den Rest seines Lebens hinter diesem Mann stehend zubringen würde. Als der Bursche schließlich meinte: »Und da ist mir eingefallen, dass ich am liebsten einen Jack Lemon *Paper Tiger* hätte«, hatte Barney deshalb bereits begonnen, darüber zu sinnieren, wie zukünftige Wissenschaftler sich seine versteinerte Leiche erklären würden, die mit einer Schere und einer Dose Cossack in den Händen hinter einem Frisörstuhl stand.

»Das war *Save the Tiger*«, sagte Barney.

»Was?«

»Der Jack-Lemmon-Film. Er hieß *Save the Tiger*, nicht *Paper Tiger.*«

»Sie meinen bestimmt *Paper Moon* mit Ryan O'Neal«, sagte Jude Troodon, von *Die Chadrigill-Fotheringhams von Mountebank Street* aufblickend.

»Nie gehört«, sagte der Kunde. »Meinen Sie nicht vielleicht *Blue Moon?*«

»Nee«, sagte Barney, »das war *Blue Moon of Kentucky.*«

»Wollen Sie etwa behaupten, ich hätte Haare wie Brathähnchen?«, fragte der Kunde plötzlich, sah Barney böse an und brachte die, offen gesagt, blödsinnige Unterhaltung damit zu einem gnädig raschen Ende.

»Sie hätten also gern einen Jack Lemon *Save The Tiger*, Sir?«, fragte Barney.

»Ja«, sagte der Mann.

»Gut«, sagte Barney.

Mit der einen Hand hob er die Schere, mit der anderen eine Schüssel Linguini und machte sich an die Arbeit.

»Ella Fitzgerald!«, knurrte Sheldon Catheter, der mit einem Ruck zum Leben erwacht war und sich mehrere Minuten zu spät in die Konversation einschaltete.

Barney zog eine Augenbraue hoch. Zeit, die Stellenanzeigen in der Zeitung zu studieren, dachte er.

London. Heimat von, nun ja, einer Reihe von Dingen. Während Barney Thomson auf die kalte See vor der Südküste starrte, saßen im Herzen der großen Stadt in den noch kälteren Gewölben einer alten Kirche am Ende eines feuchten steinernen Ganges fünf Männer in einem kleinen Raum. Eine nüchterne Umgebung für eine nüchterne Gruppe von Verschwörern; Holzstühle standen wackelig auf dem mit Steinen gepflasterten Boden um einen schweren Holztisch, der seit mehr als 700 Jahren nicht mehr verrückt worden war, Kerzenlicht, eine Flasche Wasser und fünf Gläser das einzige Zugeständnis an das Bedürfnis, sich zu erfrischen. Sie saßen seit mehr als fünf Stunden zusammen, und die Diskussion war heftig gewesen.

»Dann sind wir uns also einig«, sagte der dicke Mann am Kopf des Tisches. »Es geht um eine jahrhundertealte Tradition, die es zu bewahren gilt.«

Die anderen vier Männer nickten bedächtig und ernst, während ihre Blicke durch den Raum schweiften und sie sich gegenseitig musterten.

»So soll es beginnen«, sagte einer der vier, weil er diesen Satz schon des Öfteren im Kino gehört hatte und ihn immer mal anbringen wollte.

»Ja«, sagte ein anderer und wünschte, er wäre zuerst auf *So soll es beginnen* gekommen.

»Und wie es beginnt, so wird es enden«, sagte der Vierte.

»Was wir Anfang nennen, ist oft das Ende«, sagte wieder der Erste, in dem Bemühen, sich mit einem Zitat von T. S. Eliot wieder in der Vordergrund zu spielen, »und ein Ende machen, heißt einen Anfang machen. Das Ende ist unser Ausgang.«

Die anderen drei sahen ihn an und suchten fieberhaft nach einem literarischen oder biblischen Zitat mit Bezug auf Anfänge und Enden. Der Dicke räusperte sich vernehmlich, um die Aufmerksamkeit wieder auf sich zu ziehen.

»*En ma fin git mon commencement*«, sagte er mit hoch gezogener Braue, Maria Stuart zitierend.

Die anderen nickten lächelnd, weil sie wussten, dass das in puncto Ironie nicht zu toppen war.

Die Frau schloss ihre Haustür ab, steckte den Schlüssel in die Handtasche und ging die paar Stufen bis zur Hauptstraße hinunter. Es war Nachmittag, aber die Straße war ruhig. Sie blickte in beide Richtungen, bemerkte den teuren blauen Mercedes zu ihrer Rechten, ohne sich etwas dabei zu denken. Sie wollte das kurze Stück bis zum Bahnhof laufen, den Zug in die Innenstadt nehmen und sich um eine geschäftliche Angelegenheit mit einem neuen Kunden kümmern. Ein weiterer belangloser Donnerstagnachmittag, doch sie konnte sich zumindest auf den Abend freuen. Essen mit einer Freundin und dann hatten sie Karten für eine Preview des neusten *Startrek*-Films um halb elf. Sie wusste, dass es bestimmt nicht der beste Film aller Zeiten sein würde, aber allemal vielversprechender als ein Abend vor dem Fernseher.

Sie hörte, wie hinter ihr ein Motor angelassen wurde, das leise Schnurren deutscher Ingenieurskunst, drehte sich jedoch nicht gleich um. Sie versuchte sich auf die Arbeit zu konzentrieren, aber Konzentration war noch nie ihre Stärke gewesen. Der Wagen hinter ihr beschleunigte und bremste dicht neben ihr wieder ab. Das metallisch blaue Glitzern ließ sie den Kopf wenden, und sie blickte durch das Beifahrerfenster, das in diesem Moment heruntergelassen wurde.

»Hi«, sagte der Fahrer.

»Hi«, sagte die Frau und fragte sich, ob sie ihr Gegenüber erkennen sollte.

»Kann ich dich mitnehmen?«, bot der Fahrer an.

Die Frau zögerte. Sie kannte den Fahrer, doch ihr fiel kein Name zu dem Gesicht ein. Noch nicht.

»Ähm«, sagte sie, weil sie in Krisensituationen noch nie die richtigen Entscheidungen getroffen hatte, »ja gut. Danke.«

Sie machte die Tür auf und stieg in den Wagen. Der Fahrer schaltete den CD-Player ein – Turin Brakes – und fuhr ruhig die Straße hinunter.

Kapitel 1

Das No-Mint Pfefferminz

Hauchdünne Pfefferminz, jetzt noch dünner!
So dünn, dass man es weder sehen noch fühlen noch schmecken kann.
Erleben Sie den Zauber von frischem Atem, **No-Mint-Pfefferminz** – keine Minze, nur ein Hauch.

Es war ein kalter Märztag, und über den Fluss wehten die fernen Geräusche Londons herüber. Sie saßen zu dritt um den Tisch, Piers Austin, stellvertretender Geschäftsführer Kreation, Hugo Derkins, Etatdirektor TV, und John Bickerton, Etatdirektor Sonstige. Sie versuchten, weibliche Achselhöhlen in den Griff zu kriegen, und das kann schwierig sein.

Austin war nominell verantwortlich und hatte das Problem bereits knapp skizziert. Sie hatten kürzlich einen Vertrag mit dem gescheiterten Energie-Multi Exron abgeschlossen, der beschlossen hatte, sein Comeback in der Welt des Big Business mit einer Verlagerung seiner Aktivitäten in den globalen Markt von Hygieneartikeln für Frauen zu wagen, weil man wusste, dass niemand ihnen je wieder zutrauen würde, auch nur einen Fernseher mit Strom zu versorgen. Sie wollten ein elegantes teures Produkt für ein exquisites Marktsegment, das mit einer großen Fernsehkampagne eingeführt werden sollte. Das

Ganze musste Klasse verströmen. Ein Spitzenprodukt für Spitzenverdiener. In dem ersten Spot sollte eine Frau in einem riesigen Badezimmer, wie es im wirklich Leben kaum jemand hatte, aus einer Dusche treten, sich abtrocknen, das Handtuch fallen lassen und dabei so viel Brust, Brustwarzen, nackten Hintern und Schamhaare zeigen, wie man es an den Wachhunden vorbeischmuggeln konnte, bevor sie das Exron-Deo in ihre perfekt rasierten Achselhöhlen sprühte.

»Das Problem ist«, sagte Austin, »dass wir ein anderes Wort für Achselhöhle brauchen. Es klingt einfach nicht schick genug.«

Derkins nickte und tippte mit seinem Stift auf den Block vor sich. Denk, denk, denk, bevor einem der anderen irgendwas einfiel.

»Was spricht denn gegen Unterarme?«, fragte Bickerton, der am Fenster stand und auf die Themse blickte, auf der ein paar Boote träge dahintuckerten.

»Klingt irgendwie zu sehr nach Privatschule«, sagte Austin. »Es ist so letztes Jahrhundert.«

»Das haben die Leute bei Proctor & Gamble benutzt«, sagte Bickerton.

»Der Kunde möchte diese Leute mit Abstand deklassieren«, sagte Austin. »Wir brauchen ein neues Wort für Achselhöhle, und Unterarm ist es nicht.«

Bickerton starrte aus dem Fenster, Derkins und Austin starrten auf den Tisch und klopften mit ihren Stiften. Brainstorming, das Verfahren, mit dem der überwiegende Teil der Werbung entsteht. Abgesehen von Waschmittelreklame, die ohnehin beschissen ist und nach dem immer selben Standardrezept funktioniert.

»Einfach nur *Achsel* kommt vermutlich nicht in Frage?«, sagte Bickerton vom Fenster.

»Genau«, bestätigte Austin nickend. »Weit daneben.«

»Vertikale Schulteropposition«, sagte Derkins vorsichtig, jedoch ohne den Blick zu heben, weil er tief im Innern wusste, dass es nicht ganz richtig klang.

»Nein«, meinte Austin kopfschüttelnd. »Aber keine schlechte Idee.«

Bickerton sog die Wangen ein. Vertikale Schulteropposition. Derkins war ein kompletter Idiot. Andererseits war es genauso sinnlos, hier zu stehen und verbittert zu sein. Ideen brachten sie voran, nicht Verbitterung. Dies war eine gute Gelegenheit, Derkins frontal anzugehen und ihm zu zeigen, wer Chef im Ring war.

»Die abyssal konkave Ebene«, sagte Derkins, hob munter den Kopf und sah die anderen erwartungsvoll an.

Bickerton schnaubte und versuchte, seine Antipathie zu unterdrücken.

»Ja, nicht schlecht, Hugo«, sagte Austin, »aber vielleicht doch ein bisschen zu wissenschaftlich.«

»Luxustranspirationspunkt«, schlug Bickerton vor.

»Oberkörpergliedmaßenvertex«, sagte Derkins, obwohl er wusste, dass das Quark war.

»Unteres Schlüsselbeinterrain«, sagte Bickerton.

»Forstwirtschaftliche Anti-Convex-Umgebung«, sagte Derkins.

»Lasst es weiterfließen«, sagte Austin rasch, um ihren Fluss zu unterbrechen, »das ist gute Arbeit, aber wir sind noch nicht ganz da.« Noch nicht mal knapp, dachte er, aber man macht ja nicht öffentlich Kollegen runter.

»Doppelte hormonale Sendeorientierung«, sagte Bickerton, ins Absurde schweifend.

»Noch nicht ganz«, wiederholte Austin.

Er wusste, dass Garrett in ein paar Minuten herunterkommen würde, und wollte bis dahin irgendwas vorzuweisen haben. Joel Garrett würde in fünf Sekunden eine Lösung finden, aber es wäre besser für sie alle, wenn ihnen etwas einfiel, bevor er eintraf. Allerdings litt Austin nicht unter denselben Unsicherheiten wie die anderen, sodass es ihm egal war, wer die Idee letztendlich hatte.

»Die Liebesgrube«, sagte Bickerton vom Fenster in angemessenem Tonfall.

Austin nickte und stützte das Kinn auf die gefalteten Hände.

»Nicht schlecht«, sagte er. »Nicht schlecht.«

»Das könnte sich auf ungefähr fünfundzwanzig Bereiche der weiblichen Anatomie beziehen«, wandte Derkins neidisch ein.

»Ja«, sagte Austin, »aber das muss nicht heißen, dass eine Kampagne nicht beeinflussen kann, was die Menschen darunter verstehen. Im Augenblick ist es alles, was wir haben.« Dann wiederholte er *Die Liebesgrube* mit einer Reklamestimme, bloß um sich an den Klang zu gewöhnen. Es spielte keine Rolle, ob die Leute es beim ersten Hören bescheuert fanden; entscheidend war, ob es nach sechsmonatiger Wiederholung ein akzeptierter Begriff war.

Alle blickten auf, als Joel Garrett die Tür aufriss, den Raum betrat und die Tür hinter sich wieder schloss. Keiner von ihnen sprang tatsächlich auf und salutierte, aber sie dachten alle daran, und Garrett spürte die Kraft. Er war nicht Chef der Firma, noch nicht. Aber der Tag würde kommen.

Er warf eine Aktenmappe auf den Tisch und setzte sich neben Austin, lehnte sich zurück und legte die Füße auf den Tisch. Diese Männer steckte er sowieso alle in die Tasche, also musste er keinen beeindrucken.

»Und was habt ihr bis jetzt?«, fragte er.

Austin sah die anderen an und blicke Garrett direkt in die Augen.

»Die Liebesgrube«, sagte er.

Unten auf der Straße vor dem Gebäude hupte ein Auto, als ein BMW einen Jaguar schnitt, dessen Fahrer seine Bewegungsfreiheit eingeschränkt wähnte.

»Die Liebesgrube«, wiederholte Garrett, während Bickerton mit Schmetterlingen im Bauch weiter die Boote auf dem Fluss betrachtete und das Verdikt seines Chefs erwartete.

»Gefällt mir nicht«, sagte Garrett nach einer Ewigkeit. »Es ist die Verwendung des Wortes *Grube*, versteht ihr. Ein ganz falsches Wort. Vollkommen daneben.«

»Genau«, sagte Austin.

Austin, der Sack, dachte Bickerton.

Bickerton, der Sack, dachte Derkins.

»Habt ihr sonst noch was?«, fragte Garrett.

»Es gab noch ein paar andere Vorschläge, aber *Liebesgrube* war so ziemlich die Konkretion des Zeniths der bisherigen Diskussion«, sagte Austin.

Garrett atmete tief ein und stieß die Luft mit einem langen Seufzer wieder aus.

»Was haben wir also?«, fragte er rhetorisch. »Die Kleine steigt aus der Dusche, trocknet sich ab, zeigt uns ein bisschen Busen, und während sie nach dem Deo greift, hören wir eine Stimme – und ich gehe davon aus, dass wir vom Kaliber *Bergerac* oder *Lovejoy* reden –, die etwas sagt wie *Exron – für Ihre Achselhöhlen.*«

»Ja«, sagte Austin.

»Ihr versteht, warum wir ein anderes Wort brauchen«, sagte Garrett. »Sonst können wir genauso gut Jim Davidson buchen.«

»Absolut«, bestätigte Austin, der bereitwillig jedem in den Arsch kroch, der einen Anzug trug.

Garrett zückte sein Handy aus dem Halfter, klappte es auf,

drückte mit dem Daumen auf einen Knopf und lehnte sich noch weiter zurück.

»Ja, Rose«, sagte er. »Ich brauche das französische Wort für Achselhöhle. Ja, Achselhöhle.«

Sobald er es gesagt hatte, starrten die anderen auf den Teppich und hätten sich am liebsten in den Hintern gebissen. Die französische Übersetzung. Schlicht, einfach, direkt. Eine der Grundregeln, und es war überraschend, dass man sie immer wieder vergaß. Deswegen war Garrett auch der kommende König. Deswegen musste Thomas Bethlehem, Leitender Direktor von *Bethlehem, Forsyth & Crane*, auch aufpassen.

»Danke, Rose«, sagte Garrett, klappte dabei schon sein Handy zu und verstaute es wieder.

Alle warteten, während jeder dachte, dass er derjenige hätte sein können, der diesen Anruf getätigt hatte.

Garrett hob die Hände, um seine Vision zu illustrieren. Ohne ein Wort beschwor er das Bild des nackten Supermodels herauf, das, das Handtuch zu ihren Füßen, sauber und blank wie frisch aus der Autowaschanlage nach dem Deo griff.

»*Exron*«, sagte er mit seiner besten Bergerac-Stimme, »*pour l'aisselle.*« Und dann sah er sich lächelnd im Raum um. Austin nickte. Bickerton schüttelte den Kopf und blickte wehmütig lächelnd zu Boden.

»Brillant«, sagte Austin.

»Sind Sie sicher, dass Otto Normalverbraucher weiß, was ein *l'aisselle* ist?«, fragte Derkins.

Es war keine große Sache, Garrett in Frage zu stellen. Er stand seinen Kritikern im Haus gerne Rede und Antwort, weil er sich mit seinem eigenen schier grenzenlosen Selbstvertrauen sauwohl fühlte. Seine Leute wussten, dass sie sagen konnten, was sie wollten. Dieser Mann war kein Tony Blair und keine Margaret Thatcher. Kritik war willkommen.

Er lächelte und tätschelte Derkins, die Mappe schon wieder unter dem Arm, im Hinausgehen die Schulter.

»Die Frau wird das verdammte Zeug dabei in ihre Achselhöhle sprühen, Hugo. Wenn es tatsächlich Menschen gibt, die zu blöd sind, sich zusammenzureimen, was zum Teufel ein *l'aisselle* ist, wollen wir die wirklich als Kunden für das scheiß Produkt gewinnen?«

Er lachte über seine eigene Pointe, drehte sich noch einmal um und umarmte sie mit einem Lächeln.

»Und der Rest ist für dich so weit cool, Piers?«, fragte er.

»Klar«, sagte Austin.

Und dann war Garrett verschwunden.

Die Tür ging zu, und der Raum versank erneut in Schweigen, sodass man nur die Geräusche Londons im kalten, regnerischen März vernahm. Bickerton wandte sich ab und starrte wieder auf den hypnotischen Fluss. Derkins stierte auf den Tisch und kam sich ein bisschen dumm vor. An einem der Fenster summte ein frustriertes Insekt.

»Also gut«, sagte Austin, »ihr habt den Mann gehört. An die Arbeit, es gibt noch viel zu tun.«

»Unbedingt«, sagte Bickerton.

Bickerton, der Sack, dachte Derkins.

Kapitel 2

Das Neue Nurofen – wenn Kinder nerven

Sie haben drei Kinder, es sind Ferien, die Kleinen streiten und kreischen, gehorchen nicht, richten ein einziges Chaos an und geben Widerworte. Der Fernseher zu laut, Bücher und Spielsachen auf dem Boden verstreut, Essensreste im Teppich und Erbrochenes auf dem Sofa.
Kopfschmerzen? Zeit für das neue **Nurofen – wenn Kinder nerven**. Es löst sofort alle Spannungen, die von Kindern verursacht worden, sodass Sie die kleinen Rangen fröhlich und ohne schlechtes Gewissen in den Schrank sperren können, bis ihr Dad nach Hause kommt.
Es gibt keinen Dad? Probieren Sie das neue **Nurofen für Alleinerziehende**.

Barney Thomson faltete die Zeitung und legte sie auf den Stuhl neben sich. Wenn der Aufmacher im *Scotsman* sich mit zweifelhaften Geschäftspraktiken des amerikanischen Präsidenten beschäftigt, wusste man, dass die Nachrichtenlage flau war und es sich kaum lohnte, einen Blick in den Innenteil zu werfen. Er nippte an seiner dritten Tasse Tee, eine frische Kanne, brühend heiß, wenig Milch, kein Zucker – und blickte auf den Leicester Square. Draußen ging ein geradezu spektakulärer Regenguss nieder, ein gewaltiges Gewitter von der Art, an die sich selbst

Regenwälder gewöhnen müssen. Es war kurz nach zwei Uhr an einem Dienstagnachmittag im März, und der Platz war praktisch menschenleer. Von einem schwarzen, Donner grollenden Himmel fiel die Sorte Regen, bei der die Menschen ihre Züge und Busse verpassten und zu spät zu Sitzungen kamen, während sie in Ladeneingängen Schutz suchten oder in Buchläden und Cafés verweilten. Auch Barney erging es nicht anders, doch er hatte noch vierzig Minuten bis zu seinem Termin in den Büroräumen von Bethlehem, Forsyth & Crane. Er konnte es sich leisten, noch ein paar Minuten zuzusehen, wie die Regentropfen auf den Boden prasselten und der Wolkenbruch langsam abebbte, bevor er die U-Bahn nach Canary Wharf nehmen musste.

Neben ihm tauchte die Kellnerin auf, wie sie es während seines einstündigen Aufenthalts ständig getan hatte. Kunden, die sie attraktiv fand, bediente sie immer aufmerksam – darin unterschied sie sich kein bisschen von irgendeinem anderen Mitglied der weltweiten Kellnerschaft – und Barney hatte diese desillusionierte Aura, die sie an Männern so liebte. Müde Augen, aber voller Tiefe, Intelligenz und Weisheit. Sie hatte versucht, ein Gespräch anzuknüpfen, doch er hatte kein Interesse gezeigt, was ihn für sie nur umso verführerischer gemacht hatte.

»Kann ich Ihnen noch etwas bringen?«, fragte sie, und es war das dritte Mal, das sie ihren Annäherungsversuch mit diesen Worten einleitete, längst nicht so gut wie *Alles in Ordnung, Sir?*, aber immer noch besser als *Draußen pisst es noch immer in Strömen, gönnen Sie sich noch ein Stück Torte.*

Barney blickte auf, lächelte und nickte. Er war selbstbewusst genug, ihre Avancen zu registrieren, aber nicht besonders interessiert. Er wusste, dass er diese Aura hatte, die Aura eines Reisenden, eines Mannes, der unter Menschen gewandelt war, rastlos und weltenmüde. Das liebten die Frauen, doch er wusste auch, dass er nie so interessant sein konnte, wie sie es sich erhofften. Er war kein Aragorn. Er lief vor dem Leben und den Fesseln von Bindung und Gemeinschaft davon; er war kein Krieger.

»Danke, im Moment nicht, Selina«, sagte er. »Ich sollte demnächst aufbrechen.«

»Bei dem Wetter können Sie doch nicht raus«, sagte sie und wünschte, sie könnte etwas Gebildeteres herausbringen.

»Verpflichtungen«, sagte Barney.

Selina, die der staunenden Welt ihren Namen auf einem Ansteckschildchen verriet, starrte ihn an und fragte sich, wohin dieser Mann gehen musste. Bestimmt irgendwas Gefährliches, stellte sie sich vor. Das verrieten seine Augen. Die übrigen Menschen, die hier hereinkamen, legten eine Pause beim Schuheinkauf ein oder waren auf dem Weg zu ihrer Schwiegermutter oder ihrem Steuerberater. Aber dieser Mann, der drei Tassen Tee getrunken und zwei Stücke Kirsch-Pie gegessen hatte, würde bedeutendere Pläne haben.

»Okay, Schätzchen«, sagte ein Mann hinter ihr, »wollen Sie den ganzen Tag da rumstehen und den Typen angaffen? Bringen Sie mir ein Käse-Sandwich, ja?«

Ohne eine Spur von Verlegenheit lächelte Selina Barney an.

»Ich muss wieder«, sagte sie.

Barney lächelte und schwieg.

»Gern geschehen«, fügte Selina nach kurzem Zögern noch hinzu, bevor sie sich dem Mann aus Putney zuwandte, den es nach reifem Cheddar verlangte.

Barney wandte sich ab und blickte wieder aus dem Fenster. Während des kurzen Zwischenspiels mit der Kellnerin hatte der Regen nachgelassen, allerdings noch nicht so, dass sich irgendwer aus seinem Unterstand gewagt hätte. Er sah erneut auf die Uhr, hob die Tasse zum Mund und starrte auf die Pfützen, in denen Regentropfen tanzten.

Fünfunddreißig Minuten später war Barney der Docklands Railway entstiegen und auf dem kurzen Weg zu dem Gebäude, in dem die Büros von Bethlehem, Forsyth & Crane untergebracht waren. Er las das kleine goldene Namensschild an der Mauer, drückte auf den Knopf und wartete. Es hatte mittlerweile fast völlig aufgehört zu regnen, aber vom Fluss wehte ein kalter böiger Wind. Barney zog seine Jacke enger um seinen Körper.

»Hallo?«, meldete sich eine krächzende Stimme, und er blickte in eine kleine Kamera, durch die ihn die Empfangssekretärin und der Mann vom Sicherheitsdienst auf jeder Etage sehen konnten.

»Barney Thomson, Frisör«, sagte Barney. Mit einem Summen öffnete sich die Tür, und er betrat das Reich der siebtgrößten Werbeagentur Großbritanniens. Er ging eine Treppe hinauf, um eine Ecke und durch eine weitere Tür und stand vor dem Empfang.

Der Wartebereich bot alles, was man sich von einem schicken modernen Marketing-Unternehmen erwartete. Elegante, minimalistische skandinavische Möbel in blassen Farben; ein paar ausdrucksstarke, in blau und gelb gehaltene moderne Gemälde von nichts Bestimmtem; Stühle mit steilen Lehnen, die eher dem Design als der Bequemlichkeit verpflichtet schienen, und ein überwältigendes Flair von Helligkeit, Frische und Reinlichkeit, beinahe so, als gäbe es eine riesige unsichtbare Slipeinlage, die Schmutz, Schmier und Dunkelheit aufsog.

In solchen Räumlichkeiten wurden Fernsehspots gemacht.

Die Empfangssekretärin saß hinter einem schlichten, hellbraun furnierten Schreibtisch, aufrecht und elegant, die Finger wie chirurgisch mit ihrer Tastatur verbunden. Vor den Lippen trug sie ein kleines Mikrofon, als wollte sie jeden Augenblick loslegen, wie Madonna vollbusig durch den Raum turnen und *Like A Prayer* singen. Sie trug den schönen Namen Imelda Marcos – nicht *die* Imelda Marcos, obwohl auch sie ein neues Paar Schuhe angezahlt hatte – und erwartete Barney mit einem knappen Lächeln und über der Nase zusammengezogenen Augenbrauen.

»Mr. Thomson?«

»Der war ich vor zehn Sekunden jedenfalls noch«, erwiderte Barney, der ob der ganzen Reinheit bereits ein wenig unwirsch wurde. Wenn es in *Unsere kleine Farm* eine Marketing-Agentur gegeben hätte, hätte es dort genauso sauber und proper ausgesehen.

»Sie sind dreieinhalb Minuten zu früh«, informierte Imelda ihn, und ihr Lächeln verschwand ohne Wiederkehr. »Möchten Sie etwas trinken?«

»Was haben Sie denn?«, fragte Barney, sah sich um und beschloss, sich auf einem ergonomisch geformten Sessel niederzulassen, dessen gepolsterter Sitz augenscheinlich dem skandinavischen Durchschnittsarsch angepasst war.

Imelda Marcos' Rücken war jetzt kerzengerade. Erst die sarkastische Bemerkung mit den zehn Sekunden, und nun besaß der Bursche die Unverfrorenheit, sich zu setzen, bevor man ihm einen Platz angeboten hatte. Ihre Stimme knatterte wie schnelles Gewehrfeuer, Barney war ein Zulu, und sie war Waliser.

»Latté, Espresso, Koffeinfreien, New Yorker Koffeinfreien, Cappucino, Earl Grey, Lapsang souchon, Darjeeling oder hydriertes Mineralwasser mit Eis?«

Barney schlug die Beine übereinander. »Eine Tasse Tee wäre nett. Lipton's, wenn Sie haben.«

Imelda fixierte ihn kurz, bevor sie auf ein Knöpfchen drückte und in ihr *Like A Prayer*-Mikro sprach.

»Eine Tasse English Breakfast für Barney Thomson«, sagte sie knapp. »Ohne Zucker.«

Zuerst gab es die Leute, die einfach die freien Stellen besetzten, dann Personal- und Personalentwicklungsabteilungen, die irgendwann Human Resources hießen. Bethlehem, Forsyth & Crane hatte eine Abteilung für Humankapital und Artverwandtes. Die HUMA lag im dritten Stock und beschäftigte siebzehn Personen. Der Leiter der Abteilung führte nur selten selbst Bewerbungsgespräche, doch die Haare seiner Angestellten lagen Thomas Bethlehem sehr am Herzen, sodass er Anthony McKee gebeten hatte, falls es ihm nichts ausmachte, die Bewerber für die Stelle des Hausfrisörs persönlich zu befragen. *Die Nähe der beiden führe dazu, dass der Zustand des Haares Auswirkung auf den Zustand des Gehirns habe*, hatte Bethlehem einmal absurderweise verkündet, obwohl er es selbst nicht ernst gemeint hatte. Trotzdem hatte er gern adrette, ordentlich frisierte und sauber manikürte Angestellte.

McKee war ein Oxford-Absolvent in der siebten Generation, und Bethlehem hatte keine Kosten gescheut, ihn von Saatchi abzuwerben, um mit seiner Hilfe hoch qualifiziertes Personal anzulocken. McKee war wegen des Geldes gekommen und hatte nicht die Absicht, sich je bei einer kleineren Firma zur Ruhe zu setzen. Darin war er den überbezahlten Dickerchen aus dem Ausland nicht unähnlich, die für ein paar Jahre bei Rangers oder Celtic unterschreiben, bevor sie sich nach England verpissen, mit dem Unterschied, dass McKee wirklich spitze war – eher ein Christian Vieri als ein Basil Boli –, und die drei führenden Londoner Agenturen hatten nicht begriffen, was er mit seinem Einstieg bei BF&C bezweckte.

Bethlehem wollte das britische Geschäft erobern, ein Player auf der internationalen Szene werden, ausgehend von der Basis, über die er bereits verfügte. Er hatte gewusst, dass er das nur schaffen konnte, wenn er die besten Leute engagierte. Und um die besten Leute zu engagieren, musste man den besten Head Hunter holen. Anthony McKee war nicht billig gewesen, doch er hatte seinen Preis gehabt wie jeder andere auch.

»Sie haben für den schottischen First Minister gearbeitet?«, fragte McKee und blickte von Barneys Lebenslauf auf. McKee war gelangweilt. Er war kein Fan von Bethlehem und betrachtete dieses absurde Frisörbewerbungsgespräch nicht als Anweisung, die er befolgte, sondern eher als einen Gefallen, den er dem Boss tat. Andererseits hatte er auch nicht die Absicht, seinen Tag damit zuzubringen, einen nicht enden wollenden Strom von Frisören zu befragen. Er hatte die Bewerbungsunterlagen gesiebt, mit seinem Talent den Ausschuss mühelos durchschaut und die nahe liegende Wahl getroffen, ohne mit irgendjemandem gesprochen zu haben. Was er jetzt machte, war nicht einmal ein Bewerbungsgespräch, sondern ausschließlich eine Übung zur Wahrung des Scheins. Barney hatte den Job schon.

»Nur kurz«, sagte Barney. »Bloß ein paar Tage. Hat nicht wirklich geklappt.«

McKee räusperte sich und überflog die nächsten Zeilen, obwohl er sie bereits auswendig kannte.

»Seither haben Sie in drei verschiedenen Salons in drei verschiedenen Städten gearbeitet. Überaus peripatetisch von Ihnen.«

»Weniger im aristotelischen Sinn«, meinte Barney. »Eher wie der *Incredible Hulk.*«

»Der Mensch, der ohne Gesellschaft lebt, weil er unfähig ist oder kein Bedürfnis danach hat, da er sich selbst genug ist, ist entweder ein Tier oder ein Gott«, sagte McKee, den legendären griechischen Marketingguru zitierend.

Barney lächelte. Wenn einem die Leute mit Zitaten griechischer Philosophen kamen, blieb einem auch nicht viel zu sagen. Ein netter kleiner Einzeiler von dem fuchtigen grünen Riesen wäre vielleicht angemessen gewesen, aber der große Bursche hat eigentlich nie viel gesagt, was zu wiederholen sich lohnen würde.

»Manchmal muss die Seele ebenso umherschweifen wie der Verstand«, sagte er und sprach damit aus, was der *Incredible Hulk* wahrscheinlich hinter all den Wutausbrüchen dachte, die an die Oberfläche drangen.

»Fürwahr«, sagte McKee. »Und wie lange werden Sie Ihrer Meinung nach bei Bethlehem, Forsyth & Crane dienen, bevor Ihr Verstand und Ihre Seele wieder schweifen müssen?«

Eine gute Frage. Barney Thomson hatte die Tatsache akzeptiert, dass er den Rest seines Lebens auf Wanderschaft verbringen würde. Vielleicht gab es irgendwo einen Ort, der ihn länger hielt als erwartet, vielleicht sogar ein paar Jahre, doch er hatte schon zu viele Jahre in seiner einsamen nutzlosen Existenz vergeudet, als dass er je in eine Regelmäßigkeit zurückkehren könnte, in der ein Tag wie der andere war, Woche für Monat für Jahr für Jahrzehnt.

»Versprechen kann ich Ihnen gar nichts«, sagte Barney, »außer dass ich jede Frisur schneiden kann, die Ihre Angestellten verlangen, und zwar besser als alle anderen, die sich auf die Stelle beworben haben.«

»Mit Frauen haben Sie nicht viel Erfahrung«, sagte McKee rasch.

»Wie meinen Sie das?«, fragte Barney. So oder so, und was er meinte, war eigentlich offensichtlich, er hatte Recht. Zwanzig Jahre einer öden Ehe, gefolgt von einer denkbar kurzlebigen und flüchtigen Affäre, stellten kaum Erfahrung mit Frauen dar; und ein Hairstylist war er auch nicht gerade.

McKee lachte leise und spreizte erklärend die Hände.

»Nicht viel«, sagte Barney, »aber das kann so schwierig auch nicht sein. Entscheidend ist das persönliche Gespräch und wie viele Haarpflegeprodukte man ihnen aufschwatzen kann.«

McKee lächelte. »Frauen sind schlichte Gemüter«, zitierte er eines der Leitprinzipien, die Bethlehem, Forsyth & Crane zu dem gemacht hatten, was es heute war.

»Wie wahr«, sagte Barney, um auf das Spiel einzugehen, während er in Wirklichkeit dachte, dass die meisten Frauen mehr Charakterzüge an sich hatten, als es Sandkörner in Australien gab.

McKee nickte und vertiefte sich wieder in Barneys Lebenslauf. Es gab nichts weiter zu sagen. Zeit, sich anderen, wichtigeren Dingen zu widmen.

»Danke, dass Sie vorbei gekommen sind«, sagte McKee, blickte auf und deutete mit jener internationalen Geste einer hoch gezogenen Braue an, dass es für Barney an der Zeit war, sich zu trollen. »Wir melden uns.«

Barney stand eilig auf.

»Vielen Dank«, sagte er und erkannte, dass er den Job schon hatte.

»Sie finden allein zurück zum Empfang«, stellte McKee eher fest, als dass er es fragte.

»Klar«, sagte Barney zu McKees Hinterkopf.

Er drehte sich um, verließ das Büro und schloss die Tür. Auf dem Weg nach draußen nickte er McKees Sekretärin zu – sie lächelte, weil sie den ursprünglichen Reiz des ewig Wandernden in Barney erkannte –, ging die Treppe hinunter zum Empfang, wo Imelda Marcos gerade hochtourig *Express Yourself* gab, bevor er nach einem letzten Treppenabsatz wieder in die Kälte eines trüben Märztages in den Docklands trat.

Als Barney in seine kleine Wohnung in NW 1 zurückkehrte, die sein aktuelles Zuhause war, erwartete ihn bereits eine Nachricht von Imelda Marcos auf dem Anrufbeantworter, die ihm mitteilte, dass er die Anstellung als Hausfrisör von Bethlehem, Forsyth & Crane bekommen habe, und darum bat, dass er seine neue Arbeit am kommenden Morgen pünktlich um acht Uhr antreten möge.

Kapitel 3

Fishermen's Chips – Die knusprigsten Chips der Christenheit

Seit mehr als zwölf Jahrhunderten stellt die De Vere-Familie aus Dundee die köstlichsten Chips der Welt her. Einst die Lieblingsspeise der Fischer an der Ostküste, jetzt ein Genuss für Menschen überall. In Gourmetmischungen von Scampi & Brie bis Hamburger & Rotweinmayonnaise, frisch, knusprig und unglaublich lecker. **Fishermen's Chips**, der echte Geschmack des alten Schottlands.

Die Büroräume von Bethlehem, Forsyth & Crane nahmen ein komplettes zehnstöckiges Gebäude in Canary Wharf in Beschlag. Joe Forsyth hatte Mitte der 90er Jahre einen langfristigen Deal gemacht und dabei den passenden Moment in einer schlechten Woche abgewartet, als es so aussah, als ob der Markt den Schwung, den er nach der 92er Krise gewonnen hatte, wieder verlieren würde. Mit der neuen von Birmingham nach NE14 geänderten Adresse im Briefkopf, hatte sich das Schicksal von BF&C über Nacht gewendet. Seither war die Geschichte der Agentur nur noch eine von Wachstum und steigenden Marktanteilen.

Der Ausstieg des außer Bethlehem letzten verbliebenen Gründungspartners – ursprünglich waren es fünf gewesen – hatte der Erfolgskurve des Unternehmens kaum einen Knick zugefügt, denn Thomas Bethlehems schiere Tollkühnheit und ansteckende Begeisterung hatten über potenzielle Schwierigkeiten mit ursprünglich von Forsyth oder Margie Crane angeworbenen Kunden hinweggeholfen. Forsyth war nach endlosen Meinungsverschiedenheiten über die Geschäftsmoral sang- und klanglos ausgeschieden. Bethlehem wollte sich amüsieren, mit jeder Menge Frauen schlafen und haufenweise Geld machen. Er hatte von Anfang an gewusst, dass Forsyths Idealismus ihn zur leichten Beute für die Raubtiere des Marketings machen würde, und als die See rauer wurde, musste Forsyth von der Brücke.

Crane war nach einem Zwischenfall mit einer libanesischen Prostituierten und zwei Beutelchen illegaler Drogen ausgeschieden, weil ihre Position wegen des wie ein Damoklesschwert über ihr schwebenden Skandals unhaltbar geworden war. Da sie seine Ansichten über Frauen kannte, hatte sie vermutet, dass Bethlehem die ganze Drogen-und-Prostituiertengeschichte eingefädelt hatte, obwohl dem nicht so war. Also war sie gekränkt, aber leise und mit eingezogenem Kopf gegangen. Und obwohl ihr Ausstieg bedeutete, dass er fortan ein sehr viel größeres Stück vom Kuchen abbekam, war Bethlehem beinahe traurig gewesen, sie gehen zu sehen.

Crane hatte eine Agentur in Birmingham aufgemacht, die sich um kleine Fische im Bereich Plakatwerbung kümmerte. Forsyth war nach Australien gegangen, um für die Rechte der Ureinwohner zu kämpfen. Bethlehem hatte das Interesse an ihnen verloren, sobald sie aus der Tür waren. Und ihre Vornamen, Margie und Joe, waren innerhalb der Agentur zum Synonym für die allgemeine Öffentlichkeit geworden, für die Massen, die die *Sun* und den *Mirror* lasen, *Wer wird Millionär* und *Eastenders* guckten, Fußball spielten und in der Kneipe an der Ecke tranken, ihre Handys trugen wie Cowboys ihre Pistolen, und die dazu da waren, sich kontrollieren und manipulieren zu lassen, jeden Scheiß zu kaufen, den Leute wie Thomas Bethlehem ihnen gegen Bezahlung aufschwatzten.

Barney drehte sich um, als die Tür aufging, und der erste Kunde des Tages, der erste in seiner neuen Stellung, das kleine Büro betrat, das über Nacht in einen Frisörsalon umgewandelt worden war. Kein Geld würde die Hände wechseln. Barney wurde als Angestellter der Firma bezahlt, die anderen Angestellten würden auf Kosten der Firma frisiert werden. So ernst nahm Thomas Bethlehem Haare.

Barney erhob sich von dem Frisörstuhl, in dem er gesessen und aus dem Fenster im zehnten Stock auf die Themse und die Renovierungsarbeiten geblickt hatte, die an einem Lagerhaus am anderen Ufer vorgenommen wurden, das erst fünf Jahre zuvor komplett umgestaltet worden war.

»Morgen«, sagte Barney. Von der Terminliste, die ihm Imelda Marcos überreicht hatte, wusste er, dass er es mit Hugo Derkins zu tun hatte, Etatdirektor TV.

Derkins nickte, hängte seine Anzugjacke auf einen Bügel und nahm auf dem Stuhl Platz, den er vom Fenster ab- und einem großen Spiegel an der Wand zuwendete. Er lehnte sich zurück, klappte eine Aktenmappe auf und wartete darauf, dass man sich seiner annahm. Barney wusste, dass Derkins erwartete, gefragt zu werden, was er wünschte, doch er erkannte auch, dass er einen Schädel vor sich hatte, der nach einem läppischen, aber angemessenen Brad Pitt verlangte. Er warf seinem Kunden den passenden Umhang über, griff nach dem neuen Rasierapparat, schaltete ihn ein, spürte das alte vertraute Kribbeln in seinen Fingern und machte sich an die Arbeit.

Derkins blickte rasch von seinem Ordner auf und sagte mit hochgezogener Braue: »Brad Pitt?«

»Ja«, sagte Barney, »Brad Pitt.«

Derkins nickte zufrieden, als würde er eine Tasse guten Kaffee genießen, und wandte sich wieder seinen Unterlagen zu. Barney bewältigte das Nicken, ohne irgendwelche Ohren abzuschneiden, und konzentrierte sich auf seine Arbeit. Er war wieder zurück in der alten Routine, obwohl es erst gut zwei Wochen her war, seit er Kingsbridge unter dem leicht verzweifelten Protest Sheldon B. Catheters verlassen hatte.

Kaum zwanzig Sekunden später warf Derkins die Aktenmappe in beinahe kindischem Trotz auf die Ablage vor dem Spiegel. Als ihm bewusst wurde, was für einen Eindruck das machte, straffte er die Schultern und suchte Barneys Blick im Spiegel.

»Der Mist, mit dem ich mich abgeben muss«, sagte er.

Barney runzelte fragend die Stirn. Auf geht's, dachte er. Eine Beichte. Manchmal ließ sie den Tag schneller vergehen und manchmal machte sie ihn zu einem grausamen Alptraum. Je nachdem.

»Neuer Kunde?«, fragte Barney.

Derkins musterte Barney erneut im Spiegel.

»Ja«, sagte er. »Haben Sie ein Näschen für den Kram?«

»Ich bin Frisör«, sagte Barney.

Derkins hielt seinem Blick einen weiteren Moment stand, bevor er die Mappe wieder zur Hand nahm, als könnte Barney so Einblick nehmen.

»Salzgebäck. Mein Gott«, sagte Derkins, »so weit ist es gekommen. Verflixtes Salzgebäck.«

»Welche Firma?«, fragte Barney.

»Dundee Salted Snacks«, sagte Derkins, und die Worte fielen aus seinem Mund, als wären sie vom Rand einer Klippe gestoßen worden.

»Die produzieren doch Fishermen's Chips, oder?«, fragte Barney.

»Ja«, räumte Derkins knurrend ein.

»Das sind gute Chips«, befand Barney. »Lecker und knusprig. Eine ziemlich große Firma auch, hätte ich gedacht.«

»So groß auch wieder nicht.«

»Verglichen mit Ihrem Channel 5 müssen die Columbia Tristar sein.«

Diesmal zog Derkins seine Augenbraue auf eine andere Art hoch. Aber die Leute würden lernen müssen, dass sie, wenn sie Barney Thomson engagierten, Klartext zu hören kriegten.

»Netter Vergleich«, sagte Derkins. »Tatsache ist, sie sind Dinosaurier. Wir brauchen einen größeren Marktanteil im Bereich Telekommunikation, nicht diesen prähistorischen, steinzeitlichen, im Mittelalter hängen gebliebenen Präkommerzialisierungskram.«

»Chips?«, fragte Barney. »Jeder isst Chips. War schon immer so und wird auch so bleiben.«

»Genau«, sagte Derkins, »Chips. Jeder Idiot kann Chips verkaufen. Ich will keine Chips verkaufen.«

»Muss doch ne Menge Geld bringen«, sagte Barney.

»Ja, es ist in Ordnung, aber wir brauchen Knete kombiniert mit Prestige, wenn Sie wissen, was ich meine. Man erringt keine Anerkennung, wenn man mit schwachsinnigen Fußballern Spots für Fünfjährige macht. Ich meine«, sagte er noch ein wenig lebhafter, sodass Barney die weise Entscheidung traf, die Kampfhandlungen an der Haarfront vorübergehend einzustellen, bis sein Kunde sich wieder beruhigt hatte, »worauf läuft es letztendlich hinaus? Wie vermarktet man Chips? Erstens im Fernsehen. Zweitens muss man das Produkt cool aussehen lassen, egal wie abartig es ist. Drittens holt man sich Ally McCoist oder irgendeinen anderen Ex-Fußballer, den die saublöde Bevölkerung sofort erkennt. Viertens muss man das Zeug clever verpacken, aus Salz und Essig mach Seesalz und Balsamico, aus Käse mit Zwiebeln Blauschimmelkäse mit Schnittlauch, aus geräuchertem Schinken Eichen geräuchertes Porque mit karamellisierten Bananen, bla, bla, der übliche Mist. Und das ist es in etwa. Mein Gott, die Öffentlichkeit ist zu verdammt blöde, um es besser zu wissen. Man kann ihnen erzählen, was man will, sie saugen es gierig auf.«

Die kurze Entflammung legte sich, und Barney nahm seine Arbeit wieder auf. Ein Menschenfreund, dachte er und widerstand doch problemlos der Versuchung, ihm statt eines Brad Pitts einen Pitt der Jüngere zu verpassen.

»Na ja«, meinte er, »warum machen Sie es dann nicht einfach und ziehen weiter? Geben Sie dem Mann seinen Spießbraten mit rotem Leicester, nehmen Sie sein Geld und schieben Sie ihn leise aus der Tür. Machen Sie sich deswegen keine Sorgen, jammern Sie nicht, machen Sie es einfach und dann auf zum nächsten Job. Wenn Sie Ihre Arbeit gut machen, wird Ihnen niemand vorwerfen, dass Sie den Job angenommen haben.«

Derkins starrte sein Spiegelbild an und dachte nach. Genauer gesagt lief ihm das Wasser im Munde zusammen, weil er fand, dass Chips mit Spießbraten-und-rotem-Leicester-Geschmack selbst so früh am Morgen ziemlich lecker klangen. Barney brachte den Rasierer zum Verstummen, um ein paar Härchen aus der Klinge zu bürsten. Er blickte kurz auf den Fluss, der verwaschen grau unter einem bewölkten Märzhimmel dahinfloss. Er spürte, dass das Gespräch beendet war; alles in allem war die Beichte nicht schlecht gelaufen. Als er über den Rasierer pustete und die Frisur betrachtete, die auf dem besten Wege zu einem prächtigen Brad Pitt war, lehnte Derkins sich noch weiter zurück und schloss die Augen.

»Vielleicht haben Sie Recht«, sagte er, als er das Summen des Rasierers an seinem Hinterkopf spürte.

Kapitel 4

Sakam Z1000: Die Waschmaschine Ihres Vertrauens

Die neue **Sakam Z1000** ist eine Waschmaschine, die Ihre Kleidung garantiert sauberer wäscht als je zuvor. Mit mehr als 2300 Funktionen und einem Bedienungsfeld, das aussieht, als käme es direkt von der Brücke der Enterprise, ist die Z1000 die einzige Waschmaschine, die Sie je brauchen werden. Vielleicht benutzen Sie nur eine der 2300 Funktionen, drücken oder drehen nur einen Knopf, aber Ihre Freundinnen sind bestimmt beeindruckt, und Sie haben das Gefühl, eine bessere Mutter zu sein.
Die **Sakam Z1000** – Therapie für die Hausfrau

Detective Sergeant Ashley Daniels starrte über den kleinen Tisch hinweg. Sie saß bei McDonald's, ein denkbar unpassender Ort für das Gespräch, das sie führte, doch auf den dringenden Wunsch von Sergeant Khan nahm sie hier seit nunmehr drei Monaten ihr Mittagessen zu sich. Er sah mehr oder weniger aus, als würde er sich seit Beginn ihrer Beziehung von Fish'n Chips ernähren; sie war nach einem Monat mit Hamburgern und Pommes auf Salat und Mineralwasser umgestiegen und gewann ihre frühere Figur langsam zurück.

»Du kennst mich doch kaum, Majid«, erwiderte sie auf seine jüngste Liebeserklärung. Sie hatte angefangen, sich Sorgen zu machen, dass er irgendwo in seinem Anzug einen Ring verbarg.

Sergeant Majid Khan lehnte sich zurück und legte die Hände flach auf den Tisch.

»Ash«, sagte er, »mein Gott, wann hast du dich zum letzten Mal verliebt?«

Sie starrte weiter zu ihm hinüber, während sie über ihre Antwort nachdachte und sich gleichzeitig fragte, welche Antwort er von ihr erwartete. Glaubte er wirklich, dass sie ihm auch ihre Liebe erklären würde? Männer konnten manchmal wirklich merkwürdig sein.

»Es geht nicht darum, einen Menschen zu kennen«, sagte er, sah sie beschwörend an und beugte sich zu ihr. »Es ist ein Bauchgefühl. Es ist der erste Blick in die Augen, ein spontanes Klicken, der Reiz einer Berührung. Ich habe dich vom ersten Augenblick an geliebt. Dass ich dich nicht kannte, spielte keine Rolle.« Er hielt inne, um zu sehen, wie seine Rede ankam, und nahm ihre ausdruckslose Miene als positives Zeichen. »Man erstellt schließlich keine Liste mit fünfzig Dingen, die man über jemanden wissen muss, hakt sie ab, und wenn er über vierzig kommt, beschließt man, ihn zu lieben. Es ist viel grundsätzlicher. Es ist ein Lächeln, es ist, ständig deine Stimme im Kopf zu haben. Oder dir zuzusehen, wie du eine Wassermelone isst. Es ist alles. Ich lebe seit fünfunddreißig Jahren in dieser Stadt, und trotzdem erinnert mich, wohin ich auch gehe, alles an dich. Ich habe in Convent Gardens in drei Mordfällen ermittelt, aber wenn ich jetzt an den Ort denke, fällt mir nur unsere Unterhaltung über die Oper ein, die wir dort vor zwei Monaten hatten.«

Das ist immerhin nett, dachte Ash.

»Ich habe alleine mit Serienmördern in einem Raum gesessen, und es war mir scheißegal, aber ich werde nervös, wenn ich den Hörer abnehme, um dich anzurufen. Ich habe bis zur Unkenntlichkeit verstümmelte Leichen gesehen und konnte einen Big Mac essen, während ich sie auf Indizien untersucht habe. Aber mir wird flau im Magen, wenn ich weiß, dass wir uns treffen.«

Er machte eine weitere Pause und sah ihr erneut tief in die Augen. Ash wollte sich Khans flauen Magen lieber nicht vorstellen. Er deutete ihr andauerndes Schweigen weiterhin als halb volles Glas.

»Jemanden zu lieben, bedeutet, Dinge zu entdecken, die man an ihm nicht mag, und sie zu verzeihen. Ich weiß, dass wir nicht alles wissen, was man übereinander wissen kann, aber du könntest nie etwas tun oder sagen, für das ich dich nicht vollkommen von jeder Schuld freisprechen würde.«

Sie wusste nicht, was sie sagen sollte. So etwas wollte man gern von jemandem hören, den man bis in die Socken liebte, und nicht von jemandem, mit dem man ganz gerne Pommes frites essen ging. Und er hatte ja Recht, in der Liebe ging es nicht darum, jemanden zu kennen.

»Ich liebe dich, Ash«, erklärte er nicht zum ersten Mal, wobei er diesmal den Druck erhöhte, indem er ihre Hand fasste, »du bist in mein Herz spaziert und dort wirst du bleiben. Du bist meine Liebe für alle Zeiten.«

Oha, dachte sie. Es gab eine feine Grenze zwischen Romantik und Weicheierigkeit, über die er soeben mit fliegenden Fahnen gestürmt war.

Er griff in seine Jackentasche. Ash erstarrte. Er spürte die Kälte in ihren Fingern, ohne das Warnsignal zu beachten. Sie riss entsetzt die Augen auf, als sie zusah, wie er scheinbar in Zeitlupe eine kleine Schachtel aus seiner Jacke zog und auf den Tisch legte. Sie klappte den Mund auf, während sie gleichzeitig versuchte, nicht blöde zu gaffen. Er ließ ihre Hand los, um die Schachtel mit beiden Händen zu öffnen. Er sah ihr in die Augen und missdeutete ihr Entsetzen dämlicherweise als atemloses Erstaunen. Die Schachtel bebte in seinen leicht zitternden Händen, als er den Deckel aufklappte und ihr den Diamantring präsentierte.

»Ash«, sagte er, und sie konnte die Augen nicht von dem glitzernden Edelstein wenden, »ich liebe dich, und ich weiß, dass du mich liebst. Werde meine Frau.«

Ash riss ihren Blick von dem Ring los und sah ihm in die Augen. Sie war fasziniert. Ihr erster Heiratsantrag mit 34. Ihre Mum wäre entzückt. Nun ja, angesichts der Tatsache, dass er ein pakistanischer Einwanderer der zweiten Generation war, würde ihre Mutter schäumen und wahrscheinlich an einem Herzinfarkt sterben, aber solange sie nichts von der ethnischen Herkunft des Antragstellers erfuhr, konnte man ihr die frohe Kunde gefahrlos überbringen.

»He, Fräulein«, sagte eine McDonald's-Angestellte hinter Ash, »essen Sie die Pommes noch?«

Der Bann war gebrochen. Sie hatten ihr Mittagessen vor einer Viertelstunde beendet, und die Kellnerin – wenn man sie bei McDonald's so nennt – wartete schon seit geraumer Zeit darauf, ihren Tisch abzuräumen, weil sie sonst nichts zu tun hatte.

»Sie sind aus Schottland«, sagte Ash. Khan sah die beiden Frauen an, irritiert, dass sein großer Moment gestört wurde. Aber das geschah ihm recht, wenn er so blöd war, sich dafür ein Imbiss-Restaurant auszusuchen.

»Sie sind ja eine richtige Detektivin«, sagte die Kellnerin.

»Ja«, sagte Ashley, »stimmt. Sie können sie abräumen.«

Die Kellnerin wischte um den Ring herum, während Ash und Khan ohnmächtig darauf warteten, die Erörterung seines Heiratsantrags wieder aufzunehmen. Nachdem sie den ganzen

Papier- und Plastikmüll ordentlich weggeräumt hatte, nickte sie den beiden zu, wandte sich noch einmal zu Ash, schüttelte den Kopf und ging weg.

Khan schob den Ring einen Zentimeter weiter in ihre Richtung und ergriff ihre Hand diesmal mit beiden Händen.

»Was sagst du, Ash?«, fragte er. »Du bringst mein Herz zum Singen.«

»Urgh!«, sagte Ash und zog ihre Hand zurück. »Ich meine, das ist wirklich zu viel des Guten. Du hast dich tapfer geschlagen, obwohl ich ehrlich gesagt sowieso nie ja sagen wollte, aber dieser Schmus mit ›Ich bin in dein Herz spaziert‹, ›Liebe für alle Zeiten‹ und jetzt das.«

Er wirkte angemessen verletzt und tat ihr angemessen Leid.

»Es ist nur, dass ich weiß, dass du Recht hast«, sagte sie. »Was das Verlieben angeht, meine ich, und deshalb weiß ich, dass ich dich nicht liebe.«

»Das kommt vielleicht noch«, sagte er, auf der Suche nach einem überzeugenden Argument, all seine Prinzipien zum Thema Verliebtsein über Bord werfend.

»Und was wäre, wenn ich jemanden treffen würde, in den ich mich genauso verliebe wie du dich in mich? Was dann?«

Das ließ ihn stutzen. Darauf gab es keine richtige Entgegnung, keine Reaktion, nichts zu sagen. Er wusste, dass sie Recht hatte, wusste, dass ihr die Beziehung fade wurde, die ganze Idee mit dem Heiraten war nur ein verzweifelter Versuch gewesen, sich an etwas zu klammern, das zu verlieren er schon begonnen hatte.

»Ich weiß nicht, Ash«, sagte er, und sie ahnte, dass er kurz davor war, seine Würde zu verlieren, »ich weiß nur, dass ich dich liebe und dass es funktionieren kann.«

Er machte eine Pause, und sie wusste, was kam. Er sah ihr aufrichtig in die Augen und fasste noch einmal ihre Hand.

»*Try to see it my way*«, begann er leise zu singen, mehr Russell Watson als Lennon oder McCartney. Ash sprang rasch auf und streckte abwehrend eine Hand aus.

»Rote Karte!«, sagte sie.

»Ash!«, flehte er.

»Ich nehme den *Last Train to Clarksville*, Junge«, sagte sie. »Bis später.«

Und mit diesen Worten war sie aus der Tür, schneller als ein Kugelblitz, sodass der arme alte Khan mit seinem Ring allein am Tisch zurückblieb. Er blickte ihr hinterher, erwog kurz, ihr nachzulaufen, entschied sich dagegen, schob den Ring eilig wieder in die Tasche und sah sich um, um festzustellen, wie viele andere Gäste des Restaurants es mitbekommen hatten.

Kurz gesagt: alle. Und er kam sich sehr, sehr blöd vor.

Kapitel 5

Die Neuen Ultra-Mini-Extra-Kleinen Babybals

Der offizielle Käse der XXVIII. Olympischen Spiele in Athen 2004. Wenn Athleten Käse essen, dann die **Neuen Ultra-Mini-Extra-Kleinen Babybals.**

Um zwei Uhr nachmittags hatte Jools Garrett, Geschäftsführer Kreation bei Bethlehem, Forsyth & Crane, schon jede Menge Gutes über den neuen Frisör in der Stadt gehört und beschlossen, den Typ persönlich auszuchecken und einen Hugh Jackman (*X-Men*) zu verlangen. Um 14.15 hatte er einen Termin mit ein paar Frauen von einer Firma für Kosmetikartikel, sodass er beschlossen hatte, zwei Fliegen mit einer Klappe zu schlagen, das Meeting im zehnten Stock abzuhalten und sich die Haare schneiden zu lassen, während er sich anhörte, wie die beiden Kosmetik-Komikerinnen ihr Sprüchlein aufsagten. Er wusste nichts über die Firma, und auch seine persönliche Assistentin Rose hatte keine harten Fakten über sie ausgraben können, aber wenn man Garrett fragte, sagte der Name schon alles. Waferthin.com. Keine Einzelheiten, wie heißt das Stück?

Barney schuf um die Konturen von Garretts Schädel einen an Präzision kaum zu übertreffenden Wolverine. Bis die Damen eintreffen sollten, blieben noch einige Minuten Zeit.

»Was wissen Sie über weibliche Hygiene?«, fragte Garrett, weil er bereits erkannt hatte, dass Barney ein guter Typ war, um Ideen auszuprobieren.

»Sie ist für sich genommen schon positiv«, sagte Barney vorsichtig, während er sich fragte, worauf sein Kunde hinauswollte.

»Unbestreitbar richtig, mein Junge«, sagte Garrett. »Aber wissen Sie, im Supermarkt gibt es ganze Gänge, die ausschließlich allen möglichen Sorten von, na ja, Slipeinlagen und so vorbehalten sind. Was hat das zu bedeuten? Es gibt Millionen von den kleinen Scheißdingern. Schlimmer als Käse. Unterschiedliche Dicke, unterschiedliche Größe, unterschiedliche Saugkraft, unterschiedliche Einlagen für unterschiedliche Slips, manche mit Flügeln, andere mit Riemchen, wieder andere mit Knöpfen und Abzeichen und Clipverschlüssen und Beschlägen und Schaltern, alles Mögliche. Ich meine, auf wie viele verschiedene Arten kann man sich ein Stück gepresste Baumwolle ins Höschen schieben?«

Barney hantierte mit irgendeinem Haarpflegeprodukt herum, was für einen Hugh Jackman ziemlich entscheidend ist.

»Ist es nicht höchstwahrscheinlich ein Typ wie Sie gewesen, der den ganzen Schnickschnack erst erfunden hat?«, fragte er.

Garrett lächelte still unter seinem expandierenden Mopp.

»Guter Einwand, Batman, ich hab schon gehört, dass Sie auf Draht sind.«

Die Tür ging auf. Rose mit den beiden Managerinnen von Waferthin.com.

»Ihr 14.15-Termin«, sagte sie, als die beiden Frauen den Raum betraten. »Ilona Strawberry und Taylor Bergerac«, fügte sie hinzu, bevor sie sich eilig zurück- und die Tür hinter sich zuzog.

Zunächst betrachtete Garrett die Frauen im Spiegel, wandte sich jedoch nach circa 1,24 Sekunden um, um sie eins zu eins zu betrachten. Normalerweise kann es einschneidende Folgen haben, wenn man sich unvermittelt umdreht, während man frisiert wird, doch da Barney die beiden Frauen ebenfalls ansah, bestand für Garrett keine Gefahr.

Strawberry und Bergerac waren von ein und derselben Marke, scheinbar die Anstellungsvoraussetzung für Managerinnen ihrer Firma. Ende zwanzig, Kostüme in satten Primärfarben, kein Make-up bis auf den zur Garderobe passenden Lippenstift, und beide außergewöhnlich hübsch.

»Taylor Bergerac«, sagte die Erste und hielt ihre Hand hin, zunächst Barney, dann Garrett, der aus seinem Stuhl schoss, als wäre er beim Start von Le Mans. So viel zu dem Plan, es mit den Ladys cool angehen zu lassen. Bergerac hatte einen festen Händedruck, einen klaren Blick, ein nettes Lächeln, kurze schwarze Haare und einen lächerlichen Namen.

»Schön, Sie kennen zu lernen«, sagte Garrett.

Barney sagte nichts. Ihm gelang es deutlich besser als seinem Kunden, auch unter Druck seine Nonchalance zu wahren.

»Ilona Strawberry«, sagte die andere und gab erst Barney, dann Garrett die Hand. Fester Händedruck, die Augen hinter einer absurd schicken Sonnenbrille verborgen, das Lächeln ein wenig zickig und um die Mundwinkel unsicher, kurzes rotbraunes Haar und ein komplett absurder Name. Barney fragte sich, ob diese Leute von vollkommen verrückten Eltern getauft worden waren oder sich die Namen selbst ausgedacht hatten, als sie ihre Dot.com-Firma gegründet hatten.

»Danke, dass Sie vorbeikommen konnten«, sagte Garrett. »Tut mir Leid, ich lasse mich frisieren. Aber ich war gerade fertig.«

Barney zog eine Braue hoch. Bergerac lächelte.

»Ein Hugh Jackman?«, fragte sie.

»Unbedingt«, sagte Garrett.

»Ich denke, der braucht noch ein bisschen«, sagte sie und sah zu Barney, der bestätigend nickte.

»Nur zu«, sagte Strawberry, »wir können uns trotzdem unterhalten.«

Garrett sah Barney an, als wolle er sich lieber von einem Mann bestätigen lassen, dass das in Ordnung war. Er hatte die Kontrolle über die Situation komplett verloren, all die Erfahrung, die er normalerweise einbrachte, all das Wissen darüber, wie man Kunden manipuliert, das Verfahren dominiert und ein Meeting zum eigenen Besten steuert, war wegen ein paar Frauen in tiefe Vergessenheit katapultiert. Barney lächelte.

»Setzen Sie sich«, sagte er.

Garrett wirkte leicht verunsichert, wies auf die beiden Stühle, die er für den Anlass hatte herschaffen lassen, und ließ sich wieder auf den Frisörstuhl sinken. Barney wartete, bis Garrett Platz genommen hatte, und machte sich wieder an die Arbeit.

»Und«, sagte Garrett in der plötzlichen Selbsterkenntnis, die Fassung verloren zu haben, und bemüht, selbige wieder zu finden, »wie können wir ins Geschäft kommen?«

»Vielen Dank, dass Sie sich Zeit für uns nehmen«, sagte Strawberry, während sich ihre Blicke im Spiegel kreuzten, ihrer hinter der dunklen Sonnenbrille verborgen. »Wir hoffen, dass Sie uns behilflich sein können.«

Garrett spreizte in einer beinahe päpstlich anmutenden Geste die Hände.

»Ich will sehen, was ich tun kann.«

»Wir möchten, dass Sie uns helfen«, sagte Bergerac, »einen Vertrag zu bekommen.«

Garretts Blick schwenkte zu ihr, wobei er sich anstrengte, ihr in die Augen und nicht auf die Brüste zu gucken. Denn das ist wichtig.

»Klingt interessant«, sagte er, »um was für Brüste geht es

denn? Vertrag, wollte ich selbstverständlich sagen«, fügte er hastig hinzu.

»Für Athen 2004.«

Garrett nickte. Die meisten der üblichen Werbeverträge waren bereits auf dem Markt. Die Aufträge, die am Ende immer auf dem Tisch von Nike und Coca Cola landeten. Nicht zu vergessen Pringles.

»Wir möchten, dass Sie uns helfen«, sagte Bergerac, »einen Vertrag als offizieller Slipeinlagen-Ausrüster der Olympischen Spiele zu bekommen.«

Garrett konnte nicht anders. Er lachte. Das Lächeln auf seinem Gesicht erstarb jedoch ebenso rasch wieder, als er erkannte, dass er als Einziger lachte. Seine Kunden nicht auszulachen, galt wohl als absolute Grundregel der Branche.

»Ja, klar«, sagte er leicht nervös. »Ich meine, gibt es das?«

»Zurzeit noch nicht«, sagte Strawberry.

»Wir wollen, dass Sie dafür sorgen, dass es so etwas gibt«, sagte Bergerac, »um dann sicherzustellen, dass Waferthin.com den Vertrag bekommt.«

Garrett sah die beiden Frauen an und suchte dann im Spiegel Barneys Blick, als bräuchte er wieder männliche Unterstützung, um aus der Sache herauszukommen. Er hätte das Meeting Derkins überlassen sollen, wie der es von Anfang an gewollt hatte. Er musste lernen, seinen Untergebenen zu vertrauen.

»Nun ja, wissen Sie«, begann er und merkte, dass sie ihn locker einmachten, »wir können sehen, was sich machen lässt, aber, ich meine, die üblichen PR-Sachen laufen für Sportbekleidung, Getränke und so. Produkte, die die Sportler tatsächlich benutzen.«

»Glauben Sie nicht, dass Sportler Slipeinlagen tragen?«, fragte Strawberry.

Garrett nickte und machte eine unkontrollierte Geste. Er

war komplett unvorbereitet, saß ziemlich dumm da. Bisher war das Ganze ein Desaster.

»Bei der Weltmeisterschaft in Japan und Korea gab es einen offiziellen Snack, ein offizielles Motoröl, einen offiziellen Käse, ein offizielles Brettspiel, ein offizielles Feuerzeuggas, eine offizielle Toilettenbürste«, sagte Bergerac, »soll ich weitermachen?«

Er nickte erneut und machte eine fahrige Geste. Er musste sich etwas einfallen lassen und zwar sehr schnell.

»Und haben Sie ein Exemplar Ihrer Slipeinlage mitgebracht?«, fragte er und versuchte, angesichts der Tatsache, dass er beiden Frauen unvermeidlich auf den Schritt gestarrt hatte, nicht vor Verlegenheit zusammenzuschrumpfen.

»Es gibt sie noch nicht«, sagte Strawberry, die ihn wenigstens nicht in seiner Peinlichkeit zappeln ließ.

Garrett nickte wieder, ohne zu ahnen, dass er aussah wie einer dieser albernen Wackeldackel aus den 70er Jahren.

»Klingt gut«, sagte er. »Erzählen Sie mir mehr.«

»Zurzeit ist es ein Konzept und noch keine reale Slipeinlage«, sagte Bergerac, das Wechselspiel zwischen den beiden Frauen fortführend, um den Gegner laufen zu lassen.

»Und wann wird es eine reale Slipeinlage sein?«, fragte er.

»Nie«, sagte Strawberry. »Wir kriegen den Vertrag, wir vermarkten das Produkt, aufgrund des Olympia-Gigs kriegen wir jede Menge andere Verträge, wir kassieren das Geld und dann machen wir dicht. Wir produzieren nie eine Slipeinlage, und sehen am Ende bloß aus wie ein weiteres Dot.com-Unternehmen, das es nicht geschafft hat.«

Garrett starrte sie an. Genial. Gleich vom ersten Zug an, sobald sie hereinspaziert waren. Kein Getue, direkt auf den Punkt. Vor ihm saßen zwei bemerkenswerte Frauen, und er war so blöd, sich die Haare schneiden zu lassen.

»Warum erzählen Sie mir das? Sie kennen mich doch gar nicht«, sagte er.

»Wieso denken Sie das?«, entgegnete Bergerac.

»Haben Sie uns gecheckt und so?«

Es klopfte, und Rose steckte den Kopf ins Zimmer. Miserables Timing, Rose, dachte Garrett. Vor fünf Minuten hätte ich dich gebraucht. Jetzt bin ich in der Show, ich habe endlich Kontakt zu diesen Frauen.

»Ein Anruf«, sagte Rose, und er schüttelte den Kopf.

»Schlechtes Timing, Ro, zwanzig Minuten«, sagte er.

»Ich denke, Sie sollten ihn besser entgegennehmen«, sagte sie.

»Hören Sie, Ro, ich bin beschäftigt. Legen Sie auf, parken Sie ihn, machen Sie, was Sie wollen. Sie wissen doch, dass ich nicht gern mittendrin gestört werde. Ich habe die beiden Frauen hier, und dann noch die Sache mit den Haaren, geben Sie mir zwanzig Minuten.«

Ungeachtet des vernichtenden Blicks, den er ihr zuwarf, kam Rose ins Zimmer, beugte sich zu ihm herunter und flüsterte ihm ins rechte Ohr, dass Thomas Bethlehem am Telefon war, der es, wie sie beide wussten, überhaupt nicht schätzte, wenn man ihn warten ließ.

Garrett beäugte die beiden Frauen unsicher, als wüssten sie, warum er aus ihrem Meeting herausgerufen wurde. Er war ein Untergebener. Bethlehem, der Sack, als hätte er geahnt, dass Garrett im Begriff stand, bei mindestens einer dieser beiden umwerfenden Frauen zu landen.

»Schon gut, Ro«, sagte er und warf Barney im Spiegel einen Blick zu, der jenen einen Schritt zurücktreten ließ.

Als er aufstand, ging Rose hinaus, ließ jedoch die Tür offen stehen, damit er ihr auch bestimmt folgte.

»Hören Sie, ich muss für ein paar Minuten unterbrechen.

Tut mir Leid, ich bin so schnell wie möglich wieder bei Ihnen«, entschuldigte er sich bei den beiden Frauen. Den Mann, der hinter ihm stand und ihm die Haare schnitt, übersah er.

Wie auf ein Stichwort sprangen Bergerac und Strawberry gleichzeitig auf; Bergerac klappte ihren kleinen Aktenkoffer auf und entnahm eine Mappe, die sie Garrett überreichte.

»Da drin steht alles, was Sie wissen müssen. Sagen Sie Bescheid, wenn Sie es gelesen haben, und dann werden wir sehen, was wir füreinander tun können.«

Garrett stutzte und starrte Bergerac mit offenem Mund in die Augen. *Dann werden wir sehen, was wir füreinander tun können …* Die Worte waren aufgeladen mit erotischer Spannung aus ihrem Mund geperlt. Seine Kehle war trocken, der Groll, den er soeben noch gegen Bethlehem gehegt hatte, war vollkommen vergessen.

»Ja, ja«, sagte Garrett, »gerne. Vielleicht können wir später miteinander schlafen.«

»Miteinander reden«, fügte er ein paar Sekunden später hinzu, als ihm klar wurde, was er gesagt hatte.

Bergerac nickte lächelnd, sah ihn ein wenig seltsam von der Seite an und folgte Strawberry hinaus.

Garrett starrte ihnen nach und warf Barney einen Blick zu, den dieser nicht erwiderte. Garrett streifte den Umhang ab, blickte in den Spiegel, um den Zustand seines geplanten Hugh Jackman zu überprüfen, zerzauste seine Haare ein wenig und sagte »Superschnallen, was?«, bevor er, ohne eine Antwort abzuwarten, den Raum verließ.

Barney sah ihm nach und fegte den Abfall eines halbfertigen Wolverine zusammen. Dann legte er den Kehrbesen aus der Hand, ging ans Fenster und blickte auf den Fluss hinunter.

»Da geht ein Mann, der sich zum absoluten Volltrottel machen wird«, murmelte er leise.

Kapitel 6

Das Alleralleralleralleerbeste von Bing Crosby: 20 Songs, bei denen man sich nach weichen Wollpullovern sehnt

Zum ersten Mal seit mehr als drei Monaten sind all Ihre Lieblingssongs von Bing Crosby auf einem unglaublichen neuen Album vereinigt. *White Christmas, Swinging On A Star* und ein paar weitere klassische Melodien. Q schreibt: ›Flauschige-weite-Pullover-Musik vom Allerfeinsten‹. Schlüpfen Sie nach einem harten Tag im Büro in Ihre Pantoffeln, zünden Sie sich eine Pfeife an, schlagen Sie die Zeitung auf und entspannen Sie sich zu der Stimme, die Easy Listening geprägt hat. Bing Crosby, der neue Kurt Cobain.

»Hast du schon mal von Bing Crosby gehört?«

Hugo Derkins lächelte und stellte einen viel versprechenden Augenkontakt her. Der Abend lief gut, wie alle seine Abende mit Frauen. Er hatte die alltäglichen Frustrationen der Agentur hinter sich gelassen, vor allem weil er das Gefühl hatte, dass er den Exron-Auftrag auf angenehme Weise zu kontrollieren begann. Wie auch immer gehörte er nicht zu den Menschen, die ihre Sorgen mit nach Hause nahmen. Das führte nur zu Stress, Burn-out und Prostataproblemen im Alter.

Zum Abendessen hatte er sich für Gordon Ramsey entschieden. Der Typ war so was von vorgestern, dass es schon wieder Avantgarde war, dort zu speisen, denn nichts ist schicker als retro. Als Vorspeise eine Blumenkohl-Velouté mit einer Brunoise aus Jakobsmuscheln, gefolgt von einer Dorade Royale mit einem Ragout von Zuckerrüben und zur Abrundung im Ofen gebackene Karamellbananen in der Papillote. Dazu Strathpeffer-Mineralwasser und ein eleganter Puligny Montrachet.

»Selbstverständlich«, sagte Harlequin Sweetlips, und Derkins nickte.

»Nenn mir ein paar seiner Songs«, sagte er lächelnd. Das Essen lag hinter ihnen, sie nippten an ihrem New Yorker Koffeinfreien und knabberten erotisch an den Schokomints, die er seit fünf Jahren bei dem kleinen Chocolatier am Ende der Bond Street kaufte.

Sweetlips spielte ihre eigenen Spielchen.

»Gar nicht so leicht, was?«, sagte Derkins.

»*White Christmas*«, sagte sie, lutschte die Schokoladenglasur eines Pfefferminzfondants ab und ließ sie auf ihrer Zunge zerschmelzen. »Und *Moonlight Becomes You* war doch auch von ihm.«

Derkins nickte lächelnd. Er leerte sein Glas, nahm die Flasche Montrachet und hielt sie über Sweetlips' Glas, obwohl er wusste, dass sie ablehnen würde, bevor er sich nach ihrem Kopfschütteln den Rest der Flasche eingoss.

»Wusstest du, dass er nie eine einzige Note gesungen hat?«

»Wie meinst du das?« Vielleicht war ihr langweilig. Vielleicht war es an der Zeit, zur Hauptattraktion des Abends zu kommen.

»Es ist eines der großen Hollywood-Geheimnisse, über die niemand spricht. Als er irgendwann Anfang der 30er seinen ersten Film gemacht hat, haben ihn die Produzenten verpflichtet, weil sie fanden, dass er das richtige Aussehen hatte. Jung, aber doch reif, ein Typ, den man seiner Mutter vorstellen kann, der Junge von nebenan und der ganze Scheiß. Das Problem war nur, dass er keinen verdammten Ton singen konnte.«

»Bing Crosby?«

»Keinen einzigen verdammten Ton«, sagte Derkins, zog die Schultern hoch und breitete aufrichtig die Hände aus. Sein Lächeln wurde breiter, kleine Grübchen zeichneten sich auf seinen Wangen ab. »Sie mussten einen anderen Typ engagieren, der noch kauziger aussah als der alte Bingo, und der hat gesungen. Ein kleiner jüdischer Bursche.«

»Und was ist passiert?«

Sweetlips strich mit dem Finger über den Rand ihres stillgelegten Weinglases, ein elegantes Stück mit einem kleinen Kelch auf seinem schlanken 15 Zentimeter hohen Stiel. Sie fand Derkins ganz in Ordnung. Hoffnungslos verloren in seinem eigenen Rektum, aber das lag an der Branche. Trotz des ganzen Mists war er ein ganz anständiger Kerl, und mit seinen Grübchen sah er richtig niedlich aus. Sie hätte ihn beinahe attraktiv finden können. Schade eigentlich, was gleich geschehen würde.

»Nun ja«, sagte Derkins und beugte sich näher zu ihr, »der erste Film war ein Riesenerfolg, also mussten sie noch einen drehen. Und ehe man sich versah, war Crosby berühmter als Jesus. Die Studios konnten ihn nicht mehr loswerden, und Crosby den kleinen jüdischen Burschen nicht.«

Sweetlips lehnte sich zurück. Ihre Bluse war fernöstlich hochgeschlossen, doch die schwere Seide schmiegte sich wunderbar an die Rundung ihrer Brüste, viel aufreizender als jeder aufdringlich tiefe Ausschnitt.

»Hatte der kleine jüdische Bursche nicht irgendwann die Nase voll?«, fragte sie, das Spiel mitspielend.

»Aber nein. Er war begeistert. Er war ganz zufrieden damit, im Hintergrund zu bleiben. Hat in irgendeiner Luxusvilla in

Beverly Hills gewohnt. Jede Menge Geld, jede Menge Frauen, ihm war es egal. Es war die perfekte Kombination.«

Sie starrte ihn an, ihr Lächeln lauerte knapp unter ihren Lippen.

»Nee«, sagte sie schließlich, »das kauf ich dir nicht ab. Das hätten die Leute gewusst.«

»Natürlich *wussten* sie es«, sagte Derkins. »Verdammt, anfangs wusste es jeder in der Branche. Aber in jenen Tagen gab es alle möglichen Geheimnisse. Jeder zweite Star war schwul oder lesbisch oder ein Salonlöwe oder was weiß ich, alles Mögliche. Daran hat sich übrigens bis heute nichts geändert. Verglichen damit war die Sache mit Crosby gar nichts. Und irgendwann geriet sie schlicht in Vergessenheit. Wie so was eben geht.«

Der schüchterne Hauch eines Lächelns umspielte ihre Mundwinkel. Sie hätte die Puppe aus dem alten Cointreau-Spot sein können. Nur dass Harlequin Sweetlips viel cooler war, viel besser aussah und nicht ganz die gleichen Absichten hegte.

»Also gut«, sagte sie träge. »Möglich ist es.«

»Die Welt da draußen ist total verrückt, Harley«, sagte Derkins.

»Das glaube ich dir auf jeden Fall«, sagte sie.

»Und was meinst du?«, fragte er, und bewegte, auf die Unterarme gestützt, seinen Kopf ein Stück weiter über den Tisch. Seine Augen leuchteten, seine Zähne glänzten weiß. (Er putzte sie sich mit der Neuen Dento-Strahler-Doppel-Clean-Zahnweiß. Nicht, dass es etwas gebracht hätte. Seine Zähne waren weiß, weil er sie von einem Londoner Zahnarzt für 3000 Pfund hatte bleichen lassen.) »Wahr oder falsch?«

»Bing?«

»Ja.«

Sie dachte erstmals ernsthaft darüber nach und beschloss, großzügig zu sein und dem armen Kerl einen letzten Triumph mit ins Grab zu geben.

»Wahr«, sagte sie. »Ich bin zwar nicht restlos überzeugt, aber ich kauf es dir ab.«

Das Lächeln auf Derkins Gesicht wurde breiter, sodass die Grübchen bei näherem Betrachten jetzt eher entstellend aussahen.

»Nicht schlecht, Batgirl«, sagte er und zog die Augenbrauen hoch, um sein Lächeln zu unterstreichen. »Ich hab es mir ausgedacht.«

Also wirklich, ich bin schockiert, dachte sie, kicherte und warf ihr Haar zurück.

»Siehst du, was ich meine?«, sagte er. »So läuft das heute. Tatsache ist, Harley, dass die Leute dir alles glauben, wenn du es nur überzeugend genug rüberbringst. Sie fallen jedes Mal drauf rein. Fett reduziert? Was zum Teufel soll das heißen? Wen kümmert's? Die niederen Organismen stehen trotzdem Schlange, um den Mist zu kaufen, und wenn sie trotzdem nicht abnehmen, geben sie den fünfzehn Flaschen von Tescos chilenischem Chenin blanc die Schuld, die sie Silvester geleert haben. Die Leute glauben, was sie glauben wollen, und trotzdem werden sie weiterhin jeden Mist kaufen, den man ihnen aufschwatzt, solange man ihnen in die Augen blickt und das, was man sagt, ernst meint. Und darin sind wir gut.«

»Die Firma ist unglaublich«, fuhr er fort, als sie ihm den Raum ließ. Er geriet regelrecht ins Schwärmen und bereitete sich auf den Höhepunkt vor, der darin bestehen würde, dass er sich über den Tisch beugen, sie bei den Haaren packen und hart auf den Mund küssen würde. »Wir werden die absoluten Könige der Branche sein. Deshalb ist es auch ein kluger Schachzug, sich mit mir zusammenzutun, Baby. Bethlehem ist gut, Garrett ist gut, aber du und ich zusammen, wir können besser sein als jeder andere.«

»Trotzdem«, sagte sie mit einem Lächeln, das ein klein wenig verruchter war als zuvor, »im Moment nur die Achtgrößten in Großbritannien.«

»Die Siebtgrößten«, korrigierte er sie. »Vor drei Jahren waren wir noch nicht mal unter den Top 20, jetzt machen wir ihnen Feuer unter dem Hintern. Thomas, klar, aber auch wir anderen. In zwei Jahren werden wir ganz oben sein, vor allem mit uns beiden am Ruder. Du tust das Richtige, Baby.«

Sie strich sich mit dem Finger über die Unterlippe. Ein letzter enthusiastischer Ausbruch des jungen Derkins, dachte sie, und jetzt wird er vermutlich die Initiative ergreifen. Viel Glück.

Derkins deutete das mit dem Finger und der Lippe total falsch, was indes unvermeidlich war, denn wenn er die wahren Pläne von Harlequin Sweetlips geahnt hätte, hätte er sie mit ziemlicher Sicherheit nicht zum Abendessen eingeladen.

Er pflanzte sich vor ihr auf, und das Lächeln auf seinen Lippen erstarb. Höchste Zeit, ihr zu zeigen, wer der Boss war.

»Es ist Zeit«, sagte er. Sie nickte.

Seine Hand schnellte vor wie die Pranke eines in freier Wildbahn lebenden Löwen, der sich auf ein Opfer stürzt, packte sie und zog sie an sich, sodass ihre Köpfe sich über dem Tisch begegneten. Seine Zunge versenkte sich in ihren Mund wie ein Drei-Zentner-Taucher, der in die Karibik platscht. Ihr Kopf zuckte, bis sie ihre Lippen an seine schmiegte, es ein paar Sekunden über sich ergehen ließ und dann fest zubiss.

Überrascht riss er den Kopf zurück und schmeckte das Blut in seinem Mund, doch sein Lächeln wurde breiter, und der Schmerz fachte seine Lust nur noch weiter an. Er liebte Schmerz, liebte es, wenn sie sich wehrten.

»Hey!«, sagte er. »Das war brutal.«

Sie sagte nichts, aber ihr Blick loderte.

»Lass es uns machen«, sagte er und beugte sich wieder vor.

Sie nickte langsam.

»Ja«, sagte sie. »Ja.«

Sie nahm ihr leeres Weinglas und hielt es ihm hin, als wollte sie ihm zuprosten. Er sah sie fragend an, weil er automatisch annahm, dass sie irgendeine abartige sexuelle Spielart vorschlagen wollte. Doch als sie sich bewegte, tat sie es mit Tempo, Eleganz und einer beinahe tänzerischen Leichtigkeit.

Sie schlug das Weinglas gegen die Tischkante, der Kelch brach am Ende des Stiels mit einem lauten Knacken ab und segelte durch die Luft. Ohne ihre fließende Bewegung zu unterbrechen, riss sie den Stiel hoch und rammte ihn in sein rechtes Auge, durch den Augapfel und tief in die Höhle, bis er in seiner ganzen Länge von fünfzehn Zentimetern in seinem Schädel verschwunden war, sodass der Sockel aussah wie ein Monokel auf seinem Gesicht, das den anfänglichen Blutfluss stoppte.

Derkins kippte nach vorn, sein Kopf landete geräuschvoll auf dem Tisch. Das Blut sammelte sich unter dem Glas und begann sich auf der weißen Tischdecke auszubreiten, die bisher nur von einem Klecks Zuckerrübenragout verunziert war.

Harlequin Sweetlips fing derweil den durch die Luft segelnden Kelch auf, leerte die letzten Tropfen, schob ihren Stuhl zurück und erhob sich. Sie blickte auf Derkins' Hinterkopf, wo das Blut jetzt seinen schneidigen, aber lässigen Harvey Nicholls ruinierte.

»Eine Brunoise aus Jakobsmuscheln«, sagte sie leise kopfschüttelnd. »Mieser kleiner Angeber.«

Und mit diesen Worten griff Sweetlips nach ihrer Handtasche, nahm ein kleines Set heraus, um den Tatort von Spuren zu säubern, während sie gleichzeitig neue Spuren legte, und machte sich an die Arbeit.

Um 3.30 Uhr wimmelte es in Derkins' Wohnung von Polizisten. Die Spurensicherung zog ihr Ding ab, Fingerabdrücke sichern, mit Pinzetten kleine Härchen einsammeln und den ganzen DNA-Kram, den Sherlock Holmes seinerzeit auch schon gemacht hätte, wenn er davon gewusst hätte. (Im viktorianischen Zeitalter hatten die Menschen keine DNA. Ihre Grundbausteine waren von Lego.)

Die Leiche befand sich immer noch dort, wo sie seit knapp sechs Stunden lag. Vom Sockel des Glases hatte man Fingerabdrücke genommen, doch der Stiel harrte weiter seiner Entfernung aus der Augenhöhle. Harlequin Sweetlips hatte dem Mix einen neuen Satz Fingerabdrücke hinzugefügt, die die Männer von der Spurensicherung jetzt an diversen Stellen der Wohnung entdeckten.

Detective Chief Inspector Joshua Wildman, 43, der Polizeibeamte, der die Ermittlungen leitete – nachdem er zum Glück von einer Serie profaner Überfälle am unteren Ende der Tottenham Court Road abgezogen worden war –, stand über der Leiche.

»Hugo Derkins«, sagte Ashley Daniels mit einem Blick auf die Notizen, die sie sich gemacht hatte, seit sie zehn Minuten vor ihrem Chef in der Wohnung eingetroffen war. »Dreiunddreißig. Hat für eine Marketing-Agentur unten am Fluss gearbeitet. Bethlehem, Forsyth & Crane. Offenbar ziemlich groß. Unverheiratet. Mitglied des Marylebone Cricket Clubs.«

»O Gott«, sagte Wildman.

»Kommen Sie mir nicht mit Ihren Vorurteilen«, sagte sie.

»Klappe, Danno«, sagte Wildman. »Sonst noch was?«

Sie wandte sich lächelnd wieder ihren Notizen zu, was die Mühe jedoch kaum lohnte.

»Nicht viel. Wussten Sie, dass es Shampoo mit *Endivien & rote Beete*-Aroma gibt?«, fragte sie.

Wildman grunzte. »Klingt wie ne Tüte Chips«, knurrte er.

»Und er stand schwer auf bulgarische Folklore«, fügte sie hinzu.

»Oh, Herrgott noch mal«, sagte Wildman.

»Ansonsten Fehlanzeige. Die ganze Wohnung ist bloß Show und nichts dahinter.«

Wildman seufzte tief, richtete sich gerade auf und dehnte die Arme, wozu ihn seine Frau stets ermahnte, damit er seinen Buckel loswurde. Sobald er das getan hatte, wanderten seine Gedanken jedoch weiter, und der Buckel kehrte zurück. Er sah sich in dem Zimmer um.

»Nur Show und nichts dahinter. So was sieht man heutzutage nicht oft«, sagte er. »Was zum Teufel machen Marketing-Leute eigentlich genau?«

Wildman war seit mehr als 22 Jahren bei der Polizei und mochte seine Arbeit, was unter seinen Kollegen durchaus ungewöhnlich war. Trotzdem war es nicht mehr das Gleiche wie in den späten 70ern, als er angefangen hatte.

»Das sind die Leute, die bestimmen, welchen Schokoriegel wir nächstes Jahr alle essen«, sagte Daniels. »Es sind die Leute, die dafür verantwortlich sind, dass es Mini Mars, Wischtücher für absolut alles auf diesem Planeten und Chipstüten mit limitierter Auflage gibt.«

»Ah«, sagte Wildman. »Gut, einer weniger von denen schadet also kaum.«

Und damit wandte er Ash und der Leiche den Rücken zu und schickte sich an, die Wohnung zu verlassen.

»Ich nehme an, Sie wissen, wo wir die Büros von Bethlehem, Humpty und Dumpty finden?«, fragte er über die Schulter.

»Ja«, antwortete sie in seinem Kielwasser.

»Die nehmen wir uns morgen früh vor«, sagte er. »Jetzt gehe ich ins Bett. Ich nehme an, Sie wollen zurück zu Sergeant Khan.«

»Ich hab Schluss gemacht«, sagte sie.

Wildman grunzte. »Wurde auch verdammt noch mal Zeit«, murmelte er, als er die Wohnungstür öffnete und reichlich verärgert einen Schritt zurück machte, weil weitere drei übermotivierte Kriminaltechniker in die Wohnung stürmten, um die Spurensicherung fortzusetzen.

Kapitel 7

Achselhöhlenkrebs – Trendprophylaxe in der Krankenversicherung

Seit Jahren verschleiert die Kosmetikindustrie die Wahrheit. Die Verstopfung der Poren unter Ihren Armen kann zu schweren gesundheitlichen Schäden führen, weil eine 24-Stunden-Blockade dieser Poren nicht vorgesehen war. Die Zahl der bösartigen Achselhöhlentumore hat sich in den vergangenen zehn Jahren beinahe verdreifacht. Fast jeder Zweite, der ein Anti-Transpirations-Deo benutzt, und das tun die meisten von uns, läuft Gefahr, an Achselhöhlenkrebs zu erkranken.
Zeit, an die Zukunft zu denken. Zeit, um nur 39,99 Pfund im Monat in eine Exron-Achselhöhlen-Zusatzkrankenversicherung zu investieren.
Ihre Achselhöhlen: Die wichtigsten Höhlen Ihres Körpers. Mit Abstand.

Barney Thomson schreckte in seinem Bett hoch, sah sich im Zimmer um und versuchte sich zu erinnern, wo er war. 30 Sekunden der Verwirrung, des eigenartigen göttlichen Wahnsinns, keinen Schimmer von seiner Identität oder seinem Aufenthaltsort, bevor der bereits chaotische Lärm der Busse und des übrigen Verkehrs heimtückisch in sein Hirn sickerte und ihm London und seine Anstellung als Frisör in den

Räumlichkeiten von Bethlehem, Forsyth & Crane wieder einfiel.

Er ließ seinen Kopf auf das Kissen zurücksinken, fuhr sich mit der Hand durchs Haar, das er sich ganz kurz geschnitten hatte. Er atmete tief durch und erkannte das Unbehagen, das ihn aus tiefem Schlaf gerissen hatte. Wieder einer dieser Träume, die ihn permanent heimsuchten, aber keinerlei Erinnerung hinterließen. Er schloss die Augen und versuchte zu erkennen, woher er gerade gekommen war, aber in Träume konnte man nicht zurückfinden. Vielleicht war es diesmal mehr gewesen.

Ein gewaltiger Schauder erfasste seinen ganzen Körper, woraufhin er die Augen gierig nach Tageslicht wieder öffnete. Er schwang die Beine aus dem Bett, setzte die Füße auf den Boden und blieb auf der Kante sitzen.

Mord, ein Mord war geschehen. In London, in einer beliebigen Nacht? Natürlich geschah immer irgendwo ein Mord. Doch dieser Fall hatte sich in seinem Dunstkreis ereignet, das Opfer würde jemand sein, den er gekannt hatte. Es fing wieder an. Es verfolgte ihn, wohin er auch ging, ein ewiger Fluch. Nicht einmal durch den Tod hatte er ihm entkommen können und auch durch eine rastlose Flucht von Dorf zu Dorf und Stadt zu Stadt entkam er ihm nicht. Man musste ihm nicht einmal sagen, dass es wieder angefangen hatte, er wusste es instinktiv.

»Womit habe ich das bloß verdient?«, fragte er sich bitter, bevor er aufstand und die Vorhänge aufzog.

Garrett saß an seinem Schreibtisch. Rose hatte soeben Wildman und Ash in sein Büro geführt, nachdem sie ihn über Derkins' Tod informiert hatte. Während Thomas Bethlehem auf der Suche nach neuen Kunden den Kontinent bereiste, war Garrett der ranghöchste Mitarbeiter, der dem Sturm auf der

Brücke trotzen musste, wenn einer der Angestellten unerwartet mit einem Weinglas in der Birne endete.

Garrett wartete. Ash musterte die dicke Samttapete mit dem 60er-Jahre-Retro-Warhol-Bananenmuster. Wildman sah sich in dem Büro um, bis sein Blick schließlich an einem Monet-Druck hängen blieb. Nur stilvolle Oberfläche ohne Substanz, hatte er bereits entschieden, ohne auch nur zu wissen, was die Tapete gekostet hatte.

»Ja, mein Gott«, sagte Garrett, da anscheinend keiner der beiden Beamten die Absicht hatte, das Wort zu ergreifen.

»Monet mag ich ganz gern«, sagte Wildman, und Garrett verzog das Gesicht, als der Inspector das ›t‹ mit aussprach. »Obwohl man natürlich sagt, er wäre der neue Charlie Brown«, fügte Wildman hinzu.

Er wandte sich Garrett zu und lächelte, als wären sie zwei Kunstkenner, die sich über einen Insider-Witz amüsierten, sodass Garrett sich gezwungen sah, das Lächeln zu erwidern.

»Das ›t‹ in Monet ist stimmlos«, sagte Ash.

Wildman drehte sich halb zu ihr um, warf Garrett ein trockenes Lächeln zu, und tat dabei weiter so, als wären sie irgendwie überlegen.

»Hören Sie, ähm, also, mein Gott«, sagte Garrett, um die Situation in den Griff zu kriegen, bevor Wildman vorschlug, dass sie für ein paar Stündchen gemeinsamen Kunstgenuss zur Tate Modern schlenderten. »Hugo. Wissen Sie, was passiert ist?«

»Keine Ahnung«, sagte Wildman und wandte sich einem weiteren Bild zwischen den Bananen zu. Moderne Kunst diesmal. Da er sich jedoch nicht entscheiden konnte, was es darstellen sollte, war seine Aufmerksamkeit vorhersehbar kurzlebig.

»Eine Nachbarin hat seine Leiche mitten in der Nacht in

seiner Wohnung gefunden. Die Tür stand offen. Er war seit sechs Stunden tot.«

»Mein Gott«, sagte Garrett. »Er war noch jung, oder? Neunundzwanzig oder so?«

»Dreiunddreißig«, nahm Wildman Ashley mit einem Blick über die Schulter das Wort aus dem Mund.

»Stimmt«, sagte Garrett. 33, verdammt noch mal. Für sein Alter hatte er jung ausgesehen. Wahrscheinlich hatte er alle möglichen Sachen geschluckt. Wild leben, jung sterben, wir kriegen alle, was wir verdienen.

»Er ist ermordet worden«, sagte Ash und wartete auf eine Reaktion.

Garrett machte den Mund auf und stieß einen eigenartigen kleinen Laut aus. Seine Pupillen weiteten sich, und er bemühte sich nicht, seine anfängliche Überraschung, die auch nicht gespielt wirkte, zu kaschieren. Dann klappte er den Mund zu, starrte sie an und versuchte sich zu erinnern, was er in der letzten Nacht getan hatte, falls sie ihn das im Zusammenhang mit dem Mord fragen wollte.

»Alles in Ordnung?«, fragte sie und machte einen Schritt auf ihn zu.

Garrett nickte. Unter anderen Umständen – das heißt, unter Umständen, bei denen er nicht mehr von Taylor Bergerac, dem Waferthin.com-Hasen, besessen gewesen wäre als von der Sache mit Derkins – hätte er Ashley Daniels außerordentlich attraktiv gefunden.

»Ja«, sagte Garrett, »ja. Ich meine, mein Gott, Hugo. Was ist passiert? Wissen Sie, wer es getan hat? Verhören Sie irgendeinen Verdächtigen?«

»Die Ermittlung befindet sich noch im Anfangsstadium«, sagte Ash und setzte sich auf einen herumstehenden Stuhl. »Wir würden Ihnen gern ein paar Fragen stellen.«

Wildman war zur müßigen Betrachtung der Tapete übergegangen und bedachte die Pop-Art mit beifälligem Nicken.

»Klar«, sagte Garrett und ließ sich auf seinem Chefsessel nieder. Er war geradezu lächerlich beunruhigt, dabei hatte er Hugo Derkins gar nicht ermordet.

»Wahrhol ist die neue DC Comics, heißt es«, bemerkte Wildman und drehte sich mit einem wissenden Lächeln um.

Wildman und Ash durchschritten das offene Großraumbüro der Wache, das wie üblich vor Geschäftigkeit brodelte, doch die hektische Aktivität, das eifrige Computer-Geklapper, das Gebrüll am Telefon und die klingelnden Handys täuschten darüber hinweg, dass im Grunde alles Routine war, alles profan und sie Sklaven des prosaischen Wesens des alltäglichen Verbrechens.

»Viel haben wir ja nicht rausgekriegt«, sagte Ash, als sie Wildmans Büro betraten, das reine Chaos bar jeder erkennbaren Ordnung.

»Weiß nicht«, meinte Wildman, ging um seinen Schreibtisch, ließ sich auf seinen Stuhl fallen und blickte auf seinen Schreibtisch, um zu sehen, ob in dem Morast alter Akten irgendetwas neu und daher beachtenswert war, »in diesem Leben kann man nie wissen. Wann sind wir dort aufgebrochen?«, fragte er mit einem Blick auf die Wanduhr, die seit einem halben Jahr nicht mehr ging.

»Vor vierzig Minuten«, sagte sie.

»Gut«, sagte er. »Gehen Sie noch mal alleine hin.«

»Warum?«

»Weil Sie eine Frau sind«, sagte Wildman. »In dem Haus sind offenbar hauptsächlich Männer beschäftigt. Reden Sie mit ein paar von ihnen. Fangen Sie damit an, dass Sie sich Garrett noch mal vornehmen, und reden Sie mit dem Frisör.«

»Was?«

»Irgendwer hat die Liste der Angestellten überprüft. Es gibt einen Hausfrisör. Frisöre wissen vieles, weil die Leute mit ihnen reden. Und das sollten Sie auch tun. Also los.«

»Warum haben Sie mir nicht gesagt, ich soll gleich dableiben, als wir gegangen sind?«, fragte sie, schon auf dem Weg zur Tür.

»Ich habe nachgedacht«, gab er zurück.

Sie öffnete die Tür.

»Nervensäge«, murmelte sie im Hinausgehen.

»Klappe, Danno«, sagte Wildman, wofür er sich einen weiteren verächtlichen Blick einhandelte, bevor sie endgültig aus der Tür war. Nur um unmittelbar von Matty Goldbeck ersetzt zu werden, einem seltsamen kleinen Mann, der mit Puder und Spray und Mikroskopen herumhantierte; einer aus der Armee der Spurensicherung, die am Tatort ausgeschwärmt war. Als sie ihn sah, drehte Ash sich um und folgte ihm zurück in Wildmans Büro.

»Wir haben einen übereinstimmenden Fingerabdruck«, sagte Goldbeck. In einem anderen Buch wäre er vielleicht eine der Hauptpersonen gewesen, aber hier ist er nur ein ganz kleines Licht.

»Mein Gott, was ist passiert?«, fragte Wildman. »Normalerweise braucht ihr Clowns doch ungefähr sechs Tage für so was.«

»Sie können mich mal«, sagte Goldbeck, bereitwillig in das neckische Geplauder einsteigend, das zwischen Polizisten und Labortechnikern üblich ist.

»Ja, schon gut«, sagte Wildman. »Jemand, den wir kennen?«

Goldbeck blickte auf den Ausdruck mit den beiden übereinstimmenden Fingerabdrücken in seiner Hand. Er hob den Kopf und sah Wildmann an, entschlossen, das, was er zu sagen hatte, mit Selbstvertrauen vorzutragen. Seine natürliche Ausstrahlung war positiv und hemdsärmelig, aber das war nur eine Fassade.

»Die Queen«, sagte er hastig.

»Wie meinen Sie das?«, fragte Wildman verblüfft, während sich ein fragendes Lächeln auf Ashs Gesicht ausbreitete.

»Die Abdrücke, die in der Wohnung des Verstorbenen gesichert wurden«, erklärte Goldbeck mit fester Stimme, »entsprechen exakt denen der Königin.«

»Welche Königin?«, fragte Wildman.

»Elizabeth die Zweite«, sagte Goldbeck. »Was glauben Sie denn, wie viele Queens es gibt?«

»Kommt drauf an, wie nah man an Manchester kommt«, gab Wildman zurück.

»Sie sind wirklich verdammt komisch«, sagte Goldbeck. »Und was werden Sie mit dieser Information anfangen?«

Wildman verschränkte die Arme fest vor der Brust und lehnte sich zurück.

»Ich weiß nicht, wo ich anfangen soll«, sagte er.

Goldbeck trat einen Schritt vor und legte das Blatt vor ihn auf den Tisch. Wildman hielt seinem Blick ein paar Sekunden lang stand und betrachtete dann die Fingerabdrücke, von denen der eine aus der Wohnung von Hugo Derkins stammte und der andere vom amtierenden Staatsoberhaupt. Sie waren vollkommen identisch.

Wildman hielt das Blatt Ash hin, die zu seinem Schreibtisch kam und es ihm aus der Hand nahm.

»Was machen die Fingerabdrücke der Königin überhaupt in einer Verbrecherkartei?«, fragte Wildman.

»Nicht alle Fingerabdrücke stammen aus einer Verbrecherkartei«, sagte Goldbeck kalt.

»Will uns da irgendwer verarschen?«, fragte Wildman.

»Also, wenn das irgendwer wollte«, sagte Goldbeck, »wäre ich das. Und nein, ich will Sie nicht verarschen.«

Wildman nickte langsam und nahm den Ausdruck wieder entgegen. Gerade hatte er gedacht, er hätte zur Abwechslung mal ganz passable Karten bekommen – schließlich war es unschlagbar, wenn so ein ignorantes Arschloch abgemurkst wurde – und dann das. Die verdammte *Sun* würde schneller vor seiner Tür lauern, als sie »Big Brother« sagen konnten.

»Danke«, sagte er ohne die geringste Spur von Anerkennung, »Sie können uns diese wertvolle Information hier lassen.«

Goldbeck wartete ein paar Sekunden, bevor er sich stumm umdrehte, Ash zunickte und das Büro rasch und erhobenen Hauptes verließ, nachdem er seine Nachricht übermittelt und damit die Verantwortung an jemand anderen abgegeben hatte.

Wildman schob seinen Stuhl zurück und lehnte sich zurück, sodass die vorderen Laufrollen seines Schreibtischstuhls die Bodenhaftung verloren, verschränkte erneut die Arme vor der Brust und wechselte einen Blick mit Ash.

»Sergeant Daniels?«, fragte er, und sie lächelte. »Möchten Sie vielleicht in Erfahrung bringen, was Ihre Majestät gestern Abend zwischen acht und elf Uhr gemacht hat?«

Ihr Lächeln wurde breiter, war jedoch weniger amüsiert als neugierig.

»Und wie soll ich das anstellen?«

»Ich weiß es nicht. Rufen Sie Nicholas Witchell an, Himmel noch mal.«

»Ich meinte, wie soll ich das anstellen, ohne Verdacht zu erregen?«

Wildman setzte mit seinem Stuhl wieder auf dem Boden auf und stützte seine Ellenbogen auf den Tisch.

»Gehen Sie behutsam vor«, sagte er voller Sarkasmus. »Und jetzt ab. Sie haben viel zu tun. Los.«

Ash zögerte, drehte sich dann um und verließ eilig das Büro. Sie schloss die Tür hinter sich und blieb stehen. Das Großraumbüro summte immer noch, und der Tag war trübe geblieben, sodass schon am Nachmittag die Lichter brannten, um das melancholische Halbdunkel zu vertreiben. Sie ging durch das Büro zu dem Schreibtisch von Constable Turner, dem Mann, zu dem sie für gewöhnlich kam, wenn sie eine Information brauchte, zum einen weil er gut war, zum anderen weil sie wusste, dass er für sie schwärmte und dadurch schwer eingeschüchtert war. Auf diesem Weg hinaus konnte sie überdies ein Zusammentreffen mit Sergeant Khan besser vermeiden, mit dem seit dem Zwischenfall bei McDonald's keinerlei Kommunikation mehr stattgefunden hatte.

»Hey, Jack«, sagte sie, und Turner blickte auf und nickte mit den Augenbrauen. »Alles cool?«

»Ziemlich«, sagte Turner.

»Könntest du für mich herausfinden, was das Staatsoberhaupt gestern Abend gemacht hat?«, fragte sie.

Turner sah sie neugierig an.

»Die Queen?«, fragte er.

»Eine andere haben wir nicht«, erwiderte Daniels.

»Sie ist in Frankreich«, sagte er. »Schon seit ein paar Tagen.«

Daniels nickte. Richtig. Frankreich. Staatsbesuch. Natürlich war sie in Frankreich. Sie hatte die üblichen Bilder bei der BBC gesehen, Kinder, die Fähnchen schwenkten, langweilige Männer, die Reden hielten, und verschwenderische Bankette.

»Danke«, sagte sie.

»Keine Ursache.«, erwiderte Turner.

Daniels wandte sich ab und spürte im Hinausgehen Turners Blick auf ihrem Hintern.

Kapitel 8

Das Innenministerium: Wir kümmern uns um Ihre Bedürfnisse

Essen gehen in einem ausländischen Restaurant? Vielleicht ein leckeres Curry oder Huhn süß-sauer? Vielleicht mögen Sie auch Schafshoden oder gegrillte kleine Vögel in Knoblauch? Bevor Sie bestellen, fragen Sie den Kellner, ob er überhaupt ein Visum und eine Arbeitserlaubnis für Großbritannien hat. Er könnte ein illegaler Einwanderer sein, der einem arbeitslosen britischen Staatsbürger den Job wegnimmt. Und dieser arbeitslose britische Staatsbürger könnten Sie sein. Setzen Sie Ihr Land an die erste Stelle. Erst fragen, dann bestellen.
(In Kooperation mit dem *Daily Express*)

Piers Austin und John Bickerton saßen in Garretts Büro und diskutierten, wie man Derkins' Arbeit aufteilen sollte. Die Leiche des Mannes war vielleicht noch nicht ganz kalt, aber in ihrer Branche durfte nichts liegen bleiben. Garrett hatte sich in einem kurzen Kontakt mit Bethlehem, der irgendwo in Südfrankreich weilte, rückversichert und das Okay bekommen, die Aufträge durchzugehen, die in Derkins' Eingangsfach lagen. Das Telefonat war kurz gewesen, und Bethlehem hatte abgelenkt, ja beinahe desinteressiert geklungen. Das wiederum fand Garrett faszinierend; er fragte sich, ob Bethlehem das Interesse verlor, und sah seine eigenen Chancen, die Firma an sich zu reißen, mit jedem Tag seiner Abwesenheit steigen. Er hatte außerdem Bethlehems Einverständnis eingeholt, einen Nachfolger für Derkins zu ernennen, ein Problem, das Garrett bereits beschäftigte, wenngleich nicht in demselben Maße wie ein anderes Problem, das ihm durch den Kopf ging.

»Okay«, sagte Austin, der die Liste vortrug, »die Weingummis, das äthiopische Einwanderungsfiasko, die Diät-Kopfschmerztabletten für Frauen und die Rentenversicherungssache hatten wir. Damit bleibt nur noch WonderSocks.«

»Ja«, echote Bickerton, »WonderSocks.«

Garrett schüttelte den Kopf. Bickerton schüttelte ebenfalls den Kopf und nickte dann. Ein fetter Etat, sie hatten ihn Derkins gegeben, weil es ein Selbstgänger war.

»Was haben wir bisher?«, fragte Garrett.

Austin seufzte und betrachtete das grobe Konzept, das er in der vergangenen Woche in zehn Minuten mit Derkins besprochen hatte.

»Es geht um eine landesweite Plakatkampagne. Wir denken an Naomi oder Kate, vielleicht gehen wir auch nach Hollywood und nehmen Uma oder Liv, das ist noch nicht sicher.«

»Was ist mit Kate Winslet?«, fragte Garrett, obwohl er bei diesen Worten in Wahrheit an Taylor Bergerac dachte, das Thema, das seine Gedanken vordringlich beschäftigte.

»Sie ist zu stämmig«, sagte Austin.

»Wohl zu viele Törtchen genascht«, meinte Bickerton kopfschüttelnd.

»Mein Gott, seien Sie doch nicht so hart mit der Kleinen«, sagte Garrett. »Sie ist heiß.«

»Klar, wenn wir ihre Brüste betrachten würden«, sagte Austin. »Aber hier geht's um Socken. Wir müssen uns auf das Wesentliche konzentrieren«, fügte er hinzu, weil er merkte, dass

Garrett nicht ganz bei der Sache war und Derkins' abruptes Ausscheiden seinem Selbstbewusstsein mächtig Auftrieb gegeben hatte. Er sah sich in der Pole-Position für den Job des Etatdirektor TV. »Wir sehen also ein schlankes Supermodel«, fuhr er fort, »nackt, von vorne, ihre Brüste …«

»Das heißt, wir sehen ihre Brüste doch?«, fragte Garrett lächelnd. »Verstehen Sie, Piers, wir sehen immer ihre Brüste.« Bergerac hatte tolle Brüste. Genau wie Strawberry.

»Der Kunde hat aber ausdrücklich schlank vorgegeben«, sagte Austin.

»Schlank«, wiederholte Bickerton.

»Es wird den üblichen Aufruhr geben, wenn die Titten des Mädchens landesweit plakatiert werden«, sagte Austin, »also müssen wir ein abgeschwächtes Plakat in der Hinterhand haben, sobald der Anruf von der Freiwilligen Selbstkontrolle kommt.«

»Und auf dem muss die Kleine den Betrachter mit einem Blick anschauen, der sagt, ihr könntet jetzt auch auf meinen Busen gucken, wenn die blöde alte Schachtel, die im Bus neben dir sitzt, sich nicht beschwert hätte«, sagte Garrett.

»Absolut«, sagte Austin.

»Ja«, sagte Bickerton.

»Socken können sexy sein«, sagte Austin, »das ist das Ding. Sie liegt rücklings auf dem Teppich …«

»Sieht aus, als wäre sie gerade gevögelt worden?«, fragte Garrett.

»Kommt drauf an, für wen wir uns entscheiden. Wenn es Uma oder Naomi ist, sollte man vielleicht besser das Eiskönigin-Image fahren, gucken erlaubt, anfassen verboten und so. Aber wenn wir am Ende bei Cameron Diaz landen, würden wir den Gevögelt-Look nehmen.«

»Gute Idee«, sagte Bickerton.

»Sie liegt auf dem Teppich«, setzte Austin neu an, »die Füße auf der Kante des Ledersofas. Schwarzweißfotos, nur die Socken in einer leuchtenden Farbe. Wir arbeiten mit einer Serie von mindestens zehn verschiedenen Motiven.«

»Ausgezeichnet«, sagte Garrett. »Wie viel davon war Derkins' Idee?«

»Ungefähr zwanzig zu achtzig«, antwortete Austin, seinen eigenen Beitrag kräftig aufwertend. Garrett kaufte es ihm ab und nickte. Das hätte jeder von ihnen im Schlaf erledigen können. Der arme alte Hugo hatte sich mit Routinescheiße abgeben müssen.

»Und die Fernsehspots?«, fragte Garrett.

»Wir wollen eine Kombi aus Sex und wissenschaftlichem Approach. Eine geile und bis auf die Socken nackte Braut schreitet durch eine schicke Wohnung, während wir erklären, dass WonderSocks die Haltung verbessern, wodurch die Brüste toll aussehen, sicherstellen, dass Füße auch nach einem langen Tag angenehm riechen, die Verdauung fördern, Gewichtsverlust und glänzendes Haar garantieren, Pickel verschwinden lassen, Zellulitis für immer verbannen und Stress abbauen.«

»Ausgezeichnet«, sagte Bickerton.

»Und wir benutzen dieselbe Kleine wie für die Plakate?«, fragte Garrett.

»Ja«, sagte Austin.

»Klingt gut, Piers. Es gefällt mir, wie Sie sich da reinknien. Wann müssen wir präsentieren?«

»Ende nächster Woche«, antwortete Austin.

»Cool. Können Sie bis Montagnachmittag ein komplettes Outline fertig haben?«

»Kein Problem«, sagte Austin.

»Locker«, sagte Bickerton.

Garrett lehnte sich nickend zurück. 25 Minuten, und Hugo

Derkins' Arbeit war abgewickelt. So war das manchmal. Das bedeutete nicht, dass er nicht vielleicht eines Tages in der ersten Liga gespielt hätte, aber jetzt ganz bestimmt nicht mehr. Sterben war vielleicht für Filmstars ein kluger Karriereschritt, aber in der Werbebranche führte er unweigerlich ins Abseits.

Austin erhob sich und verließ das Büro, dicht gefolgt von Bickerton. Als die Tür hinter ihnen zufiel, stand Garrett auf und blickte aus dem Fenster. Er genoss den herrlichen Blick über das südliche Ufer bis in die City und auf das andere Ufer Richtung Norden. Beinahe Zeit, dachte er, für einen Abstecher auf ein schnelles Pint ins Wilbury Close, um ein paar Sachen in seinem Kopf zu sortieren.

In den 33 Minuten zwischen Wildmans und Ashs Abgang und der Ankunft von Austin und Bickerton hatte Garrett sich mit der Waferthin.com-Mappe beschäftigt. Es war gute Arbeit, die exzellente Präsentation eines erstklassigen Business-Plans. Die Konkurrenz wurde niedergemacht, das eigene Produkt in den Himmel gelobt. Aber was sie ihm gegenüber verbalisiert hatten – Garrett dachte tatsächlich in Begriffen wie *verbalisieren* –, wurde selbstredend nicht erwähnt, nämlich dass der eigentliche Geschäftsplan die definitive Absicht eines Konkurses umfasste.

Dreieinhalb Sekunden, nachdem Austin und sein unfähiger Spannemann den Raum verlassen hatten, ging die Tür wieder auf, und Rose stand auf der Schwelle. Garrett drehte sich nicht um.

»Die Polizei ist wieder da«, verkündete sie.

Garretts Mut sank, weil er unwillkürlich davon ausging, es wäre wieder der nutzlose kleine Mann, der ihn so beleidigt hatte, weil er genau die gleichen Ansichten über Kunst hatte wie er selbst. Als er sich umdrehte und sah, wie Rose Ashley Daniels hereinbat, entspannte er sich sofort wieder, bis selbst der letzte Anflug von Nervosität darüber, in eine Mordermittlung verwickelt zu sein, verflogen war.

»Wenn Sie noch ein paar Minuten erübrigen könnten«, sagte Ash.

»Ich wollte gerade ein Pint trinken gehen«, sagte er. »Wollen Sie mitkommen, Sergeant?«

Daniels zögerte – es war immer unklug, den Gegner die Örtlichkeit bestimmen zu lassen –, andererseits wäre die Alternative nur sein Büro mit der albernen Bananen-Tapete, also nickte sie lächelnd.

»Klar«, sagte sie.

Ash setzte sich und starrte auf den Boden des Wilbury Close, während Garrett die Drinks organisierte. Sie hatte ein halbes Pint Cidre bestellt und hoffte, dass sie hier nicht Strongbow ausschenkten, der ultimative Triumph der Werbung über den Geschmack. Beim Warten betrachtete sie eine leere Packung traditionelle Chips mit Meersalz und Malzessig – in der Schale in 100 Prozent reinem Erdnussöl geröstet! – und versuchte, sich nicht von ihren Vorurteilen leiten zu lassen. Garrett repräsentierte so ziemlich alles, was sie am Leben in diesem neuen Jahrtausend hasste: Schein statt Sein, Geld statt Werte. Sie hoffte im Stillen, dass er sich als der Mörder entpuppen würde, obwohl sie bereits wusste, dass sie nach einer Frau suchten. Queen oder nicht.

Garrett kam mit den Drinks und pflanzte sich in einen Sessel. Ein halbes Pint Strongbow für Ash, ein Pint Heineken für sich selbst.

»Prost«, sagte er, und sie nippte nickend an ihrem Glas. Sie sollte eigentlich gar nicht hier sein. Sie hätte ein kurzes Zehn-Minuten-Gespräch in seinem Büro führen und sich dann unter den Mitarbeitern umhören sollen, unter Leuten, die ihr wahrscheinlich sehr viel mehr über Derkins berichten konnten als jemand aus der Führungsriege.

»Was können Sie mir über Hugo Derkins erzählen?«, fragte sie, um zur Sache zu kommen.

»Nicht viel«, sagte Garrett. »Er ist schon seit ein paar Jahren bei der Agentur, er war bereits eine Weile dort, als ich gekommen bin. Hat sich hoch gedient. Vielleicht nicht so schnell, wie er sollte, aber er war auf dem besten Weg. Etatdirektor TV, ein wichtiger Posten.«

»Das heißt, Sie hatten direkt mit ihm zu tun?«

»Ständig.«

»Wie viele Mitarbeiter hat Ihre Agentur?«

»Zweihunderteinunddreißig.«

Ash zückte einen Block und begann sich Notizen zu machen, wobei sie versuchte, das Geschriebene mit der Hand zu verdecken.

»Etwa gleich viele Männer und Frauen?«, fragte sie und hob, als keine Antwort kam, den Kopf. Garrett wirkte verlegen. »Etwa gleich viele Männer und Frauen?«, wiederholte sie.

»Nun ja, wissen Sie«, sagte Garrett, »ich glaube nicht, dass die Dinge immer so unkompliziert liegen.«

»Was soll das heißen?«, fragte sie scharf. »Entweder es sind etwa gleich viele oder nicht.«

»Zweihundertelf Mitarbeiter sind männlich orientiert.«

Eine Uhr tickte.

»Männlich orientiert? Sie meinen, es sind Männer.«

»Ja, es sind Männer«, bestätigte er.

»Das heißt«, sagte Daniels, »die Firma beschäftigt zwanzig Frauen. Richtig?«

»Ja, also Ash, wissen Sie, ich möchte sagen, dass ist in etwa richtig. Ungefähr zwanzig Frauen«, sagte er.

Ash? Für wen hielt sich der Typ, scheiße noch mal?

»Und wie viele dieser weiblich orientierten Angestellten sind Sekretärinnen oder Schreibkräfte?«, fragte sie.

Garrett nickte und trank einen weiteren großen Schluck. Es war nicht seine Firma, aber er repräsentierte sie in diesem Augenblick, und es war auch nicht so, dass er nicht mit Bethlehems Rekrutierungspolitik einverstanden wäre.

»Etwa einhundert Prozent«, sagte er.

»Mit anderen Worten alle?«

»Ja«, bestätigte Garrett. »Alle.«

»Das ist ja nicht unbedingt repräsentativ für eine heutige Belegschaft, oder?«, meinte sie.

»Ich weiß nicht«, sagte Garrett. »Ich meine, ich weiß wirklich nicht. Ist das so?«

»Die Agentur beschäftigt keine Frauen in Führungspositionen, Mr. Garrett. Das ist nicht repräsentativ.«

»Also hören Sie«, sagte er, »außer für die miesen Jobs, die Männer nicht machen wollen, stellen wir sie auch nicht als Bürokräfte an. Wir haben in keiner Richtung Vorurteile.«

Sie klappte ihren Block zu.

»Wollen Sie mir das erklären?«, fragte sie.

Garrett beugte sich vor. Er konnte genauso gut offen reden, weil es eine Ermittlung im Mordfall Hugo Derkins war und keine aufgebauschte Beschwerde der Gleichberechtigungsbrigade.

»Hören Sie, Ash«, sagte er, »im Grunde läuft es darauf hinaus, und das ist in keiner Weise persönlich gemeint, dass Mr. Bethlehem glaubt, man könne Frauen nicht vertrauen. Das ist die Wahrheit, und ich bin geneigt, ihm zuzustimmen. Das mag altmodisch sein und Ihnen nicht passen, aber das glaube ich nun mal, also bekenne ich mich dazu. Frauen sind unzuverlässig. Sie haben lose Zungen. Sie wissen nicht, was Diskretion bedeutet. Und dann die ganze Sache mit der Menstruation und natürlich das fundamentale Bedürfnis, ein Baby zu kriegen, sobald sie eine verantwortliche Position erreicht haben. Mit Frauen gibt es alle möglichen Schwierigkeiten.«

»Ich habe von Männern von Ihrem Planeten gehört«, sagte sie.

»Hey, hören Sie, Ash«, sagte er, und sie hätte ihm dafür am liebsten den Schädel eingeschlagen, »ich weiß, was Sie denken. Viele Männer sind auch nicht besser, und ich bin ganz Ihrer Meinung. Okay, wir menstruieren nicht, und die Baby-Geschichte ist völlig abwegig, aber Männer haben auch Fehler. Aber lassen Sie uns das kurz hintanstellen. Im Grunde sind Männer wie Hunde. Sie sind ein offenes Buch. Glücklich, sauer, was auch immer, es ist offensichtlich. Frauen hingegen sind wie Katzen. Man weiß nie, was sie denken. Sie schmeicheln sich ein, wenn sie etwas wollen, aber sie haben immer ihre eigenen Pläne, und sobald ein besserer Deal daherkommt, sind sie, ratzfatz, weg.«

Ohne den Blick von ihm zu wenden, trank sie einen großen Schluck und stellte ihr Glas wieder auf den Tisch.

»Ratzfatz«, sagte sie.

»Hören Sie, es ist Mr. Bethlehems Firma«, sagte er, »und er muss sie so leiten, wie er es für richtig hält. Natürlich laden wir auch Frauen zu Vorstellungsgesprächen ein, und wenn wir je eine Bewerberin haben, die unserer Ansicht nach geeignet ist, hat sie den Job auf der Stelle.«

»Wenn sie eine Totaloperation hatte und eine Hormonersatztherapie macht«, sagte Ash ätzend.

»Ash«, sagte Garrett, und sie schürzte die Lippen, »so ist es nun mal. Wollen Sie noch einen?«

Sie straffte die Schultern, bis ihr klar wurde, dass sie damit die Brüste herausstreckte, was dieser Neandertaler wahrscheinlich als Aufforderung deuten würde.

»Ich gehe zurück in Ihre Agentur und spreche mit den Leuten, die mit Derkins zusammengearbeitet haben«, sagte sie.

»Logo«, sagte Garrett. »Fragen Sie nach McKee in der HUMA, der wird Ihnen weiterhelfen können.«

»Danke«, sagte Ash, obwohl sie eigentlich nicht wusste, wofür, nickte, drehte sich um und ging zur Tür.

»Bis dann, Ash«, sagte er zu ihrem Rücken. Sie wollte ihn gar nicht beachten und das Gehörte einfach zum einen Ohr hinein und aus dem anderen wieder hinauswehen lassen, doch dann blieb sie stehen, drehte sich um, ging zum Tisch zurück, baute sich vor ihm auf und erwiderte ein paar Sekunden lang seinen gönnerhaften Blick.

»Wenn du mich noch einmal Ash nennst«, sagte sie, »reiße ich dir deinen dünnen kleinen Schwanz ab und stopfe ihn dir in die Gurgel. Hast du verstanden, Typ?«

Reichlich Galle. Garrett nickte, sagte jedoch nichts. Ash hielt seinem Blick noch einen Moment stand, bevor sie sich rasch abwandte und in die feuchte Kühle eines Londoner Spätvormittags im März eilte.

Kapitel 9

C.S.I.: Bishopbriggs – Den Tätern auf der Spur

In diesem Herbst auf Channel 5 die jüngste Weiterentwicklung einer der explosivsten Fernsehserien des neuen Jahrtausends. Folgen Sie den Wissenschaftlern des C.S.I. bei ihren Ermittlungen in Bishopbriggs. Packende Kriminalfälle wie Messerstechereien, Messerstechereien unter Drogeneinfluss, Blutrache mit Messern und andere Körperverletzungen mit messerähnlichen Waffen.
C.S.I.: Mord ist es erst, wenn jemand stirbt!

Ash öffnete die Tür zu dem kleinen Salon im zehnten Stock. Als Erstes stach ihr die Aussicht ins Auge, das große Fenster mit Blick auf die Themse Richtung Stadtrand, dann fiel ihr Blick auf den Mann, der mit ausgestreckten Beinen auf dem Frisörstuhl saß und ins Leere starrte. Er drehte sich nicht um, als die Tür aufging. Wahrscheinlich hatte er einen langen Tag hinter sich und war nicht erpicht auf weitere Kunden. Sie wartete neugierig, doch er blickte sich immer noch nicht um.

»Barney Thomson?«, fragte sie schließlich.

Nach einer weiteren Sekunde drehte sich Barney dann doch zu ihr um. Ein sorgenzerfurchtes Gesicht mit Augen, die zu viel gesehen hatten, dachte sie wie die meisten Frauen, wenn sie Barney Thomson zum ersten Mal erblickten; und sie ertappte sich bei dem unvermittelten Gedanken, ob dies einer dieser Momente war, von denen Sergeant Khan neulich gesprochen hatte.

»Hallo«, grüßte er. »Haarschnitt gefällig?«

»Sehe ich aus wie eine Angestellte dieser Firma?«, fragte sie zurück, nachdem die beiden Stunden, die sie in dem Gebäude verbracht hatte, ihr soeben tiefe Einblicke in das Wesen der wenigen Frauen eröffnet hatten, die hier arbeiteten.

»Da haben Sie auch wieder Recht«, sagte Barney. »Sie müssen der Polizei-Sergeant sein, über den alle reden.«

»Ja. Kann ich Ihnen ein paar Fragen stellen?«

Barney zuckte träge die Schultern. In seinem Leben tauchten offenbar ständig irgendwelche Polizisten auf. Es war ihm egal, was sie fragten. Er hatte schon den ganzen Tag das Gewicht der Welt auf seinen zuckenden Schultern gespürt, nachdem seine Vorahnung vom frühen Morgen sich bewahrheitet hatte. Das Schicksal würde wieder einmal seinen Lauf nehmen.

»Setzen Sie sich«, sagte er.

»Ich stehe lieber«, gab sie zurück, trat ans Fenster und starrte, mit dem Rücken zu Barney, auf den trüben Fluss. Dies war lediglich eine Routinebefragung im Rahmen ihrer Ermittlung; kurz, knapp und auf den Punkt, egal, wie attraktiv der Typ sein mochte.

»Sie sind von der Firma angestellt, die Haare der Mitarbeiter zu schneiden?«, fragte sie, um den Ball ins Rollen zu bringen.

»*Sie* sind doch die Polizistin«, erwiderte Barney.

Sie wollte sich umdrehen, bremste sich jedoch.

»Sie könnten auch ein selbstständiger Subunternehmer sein, der für jeden einzelnen Haarschnitt bezahlt wird«, sagte sie mit einem strengen Unterton. »Ich will lediglich feststellen, ob Sie von der Firma entlohnt werden und die Angestellten ihren Haarschnitt nicht selber bezahlen.«

Barney lächelte. Man musste sie gleich am Anfang auf die Palme bringen, vor allem die Frauen.

»Verstehe«, sagte er. »Ich erhalte einen pauschalen Lohn, die Angestellten machen Termine und bekommen ihre Haare umsonst geschnitten.«

»Geben sie Trinkgeld?«, fragte sie und erwartete, dass der Typ Mensch, der in dieser Firma arbeitete, die Gelegenheit, keins zu geben, unbedingt nutzen würde.

»Bisher noch nicht«, sagte Barney.

»Wie lange arbeiten Sie schon hier?«, fragte sie und wagte einen Blick über die Schulter. Ihre Blicke trafen sich, und sie erkannte wieder diesen Ausdruck, der ihr bestätigte, dass da etwas sein könnte. Sie wandte sich wieder ab.

»Dies ist mein zweiter Tag«, sagte Barney.

Dieses Mal drehte sie sich ganz um.

»Das ist nicht Ihr Ernst?«

»Sind Sie jetzt enttäuscht?«, fragte Barney.

»Was ist mit dem letzten Frisör passiert?«, fragte Ash.

»Ich bin der erste.«

Sie sah ihm in die Augen und lachte, als ihr Wildmans großartige Idee einfiel, den Typ zu befragen, der allen die Haare schnitt und alle möglichen Informationen parat haben würde.

»Sie haben ein nettes Lächeln«, sagte Barney wie aus dem Nichts, und selbiges erstarb auf ihren Lippen.

»Danke.«

Sie wechselten einen weiteren Blick, weitere unbeantwortete Gedanken schwirrten zwischen ihnen hin und her.

»Warum sagen Sie mir das?«, fragte sie, unvermittelt aus ihren Träumereien aufschreckend.

»Weil es stimmt«, sagte er.

»Und wie viele Kunden hatten Sie in den vergangenen zwei Tagen?«, fragte sie und hatte es plötzlich wieder eilig. Sie musste zur Sache kommen und aufhören, sich wie eine komplette Idiotin zu benehmen.

»Ungefähr zwölf«, sagte Barney. »Ich könnte Ihnen nicht alle Namen nennen, aber vielleicht reden Sie mit Madonna am Empfang, die führt bestimmt irgendwelche Unterlagen darüber.«

Wieder lächelte Ash ihr nettes Lächeln. Madonna am Empfang.

»Haben Sie auch Hugo Derkins frisiert?«, fragte sie.

»Ja«, bestätigte Barney. »Ein verdammt guter Haarschnitt. Natürlich komplett verschwendet.«

Barney, der den Blick die ganze Zeit nicht von ihr gewendet hatte, schaute wieder in den bewölkten Himmel. Die Wolken waren grau, was wiederum natürlich war, weil sie in England waren. Welche Farbe sollten sie sonst haben? Rotbraun vielleicht. Das geschah nur in Träumen, in denen das dunkelrote Blut der Opfer von tausend Serienmördern vom Himmel regnete.

Sie stand am Fenster und klopfte langsam mit dem Stift auf den Block, denn sie gezückt hatte.

»Hat heute irgendjemand über den Mord gesprochen?«, fragte sie.

Barney lächelte erneut. Möglicherweise genoss er es dieses Mal sogar, von der Polizei befragt zu werden. Und das wiederum lag vielleicht an Ashley Daniels. Sie hätte ihn alles fragen können. Aus diesem Mund würden alle Worte süß klingen.

Mein Gott, Barn, dachte er, nun bleib mal auf dem Teppich.

»Nicht von sich aus«, sagte er. »Es gab keine Geständnisse und, ich fürchte, auch keine Beschuldigungen irgendwelcher Kollegen. Im Grunde ein bisschen enttäuschend.«

Ash nahm den Sarkasmus unwidersprochen hin und schob den Block in ihre Tasche. Es war sein zweiter Arbeitstag. Wozu das Ganze? Wenn sie in einem Monat immer noch nicht weitergekommen waren, könnte er möglicherweise nützlich sein, weil er in der Zwischenzeit etwas aufgeschnappt hatte.

»Na, dann überlasse ich Sie mal wieder Ihrer Arbeit«, sagte sie. »Ich muss zurück ins Dezernat.«

Sie riss ihren Blick von Barney los und ging an ihm vorbei zur Tür, ohne sich noch mal umzudrehen.

»Haben Sie Lust, heute Abend essen zu gehen?«, fragte Barney ihren Rücken.

Nun, warum nicht. Wer nicht wagt …

Sie hielt einen Augenblick inne, bevor sie sich zögernd umdrehte.

»Verzeihung?«, sagte sie, obwohl sie ihn natürlich schon beim ersten Mal sehr gut verstanden hatte und sich lediglich ein wenig zusätzliche Bedenkzeit erkaufen wollte.

»Abendessen?«, fragte Barney. »Ich war gestern bei einem Japaner, zu dem ich noch mal wollte. Wirklich exzeptionell.«

Sie hielt ihn weiter hin, diesmal, indem sie ihn einfach vage ansah. Japanisches Essen war wunderbar. Man musste jemanden nicht kennen, um sich in ihn zu verlieben. Es ist ein Blick, ein Lächeln, Worte, die einem im Kopf herumgehen.

»Ich kann nicht«, sagte sie automatisch. Sie wusste auch nicht, warum. Sie überlegte, ob sie eine Erklärung nachschieben sollte, entschied jedoch, dass das unnötig war, wandte sich wieder ab und war verschwunden.

Barney starrte eine Zeit lang auf die Tür und fragte sich, ob sie zurückkommen würde, obwohl er schon wusste, dass sie das nicht tun würde. Trotzdem, dachte er und wandte den Blick wieder den verdammten Wolken zu, die immer noch so grau und trostlos waren wie eine Minute zuvor, er war wieder in der alten Routine, und es war ein todsicherer Tipp, dass er Ashley Daniels nicht zum letzten Mal gesehen hatte.

Kapitel 10

Das Plastoide Alien-Reptilien-Orgasmodrom

Das neueste elektronische Gimmick aus Japan leistet genau das, was die Aufschrift verspricht. Orgasmodrom, das Sexspielzeug, das Sie mit ins Büro nehmen können, ein Spaß für alle erwachsenen Mitglieder der Familie. Schieben Sie sich noch heute eins in die Tasche. Für 159,99 Pfund erhältlich bei Debenhams, BHS und Safeway.

Harlequin Sweetlips hatte einen fantastischen, aufregenden Tag. Sie spürte noch den gewaltigen Rausch des Mordes vom Vorabend, das pulsierende Blut, den Kitzel in den Eingeweiden. Sie erinnerte sich an das Gefühl, als der Stiel des Weinglases sanft in den Schädel eingedrungen war. Jener unverhüllte Moment des Todes, wenn die Waffe zu einer Erweiterung der Hand und des Arms und Zweck und Verlangen eins wurden. Ein Gefühl, besser als jedes andere auf der Welt.

Sie war den ganzen Tag durch die Straßen der Stadt gewandert und hatte den Leuten in die Augen geblickt, als wollte sie sie provozieren zu erkennen, was sie getan hatte, denn sie liebte den Thrill, etwas zu wissen, was sonst keiner wusste, nämlich dass sie der Mörder war, über den alle anderen im *Standard* lasen.

Sie betrat eine Kneipe und sah sich rasch um. Die Musik war

nicht zu laut – aber es war Wham!, du meine Güte, was dachten die sich –, einigermaßen anständige Kundschaft, ein paar Tische besetzt, ein paar Typen an der Bar. Sie hatte beschlossen, nicht noch am selben Abend nach Paris zu reisen, weil ihr nicht danach war, nach Hause zurückzukehren und allein in ihrer Wohnung zu sitzen, ganz gleich wie unglaublich schick sie war. Doch, sie brauchte die Gesellschaft ihrer großartigen Mitmenschen. Sie wollte mit niemandem reden, nur allein wollte sie nicht sein. Wenn sie allein war, kamen die Dämonen, und die waren unendlich bösartig.

Na ja, wie Dämonen eben so sind.

Sie trat an die Bar und setzte sich. Der Barkeeper war noch mit einer Bestellung von zwei Budweiser und irgendeinem grauenhaften Wodka-Mixgetränk beschäftigt, dessen Rezeptur man sich in den Büros der größten Werbeagenturen von London ausgedacht hatte. Er warf einen Blick in ihre Richtung, registrierte ihre Erscheinung und beeilte sich mit seiner aktuellen Bestellung, um sich ihr möglichst schnell widmen zu können. Er ließ die Ladys nicht gerne warten, vor allem nicht, wenn sie aussahen wie Harlequin Sweetlips.

Sie nutzte die paar Sekunden Müßiggang, um ihre Fingernägel zu begutachten. Ein erlesener Nagellack, sehr dunkelrot, jeder Nagel ragte circa einen halben Zentimeter über die Fingerkuppe hinaus, gleichmäßige Rundung, was man bei einer 700-Pfund-Maniküre auch verdammt noch mal erwarten konnte. Doch unter all dem zitterten ihre Finger immer noch, ein unsichtbares inneres Beben. Sie hätte es selbst nicht bemerkt, wenn sie es nicht gespürt hätte. Sie wusste, dass ihr ganzer Körper vom Herzen bis in die Zehenspitzen immer noch im Gleichklang mit dem Summen in ihrem Kopf wohlig vibrierte.

Sie ertappte ihren Nebenmann dabei, wie er sie mit seltsamem Blick anstarrte. Er wandte sich ab, sobald sie ihn bemerkte, doch sie hatte einen Schimmer des Erkennens in seinen Augen gesehen, was ihr Herz noch schneller schlagen ließ. Es war nur ein flüchtiger Blick gewesen, nicht einmal eine Sekunde lang, doch sie hatte ihn gelesen. Sie kannte die Menschen und wusste, was in ihren Köpfen vorging. Der Typ hatte sie nicht mit den Gedanken angesehen, die Männer normalerweise hatten, wenn sie Harlequin Sweetlips anstarrten. Er hatte seine Nanosekunde nicht dazu benutzt, sie in seiner Fantasie auszuziehen oder sich zu fragen, wie sie wohl im Bett sein würde, er hatte auch nicht mit seinem schlechten Gewissen kokettiert, indem er seine Frau oder Freundin in seine flüchtige Fantasie über die Frau an der Bar eingebaut hatte. Er hatte überhaupt nicht an Sex in irgendeiner Form gedacht, was jeder andere Mann, dem sie begegnete, unweigerlich tat. Sie war umwerfend und sie hatte die entsprechende Ausstrahlung. Aber dieser Typ hatte sie nicht gespürt oder wenn, war das Gefühl von etwas anderem überdeckt worden.

Sie schluckte, legte ihre Hände auf die Bar und tippte mit dem Fingernagel auf den Tresen. *She don't like California, it's cold and it's damp* … Sie betrachtete die Reihe der Single Malts hinter der Bar. Sie hatte seit drei Jahren keinen mehr angerührt und sollte jetzt lieber nicht damit anfangen.

»Was darf's denn sein, schöne Frau?«

Sie wurde so gewaltsam aus ihren Träumereien gerissen, dass sie die plötzliche Anspannung in ihrem Nacken spürte. Sie starrte den Barkeeper ein paar Sekunden lang an, bis sie sich konzentrieren und das beunruhigende Gefühl verdrängen konnte, das sie nach dem Blick jenes Mannes verfolgte, der keine drei Meter von ihr entfernt saß und jetzt mit einer Flasche Miller spielte.

»Wodka-Tonic?«, sagte sie, beinahe so, als erwarte sie, dass der Laden so etwas nicht führte.

»Klar«, sagte der Barkeeper.
»Hohes Longdrinkglas, viel Eis«, sagte Sweetlips.
»Aber immer doch«, sagte er.
Sie wechselten ein paar belanglose Blicke, bevor er sich auf die Suche nach einem hohen Glas machte. Sie versuchte, gegen den Drang anzukämpfen, an der Bar entlang zu sehen, und schaffte es etwa eine Sekunde lang. Der Typ, der sie so beunruhigt hatte, gab den klassischen Mann an der Bar, starrte leeren Blickes auf die Kerben im Tresen und klopfte mit der Flasche in seiner Hand leise auf das Holz. Und dachte an nichts, wie manche vielleicht sagen würden. Aber Harlequin Sweetlips wusste, dass er an sie dachte.
Ihr Drink wurde serviert und Sweetlips kramte in ihrer Handtasche nach einem Fünf-Pfund-Schein. Sie blickte wieder an der Bar entlang, während der Barkeeper einen Hauch von Eifersucht verspürte; hier war eine sensationell gut aussehende Frau, die ihre Geheimnisse an seiner Bar mit einem anderen teilen würde.
Sie nippte an ihrem Drink und spürte die erste fantastische, eiskalte Berührung der Flüssigkeit auf ihrer Zunge und in ihrer Kehle. Ihre Nervosität legte sich sofort. Winterfrischer Alkohol. Diesmal wandte sie den Blick nicht von ihm und hatte auch nicht vor, das zu tun, bevor er sie erneut ansah.
Der Mann spürte, wie sich ihr Blick in seinen Kopf bohrte. Er hatte die Farbe der Mörderin erkannt und an ihrem Blick gemerkt, dass sie ihn auf der Stelle durchschaut hatte. Je länger sein Leben dauerte, desto mehr häuften sich seine Begegnungen mit Serienmördern. Je öfter er jenen über den Weg stolperte, die, aus welcher Erkrankung oder Verirrung ihres Geistes auch immer, schreckliche Verheerungen anrichteten und grausame Rache an der Gesellschaft nahmen, desto sicherer erkannte er die Mörder, möglicherweise sogar schon, bevor

sie den Weg in die Hölle hinabgestiegen waren, der sie zu ihren Verbrechen führte.

Schließlich drehte er sich um und sah ihr direkt in die Augen, blickte sofort in die Tiefe und erkannte ein Ausmaß von Brutalität und unverhohlener Bösartigkeit, dass sich ihm der Magen umdrehte. Es überraschte ihn, denn eigentlich hatte er geglaubt, dass ihn nichts mehr erschrecken könnte. Er hatte das Böse in ihr erkannt.

»Haben Sie später noch was vor?«, fragte Harley Sweetlips, die ihr Selbstbewusstsein und ihre innere Kraft wiedergefunden hatte.

Er lächelte und entspannte sich, als er die Worte hörte. Ganz gleich wie tief die Abgründe der Bösartigkeit sein mochten, Worte waren immer nur Worte. Keine Absicht war je gut oder schlecht, sondern bloß zweckmäßig. Sie mochte eine Spielart des Bösen repräsentieren, die schlimmer war als jede andere, der er je begegnet war, doch was konnte sie ihm antun, das ihm nicht schon angetan worden war? Waren seine Wanderungen nicht so einsam, ziellos und verloren, dass es nur zu seinem Guten wäre, wenn irgendjemand sie zu ihrem notwendigen Abschluss brachte?

Er setzte die Flasche an, spülte den letzten Schluck herunter und erhob sich von seinem Barhocker. Er knöpfte seinen Mantel zu, weil er annahm, dass es draußen immer noch regnete, schlug den Kragen hoch und sah sie schließlich erneut an.

»Nun«, sagte er langsam, »ich gehe jetzt nach Hause und früh schlafen, und Sie kommen nicht mit. Vielleicht bin ich morgen Abend wieder hier, vielleicht auch nicht. Vielleicht lautet meine Antwort dann anders, vielleicht auch nicht. Und Sie haben nur eine Möglichkeit, es herauszufinden.«

Harlequin Sweetlips nippte langsam an ihrem Glas, stellte

es wieder auf den Tresen und sah Barney Thomson an. Barney erwiderte ihren Blick.

»Gute Nacht«, sagte er mit wunderbar vorgetäuschter innerer Ruhe. Sie sagte nichts, als er ihr den Rücken zuwandte und zur Tür ging, doch er spürte, wie ihr Kettensägenblick seinen Körper verstümmelte.

Wildman und Ash waren im Leichenschauhaus, wo Hugo Derkins immer noch blass und still aufgebahrt lag. Sie standen über seinem Kadaver und blickten auf sein Gesicht herab, den leicht geöffneten Mund, die erkalteten Lippen und die schwarze klaffende Wunde.

Bis jetzt hatten sie im Laufe ihrer Ermittlung kaum etwas herausgefunden. Ein Nachbar hatte beobachtet, wie Derkins das Gebäude in Begleitung einer Frau betreten hatte, doch abgesehen davon, dass sie eine chinesische Bluse getragen hatte, war seine Personenbeschreibung eher dünn und unbrauchbar. Und natürlich sah die Harlequin Sweetlips, die mit Hugo Derkins gesehen worden war, kein bisschen so aus wie die Harlequin Sweetlips, die Barney Thomson am folgenden Abend in der Kneipe getroffen hatte. Denken Sie an Uma Thurman in *Pulp Ficiton* und dann in *Beautiful Girls*. Oder in *Gefährliche Liebschaften* und dann in *Gattaca*. Oder in *Mit Schirm, Charme und Melone* und *Jennifer 8*. Harlequin Sweetlips erschien jedem Mann, den sie ermorden würde, in anderer Gestalt. Sie war eine Verwandlungskünstlerin, die Kleine, die in *Star Trek VI* mit Captain Kirk knutscht. Natürlich war sie keine echte Außerirdische oder so, aber das war in etwa der allgemeine Effekt.

(Die Tatsache, dass sie ungeachtet von Haarfarbe, Lippenstift und möglicher Brille immer hochgeschlossene chinesische Blusen trug, sollte nicht zu ihrer Identifizierung beitragen, denn sobald bekannt wurde, dass der Killer von London diese Mode bevorzugte, wurde das Kleidungsstück zum letzten Schrei, und die Dinger verkauften sich so rasend wie in den Tagen, als *Dr. No* in die Kinos gekommen war.)

»Sieht ziemlich tot aus«, sagte Wildman. »Was meinen Sie, Danno?«

»Mehr oder weniger«, sagte Ash.

»Haben Sie die Queen überprüft?«, fragte er beiläufig. Ash hatte darauf gewartet.

»Ist in Frankreich«, antwortete sie.

»Hat sie für die Tatzeit ein Alibi?«

Ash zögerte. Das war die Frage. Wildman sah sie aus den Augenwinkeln an.

Ash starrte auf das dunkle Loch und strich in ihren dünnen Plastikhandschuhen mit dem Finger über die Wunde.

»Den Patienten bitte nicht berühren«, schnappte eine Stimme hinter ihr, und sie zog ihre Hand rasch zurück, als die Gerichtsmedizinerin aus ihrem Büro zurückkam und sich zu ihnen stellte. Dr. Roberts, 40, unverheiratet, leicht verbittert, weil sie nie an die Sachen herankam, die Gerichtsmediziner in Fernsehkrimis machten, wie Verbrecher fangen und so. Eigentlich keine so unattraktive Frau, aber immer so gallig, als hätte sie morgens zu sauer aufgestoßen.

»Haben Sie etwas Neues?«, fragte Wildman, der Roberts für den Großteil des Tages gemieden hatte.

»Er ist gestern Abend gegen halb zehn gestorben«, begann sie. »Tatwaffe war, wie Sie wissen, der Stiel eines Weinglases. Wie die Tatsache, dass er noch am Esstisch saß, nahe legt, hatte er noch keinen Sex. Allem Anschein nach hat er aber das meiste von seinem Abendessen verzehrt. Er ist mit vollem Bauch gestorben«, fügte sie sarkastisch hinzu.

»Und der Täter war sicher eine Frau?«, fragte Wildman.

»Ja«, sagte Roberts. »Dem Eintrittswinkel nach zu urteilen, stand die Angreiferin vor ihm, etwa 1,60 bis 1,65 Meter groß. Rechtshänderin. Um seinen Mund haben wir Lippenstiftspuren gefunden, die aber nicht für eine DNA-Analyse gereicht haben.«

»Wieso nicht?«, fragte Wildman mit kritischem Unterton.

»Keine Ahnung«, gab Roberts scharf zurück. »Vielleicht hat sie ihn kurz vorher aufgetragen. Was weiß ich?«

»Der Typ hat also vermutlich geglaubt, er würde Gelegenheit bekommen, seinen Samen zu pflanzen«, begann Wildman, »und wurde stattdessen abgemurkst.«

Sowohl Ash als auch Roberts sahen ihn von der Seite an. Jedes Mal, wenn Roberts mit ihm zu tun hatte, wuchs ihre Überzeugung, dass seine Vorfahren erst kürzlich Lungen entwickelt hatten.

»Sie treffen den Nagel auf den Kopf«, sagte sie.

»Was für ein Lippenstift?«, fragte Ash, und Wildman warf ihr einen Blick zu.

»Tescos Hausmarke für 1,49. Sie brauchen gar nicht erst zu versuchen, ihn zurückzuverfolgen.«

»Sie wusste, was sie vorhatte, als sie sich von ihm hat küssen lassen«, sagte Ash.

»Vielleicht hat sie ihn geküsst«, wandte Wildman ein. »Sie war schließlich auch offensiv genug, ihm ein Weinglas in den Schädel zu rammen.«

»Nun ja«, sagte Roberts, »nageln Sie mich nicht drauf fest, nicht dass Sie mich deswegen irgendwann später kreuzigen, weil ich weiß, wie ihr da oben seid, aber zu diesem Zeitpunkt würde ich sagen, er hat sie geküsst. Verstehen Sie?«

Ihr habt Probleme, dachte Ash.

»Wie können Sie so etwas feststellen?«, murmelte Wildman.

»Das ist mein Job«, gab Roberts zurück.

Wildman nickte, hielt sich die Hand vor den Mund und räusperte sich geräuschvoll.

»Gut«, sagte er. »Kommen Sie, Danno, wir haben alles Mögliche zu klären. Sie geben uns Bescheid, wenn Sie noch etwas finden?«, warf er Roberts im Weggehen zu.

»Ich schicke es an den Zoo«, erwiderte sie leise, aber gerade laut genug, dass er sie hören konnte.

Wildman marschierte mit grimmiger Miene aus dem Saal, Ash mit einem Lächeln auf den Lippen. Nichts heiterte einen so auf wie ein Besuch bei den Toten.

»Okay«, sagte Wildman, »was wir nun wirklich machen müssen, ist Liz' Fingerabdruck zu verifizieren.«

Ash zog eine Augenbraue hoch.

»Sie sind an der Sache dran«, fügte Wildman hinzu.

»Einen Scheißdreck bin ich«, sagte Ash, wobei es ihr möglicherweise doch etwas am gebotenen Respekt gegenüber ihrem Vorgesetzten mangelte.

Sweetlips folgte ihm bis nach Hause. Er fragte sich, ob sie ihm auf der Fährte war, drehte sich jedoch nicht um. Er dachte, besser, es einfach zu ignorieren. So erreichte Barney Thomson also das Haus, in dem er auf Zeit eine Einzimmerwohnung gemietet hatte, schloss die Haustür auf, unterdrückte ein letztes Mal den Drang sich umzudrehen, ging die Treppe hinauf, betrat seine Wohnung, kochte sich ein leckeres Tässchen Tee, naschte ein paar die Verdauung anregende Milchschokolädchen und machte es sich vor dem Fernseher bequem, wo die Nachrichten von den jüngsten Plagen der Regierung berichteten. Dabei dachte er die ganze Zeit an die Frau, die höchstwahrscheinlich auf der anderen Straßenseite stand, zu seiner Wohnung im ersten Stock hinaufblickte und sich fragte, ob sie ihm einen Besuch abstatten sollte.

Doch er schaffte es auch, nicht aus dem Fenster zu blicken. Sonst hätte er Harlequin Sweetlips gesehen, die an einem Laternenpfahl lehnte und überlegte, was sie als Nächstes tun sollte, während sie mit dem Finger über die lange kalte Klinge in ihrer Manteltasche strich, die sie am Abend zuvor bei Hugo Derkins nicht gebraucht hatte.

Die Nachrichten schlossen mit der üblichen überlauten Fanfare, Barney spülte in der Küche seine Tasse aus und begab sich zu Bett, während Harley Sweetlips den Stummel ihrer fünfzehnten Zigarette an diesem Abend austrat, mit dem Finger auf die Klinge klopfte und sich anschickte, die Straße zu überqueren.

Kapitel 11

McJohnstones Mega-Windel: Eine Windel, der Sie vertrauen können

McJohnstones Mega-Windel ist eine brandneue Windel, die bis zu 30 Liter Urin und mehr als 14 Kilo Säuglingsfäkalien aufnehmen kann. Dank der exklusiven, Aroma dämmenden, äußeren Schutzschicht braucht man diese Windel nur einmal im Monat zu wechseln. Da Kinder im Durchschnitt im Alter von zweieinhalb Jahren gelernt haben, aufs Töpfchen zu gehen, werden Sie und Ihr Kind im Leben nur eine einzige Packung von 30 McJohnstones Mega-Windeln für 1059,99 Pfund (unverbindl. Preis) brauchen.
Schonen Sie die Umwelt mit den brandneuen McJohnstones Mega-Windeln.

Ein typischer Vormittag bei BF & C. Bethlehem nirgendwo in Sicht, Garrett schmeißt den Laden und führt die Gespräche mit neuen Kunden. Dieser spezielle Kunde versprach indes, nicht ganz der Norm zu entsprechen, sodass Garrett Austin sowie ungewöhnlicherweise auch Sam Pulteney, einen Nachwuchsmanager aus den mittleren Rängen, hinzugezogen hatte, um Austin zu beunruhigen. Er wusste, dass Austin Etatdirektor TV werden wollte, doch er hatte nicht die Absicht, ihm den Job auch zu geben. Genauso wenig wie dem frühreifen Prolo Pulteney. Er hatte da schon jemanden im Auge und benutzte

Pulteney lediglich, um seine Nummer zwei auf ihren Platz zu verweisen.

Die Tür des Büros ging auf, die drei unterbrachen ihr Gespräch und sahen den Mann an, der auf der Schwelle stand. Der Verkehr auf der neun Stockwerke tiefer liegenden Westferry Road schien weit entfernt. Bei der offenen Tür hörte man vage Bürogeräusche aus den Vorzimmern. Die Uhr über der Tür tickte geräuschvoll wie immer, seit sie Weihnachten von der Wand gefallen war, als Jospin und Flockhart das Konzept des Mistelzweigs mit einem mitternächtlichen Quickie im Stehen komplett neu definiert hatten.

Der Mann trug einen langen, dunklen Trenchcoat, Jeans und 2004 CK-Sneaker. Er hatte einen Dreitagebart, dessen Ansatz am Hals jedoch so sauber war, dass er den Gebrauch eines Rasierers verriet; dazu trug er eine Sonnenbrille von Armani und hatte seine schwarzen Haare zu einem kurzen Pferdeschwanz gebunden. Er sah ein bisschen aus wie Michael Stipe und lutschte einen Lolly, wobei er hin und wieder seine strahlend weißen Zähne entblößte.

Gott im 21. Jahrhundert.

Er schloss die Tür hinter sich, schritt an dem langen, den ganzen Raum einnehmenden Tisch entlang und nahm am anderen Ende gut zehn Meter entfernt von den drei Werbern Platz. Es war ihr Meeting, theoretisch war es ihre Aufgabe, das Gespräch zu eröffnen, doch sie starrten Gott an und warteten darauf, dass er das Wort ergriff. Es kam nur sehr selten vor, dass sie einen derart mächtigen Kunden hatten, der dazu noch die Mittel besaß, die dem Herrn zweifelsohne zur Verfügung standen.

Gott beugte sich vor, stützte seine Ellenbogen auf den Tisch und nahm schließlich den Lutscher aus dem Mund. Kirschgeschmack. Seine Zunge war dunkelrot.

»Ich möchte bloß, dass ihr Burschen gleich wisst«, begann er mit einem Neuengland-Akzent, »dass ihr meiner Meinung nach absolute Nervensägen seid. Alle miteinander. Ich bin keineswegs glücklich darüber, dass ich das hier tun muss. Haben wir uns verstanden?«

»Kapiert«, sagte Garrett schließlich. »Wir verstehen Sie vollkommen.«

»Ich bezweifle, dass Sie das volle Ausmaß meiner Antipathie begriffen haben, aber belassen wir es dabei.«

»Warum sind Sie dann hier?«, fragte Austin, noch immer berauscht von seinem neuen Selbstvertrauen post Derkins, das auch durch das Hinzuziehen von Pulteney nicht in dem Maße ramponiert worden war, wie Garrett es sich erhofft hatte. (Pulteney war ein anonymer Weggefährte, den Austin in keinster Weise bedrohlich fand.) Dann schluckte Austin, bedauerte sein neu entdecktes Selbstbewusstsein und spürte mehr als nur einen kalten Schauer im Rücken.

Die Augen Gottes blitzten hinter seiner Armani-Brille rot auf, ein Blick, der ganze Nationen mit Krebs schlagen konnte, huschte über sein Antlitz, bevor er sich entspannte und den Lolly wieder in den Mund steckte. Er verzog seine Lippen zu einem Lächeln. Austin, der so mutig gewesen war, die Gedanken der beiden anderen zu äußern, schluckte erneut und schaffte es irgendwie, dem Blick ihres Besuchers standzuhalten.

Gott zog den Lutscher wieder aus dem Mund und drohte Austin damit.

»Klappe, Junge«, sagte er. »Ich sage Ihnen, worum es geht, und Sie fangen noch hier an Ort und Stelle damit an, darüber nachzudenken. Und dann sage ich Ihnen, ob mir das, was Sie zu melden haben, gefällt. Haben wir uns verstanden?«

»Absolut«, antworteten alle drei im Chor.

»Wo liegt denn das Problem?«, fragte Garrett deutlich weniger selbstbewusst, als er das sonst getan hätte.

Gott steckte den Lolly wieder in den Mund, lehnte sich zurück und breitete die Hände aus.

»Hier ist der Deal, Jungs«, begann er und starrte sie an, während er seine Worte bedachte. Mit klarer deutlicher Stimme sprach er abgehackt und jede Silbe betonend weiter, sodass er im Ganzen klang wie George Clooney in *From Dusk 'Til Dawn*. »Ende der 50er Jahre gab es knapp fünf Milliarden Seelen im Himmel. Fünf Milliarden. Ungefähr, weil die Buchhaltung offen gestanden schon immer ein bisschen lahm war. Gleichzeitig gab es in der Hölle weniger als eine Milliarde. Deutlich unter einer Milliarde. Wir sprechen von einem Verhältnis von sechs zu eins. Wir haben sie verdroschen, es war unglaublich. Wir waren die 49ers und die Typen waren die Patriots unter Rod Rust, habt ihr kapiert?«

»Was die Analogie aus dem Sport angeht, können wir vielleicht nicht ganz folgen, aber wir verstehen, was Sie meinen«, sagte Austin, während Pulteney auf seine Chance lauerte, seinen großen Auftritt von der Ersatzbank zu starten.

»Wie auch immer«, sagte Gott und schwenkte seinen Lolly. »Tatsache ist, dass es nicht mal knapp war. Doch dann bin ich, wie ich wohl zugeben muss, ein wenig selbstzufrieden geworden. Die ganze Rock-'n'-Roll-Ära hat mich kalt erwischt. Hab ich schlicht nicht kommen sehen. Und ehe ich wusste, was los war, hat der Sack aus dem Untergeschoss mich locker eingemacht.«

Er hielt unvermittelt inne, als eine Hand in die Höhe schnellte. Wieder war es Austin, der sich meldete und überhaupt deutlich zu wenig Respekt vor dem Allmächtigen zeigte.

»Was ist?«, fragte Gott, und wieder huschte dieser zornige Blick über sein Antlitz.

»Rein interessehalber«, sage Austin und wünschte in Wahrheit, er hätte lieber die Klappe gehalten, »wie nennen Sie ihn? Satan, meine ich?«, fügte er hinzu, als er nicht sofort eine Antwort erhielt.

»Ich nenne ihn Satan, du Schwachkopf«, sagte Gott wütend, »wie zum Teufel soll ich ihn denn sonst nennen?«

Gott bedachte ihn mit einem Blick – der ihn unter anderen Umständen in eine Salzsäule hätte verwandeln können –, ließ ihn beiläufig auch zu den beiden anderen schweifen, um sicherzugehen, dass niemand mehr dumme Fragen stellte, und beugte sich vor.

»Wie ich gerade sagte, sind mir die Dinge ein wenig entglitten. Als die 60er und 70er Jahre zuschlugen, bin ich voll ins Trudeln geraten. In einer Welt voller Leiden. Also hab ich die Jungs zusammengetrommelt, und wir haben wider mein besseres Wissen beschlossen, Hilfe von außen zu holen. Typen wie euch. Marketing-Consultants.« Er spuckte das Wort förmlich aus. »Sie haben uns weiß der Himmel wie viel Geld abgezockt, und wisst ihr, was wir dafür bekommen haben? Fernsehprediger, TV-Evangelisten, du liebe Güte. Jimmy Swaggart, Jesusmaria. Eine echte Nervensäge.«

Er geriet ein wenig ins Schwafeln, was jedoch niemand laut bemerken wollte.

»Und warum sind Sie zurückgekommen?«, fragte Austin, obwohl er die Antwort bereits wusste. Wenn man zu einer Truppe Marketing-Spezialisten ging, die einem einen beschissenen Rat gaben, suchte man die Schuld nicht bei der Branche als Ganzem, sondern ging zu einer anderen Truppe von Marketing-Spezialisten. Eigentlich ganz gut so.

»Hey, Sportsfreund«, sagte Gott und verriet damit eine etwas altmodische Ausdrucksweise, »bloß weil ich im Rat überstimmt worden bin, denn ich kann euch sagen, ich finde euch Typen beschissen.«

So eine Kritik hört niemand gerne. Nicht einmal vom Allmächtigen. Oder gerade von ihm nicht.

»Wir befriedigen nur eine Nachfrage«, sagte Garrett tapfer.

»Ja, egal«, sagte Gott. »Hier ist der Deal. Die allgemeine Frömmigkeit hat weltweit einen absoluten Tiefpunkt erreicht. Wenn nicht bald etwas passiert, wird sich das Sechs-zu-eins-Verhältnis in absehbarer Zeit umgekehrt haben. Wir müssen jetzt etwas unternehmen, bevor es zu spät ist.«

»Und wahrscheinlich verlieren Sie heutzutage auch noch jede Menge Leute an den Islam«, wagte zuletzt auch Pulteney reichlich unbedacht seinen Eintritt in das Gespräch. »Zumindest prozentual.«

Er hatte den Nachsatz kaum ausgesprochen, als Gott wieder diesen Flammenwerferblick bekam und diesmal tatsächlich einen Feuerball ausspuckte, der sein Gegenüber auf der anderen Seite des Raumes in lodernde Flammen aufgehen und für den Bruchteil einer Sekunde wie eine Fackel brennen ließ, bevor von Pulteney nur noch ein kleines Häufchen Asche auf seinem Stuhl übrig war. So viel zu seinem raschen Aufstieg in der Firma.

Garrett und Austin starrten auf den Haufen Asche und wandten den Blick dann langsam zu Gott. Sie hatten ehrlich gesagt ihre Zweifel gehabt, dass sie mit dem echten authentischen Gott sprachen. Bis zu diesem Moment.

»Das war aber sehr alttestamentarisch«, sagte Garrett. Natürlich war das mit Pulteney schon irgendwie eine Verschwendung, aber auch etwas, wovon er seinen Enkeln erzählen würde. Man musste die Dinge immer perspektivisch betrachten.

»Pass auf, Freundchen«, sagte Gott mit einer Stimme, die nun deutlich bedrohlicher klang. »Was glaubt ihr, wie viele gottverdammte Götter es gibt. Himmel noch mal? Ich bin es. Der Einzige. Numero Uno. Ich will keine theologischen Vorträge halten, mein Sohn. Aber ihr verehrt alle ein und dieselbe Person. Juden, Christen, Muslime. Ihr verehrt alle mich! Jesusmaria, es ist nicht zu glauben, was für ein verdammtes Tohuwabohu dieser Planet manchmal ist.«

Er warf den beiden Verbliebenen einen weiteren Blick zu und wartete auf eine Unterbrechung, die jedoch unterblieb.

»Okay, schön, dass wir das geklärt haben. Wo war ich stehen geblieben? Also, der Rat denkt, ich brauche irgendeinen neuen Werbegag, capito?«

Sie nickten. Jeder brauchte einen Werbegag.

»Ich persönlich bin der Ansicht, ich sollte einfach noch mal so ein Ding wie mit der Arche Noah durchziehen und jeden Scheißer auf dem Planeten umbringen«, fuhr Gott fort. »Damit habe ich die Blaupause für jeden Genozid geschrieben, sage ich euch, und heute ist es eine verdammte Kindergeschichte.«

»Es wäre wahrscheinlich besser, wenn Sie das nicht täten«, wandte Garrett ein.

»Jaja«, sagte Gott. »Also, ich hab von ein paar meiner Leute gehört, dass ihr Typen ziemlich gut sein sollt. Ihr habt zwanzig Sekunden, und auf albernes Rumgekasper stehe ich gar nicht. Was meint ihr?«

Garrett und Austin sahen Gott an und wandten den Blick ab. Zwanzig Sekunden, um Gott zu sagen, wie er die Gezeiten der Weltmoral umkehren konnte. Der Typ machte wohl Witze.

»Es würde vielleicht helfen, wenn Sie uns Pulteney zurückgeben«, sagte Garrett nach gut sieben Sekunden.

»Der Typ ist verbrannt«, erklärte Gott und es klang sehr endgültig.

»Vielleicht könnten Sie eine Art limitiertes Angebot machen«, sagte Austin eilig, weil sie das dieser Tage zu all ihren Kunden sagten, ob sie in Autos, Büchern, Cornflakes, Schokoriegeln oder Hämorrhoidencreme machten.

»Wie würde das funktionieren?«, fragte Gott argwöhnisch.

»Na, wie eine Art Sonderausgabenreligion oder so. Nur so und so viele dürfen mitmachen«, antwortete Garrett, wobei sich seine Stimme offen gestanden immer mehr verlor, weil er begriff, was für eine miese Idee das war.

»Scheiße«, sagte Gott. »Kleine Religionen sind Sekten, und wer Mitglied einer Sekte ist, gilt als seltsam. Kleine Kulte können ganz cool sein, aber es ist auf keinen Fall ein Ansatz zum Erfolg auf einem Massenmarkt, dass solltet ihr eigentlich wissen.«

»Sicher, sicher«, sagte Garrett und hätte sich am liebsten in den Arsch getreten. Sie hätten die Klappe halten sollen, doch ihre Zeit war abgelaufen, und sie wollten auf gar keinen Fall, dass Gott herausspazierte und seinen Auftrag zur Konkurrenz trug. Es musste doch irgendwas geben.

Gott blickte drohend auf seine Uhr und schüttelte den Kopf.

»Eure Zeit ist rum, Männer«, sagte er. »Sieht so aus, als müsste ich es bei der nächsten Truppe Arschkriecher versuchen und mal hören, was denen so einfällt.«

Austin hielt den Atem an, doch da war nichts. Der Tank war leer, vollkommen leer.

»Warum kaufen Sie keine Seelen?«, fragte Garrett aus dem Nichts. Austin sah ihn an.

»Weiter«, sagte Gott und ließ sich wieder auf den Stuhl sinken.

»Die ganze Satan-Masche«, sagte Garrett. »Macht er es immer noch? Seelen kaufen, meine ich.«

»Soll das ein Witz sein?«, fragte Gott. »Das hat er gar nicht mehr nötig. Auch so fährt schon jeder Arsch und seine Großmutter zur Hölle. Das Schwein sitzt einfach den ganzen Tag auf seinem Hintern herum und lässt sich von Marilyn Monroe und Katharina der Großen einen blasen. Wirklich ein Arsch.«

»Ja«, sprang Austin ein. »Jools hat Recht. Bringen Sie die Leute dazu, Ihnen ihre Seelen zu verkaufen. Das ist grandios.«

Gott lehnte sich zurück und blickte den langen Tisch hinunter. Gott seine Seele zu verkaufen. So weit war es mittlerweile gekommen.

»Das waren für den Typ doch nur Peanuts«, sagte er. »Hier und da ein gequälter Musiker, der eine oder andere Sportler, absoluter Kleinkram.«

»Dann machen Sie einen globalen Konzern draus«, sagte Garrett.

»Ein internationales Konglomerat«, sagte Austin.

»Es ist schließlich nicht so, dass Sie nicht die entsprechenden Mittel hätten«, sagte Garrett.

»Und es ist auch nicht so, dass Sie nicht an mehreren Orten gleichzeitig sein könnten«, sagte Austin.

»Sie könnten so etwas wie Boeing oder Pizza Hut sein«, sagte Garrett.

»Microsoft«, sagte Austin.

»British Petroleum«, sagte Garrett.

Gott hob die Hand, woraufhin sie leicht verärgert innehielten, wo sie doch gerade in Schwung gekommen waren. Dies war normalerweise der Punkt, wo sie ihren Kunden von oben bis unten einwickelten, in Grund und Boden quasselten und dazu brachten, einen gewaltigen Scheck auszustellen, bevor er ihr Büro verließ.

Gott lutschte an seinem Lolly und starrte auf die Tischplatte. Er hatte diese ganze Seelenkäuferei immer für eine ganz billige Masche gehalten. Satan war Boulevard verglichen mit seinem Renommierblatt; es wäre so, als würde die *Washington Post* mit nackten Brüsten auf der Titelseite aufmachen. Aber manchmal muss man die Antilope eben in den Arsch beißen …

»Ja, das mag ich«, sagte er wie ein Mann aus der Suppenwerbung. »Ich starte einen Testlauf von ein bis zwei Wochen und melde mich dann wieder, um euch zu sagen, ob es meiner Meinung nach funktionieren kann. Dann reden wir über das Honorar«, fügte er noch hinzu, bevor Garrett auch nur Luft holen konnte, um das Thema anzusprechen.

Gott erhob sich aus seinem Stuhl, strich seinen Mantel glatt, nickte den beiden Männern zu und wandte sich zum Gehen. Konferenz beendet.

»Gibt es irgendeine Chance, Pulteney zurückzubekommen?«, fragte Garrett. »Er könnte wichtig für die Firma sein.«

Kurz vor der Tür drehte sich Gott noch einmal um und nahm den Lutscher aus dem Mund.

»Bist du dir da ganz sicher? Der Typ hat deine letzte Freundin gebumst.«

Garrett zögerte. Er wollte widersprechen, er wollte, dass Gott wusste, wer hier das Sagen hatte; aber andererseits wusste Gott das längst.

Er drehte sich langsam wieder um, öffnete die Tür und war verschwunden.

Die beiden hockten eine Weile da und starrten auf die geschlossene Tür. Erleichtert und eigenartig erschöpft.

»Er hat Recht«, sagte Austin. »Pulteney hat deine Freundin gevögelt.«

Kapitel 12

Der Fluch der Froschmenschen

Mit Oscar-Preisträger Jack Nicholson als geistesgestörtem Killer Luke McCoy, Oscar-Preisträgerin Meryl Streep als gelangweilte Hausfrau Adriana Spaghetti und Oscar-Preisträger Ben Affleck als jungem Manager Chuck Cave. Unter der Regie von Oscar-Preisträger Steven Soderbergh und nominiert für neun Oscars, darunter Oscar-Preisträgerin Meryl Streep als beste Schauspielerin, Oscar-Preisträger Jack Nicholson als bester Schauspieler, Oscar-Preisträger Ben Affleck als bester Nebendarsteller und Oscar-Preisträger Steven Soderbergh für die beste Regie. Der Film, den Kritiker schon jetzt als den neuen **Der Fluch der Froschmenschen** bezeichnen.
Der Fluch der Froschmenschen läuft am 24. März an.

Wildman spielte mit der aktuellen Ausgabe des *Mirror* und einer alten Herrenunterhose Büro-Basketball.

Den Hintern der Unterhose hatte er mit mehreren Reißzwecken an seinem Notizbrett befestigt, und dann einen Bleistift in das Gummi gespannt, um eine zeltartige Öffnung zu schaffen. Nun zerriss er die Seiten der Zeitung in zwei Hälften und zerknüllte sie zu kleinen Bällchen. Es war ein Spiel, das er seinerzeit in den Tagen von Richard Bacon von Blue Peter gelernt hatte, und er war mehr als ein hoffnungsloser Fall. Er war, wie man so sagt, am anderen Ufer des tiefen blauen Meeres mit einer Trefferquote von null Komma null.

Ash betrat das Büro, beobachtete, wie ein Papierball Wildmans Hand verließ, in hohem Bogen durch die Luft segelte, auf den Rand der weißen Unterhose und von dort zu Boden fiel. Ihr Blick blieb für einen Moment an der Unterhose hängen, und als sie sich wieder umdrehte, war bereits das nächste Geschoss unterwegs.

»Ich hoffe, die ist sauber«, sagte sie.

»Schon möglich«, sagte Wildman defensiv. Er hatte die Unterhose in der untersten Schublade gefunden und war sich ihres genauen Ursprungs nicht mehr sicher. Er war sich nicht einmal völlig sicher, dass es seine eigene war, eine kurze Geruchsprobe hatte nur ein vages Aroma von Bleistiften und anderem Bürobedarf ergeben, der neben der Hose in der Schublade lag. »Was haben Sie?«

»Was den Lippenstift anging, hatte sie Recht. Es ist einer von mehr als zweihunderttausend, die davon seit seiner Einführung vor ein paar Jahren verkauft worden sind.«

»Und der Lippenstift ist alles, was wir haben?«, fragte Wildman.

»Mehr oder weniger«, antwortete Ash.

»Bis auf die nebensächliche Kleinigkeit der Fingerabdrücke. Irgendwelche Neuigkeiten?«, fragte er beiläufig und zielte mit der unteren Hälfte der Seite 17 – Hauptartikel: *Schadensersatzklage nach Geschlechtsumwandlung: ›Mann‹ klagt über ›Flechtenwuchs des Penis‹* – auf die Herrenunterhose ungewisser Herkunft, die er erneut verfehlte.

»Noch nicht«, gab Ash ebenso beiläufig zurück.

»Wir müssen es wissen«, sagte Wildman. »Antworten, Danno, in den nächsten fünf Minuten«

»Wir sind alle an der Sache dran, Chief Inspector«, sagte sie.

»Kein Grund, hier einen auf *Hawaii 5-0* zu machen oder was immer das darstellen soll.«

»Sehen Sie zu, dass Sie losziehen und uns schleunigst ein paar Informationen besorgen, mit denen wir arbeiten können, Danno«, knurrte Wildman.

Ash salutierte spöttisch und ging aus dem Zimmer, bevor er ihr irgendeine sarkastische Bemerkung nachwerfen konnte. Aber Wildman verriss nur einen weiteren Wurf, der die Unterhose um knapp drei Meter verfehlte.

Kurz nach zehn betrat Garrett die glänzende Pracht des Empfangsbereichs. Sein erster Kunde an diesem Tag – Gott der Herr, der Allmächtige – war sehr früh gekommen, und er beschloss, dass es Zeit wurde, den Gott der Haare – als der sich Barney in einer Agentur voller Männer, die schon von Berufs wegen zu Übertreibungen neigten, rasch einen Namen machte – seinen Hugh Jackman fertig schneiden zu lassen.

Als er eintraf, stand Imelda Marcos vor einem bis zum Boden reichenden Spiegel gegenüber der Eingangstür und probierte ein Paar hochhackige, türkisfarbene Krokodillederpumps von Renée Chapeau aus.

»Melda«, sagte er.

»Mr. Garrett«, erwiderte sie, ohne sich umzudrehen. »Was meinen Sie?«

»Sie passen zu Ihren Haaren, Ihrer Hose, Ihrer Jacke, aber Sie müssen das Lipgloss abwischen. Wissen Sie, ob der Frisör frei ist? Thomson?«

»Ich trage kein Lipgloss«, sagte Marcos und drehte sich zu ihm um.

»Cool«, sagte Garrett, diesen Teil des Gespräches klugerweise komplett ignorierend. »Der Frisör?«

Marcos warf ihm einen Blick zu und ging mit forschem

Schritt und im Takt und mit dazu schwingenden muskulösen Pobacken zu ihrem Schreibtisch, wo sie überflüssigerweise ihren PC konsultierte, obwohl sie ganz genau wusste, dass Barney an diesem Morgen noch nicht durch die Eingangstür gekommen war.

»Hat sich noch nicht blicken lassen«, sagte sie, und Garrett sah sofort auf die Uhr, obwohl er auf die Sekunde genau wusste, wie spät es war.

»Kommt schon am dritten Tag zu spät zur Arbeit?«, fragte Garrett und teilte Marcos damit eine Information mit, über die sie längst verfügte.

»Sehr dubios«, sagte Marcos.

Garrett, der den Tod von Derkins schon beinahe vergessen hatte, hatte plötzlich einen einigermaßen zusammenhängenden Gedanken; nur eine Stunde und drei Minuten später als Ashley Daniels.

»Ist sonst noch irgendwer nicht da?«, fragte er.

»Alle anderen sind anwesend oder entschuldigt«, sagte Marcos. »Die Polizei hat mich das heute auch schon gefragt. Thomson habe ich allerdings nicht erwähnt, weil er noch so neu ist und ich ihn offen gestanden völlig vergessen habe.« Sie machte eine Pause und fragte dann: »Glauben Sie, er ist vielleicht tot?«

Garrett seufzte schwer. Möglich wäre es. Und was sollte er dann machen? Ein vollkommen neuer Frisör würde größte Schwierigkeiten haben, einen Hugh Jackman weiter zu schneiden, der irgendwann auf halber Strecke abgebrochen worden war. Einen neuen Etatdirektor TV konnte er jederzeit finden, aber die Haargeschichte wäre ein verdammtes Problem.

»Scheiße«, sagte er, »der Typ war gerade dabei, sich einen Namen zu machen. Glauben Sie, dass die Tussi, die Derkins erledigt hat, auch Barn abgemurkst haben könnte?«

Die Tür ging auf. Ausgerüstet mit einer Magnetkarte und nach einem zusätzlichen Stündchen Schlaf sichtlich ausgeruht betrat Barney Thomson den Empfangsbereich und blickte von Marcos zu Garrett, die ihn beide anstarrten.

»Sie sind also doch nicht tot?«, fragte Garrett.

»Nun, wer weiß?«, fragte Barney. »Vielleicht doch. Und Sie halten gerade einen netten Plausch?«

»Sie kommen zu spät«, sagte Garrett.

Barney ging sofort weiter zum Aufzug, der ihn in die oberste Etage bringen würde, drückte auf den Knopf und drehte sich dann wieder zu Garrett um.

»Imelda hat mich darüber informiert, dass ich vor halb elf keine Kunden habe und während der üblichen Morgenrunde von Agentur-Meetings wohl auch niemand kurzfristig erscheinen würde. Ich hatte ihr gesagt, dass ich kurz nach zehn eintreffen würde und dass sie mich anpiepen soll, wenn ich vorher gebraucht werde, falls einer von Ihnen einen Haarnotfall hat. Ich habe zwar keine Ahnung, wie der aussehen sollte, und ein Frisör mit einem Pieper ist das Lächerlichste, was ich in meinem ganzen Leben gehört habe, aber alles in allem scheint es ganz gut zu dem Rest Ihrer Agentur zu passen.«

Garrett warf Marcos einen Killerblick zu.

»Melda?«

Sie verzog ihre Lippen und hatte so viel Anstand, leidlich verlegen auszusehen. »Ja, wir haben gestern bei der Terminplanung darüber geredet. Mein Gedächtnis hatte einfach einen Totalaussetzer.«

»Mein Gott, Melda«, sagte Garrett, »um ein Haar hätten wir eine dreitausend Mann starke Suchaktion in die Wege geleitet.«

»Für den?«

Er winkte ihr zu und lief Barney nach, als der Lift kam.

»Schon gut, Melda, immer unbeirrt weiter«, sagte er noch, und sie hatte es bereits vergessen, bevor er den Satz beendet hatte, und wandte sich wieder der Betrachtung ihrer Schuhe zu.

»Bleiben Sie dran, Batman!«, sagte er und machte einen Satz in den Aufzug. »Meinen Sie, Sie könnten den Hugh Jackmann fertig schneiden?«

»Ja«, sagte Barney, »wenn Sie ihn passend finden.«

Dreißig Minuten später wurde der Haarschnitt, der beinahe 21 Stunden zuvor begonnen worden war, zu seinem erfolgreichen Abschluss gebracht. Jack McFarlane, Leiter der Buchhaltung, musste warten – sogar in seinem eigenen Büro – so einflussreich war Garrett.

Er und Barney hatten ein gutes Gespräch über das Business, bei dem Garrett eine Reihe von Ideen für aktuelle Projekte an ihm ausprobierte und sich über sein Feedback freute. Er vertraute Barney; zunächst einmal, weil Barney die meisten seiner Ideen mochte, dann aber auch, weil er im Laufe des Gespräches mit eigenen Vorschlägen herausgerückt war, die verdammt viel pfiffiger waren als vieles, was die fest angestellten Komiker der Kreativabteilung so ausbrüteten. Sie hatten bereits den neuen Watkinson's Sword-Rasierer mit sechs Klingen – Sword Sex – durchgesprochen; die Kampagne für Rod Stewart zum Start seiner neuen Karriere als Fernsehprediger und die Plakatkampagne, die den skeptischen Markt in den Highlands davon überzeugen wollte, zum Abflämmen der Heide Napalm zu kaufen – »Napalm. Atemberaubend!«

»Kriege ich eigentlich irgendwas davon extra bezahlt?«, fragte Barney, während er abschließende Feinarbeiten mit einem Lockenstab vornahm, der bei einem Hugh Jackman ausgiebig zum Einsatz kam.

»Kann mich nicht erinnern, vorher etwas Entsprechendes ausgehandelt zu haben«, sagte Garrett mit einem Lausbubenlächeln. Doch er hegte bereits Pläne, Barney aus seinem Frisörsalon auf die operative Ebene zu befördern, weil er fand, dass Barney mit einer Schere die reinste Verschwendung war, egal wie fantastisch er frisierte.

»Ich verklage Sie, wenn Sie irgendwas davon benutzen«, sagte Barney.

»Cool«, sagte Garrett. »Jede Unterstützung hilft.«

Barney zückte eine Dose mit einem Haarpflegemittel, das er großzügig um Garretts Kopf herum versprühte, offen gestanden ein reines Placebo, was den Kunden jedoch jedes Mal dieses Gefühl zusätzlicher Befriedigung gab, das sie empfanden, wenn irgendetwas Dramatisches mit ihnen angestellt wurde.

»Sind wir bald fertig?«

»Ja«, sagte Barney.

»Absolut«, sagte Garrett. »Okay, hier der Letzte. Exron, der korrupte Energieproduzent, wissen Sie?«

»Habe ich, glaube ich, schon mal gehört«, sagte Barney.

»Sie verlagern ihre Aktivitäten in den Bereich weiblicher Pflegeartikel, logischer nächster Schritt. Den Spot für das Deo haben wir schon unter Dach und Fach, aber sie wollen noch eine Reihe weiterer Produkte einführen, darunter Tabletten gegen Wasserretention. Offenbar ein Riesenmarkt. Die meisten Mädels sammeln Wasser wie ein umgedrehter Regenschirm, wenn Sie wissen, was ich meine.«

»Da haben Sie Recht«, meinte Barney.

»Das heißt, wir müssen das Produkt mit einem Namen und einem Slogan für die Plakatkampagne lancieren. In diesem Fall wollen sie den Exron-Effekt nicht unbedingt pushen, aber sie haben erkannt, dass es ein Wachstumsmarkt ist, den man anzapfen muss.«

»Klar«, sagte Barney und dachte bereits darüber nach, während er Garretts Frisur für den optimalen Effekt abschließend ein wenig aufbauschte.

Er trat einen Schritt zurück, und Garrett vergaß für fünf Sekunden seine Arbeit, um sich im Spiegel zu betrachten, bevor Barney wieder vortrat und ihm den Umhang abnahm.

»Exzellent«, sagte Garrett. »Sie sind absolut der Mann.«

»Danke«, sagte Barney.

»Ich habe das Gefühl, ich sollte Ihnen ein Trinkgeld geben, aber das sind einfach nicht die Prinzipien, die wir hier anwenden wollen. Das verstehen Sie doch, oder?«

»Absolut«, sagte Barney, sich auf sein Gegenüber einschwingend.

»Cool«, sagte Garrett und stand auf.

Ein letzter prüfender Blick in den Spiegel, dann ging er zum Fenster, weil er festgestellt hatte, dass er es sich leisten konnte, fünfzehn Sekunden auf die Themse hinabzublicken. Ein paar Schiffe, trübes Wasser, mattgrau wie der Himmel und so vieles mehr. Die Sekunden tickten in seinem Kopf vorüber, und er spürte, wie sich sein Verstand mit jeder einzelnen erfrischte, bevor er sich schließlich von der Aussicht auf London ab- und Barney wieder zuwendete.

»Ich bin weg«, sagte er. »Irgendwelche Ideen?«

»Wasserretention?«, fragte Barney, um sicherzugehen, dass Garrett nicht inzwischen dazu übergegangen war, das Ozonloch als Zone der Freiheit vor der Gefängniszelle des allotropischen atmosphärischen Sauerstoffs zu vermarkten.

»Klar«, sagte Garrett. »Was glauben Sie denn, was ich gemeint habe?«

»Niagara Falls«, sagte Barney.

Garrett sah ihn fragend an, bevor sich ein Lächeln über sein Gesicht breitete.

»Niagara Falls«, sagte er. »Das ist ein erstklassiger Name, mein Guter. Und ein Slogan?«

Barney zögerte und richtete den Blick ebenfalls auf den farblosen Tag.

»Niagara Falls«, begann er und klang sofort wie Bergerac oder Lovejoy. »Nehmen Sie zwei, gehen Sie ins Bad und sehen Sie zu, wie Ihre Füße abschwellen.«

Garrett lachte, das Gespräch war beendet und er war schon auf dem Sprung. Im Vorbeigehen klopfte er Barney auf die Schulter und schüttelte immer noch lächelnd den Kopf.

»Sie sind gut, Buddy, Sie sind echt gut.«

Und damit war er aus der Tür, die er offen stehen ließ, und unterwegs in sein Büro, um weitere erstklassige Arbeit an dem Exron-Portfolio zu leisten.

Barney sah ihm nach, blickte dann wieder auf den Fluss, der sich müde in Richtung Stadtmitte schleppte, nahm schließlich den Telefonhörer ab und ließ sich mit Jack McFarlane verbinden, um den Mann zu dem großartigsten Haarschnitt zu zitieren, den Gottes Erde je gesehen hatte.

Kapitel 13

Die Demokratische Republik Kongo: Eine Welt von Investmentmöglichkeiten erwartet Sie

Mit Angeboten in den folgenden Wachstumsmärkten:
+ Waffen
+ Bestattungen
+ Einbalsamierungen
+ Recycling und Verpackung von Menschenfleisch
+ Seuchenkontrolle
Die Magie Afrikas erstreckt sich vor Ihren Augen:
Schlagen Sie zu!

Der Tag wurstelte vorbei, wie Tage das eben tun. Am U-Bahnhof Tottenham Court Road verursachte ein verdächtiges Paket auf der Northern Line ein mehrstündiges Chaos. Das verdächtige Objekt erwies sich letztendlich als Sandwichbox, keine Bomben, nur ein Roggentoast mit dem neuen Anti-Akne fettarmen Philadelphia plus Gurke. Das fanden ein paar tausend Leute echt Käse und kamen noch schlechter gelaunt als üblich zur Arbeit, darunter zufällig auch ein paar Nachwuchskräfte von BF & C, und das Leben ging weiter. Welchen Unterschied macht es letztendlich, ob irgendein Tag des Lebens von einem Verkehrschaos durcheinander gebracht wurde? Man findet sich damit ab, schluckt eine Tablette, kommt zu spät ins Bett und schläft zu wenig.

Garrett konsultierte Bethlehem betreffs seiner Absicht, Barney richtig in die Firma zu holen, worauf Bethlehem eher lauwarm reagierte – was verständlich war, wenn man bedachte, dass er Patrick Kluivert und Michael Owen unter Vertrag nehmen wollte, während Barney bloß der Typ war, der Roberto Carlos die Haare schnitt. Um Bethlehem die Notwendigkeit deutlich zu machen, den unerfahrenen Neuling zu engagieren, hatte Garrett eine kleine Versammlung in seinem Büro einberufen, in der einige weitere neue Exron-Produkte besprochen werden sollten. (Bethlehem wollte ursprünglich, dass die Sache über McKee in der HUMA lief, doch ungeachtet der Tatsache, dass es McKee gewesen war, der Garrett überhaupt erst für seine Position angeworben hatte, empfand Garrett eine intensive Antipathie gegen den Mann, weil er in ihm einen Rivalen für die Leitung der Firma sah, sollte Bethlehem je vertrieben werden.) Garrett, Barn, Austin der Holzkopf und John Bickerton sollten einen weiteren innovativen Badartikel der Leute erörtern, die der Welt *den ganzen Strom, den man je brauchen kann, für 2 Cents pro Tag* geliefert hatten. Das Meeting sollte ohne Wissen der anderen per Raummikro übertragen werden, damit Bethlehem eine Vorstellung von Barney in seinem Element bekommen konnte. Garrett war überzeugt, dass Barney gut rüberkommen würde, und er war nicht enttäuscht worden. Bethlehem hörte das Folgende, während die Konferenz ihren Lauf nahm:

Garrett: Also, Leute, schön, dass wir alle hier sind. John, Piers, das ist Barn, den ihr, wie ich euren tollen Frisuren ansehe, schon kennen gelernt habt. Er wird heute einfach mal eine Weile dabeisitzen und zusehen, wie der Ball so läuft.

Austin: Klar.

Garrett: Also gut, meine Herren, ein weiteres der großartigen kleinen Produkte, mit dem die Leute von Exron den Hygieneartikelmarkt erobern wollen. Heute Nachmittag geht es um ein Produkt mit dem Arbeitstitel Feuchter Traum-Futsch.

(An dieser Stelle war sogar Bethlehem innerlich zusammen gezuckt.)

Austin: Das ist nicht Ihr Ernst.

Bickerton: Das ist ja eklig.

Garrett: Es ist der letzte weiße Fleck auf der Landkarte der privaten Hygiene. Niemand hat das Thema je zuvor angerührt. Jedes andere Problem wurde angesprochen. Die Leute bei Exron sehen dort einen riesigen, brachliegenden Markt in der Käuferschicht der Teeanger. Riesig.

Bickerton: Welcher Teeager wird denn den Mumm haben, in einen Laden zu gehen und sich das zu kaufen?

Garrett: Es gibt auch andere Vertriebsmöglichkeiten. Es kann zum Beispiel in Schulen verteilt werden. Den Leuten von Exron ist es egal, ob sie ihr Geld von der Mutti kriegen, die sich um ihre Laken sorgt, von der Regierung oder von ejakulierenden Teenagern selbst.

Barney: Das ist absolut widerlich. Wenn wir überhaupt davon sprechen, dürfen wir keine Details erwähnen und müssen einen anderen Namen für Feuchter Traum finden.

(Fingerschnippen von Garrett.)

Garrett: Genau. Einen anderen Namen. Wir brauchen etwas, was das Produkt in zwei oder drei griffigen Worten identifiziert, das Problem benennt und gleichzeitig erledigt. Klinisch, wissenschaftlich, präzise. Wir müssen dem Thema den Ekelfaktor nehmen und es neben Zahnpasta und Pickelcreme in der vordersten Front jugendlicher Körperpflege etablieren.

(Eine kurze Pause, in der Bethlehem, der über die weniger als fünf Sekunden dauernde Konzentrationsspanne des neuen Jahrtausends verfügte, bereits anfing, sich zu langweilen.)

Bickerton: Nächtlicher Ejakulationszwischenfall.

Garrett: Lasst es weiterkommen.

(Wieder eine Pause. Ein Runde von Frauen läge mittlerweile längst am Boden vor Lachen, doch dies war eine ernste Geschäftsangelegenheit.)

Barney: Midnight Express.

(Ein kurzes Schweigen, Bethlehems Interesse erwachte wieder, währen Austin und Bickerton sich wünschten, sie hätten es gesagt.)

Garrett: Barney, Sie sind der Mann! Was meint ihr, Leute?

Bickerton: Das ist es.

Austin: Yeah. Absolut.

Garrett: (lacht) Volltreffer.

(Und damit meinte er nicht Feuchter Traum-Futsch.)

Bethlehem war also angemessen beeindruckt gewesen, und nachdem die Arbeitsbienen aus dem Büro vertrieben waren, hatten er und Garrett entschieden, Barney in das Herz ihrer Organisation einzuladen.

Ashley Daniels hatte einen durchaus unterhaltsamen Tag, in dessen Verlauf sie sich weiter in die Organisation von BF & C einarbeitete und größere Teile des Nachmittags damit verbrachte, die Aktivitäten der Queen zu verifizieren, um sie danach ganz aus der Ermittlung auszuschließen. Zu ihrer leichten Beunruhigung war das jedoch trotz der Parisvisite der Königin nicht endgültig möglich. Es gab nach wie vor eine längere Zeitspanne, in der die Aktivitäten der Queen nicht belegt waren und die dummerweise mit Derkins' Todeszeit zusammenfiel – lange genug, um einen Abstecher von Frankreich aus gemacht und den Mord begangen zu haben.

Wildman hatte den ganzen Tag auf seinem Hintern herumgesessen und den einen oder anderen Schluss gezogen, die jedoch allesamt belanglos waren. Dabei hatte seine Unterhose reichlich Action gesehen.

Nachdem Garrett mit Bethlehem über Barney gesprochen hatte, konzentrierte er sich wieder auf das Portfolio von Waferthin.com und, noch wichtiger, auf das Projekt Taylor Bergerac, etwas, das wirklich gründlich bedacht sein wollte. Irgendwann im Laufe seiner Grübeleien, wie er die Zuneigung einer derart umwerfend attraktiven Frau gewinnen könnte, kam er zu dem Schluss, dass er sich selbst vermarkten musste, und da Marketing sein Ding war, verbrachte er eine produktive Stunde damit, sich selbst als Kunden zu betrachten und diverse Fäden seiner Kampagne auszuarbeiten. Er dachte, keine Frau auf diesem Planeten könnte letztendlich den Schlichen eines Mannes widerstehen, der der Welt den Slogan geschenkt hatte: *Pirelli: Make Love to the Road. Die Reifen, auf die Julio Iglesias abfährt.*

Auch wenn er es noch nicht wusste, bestritt Barney Thomson für eine Weile seinen letzten kompletten Arbeitstag als Frisör und hatte bisher die Haare von siebzehn Angestellten geschnitten. Ob es daran lag, dass sich die Kunde, er frisiere wie ein junger Gott, verbreitet hatte, oder daran, dass alle schon vor ihm wussten, dass er in Kürze den Posten des Etatdirektors TV angeboten bekommen würde, sollte für immer unbeantwortet bleiben. Doch er frisierte sie alle nacheinander mit dem alten Schwung, plauderte bei Bedarf munter, gab auf Nachfrage Tipps in Marketingfragen und hatte im Notfall auch ein paar gute Sprüche zu Beziehungsproblemen parat.

Nachdem er um kurz nach sechs den letzten Haarschnitt des Tages erledigt hatte, machte Barney sich daran, zum Feierabend aufzuräumen. Die Haare waren bereits zusammengefegt, nun reinigte er Scheren, Bürsten und das andere schwere Gerät, das ein moderner Frisör braucht. Er summte aus alter Routine den klassischen Hoagy-Carmichael-Standard *Riverboat Shuffle*, arbeitete langsam und methodisch, wie er es seit mehr als zwanzig Jahren in Frisörsalons überall auf der Insel getan hatte, und dachte dabei an Ashley Daniels. Er fragte sich, ob er sie wiedersehen würde, wovon er ausging, und sinnierte albern, ob es sich so anfühlte, wenn man sich verliebte. Es war ihm nie vorher passiert. Er hatte es bloß in Filmen gesehen und in Songs davon gehört, doch es war nie eine persönliche Angelegenheit gewesen.

Die Tür ging auf, und er sah sich um, sicher, dass sie es sein würde. So ergeht es dem, der ans Schicksal glaubt. Die Tatsache, dass er stattdessen in das lächelnde Gesicht von Jools Garrett blickte, holte Barney unsanft auf den Boden der Tatsachen zurück.

»Hey, Barn«, sagte Garrett, »ich wollte kurz mit Ihnen reden. Haben Sie eine Minute, *mon ami?*«

Barney nickte. Im Augenblick hatte er den Rest seines Lebens Zeit.

»Cool«, sagte Garrett und kam herein. Er schwelgte noch in dem lächerlich irrigen Hochgefühl der vergangenen Stunde, in der er ein Outline für die grandiose Marketingkampagne entworfen hatte, mit der er Taylor Bergerac umwerben wollte. »Ich will Ihnen ein paar Dinge über die Firma erklären, Sie auf Stand bringen, wenn Sie wissen, was ich meine.«

Barney ließ sich auf dem Frisörstuhl nieder, faltete die Hände im Schoß und blickte zu Garretts eifrigem Gesicht auf.

»Ich bin ganz für Sie da«, sagte Barney.

»Cool«, sagte Garrett noch einmal und begann dann, während er weitersprach, langsam im Raum auf und ab zu gehen und jeden Satz gestenreich zu unterstreichen. »Okay, im Moment sind wir Bethlehem, Forsyth & Crane, kapiert?«

»Das wird mir ja tagtäglich eingetrichtert«, erwiderte Barney.

»Doch bei Gründung der Agentur gab es fünf Partner, von denen jeder in der Firma gleich bedeutend war.«

Er griff in seine Jackentasche, zog einen billigen Lippenstift heraus und hielt ihn hoch.

»Den hab ich mir von Ro geliehen, weil ich dachte, dass ich ihn vielleicht brauche. Ich darf doch?«, fragte er und wies auf den Spiegel. Barney zuckte die Achseln, doch zumindest seine Neugier war geweckt. Garrett trat vor und schrieb rot auf den Spiegel *Moses, Bethlehem, Crane, Forsyth & Zivkovic*. Er drehte sich um, sah Barney an und breitete die Arme aus.

»Ich meine, beschissener Name für eine Agentur«, sagte er, »aber so war es, Barn. Alle hatten eine leitende Position, wer was im Einzelnen gemacht hat, ist im Grunde egal, wie auch immer.«

Er drehte sich wieder um und kritzelte die fünf Leitungspositionen der Firma zum Zeitpunkt ihrer Gründung auf den Spiegel. Der Mann hätte Lehrer werden sollen, dachte Barney, auch wenn er sein Publikum bestimmt nicht fesselte.

Humankapital und Artverwandtes, Marketing, Geschäftsführer Kreation, Etatdirektor TV, Etatdirektor sonstige Medien.

Mit aufrichtiger Begeisterung drehte er sich wieder um. Barney gähnte.

»Kurz nach dem Start stiegen Moses und Zivkovic wieder aus, aber die Grundkonstellation hat sich nie geändert. Bethlehem hat einfach gut damit gearbeitet und das Spiel am besten beherrscht, sodass die neuen Leute, die hinzukamen, komplett auf seiner Seite waren. Und auch wenn ihr Name nicht auf der Eingangstür stand, hatten sie trotzdem Stimmrecht. Und Bethlehem wusste, wie man sie manipulieren konnte, ein brillanter Stratege. Die beiden neuen Stimmen im Vorstand gehörten ihm, womit er die Mehrheit hatte. Er konnte Forsyth und Crane jederzeit überstimmen. Er hatte die totale Kontrolle, die er dann dazu nutzte, die beiden anderen Gründungsmitglieder zu vertreiben. Nur dass die Agentur gerade anfing, sich einen Namen zu machen, und Forsyth und Crane hatten ein paar fette Aufträge reingeholt, sodass Bethlehem es für zweckdienlicher hielt, ihre Namen auf dem Firmenschild zu behalten. Das war ihm doch egal, Mann, er hatte die Chose voll im Griff.«

Barney nickte anerkennend. Könnte ihm das Ganze gleichgültiger sein? Nee.

»Bethlehems einzige Sorge war«, fuhr Garrett fort, »dass die Firmenverfassung unverändert blieb und auch nachträglich nie geändert wurde. Aber da er derart totale Kontrolle ausübte, war ihm das auch egal. Jedes Mal, wenn er sich bedroht fühlte, kickte er den Konkurrenten einfach raus.« Eine kurze Pause, ein keckes Grinsen. »Bis jetzt. Zu lange außer Landes, ein paar Grummeleien im Bauch des Ungeheuers, wenn Sie wissen, was ich meine. Es gibt Möglichkeiten.«

Barney sagte nichts. Bis jetzt war ihm noch nicht aufgegangen, dass man ihm den Posten des Etatdirektor TV anbieten würde, und er fragte sich, ob Garrett dabei war, ihm zu erklären, dass die Position des Frisörs zu einer leitenden mit Stimmrecht im Vorstand erklärt worden war.

»Was meinen Sie?«, fragte Garrett, als er merkte, dass er auf seine bemerkenswerte Geschichte geschäftlicher Intrigen keine Reaktion bekam, und plapperte dann weiter, um das Schweigen zu überbrücken. »Sie sehen also, wo jeder zur Zeit steht, nur dass Bethlehem von Marketing auf die Position des Vorstandsvorsitzenden gewechselt ist. Ja, und ich bin Geschäftsführer Kreation. Und dann ist da natürlich noch die Kleinigkeit, dass Derkins abgenippelt ist. Wir müssen seine

Position neu besetzen, und da Bethlehem außer Landes, abgelenkt oder was auch immer ist, können die anderen in die Lücke stoßen.«

»Warum bin ich hier?«, fragte Barney, was ihm eine nahe liegende Frage schien.

»Ich möchte, dass Sie Etatdirektor TV werden, *amigo*«, sagte Garrett.

»Sie wollen mich verarschen«, sagte Barney.

»Nein«, sagte Garrett und schwenkte den Lippenstift, »das will ich verdammt noch mal nicht. Sie sind gut, Barn, verdammt gut. Um Längen besser als die pickeligen Prolos Austin und Bickerton. Sie sind ein Naturtalent, Mann, Sie haben das Business voll geblickt. Ich habe schon mit Bethlehem besprochen, dass wir Sie dazuholen, Sie kommen in mein Lager, und dann brauchen wir nur noch einen der anderen auf unserer Seite, um Bethlehem rauszudrängen.«

»Und das sollen McKee oder Bickerton sein?«, fragte Barney skeptisch.

»Ja, ich weiß, was Sie meinen«, sagte Garrett. »Wir sind noch nicht einmal nah dran, aber wenn Sie erstmal installiert sind, haben wir es fast geschafft. Es gibt keine Probleme, nur Lösungen, *mon ami.*«

Barney lächelte wehmütig. Schöne Bescherung. Seine Gedanken schweiften wieder zu Ashley Daniels, einfach weil er es schwer fand, nicht an sie zu denken. Er fragte sich, was sie in diesem Augenblick wohl machte und ob sie noch mit ihm reden würde, wenn er kein Frisör mehr wäre.

»Was meinen Sie, Chiefo?«, fragte Garrett. »Anfangsgehalt 50000 im Jahr, und wenn wir Bethlehem ausgebootet haben und ich den ganzen Laden alleine leite, kann ich Ihnen wahrscheinlich das Doppelte versprechen. Ein paar Punkte müssen wir unterwegs noch regeln, aber das klärt sich schon.«

Barney zuckte mit den Schultern. Er hatte bereits flink gerechnet. Selbst wenn sich jeder Angestellte die Haare schneiden lassen würde, wäre er bei seinem momentanen Tempo in etwas weniger als sieben Arbeitstagen durch damit. Was sollte er dann machen?

»Klar doch«, sagte er schließlich. »Ich halte es zwar ehrlich gesagt für komplett durchgeknallt, aber was soll's?«

»Cool«, sagte Garrett, steckte den Lippenstift wieder ein und ergriff Barneys Hand.

»Arktisch«, sagte Barney.

»Excellento«, sagte Garrett und war schon wieder auf dem Weg zur Tür. Er wollte sich weiter um die Eroberung von Taylor Bergerac kümmern. »Sie werden voll einschlagen, Barn!«, verkündete er und verschwand auf dem Flur.

Barney starrte eine Weile auf die geschlossene Tür, bevor er sich wieder seiner Frisörausrüstung zuwandte. Das war mal ein plötzlicher Karrieresprung, absolut lächerlich obendrein. Und wollte er all das wirklich zurücklassen, egal wie überdrüssig er seiner Arbeit geworden war?

Die Tür hinter ihm wurde geöffnet, wieder gingen ihm Gedanken an Ashley Daniels durch den Kopf, und erneut wurde er enttäuscht, als er sich mit dem Stuhl umdrehte. Es war McKee, Leiter der Abteilung Humankapital und Artverwandtes.

»Barney!«, sagte er, als würde er einen alten Freund begrüßen. Barney nickte und musterte mit professionellem Auge McKees ausrasierten Nacken. Der Mann hatte sich vor maximal einer Woche von einem professionellen Londoner Hairstylisten frisieren lassen. Er war nicht wegen eines Haarschnitts hier.

»Kann ich eine Minute mit Ihnen reden, Barney«, sagte McKee und bewegte sich Richtung Fenster.

»Klar«, sagte Barney. Er konnte den ganzen Tag hier sitzen. Er fragte sich, was McKee ihm anbieten würde.

»Ich springe gleich in die spielentscheidende Schlussphase«, sagte McKee, »weil ich weiß, dass Sie ein viel beschäftigter Mann sind.«

Er machte eine Pause, als wollte er, dass Barney bestätigte, wie beschäftigt er war, obwohl er zur Zeit müßig herumsaß.

»Die Firma macht unruhige Zeiten durch«, fuhr McKee fort, »mit der Ermordung von Derkins und der langen Abwesenheit von Bethlehem.«

Er blieb stehen, starrte aus dem Fenster und drehte sich um.

»Vielleicht sollte ich damit beginnen, Ihnen zu erklären, wie das Stimmrecht im Vorstand der Firma organisiert ist«, sagte er.

»Das weiß ich«, sagte Barney.

»Das wissen Sie?«, fragte McKee überrascht. »Aber natürlich, Sie sind Frisör, Sie haben in den letzten drei Tagen wahrscheinlich schon alles Mögliche erfahren. Dann wissen Sie also auch, dass mit Derkins' Tod eine entscheidende Stimmposition vakant ist.«

Barney nickte. Nicht mehr, dachte er.

»Wie würde es Ihnen gefallen, diese Position zu bekleiden?«, fragte McKee. »Ich habe von der fantastischen Arbeit gehört, die Sie leisten, und ich habe bereits mit Bethlehem gesprochen. Er hat sein Okay gegeben. Sie könnten Etatdirektor TV werden, und zusammen würden wir schon einen Block von zwei Stimmen ausmachen. Dann müssten wir uns noch um die Posten von Garrett und Bickerton kümmern, und vielleicht lässt sich einer von beiden ganz leicht aussortieren. Danach könnten wir Bethlehem dann ernsthaft angehen.«

Seine aufgerissenen Augen leuchteten vor verschwörerischer Begeisterung. Barney hingegen war fast eingeschlafen. Es war immer dasselbe alte Spiel, dass Blödmänner in solchen Positionen spielten.

»Klar«, sagte Barney, »hört sich toll an. Etatdirektor TV und Seite an Seite mit Ihnen zusammenzuarbeiten. Fan-tas-tisch.«

McKee bemerkte den triefenden Sarkasmus nicht, sondern schlug die Hände zusammen, riss die ohnehin schon weiten Augen noch weiter auf und lächelte breit.

»Das ist verdammt großartig«, sagte er. »Gut gemacht, Barney. Ich bin froh, dass Sie an Bord sind.«

»Jawohl, Kommandant«, sagte Barney und schaffte es immerhin, nicht zu salutieren.

Kapitel 14

Brasil

Erst war es ein Land, dann eine Zigarre. Dann eine Fußballmannschaft.
Dann war es ein Filmereignis.
Nun präsentiert Scottish Widowers in Kooperation mit der Imperial Bank of Scotland voller Stolz:
Brasil, die Lebensversicherung.
Garantierte Deckung für alle Fälle, in denen das Leben ein Picknick ist.

»Und«, fragte Ash, nachdem sie ein anständiges Pint Thatcher's Dry geleert hatte, »sind Sie mit den Fingerabdrücken der Königin irgendwie weitergekommen?«

Wildman schüttelte grummelnd den Kopf.

»Nein«, sagte er. »Und wissen Sie warum, Danno, weil ich Ihnen den Auftrag gegeben habe. Ich sollte Ihnen diese Frage stellen.«

»Ich war den ganzen Tag in der Agentur«, protestierte sie.

»Nun, dann müssen Sie sich wohl morgen zum verdammten Palast bequemen, was? Wir brauchen eine definitive Bestätigung, und wir müssen wissen, was die verdammte Frau zur Tatzeit gemacht hat. Ganz einfach, also tun Sie es einfach. Im 16.

Jahrhundert wurde gegen ihresgleichen ständig wegen Mords ermittelt, es ist also keine große Sache.«

Ash schüttelte den Kopf.

»Sie geben mir also tatsächlich den Befehl, es zu tun?«, fragte sie.

»Natürlich gebe ich Ihnen den beschissenen Befehl!«, bellte Wildman. »Es war schon bei der ersten Erwähnung ein Befehl und kein erwägenswerter Vorschlag zur Freizeitgestaltung.«

»Schon gut«, sagte sie abwehrend. »Ich mache es. Wahrscheinlich morgen oder übermorgen.«

Wildman wollte darauf reagieren, biss sich jedoch auf die Zunge. Er war sich fast sicher, dass sein Sergeant die Sache irgendwann angehen würde, im Ganzen aber auch nicht schrecklich beunruhigt deswegen. Es war ein Witz. Sie mussten lediglich feststellen, wie irgendjemand überhaupt in den Besitz der Fingerabdrücke der Queen gekommen war. Andererseits wusste er aus Erfahrung, dass, wer immer so clever gewesen war, auch clever genug gewesen war, keine Spur zu hinterlassen. Sie hatten es mit einem gerissenen Schweinehund zu tun, und Wildman war durch und durch Pragmatiker. Man musste sich darauf konzentrieren, einen Weg hineinzufinden, an den der Mörder nicht gedacht hatte, nicht die nahe liegende Straße, auf die er sie gewiesen hatte.

»Derkins war eine Leerstelle, das ist das Problem«, sagte Wildman. »Er hatte kein Leben außerhalb der Agentur.«

»Es geht um die Agentur«, sagte Ash. »Wer immer Derkins ermordet hat, war nicht an ihm als Person interessiert, er wollte die Agentur treffen.«

»Glauben Sie?«, fragte Wildman.

»Ja«, antwortete sie. »Sie sind beinahe wie die Borg. Ich weiß, es gibt eine Hierarchie und so, aber sie sind ein Kollektiv. Sie essen, trinken und scheißen dieselben Prinzipien, sie sind Klone. Welchen Unterschied macht es da, dass Derkins ermordet wurde? Es hätte ebenso gut einer der anderen sein können, und vielleicht trifft es sie auch noch.«

»Wenn wir Glück haben«, sagte Wildman.

Ash lächelte.

»Wir sollten es im Auge behalten«, sagte sie.

»Das ganze Gebäude abriegeln und alle Angestellten rund um die Uhr bewachen lassen?«

»Ja«, sagte Ash. »Die Mittel haben wir doch.«

»Ja«, sagte Wildman. »Oder wir könnten ihnen vielleicht sagen, dass sie vorsichtig sein sollen. Das wäre womöglich einfacher.«

Ash nickte. Mehr konnten sie nicht tun. Und sie hatte ihre Zweifel, dass irgendeiner von ihnen zuhören würde. Sie lehnte sich zurück, ein kurzer Ausflug in die Arbeitswelt, und nun kehrten ihre Gedanken zu dem Thema zurück, das sie schon den ganzen Tag beschäftigt hatte. Wildman starrte auf den schmutzigen Fußboden und dachte an weiß Gott was. Sie vermutete, dass er wahrscheinlich einen Knopf zum Abschalten hatte.

»Waren Sie je verliebt?«, fragte Ash unvermittelt und kam zum Kern ihrer Ablenkung.

Wildman spuckte einen Schluck Bitter auf den Tisch, wischte sich den Mund mit dem Ärmel seiner Jacke ab und starrte sie an, als ob sie einen seltsamen Hautausschlag im Gesicht hatte.

»Was ist?«, fragte Ash.

»Was ist los mit Ihnen?«, fauchte Wildman. »Liebe? Wollen Sie mich auf den Arm nehmen?«

»Ich weiß nicht, ich hab es mich bloß gefragt.« Sie hob ihr Glas, kippte den letzten Rest herunter und linste über den Glasrand auf den Ausdruck kompletter Fassungslosigkeit, der ihm ins Gesicht geschrieben stand.

»Ach, Sie können mich mal!«, sagte sie. »Wir müssen doch nicht jedes Mal über die scheiß Arbeit reden, wenn wir in einem Pub sitzen. Ich dachte, ich könnte die Bandbreite unserer Gesprächsthemen erweitern.«

»Aber Liebe?«, fragte Wildman. »Was ist denn verkehrt an Fußball, oder scheiße, was weiß ich, Kino oder Politik oder Kochen oder irgendwas? Meinetwegen sogar Gartenpflege. Aber Liebe?«

»Ja«, sagte Ash, »nun, ja. Liebe. Waren Sie je verliebt?«

Wildman trank einen großen Schluck von seinem Pint, stellte das Glas ab, rülpste vernehmlich, ohne Anstalten zu machen, sich den Mund zuzuhalten.

»Nein, Sergeant«, sagte er schließlich. »Ich war nie verliebt. Ich bin seit fast zwanzig Jahren verheiratet. Herrgott noch mal. Was denken Sie denn?«

»Sie könnten sie doch mal geliebt haben.«

»Ich hab sie geschwängert, Sergeant. Liebe stand nie zur Debatte.«

»Aber haben Sie seitdem niemanden getroffen, der Sie, na ja, bei der ersten Begegnung einfach umgehauen hat?«

Wildman nickte und leerte sein Glas in einem Zug.

»Wissen Sie, in Brixton hat mich mal eine Alte mit einem rechten Haken flachgelegt, als ich einen Fall von häuslicher Gewalt schlichten wollte.«

»Sie sind witzig«, sagte Ash.

»Ich sag Ihnen was«, erklärte Wildman. »Ich glaube, ich bin dran mit Nachschub, und ich werde auf dem Weg zur Bar und zurück darüber nachdenken. Da ich allerdings vermute, dass Sie etwas loswerden wollen, hoffe ich eigentlich, dass Ihnen bis zu meiner Rückkehr ein anderes Gesprächsthema eingefallen ist, wenn Sie wissen, was ich meine.«

»Ihr Mitgefühl bricht mir fast das Herz«, sagte Ash. »Aber

ich denke, ich mach mich auf den Weg und versuche, vor Mitternacht im Bett zu sein.«

»Wie Sie wollen«, sagte Wildman. »Letzte Gelegenheit«, sagte er und stand auf.

»Ich steig aus«, sagte Ash und schob ihren Stuhl zurück.

»Meinetwegen«, sagte Wildman. »Dann können Sie morgen früh anfangen. Rufen Sie den Palast an, die sind da bestimmt schon ab halb sieben erreichbar.«

Ash lächelte, nickte, wandte sich ab und ging; Wildman schmollte über ihre Undankbarkeit und schleppte sich mit Buckel und allem zur Bar. Am Ausgang begegnete sie einer Frau, die ebenfalls auf dem Weg nach draußen war. Sie bemerkte Ash und hielt ihr die Tür auf.

»Danke«, sagte Ash.

»Keine Ursache«, sagte Harlequin Sweetlips und ging rasch davon, nachdem sie fast eine Stunde lang auf Barney Thomson gewartet und schließlich beschlossen hatte, dass es ungeachtet dessen, was sie bei ihrer ersten Begegnung von ihm gedacht hatte, kein Mann wert war, dass sie traurig in einer Kneipe saß und darauf wartete, dass er sich blicken ließ. Vielleicht verpasste sie ihn deswegen, aber es war schließlich nicht so, dass sie nicht wusste, wo er wohnte. Und arbeitete.

Ash blickte Harlequin Sweetlips ein paar Sekunden lang hinterher, ohne dass ein sechster Sinn ihr sagte, dass dies die Frau war, die sie suchten, bevor sie sich in die andere Richtung wandte und eilig zur U-Bahnstation ging.

Zehn Minuten später betrat Barney Thomson die Kneipe, neugierig, ob Harlequin Sweetlips da sein würde, und neugierig, warum er sich die Mühe machte, nach ihr zu sehen. Die Frau hatte ihm Angst gemacht, er hatte das Böse in ihr erkannt, und doch hatte es ihn auf der Suche nach ihr hierher zurückgezogen. Es war keine körperliche Anziehung auf irgendeiner Ebene. Es war die eigenartige Verlockung der Gefahr, das Wissen, dass er sich, indem er die Frau nur kannte, in die Schusslinie brachte. Angezogen fühlte er sich einzig und allein von Ashley Daniels, einer Frau, zu der er sofort eine Verbindung gespürt hatte. Zum ersten Mal in seinem Leben. Er hatte fast den ganzen Tag an sie gedacht, trotzdem hatte ihn die Sache mit Sweetlips gepackt.

Er sah sich rasch um, doch sie war nicht da. Er drängte sich an die Bar, stützte die Ellenbogen auf den Tresen, blickte mit hochgezogener Braue zum Barkeeper, der seine Anwesenheit registrierte, bevor er eine Bestellung erfüllte.

Was war es also? Suchte er den Tod? War er so verzweifelt darauf erpicht, eine Abwechslung, ein Abenteuer in seinem Leben zu haben, dass er bereit war, sich in den Rachen des Ungeheuers zu begeben? Egal, dachte er, während er darauf wartete, eine Flasche Budweiser zu bestellen, offenbar hatte das Ungeheuer kein Interesse an ihm.

»Waren Sie je verliebt?«, sagte der Typ, der neben ihm stand und sich an ein fast leeres Glas Bitter klammerte.

»Verzeihung?«, fragte Barney.

Detective Chief Inspector Wildman schüttelte den Kopf.

»Das hat sie gerade zu mir gesagt. Meine Kollegin. Waren Sie je verliebt? Scheiße noch mal, da geht man in die Kneipe, um einen zu trinken und vielleicht ein bisschen über Fußball zu reden, und dann kommt sie einem urplötzlich mit so was. Scheiße, Mann.«

Barney nickte, als der Barkeeper nahte, in der Hand schon einen Öffner und die Flasche Budweiser, die Barney bestellen wollte.

»Frauen«, sagte Barney. »Ich bin nie aus ihnen schlau geworden.«

»Und das ist verdammt noch mal längst nicht alles«, murmelte Wildman, verfiel erneut in Schweigen, starrte trübsinnig auf sein Bier und fragte sich, wie spät er nach Hause kommen musste, damit Anne schon schlief.

Barney gab dem Barkeeper sein Geld, trank den ersten Schluck Bier und beschloss, dass er Sweetlips nicht mehr als zwanzig Minuten geben würde.

Kapitel 15

Vergeuden Sie zu viel Zeit mit Luft holen? Sparen Sie sich Ihren Atem mit dem neuen Gillette Pump-Action Oxygenator

Jüngste Studien haben ergeben, dass die meisten Bewohner Großbritanniens fast 100 Prozent ihrer Zeit mit Atmen verbringen. Warum verschwenden Sie in der heutigen Welt, wo jede Sekunde entscheidend ist und jede Minute tausende von Pfund bedeuten kann, all die Zeit und Kraft auf Ihre Lungen? Um diese lästige Pflicht kann sich auch der neue Gillette Pump-Action Oxygenator kümmern. Er wird durch die Brust direkt mit den Lungen verbunden, damit Sie frei sind, Geschäfte abzuschließen und sich zu amüsieren. Der neue **Gillette PAO** für Leute von heute, die zu beschäftigt sind, um zu atmen.

Am folgenden Morgen erwachte Taylor Bergerac zu der vollen Wucht von Jools Garretts Schock&Schrecken-Feldzug, der mit der Lieferung von 1279 weißen Rosen eröffnet wurde. Die Plakatwand gegenüber ihrer Wohnung hatte in den vergangenen zwei Wochen ein Paar Wonderbra-Brüste präsentiert, die das jüngste Produkt der Linie aufs Schönste füllten. In einer Nacht-und-Nebel-Aktion waren sie durch eine einzelne Titte ersetzt worden: Das schmierig lächelnde und lächerlich ergriffene Gesicht von Jools Garrett. Sieben Meter hoch, fünfzehn Meter breit. Ein Porträt. Neben dem Bild prangte die

Aufschrift: *Halten Sie sich an das, was gut für Sie ist. Jools Garrett.*

Als sie ins Büro kam, wurde es nicht besser. Auf der anderen Straßenseite war ebenfalls ein neues Plakat angeschlagen, das Garretts Großartigkeit anpries, wozu er lächelnd in die Kamera zeigte. Des Weiteren hatte er sie mit siebzehn E-Mails gesegnet, die eine Vielzahl unterschiedlicher Themen und Ansätze verfolgten.

Überdies erwartete sie ein kleiner, dezenter Strauß rosa Nelken – wie er fand, ein stilvolles Gegenstück zu der Totalität der Blumenbotschaft, die er ihr nach Hause gesandt hatte –, dazu eine persönlich zugestellte Schachtel aus der Juwelierabteilung von Harrod's, die einen aus einem einzelnen großen Stein bestehenden Diamantanhänger enthielt, und einen Umschlag mit einer Mappe, die er auf seinem Computer zusammengestellt hatte und die all seine persönlichen Qualitäten bis ins Kleinste darstellte; des Weiteren stand eine lebensgroße Pappfigur seiner selbst im Empfang, die mit ausgestreckten Händen ein durchsichtiges Seidenneglige hielt. Das Ganze wurde abgerundet von einem mit einer Leier bewaffneten Troubadour, der im Empfang wartete, um ihr zur Melodie von *Dancing in the Moonlight* ein amüsantes und bescheidenes Ständchen zu bringen, das Garrett selbst erdacht hatte. Die erste Zeile *Wir lassen es fast jeden Abend krachen* sagt im Grunde alles, was man wissen muss. Und seltsamerweise war das auch so ziemlich alles, was der galante Troubadour hervorbrachte, bevor er unsanft hinauskomplimentiert wurde.

Vom strategischen Erfolg her betrachtet, war der Schock& Schrecken-Feldzug eher Vietnam als Irak. Die Geschenke wurden zurückgesandt, die E-Mails ungeöffnet gelöscht, die Blumen umgehend im Müll entsorgt. Doch große Feldzüge kommen häufig nur langsam in Schwung, und dass man nicht schon in den ersten zehn Minuten eines Qualifikationsspiels gegen die Färöer Inseln ein Tor erzielt, muss nicht heißen, dass man am Ende nicht Weltmeister wird.

Barney Thomson blickte aus dem Fenster auf die Themse, die müde Richtung Meer floss, bevor er sich umdrehte und seinen Schreibtisch samt Stuhl betrachtete. Sein eigenes Büro, ausgestattet mit Drucken moderner Kunst an der Wand – einer davon in einem satten Tiefrot wie Derkins' Tischtuch –, teurem Teppich, anständiger Aussicht, und alle Spuren von Derkins beseitigt.

Barney hatte noch nie an einem Schreibtisch gesessen, genauso wenig wie ihm je eine Frau in einer Bar ein Angebot gemacht oder er sich auf den ersten Blick verliebt hatte. Das Leben ging weiter, neue Dinge geschahen, und je mehr Monate und Jahre verstrichen und ihn weiter und weiter von seiner früheren eingesperrten Existenz in Glasgow forttrugen, desto tiefer tauchte er in den *rasend komischen Tümpel des Lebens* ein, wie Jesus es ursprünglich genannt hat. Nach so langer Zeit als ein Nichts, getrieben und ohnmächtig, während das wahre Leben immer anderen passierte, war er nun bereit, sich in beinahe alles hineinziehen zu lassen. Doch tief im Innern wusste er, dass er am Ende immer hinter einem Frisörstuhl stehen und der unwürdigen Welt einen Ralph Fiennes oder einen Daniel Bedingfield schneiden würde.

Er nickte stumm, zuckte die Achseln, schüttelte den Kopf und spürte mit einem Lächeln die locker gebundene Krawatte um seinen Hals, eine weitere Premiere. Barney Thomson in Hemd und Krawatte. Irgendwo musste sich irgendwer in seinem Grab herumdrehen, er wusste bloß nicht wer. Er zog den Stuhl zurück, nahm Platz und rollte näher an den Schreibtisch heran. Darauf standen ein Eingangskorb, ein Ausgangskorb, ein Telefon, ein Monitor, dessen dazugehöriger Computer unter der Platte verborgen war und ein kleines silbernes Managerspielzeug, die letzte Reminiszenz an die Existenz Hugo Derkins': ein magnetischer Würfel mit zahlreichen kleinen silbernen Magneten. Barney nahm ihn zur Hand, betrachtete ihn kurz und warf ihn dann in den Papierkorb, gegen den er getreten hatte, als er erstmals seine Beine unter den Tisch gestreckt hatte. Auf Knopfdruck erwachte der Monitor summend zum Leben. Am Bildschirm klebte eine gelbe Haftnotiz, auf der stand: *Benutzername: Barney Thomson, Passwort: Barberissimo.*

»Einfach 1234 konnten sie wohl nicht nehmen?«, knurrte er.

Das Ausgangsfach war leer, im Eingangskorb lagen ein paar Akten. Er nahm die erste, schlug sie auf, las den Titel und blickte zum Telefon. Er drückte auf einen Knopf der Gegensprechanlage und war mit der Frau verbunden, die ihm eben als seine persönliche Assistentin vorgestellt worden war.

»Mary?«, fragte er zögernd und noch unsicher im Gebrauch all der neuen Technik.

»Was kann ich für Sie tun?«

»Könnte ich vielleicht eine Tasse Tee haben?«

»Selbstverständlich, Mr. Thomson. English Breakfast?«

»Ja, danke«, sagte Barney und schaltete die Anlage ab. English Breakfast, deutlich zu unterscheiden von Scottish Breakfast oder Irish Breakfast, wenn schon nicht am Geschmack, so doch auf jeden Fall durch die verschieden farbigen Schachteln.

Er wandte sich wieder der aufgeschlagenen Mappe zu. Dundee Salted Snacks, der Kunde, von dem er bei seinem ersten Haarschnitt auf der neuen Stelle gehört hatte. Er überflog das Material, traf eine spontane Entscheidung, basierend auf all den Prinzipien, die er gelernt hatte, seit er das Gebäude vor vier Tagen erstmals betreten hatte, und schaltete dann den PC ein. Er ignorierte die 143 SPAM-Mails, die sich seit dem Vorabend angesammelt hatten, als sein Account um sechs Uhr aktiviert worden war, und schickte Garrett eine kurze Outline zur Weiterleitung an Dundee Salted Snacks. Darin empfahl er das Engagement von Gareth Southgate und den Verkauf von limitierten Chips-Editionen in den Geschmacksrichtungen Spießbraten & Red Leicester, Meersalz & Spargel, Perlhuhn vom Holzkohlengrill; Eichen geräucherter Schinken & Honig, Stilton & dunkle Traube, Balsamico & organisches Natrium; Giraffe vom Holzfeuer & Oregano.

Als Barney die E-Mail losschickte, ging die Tür auf, und Mary trug ein Tablett mit einer Kanne Tee, zwei Croissants, Erdbeermarmelade und zwei Tassen herein. Er zog fragend eine Braue hoch.

»Der Sergeant von der Polizei möchte mit Ihnen sprechen, Mr. Thomson. Sergeant Daniels. Möchten Sie sie empfangen?«

Ashley Daniels. Sein Herz machte einen Satz, sein Unbewusstes feuerte Warnschüsse ab. Das könnte das wahre Gefühl sein. Es gab auf dem ganzen Planeten keinen einzigen Menschen, den er lieber hätte hereinkommen sehen. Er rückte seine Krawatte zurecht, wünschte, er hätte Zeit, einen Blick in den Spiegel zu werfen, und fing an, sich stumm blödsinnige Ermahnungen vorzutragen wie *sag nichts Dummes* und *sei einfach du selbst.*

Mary ging hinaus, Ash kam herein, und Barney fühlte sich augenblicklich lächerlich. Nur ein winziger Augenblick, und es kam ihm absurd vor, dass er mit Hemd und Krawatte hinter einem bescheuerten Schreibtisch saß und so tat, als wäre er irgendein Manager. Bloß weil man ein paar Fußballergebnisse voraussagen konnte, musste man noch nicht zur TV-Persönlichkeit geboren sein. Und hier war es das Gleiche; bloß weil man besser wusste als irgendein akademisch gebildeter Schwachkopf, wie man ein absurdes Hygieneprodukt verkaufte, hatte man es längst nicht verdient, hinter einem Schreibtisch zu sitzen und so zu tun, als wäre man jemand, der man nicht war. Man ist, was man ist, und Barney war kein Typ in Schlips und Kragen, der dabei mithalf, Dinge zu bewegen, von denen er wusste, dass sie lächerlich waren. Und er hatte nur fünf Minuten und Ashley Daniels gebraucht, um das zu begreifen.

Sie schloss die Tür, blieb stehen und sah ihn an. Er beugte sich vor, stützte die Ellenbogen auf den Schreibtisch und zögerte, weil er nicht genau wusste, was er sagen sollte. Er wies auf Tee und Croissant, ohne dass ihm ein passender Satz dazu einfiel. Er stellte sich vor, dass alles, was aus seinem Mund kam, albern klingen würde, allein wegen des Hemdes und der Krawatte.

»Waren Sie nicht vor zwei Tagen noch Frisör?«, fragte sie mit leicht gemeinem Unterton, aber lächelnd. Dasselbe Lächeln, das ihn vor zwei Tagen verzaubert hatte und ihn jetzt entspannte.

»Morgen bin ich Busfahrer und übermorgen Präsident von Usbekistan«, sagte er, und sie lachte.

»Mal im Ernst«, sagte sie, »was zum Teufel machen Sie hier?«

Und mehr brauchte es nicht. Vor fünfzehn Sekunden war er sich noch grotesk vorgekommen, doch ein Lächeln und ein Lachen von dieser Frau, und mit einem Mal fühlte er sich wieder normal und dachte, dass es die Leute von BF &C waren, die grotesk waren, während er bloß der Typ mittendrin war, der die Situation ausnutzte.

»Offenbar fehlt denen einer«, sagte er.

»Wohl wahr«, erwiderte sie. »Aber wenn der Pilot stirbt,

lässt man doch nicht den Flughafen-Toilettenwärter ans Ruder.«

Er lachte, und sie zog sich einen Stuhl heran und nahm ihm gegenüber Platz.

»Wie nehmen Sie Ihren Tee?«, fragte sie und wandte sich dem Frühstückstablett zu.

»Stellen Sie sich vor, Sie wären der Toilettenwächter«, sagte Barney.

»Das fällt mir gar nicht so schwer«, sagte sie und goss die erste Tasse voll.

»Ganz wenig Milch und kein Zucker. Sie machen eine Pause von Ihren üblichen Pflichten, um das Cockpit zu reinigen. Während Sie dort sind, fragt der Pilot Sie: Sie hätten wohl nichts dagegen, das Ding mal eine Weile zu fliegen, was? Ich passe auf. Sie fliegen, stürzen nicht ab, keiner stirbt. Am nächsten Tag wird der Pilot ermordet, sie suchen jemanden, der die 747 nach Sydney fliegen kann, und nehmen den Erstbesten, der ihnen einfällt.«

»Den Toilettenwärter.«

»Genau.«

Sie gab ihm den Tee und das Croissant auf einem Teller und bediente sich dann selbst.

»Die müssen ja ziemlich verzweifelt sein«, sagte sie.

»Auf den ersten Blick schon«, sagte Barney, schnitt das eine Ende des Croissants ab und tunkte es in die Marmelade, »aber dabei würde man mein verborgenes Genie als Marketing-Guru verkennen.«

Wieder dieses Lächeln.

»Es ist trotzdem ein Jammer«, sagte sie, den Mund voller Croissant, »weil ich mir Sie als Frisör als Hauptinformanten meiner Ermittlung ausgeguckt hatte.«

»Ah«, sagte er, »verstehe. Haben Sie jetzt, da ich ein

mächtiger Business-Manager bin, das Interesse an mir verloren?«

»Mehr oder weniger«, sagte sie lächelnd und blickte plötzlich auf ihren Teller. Sie sah die Erdbeermarmelade, und ein Bild von Derkins' blutigem Kopf trat ihr vor Augen. Sofort bekam sie ein schlechtes Gewissen, hier plaudernd zu flirten, während es einen Mord aufzuklären galt. Sie trank einen Schluck Tee, um die Krümel herunterzuspülen und die heiße Flüssigkeit in ihrer Kehle zu spüren. Sie musste sich konzentrieren. Barney Thomson würde nirgendwohin gehen, dachte sie, es würde noch reichlich Gelegenheit geben, wenn der Fall abgeschlossen war.

»Was ist?«, fragte Barney, dem die Veränderung aufgefallen war, und dann nickte er, als er den Stimmungsumschwung begriff. Das gegenseitige Verständnis zwischen ihnen mochte rasend schnell wachsen, doch dies waren weder die richtige Zeit noch der Ort.

Ständig drängte sich Mord und Totschlag in sein Leben, wohin er auch ging. Er konnte niemanden treffen, sich nie auch nur einen Moment entspannen, ohne dass das blutige Leitmotiv sein meuchelndes Haupt erhob. Andererseits würde Ashley Daniels ihm ohne das jetzt gar nicht gegenübersitzen, und er nicht hinter einem Schreibtisch über das Motto einer Marketingkampagne grübeln, mit der man Regenhüte nach Nigeria exportieren wollte.

Unvermittelt kam ihm Harlequin Sweetlips in den Sinn; nicht dass er ihren Namen kannte, noch nicht. Doch Sweetlips hatte irgendwann in ihrem Leben gemordet, da war Barney sich sicher. Vielleicht war es schon eine Weile her, vielleicht war sie aber auch die Mörderin, nach der jetzt gefahndet wurde. Das wäre vielleicht des Zufalls ein wenig viel, aber vielleicht war die versuchte Anmache in der Kneipe neulich abends nicht die zufällige Begegnung gewesen, für die Barney sie damals gehalten hatte. Vielleicht hatte sie ihn als Opfer ausersehen, und irgendetwas hatte sie zurückgehalten. Eine flüchtige Begegnung mit einem Tod, der sich nicht ereignet hatte.

Doch er wollte Ashley Daniels nicht erzählen, dass er Harlequin Sweetlips getroffen hatte. Er hätte den Grund nicht genau benennen können, doch es fühlte sich irgendwie nicht richtig an. Noch nicht. Wenn er Sweetlips wiedersah, wenn es ein nächstes Mal gab, ein nächstes Mal mit mehr Kontakt, könnte er vielleicht mehr ergründen; obwohl er sich nicht sicher war, wie das ausgehen würde, jedenfalls nicht, ohne dass er dabei starb. Wie auch immer, dies war nicht der Moment, Ashley Daniels davon zu erzählen, ganz gleich, wie sehr ihn sein gesunder Menschenverstand dazu drängte.

»Wir können warten«, sagte er mit einem eigenartigen Selbstvertrauen.

»Ja«, sagte Ash und griff nach ihrem Croissant, bevor sie entschied, dass sie wahrscheinlich nicht einmal das essen sollte.

Ash verbrachte den Tag in den Büros der Agentur auf der Suche nach einem Punkt in Hugo Derkins' Vergangenheit, der sie zu seinem Mörder führen könnte, und sprach mit jedem, den sie bisher noch nicht befragt hatte. Ein weiterer langer Tag und ebenso ergebnislos wie der vorherige.

Sie war immer noch da, als sich Garrett erstmals an diesem Tag im Büro blicken ließ, nachdem er am Vormittag ein Meeting in der Parteizentrale der Tories gehabt, mit Michael Portillo zu Mittag gegessen und anschließend einen produktiven Einkaufsbummel auf der Oxford Street hinter sich gebracht hatte, bei dem er weitere Munition für seinen Angriff auf die

Weichteile von Taylor Bergerac erworben hatte. Er hatte ihr seine Handynummer nicht gegeben, weil ihm der Gedanke gefiel, ihr Herz erst maßlos zu bestürmen und sich anschließend unerreichbar zu machen. Er hatte im Büro einen Wust von Nachrichten, Anrufen und E-Mails ihrerseits erwartet und war zutiefst enttäuscht. Nichts. Doch nach zwei Sekunden hatte er wieder auf positives Denken umgeschaltet und die logische Erklärung gefunden, dass sie eine beschäftigte Frau und mehr als nur ein wenig überwältig war, weshalb sie sich mit ihrer Antwort Zeit ließ. Derweil würde er seinen imposanten Sturmangriff auf ihre Gefühle fortsetzen, und schon bald würde der Sieg seiner sein. (Es sagte eine Menge über den Mann – vor allem über seinen gewaltigen Minderwertigkeitskomplex –, dass er nicht einmal auf den Gedanken kam, sie einfach anzurufen und zum Essen einzuladen.)

Nach ein paar Minuten in seinem Büro, die Rose ihm gelassen hatte, weil sie annahm, dass er rasch seine E-Mails durchsehen wollte – nicht auf ein Zeichen von Taylor Bergerac, sondern auf wichtige Geschäftsangelegenheiten –, tauchte sie in der Tür auf.

»Mr. Garrett«, sagte sie leise.

»Ro«, sagte er. »Schöner Nachmittag. Ich meine, es pisst in Strömen und alles, aber es ist trotzdem schön, wissen Sie. Man könnte jedem Nachmittage wie diese verkaufen, wenn man es nur richtig anstellt.«

»Mr. Garrett«, wiederholte sie mit ein wenig mehr Nachdruck. »Sergeant Daniels ist hier.«

Ashley Daniels, dachte er. Ganz hübsches Mädchen, aber nicht in Bergeracs Liga.

»Dann bitten Sie sie wohl besser herein«, sagte er, lehnte sich in seinem Stuhl zurück und erwartete die nächste Attacke der Gesetzeshüter.

Ash hatte sich vier Seiten Notizen gemacht, ohne irgendetwas Nützliches herauszubekommen. Garrett stand am Fenster, wie er es in den 25 Minuten, die sie jetzt in seinem Büro hockte, die meiste Zeit getan hatte. Sie war nicht mehr so gestresst, sie hatte sich beruhigt. Aber sie fand es nicht vertraut freundschaftlich, sonder nur unhöflich, dass er ihr bei der Befragung den Rücken zuwandte.

»Und wann erwarten Sie Mr. Bethlehems Rückkehr?«, fragte sie.

Garrett starrte auf den Fluss. Das war eine verdammt gute Frage, und sie war nicht die Einzige, die sie stellte. Soweit das irgendwer wusste, hielt er sich zur Zeit in Frankreich auf. Er hatte gerüchteweise gehört, dass Bethlehem am Abend zuvor für ein paar Stunden in London gewesen war, aber nichts Konkretes, und heute war er auf jeden Fall wieder weg.

»Weiß nicht genau«, sagte er.

»Er scheint ja nicht oft hier zu sein«, stellte sie fest.

»Manchmal ist es schwer zu sagen, wo er gerade steckt«, erwiderte Garrett, »aber dann taucht er plötzlich wieder auf mit Aufträgen von Saab, Motorola und Sony. So macht er seine Geschäfte.«

Ash nickte. Der Typ war ein Gespenst, und sie fing an zu glauben, dass sie nur zum Grund des Ganzen vordringen würde, wenn sie ihn in ihre Ermittlungen einbezog, was indes schwer war, da er außer Landes weilte und offenbar niemand etwas über ihn wusste.

»Wissen Sie, wo er ist?«

»Nee«, sagte Garrett. »Dem Vernehmen nach ist er jede Nacht woanders.«

Es hatte keinen Zweck, der Polizei mehr zu erzählen als unbedingt nötig; in diesem Sinne waren auch alle Angestellten angewiesen worden.

»Glauben Sie, dass Derkins Feinde hatte oder die Agentur oder Bethlehem persönlich?«, fragte sie.

»Thomas ist die Agentur«, sagte Garrett und sah sich zum wiederholten Mal über die Schulter zu ihr um. »Wenn man in der Wirtschaft auf dem Weg nach oben ist, gibt es immer jemanden, der abwärts fährt.« Und wenn es nach ihm ginge, würde das demnächst Thomas Bethlehem sein, aber das brauchte Ash nicht zu wissen.

»Und würde man dann nicht eher versuchen, seinen Widersacher geschäftlich fertig zu machen?«

»Absolut, Ash«, sagte er nickend. »Da haben Sie vermutlich Recht.«

Das war das siebte Mal, dass er sie Ash genannt hatte, und ihre Verärgerung war längst tiefer Resignation gewichen.

»Fällt Ihnen irgendjemand Bestimmtes ein, der eine solche Rechnung mit ihm zu begleichen hätte?«, fragte sie.

Er wandte sich wieder ab und blickte auf den Fluss. Frauen, die eine Wut auf Thomas und seine großartige Männer-Agentur hatten, gab es weiß Gott hunderte, und es musste ja nicht unbedingt geschäftlich sein, oder?

»Was ist mit Margie Crane?«, fragte Ash, als er nicht antwortete.

Garrett drehte sich nicht um, sodass sie seinen Gesichtsausdruck nicht sehen konnte.

»Das bezweifle ich«, sagte er und wandte leicht den Kopf. »Sie hat sich hier mit eingeklemmtem Schwanz verpisst.«

»Wissen Sie, wo ich sie finden kann?«, fragte Ash und ignorierte seine letzte Bemerkung.

»In Birmingham oder Umgebung. Genaueres kann Ihnen wahrscheinlich Rose sagen.«

»Gut«, sagte Ash. »Und was ist mit Forsyth?«

»Wie man hört, lebt er überwiegend in Australien. Er könnte natürlich irgendeine Tussi engagiert haben, die die Drecksarbeit für ihn erledigt, aber meines Wissens ist er nicht im Zorn ausgestiegen.«

»Gut.« Ash blickte von ihrem Notizblock auf. Das war's. »Wäre es Ihnen möglich, Ihre Angestellten heute vor dem Feierabend irgendwo zu versammeln? Die Leute müssen sich darüber im Klaren sein, dass die Tat sich möglicherweise gegen die Agentur und nicht gegen Mr. Derkins persönlich gerichtet hat. Vielleicht gibt es weitere Attacken.«

»Klar«, sagte Garrett, »sicher doch. Ich sage Ro, dass sie sie alle runter in die Kantine bestellen soll. Sonst noch was?«

»Wir sind fertig«, sagte sie.

»Prima«, sagte Garrett. »Können Sie mir noch ein paar Minuten Zeit geben, ich muss einen wichtigen Anruf erledigen, dann komme ich nach.«

Ash nickte und verließ sein Büro, damit er den ersten Anruf des Tages tätigen konnte, der seltsamerweise überhaupt nichts mit einem der Accounts zu tun hatte, die zurzeit in seiner Verantwortung lagen.

Ash hielt ihre Rede, insgesamt zwanzig Minuten, an die Frauen wie an die Männer, weil niemand vorhersagen konnte, ob das nächste Opfer, so es ein weiteres geben sollte, nicht eine Frau sein würde. Die Angestellten saßen da und verdauten das Gehörte, viele waren nervös und beschäftigten sich mit Gedanken, die sie sich bisher nicht gemacht hatten. Kurzum, die Botschaft kam an. Von den sieben Männern, die an jenem Abend Verabredungen hatten, wollten drei den Termin absagen, die vier anderen dafür sorgen, dass das Treffen an einem öffentlichen Ort stattfand und sie zu keinem Zeitpunkt mit der Frau alleine waren. Einer von ihnen war Piers Austin. Er hatte eine Verabredung mit einer Frau, die er wirklich sehr gut kannte, sodass er keine Sekunde lang dachte, dass die Rede, die die überaus attraktive Polizeibeamtin hielt, ihn in irgendeiner Weise betraf. Trotzdem verlegte er sein Date an einen öffentlichen Ort.

Netter Versuch.

Kapitel 16

Plastik Müll©
Spielzeug für Kinder

Plastik Müll© Spielzeug für Kinder bietet eine aufregende neue Palette von Plastikmüll-Spielzeug für Kinder. Jahr für Jahr werden in China mehr als 900 Milliarden Stück der liebenswerten und vielseitig verwendbaren Plastikmüllspielsachen von vierjährigen Kindern für vierjährige Kinder produziert. Ihre Kinder werden die zwei bis drei Minuten genießen, in denen sie mit den billigen Plastikteilen spielen, bevor sie kaputtgehen, doch für nur 4,99 Pfund pro Stück lässt sich Plastik Müll© Spielzeug für Kinder rasch ersetzen. Warum wollen Sie Ihr Kind in einer Zeit kurzer Aufmerksamkeitsspannen und ohne Ästhetik mit langlebigen Spielsachen belasten, die Konzentration erfordern?
Machen Sie es einfach glücklich mit **Plastik Müll© Spielzeug für Kinder!**

Piers Austin blickte schnell auf seine Uhr. Er musste in Kürze aufbrechen, doch das Meeting mit Garrett, Barney Thomson und John Bickerton hatte gerade erst begonnen. 18.53, ganz London würde auf dem Heimweg sein. Er wollte vorher zu Hause noch duschen, stattdessen hockte er im zehnten Stock und diskutierte über Hit-Sampler für den kommenden Sommer.

»Im Augenblick sucht der Kunde nur einen Titel. Schlicht und einfach. Wenn das geklärt ist, haben wir ein paar Wochen, um eine Kampagne zu entwickeln, doch die Dinger verkaufen sich normalerweise von selbst.«

»Und was für ein Sampler ist es?«, fiel Austin Garrett beinahe ins Wort. Er hatte es eilig.

»Songs von einem Haufen Frauen«, sagte Garrett. »Die üblichen Verdächtigen. Macy Gray, Gabrielle, Dido, et cetera, et cetera.«

»Wo liegt das Problem?«

Garrett nickte Bickerton zu. »John hat mal ein bisschen recherchiert, welche Titel für vergleichbare Alben schon verwendet wurden. Sagen Sie uns, was Sie haben, John.«

John Bickerton blickte auf seine Liste und begann langsam vorzulesen.

»Bisher habe ich gefunden *Woman Vol. 1, 2* und *3*. Eine vollkommen andere CD, die ebenfalls *Woman* heißt. Dann gibt es *Independent Woman, Wild Hearted Woman, Fire Woman, Simply Woman* und *Celtic Woman, Vol. 1* und *2*.«

Er blickte auf, doch niemand sagte etwas. Er spürte nur ein unausgesprochenes Machvoran.

»*A Woman's Heart*«, las er weiter, »*A Woman's Voice, Any Woman's Blues, I'm a Good Woman Vol. 1* und *2*, *Love of a Woman, Power of a Woman, A Woman in Love, Woman and Love* und *Woman to Woman*.«

»Also das Letzte klingt gut«, sagte Garrett, und Austin nickte. Barney starrte aus dem Fenster und dachte auf seine Art über Frauen nach. Ashley Daniels und Harlequin Sweetlips. Bickerton leierte leise seine Liste herunter, das Büro war gut geheizt, und er spürte, wie ihm die erste Schwere des Schlafes in die Lider kroch. Wenn er ihr nachgeben würde, würde der kostbare Schlaf ihn wie eine Welle hinwegspülen.

»*Natural Woman*«, sagte Bickerton. »*New Woman 2000, New Woman Summer 2000* und *New Woman Summer 2001.*«

»Wer kauft den Mist?«, fragte Garrett.

»*A Woman's Place is in The Groove* und *Story of a Black Woman*«, fuhr Bickerton fort und blickte von seiner Liste auf. Die anderen schüttelten den Kopf, aber er war natürlich noch nicht fertig. »Dann gibt es noch *Female, Female of the Species, The Female Touch Vol. 1* und *2, Female Vocalists, The Greatest Female Vocalists, The Greatest Female Voices Ever* und noch ein paar Country- und Blues-Sachen. Und das war nur eine kurze Überprüfung der wichtigsten Alben, die zur Zeit auf dem Markt sind. Vermutlich gibt es noch mehr.«

»Es ist wie eine Kunstform für sich«, sagte Austin. »Wahrscheinlich sind auf allen dieselben Songs.«

»Genau«, sagte Garrett. »Und deshalb sind wir hier. Wir müssen die Margies und Joes, die den ganzen Mist gekauft haben, dazu bringen, auch noch diesen Mist zu kaufen. Also, lassen Sie hören, John, Sie haben das Projekt bisher betreut, irgendwelche Idee?«

Austin spürte ein Kribbeln in der Wirbelsäule. Er konnte hier nicht wie ein Weichei herumsitzen und lahme Witze reißen, während sein früherer Stellvertreter die Sache an sich riss.

»*A Woman's Place is in the Kitchen*«, sagte Bickerton ernst und war unverzüglich froh, dass keine Frauen anwesend waren, die mit ihren Handtaschen auf ihn eindreschen konnten.

Gut, dachte Austin, der Typ hatte keine Ahnung.

»Ja«, sagte Garrett, »Witze machen kann jeder«, was ziemlich großzügig von ihm war, wenn man bedachte, dass er selbst auch noch nichts vorgeschlagen hatte, »aber wir brauchen vernünftige Ideen.« Er sah die drei Männer an und fand sich bereits damit ab, dass er sich für irgendwas halbwegs Anständiges wahrscheinlich wieder auf Barney verlassen musste.

»*Women Rock*«, sagte Austin rasch.

»*Women Roll*«, sagte Bickerton.

»*All Woman*«, sagte Austin.

»*Total Woman*«, sagte Bickerton.

»*Total Rock, Total Woman*«, sagte Austin.

Und plötzlich mit einem Fingerschnippen floss es, und sie ließen sich treiben, fochten wie die alten Ritter, die Nerven angespannt, Adrenalin im Blut, die Handflächen feucht und die Aiselles verschwitzt. Barney war vage amüsiert, Garrett gelangweilt. Er wollte sich wieder um Taylor Bergerac kümmern.

»*Utter Woman*«, sagte Bickerton,

»*The Intelligent Woman*«, sagte Austin.

»So etwas gibt es nicht«, sagte Bickerton, der auch gut als Maskottchen der Agentur hätte fungieren können.

»Es geht um das Zielpublikum«, sagte Garrett.

»*The Complete Woman*«, sagte Austin.

»*Absolute Woman*«, sagte Bickerton.

»*Completely Absolute Women Rock*«, sagte Austin.

»*Absolutely Complete Women Roll*«, sagte Bickerton.

»*Absolutely Female*«, sagte Austin.

»*Absolutely Totally Completely Definetely Woman*«, sagte Bickerton.

»*Naked Women Go Rock!*«, sagte Austin.

»*Completely & Perfect Woman*«, sagte Bickerton.

»*Just Woman*«, sagte Austin, sich auf das Grundlegende besinnend.

»*Totally Naked Woman*«, sagte Bickerton.

»*Totally Woman, Absolutely Female*«, ließ sich Austin mitreißen.

»*Totally Naked Pigmy Women Go Jesus!*«, sagte Bickerton, jegliche Kontrolle über seine mentalen Funktionen verlierend.

Barney drohte einzuschlafen, Garrett hatte irgendwann aufgehört zuzuhören, und alles, was recht ist, Austin und Bickerton hatten inzwischen bestimmt mit zehn durchaus brauchbaren Titeln aufgewartet. Aber wen kümmerte es im Grunde?

»Alben mit Männern, die ihre ganze Männlichkeit verherrlichen, gibt es gar nicht, oder?«, fragte Garrett und grübelte darüber nach. »Vermutlich politisch inkorrekt. Und will irgendwer wirklich eine CD mit dem Titel *Man to Man* kaufen? Ich glaube nicht.«

»*A Woman's Touch*«, sagte Austin, ohne Garretts Abschweifungen zu beachten, weil er so aufgeladen war.

»*A Woman's Feel*«, sagte Bickerton.

»Tsssssssssss …«, sagte Barney Thomson.

»*Woman Is As Woman Does*«, sagte Austin.

»*Does Is A Woman*«, sagte Bickerton.

Und so machten sie weiter …

Ash nahm den Zug nach Birmingham. Alles in allem klang Margie Crane wie ihre beste Wahl, eine Frau voller Groll, getrieben zu einer grausamen Rache. Rose hatte ihr eine Telefonnummer genannt, doch Ash hatte beschlossen, dass es klüger war, gleich vor ihrer Tür aufzukreuzen. Außerdem kam sie so ein paar Stunden aus London weg. Was Wildman daran hindern würde, sie erneut zu fragen, ob sie etwas dagegen hätte, die Queen zu überprüfen, weil er vermutete, dass die Bilder aus Frankreich möglicherweise retuschiert waren. Das hätten sie schließlich auch mit Neil Armstrong auf dem Mond gemacht, hatte er erklärt, kleiner Verschwörungstheoretiker, der er war.

Sie war noch nie in Birmingham gewesen und angenehm überrascht. Es gab Cafés, Bäume und Boulevards, Statuen und Brunnen. Natürlich blieb ihr als Polizistin auch der ganze andere Mist nicht verborgen, der offenbar zu jeder Stadt der Erde gehört, aber oberflächlich betrachtet sah die Stadt besser aus, als sie erwartet hatte. Und das war auch gut so, es entschädigte sie einigermaßen dafür, dass der Zug eineinhalb Stunden Verspätung hatte und der Taxifahrer, der sie herumkutschiert und an jedem neuen Brunnen und jedem schicken Bistro vorbeichauffiert hatte, sie gnadenlos abgezockt hatte. Sie versuchte, sich auf ihren Fall zu konzentrieren, und dachte doch fast die ganze Zeit an Barney Thomson.

Sie stand auf dem Bürgersteig vor Cranes Haus und betrachtete die adretten Reihenhäuser, viktorianisch wahrscheinlich, aber sie war keine Expertin. Nicht sehr weit von der Innenstadt, obwohl die Dauer der Fahrt von der New Street hierher etwas anderes nahe legte. Gut gepflegt, umzäunte Bäume, Reihen von BMW, Audi und Jaguar. Egal wie abschätzig die Leute von BF & C über Margie Crane reden mochten, schlecht schien es ihr nicht zu gehen.

Sie stieg die kurze Treppe zu der dunkelbraunen Haustür hinauf, klingelte und wartete.

Die Straße war ruhig, kein Autoverkehr, keine Fußgänger. Kurz nach acht an einem kalten und feuchten Märzabend. Die Leute hatten sich bereits hinter sicher verschlossenen Türen in ihre Häuser zurückgezogen, die Kinder waren im Bett, nachdem Mummy und Daddy aus dem Büro nach Hause gekommen und ihnen die zehn obligatorischen Minuten aus *Die kleine Raupe Nimmersatt* oder *Harry Potter kriegt es in den Arsch* vorgelesen hatten.

Ash klingelte erneut, wartete eine Weile und zog dann einen Schlüsselbund aus der Tasche. Es dauerte einen Moment, bis sie einen gefunden hatte, der passte, und betrat Margie Cranes Haus.

Piers Austin war endlich entkommen – nachdem sich das Meeting auf *Totally Female Woman*, Barneys ersten Vorschlag, geeinigt hatte – und spazierte mit Sweetlips am Ufer der Themse entlang und blickte auf die strengen Regierungsgebäude, die diesem Teil Londons einen beinahe osteuropäischen Flair verliehen.

Sweetlips hatte alle Register gezogen. Hochgeschlossene chinesische Seidenbluse, alle Körperrundungen optimal zur Geltung gebracht, das Haar zu einem sehr sehr erotischen Bop frisiert, die ganze Femme-fatale-Nummer, und trotzdem sah Austin es nicht kommen.

»Ich bin ein Mann«, sagte er. »Ich verstehe nicht, warum die Frauen so auf den Typ fixiert sind.«

»Was sind die drei ›Sch's?‹«, fragte Sweetlips lächelnd. Es war ein echtes Killerlächeln von der Art, die Austin in seiner Hosentasche spüren konnte, wie Spillane geschrieben hatte. Oder war es Chandler?

Er sah sie fragend an.

»Du hast selbst gesagt, dass du ein Mann bist«, sagte sie. »Also, was meint ein Durchschnittsmann mit den drei ›Sch's?‹«

»Hm«, sagte er lächelnd. »Scheißen, scharf rasieren, schön heiß duschen.«

»Genau«, sagte sie. »Wie oft hast du das morgens zu irgendeinem Mädchen gesagt?«

Er lächelte. »Verstehe«, sagte er. »Hunderte Male. Aber ich weiß immer noch nicht, worauf du hinaus willst.«

»Nun«, sagte Sweetlips und fasste seinen Arm fester, drängte sich ein wenig dichter an ihn und legte ihren Kopf auf seine Schulter, damit er sich *wie ein Mann* fühlte. »Für alle anderen Männer sind die drei ›Sch's‹ nur elementare Körperfunktionen und Waschungen. Aber wenn Sean es sagt, meint er Schonne, Schand und Schex.«

Sie kicherte. Austin stöhnte auf, lachte aber mit, weil er betrunken war.

»Glaubst du etwa, dass Connery nicht scheißen muss?«, fragte er.

»Vermutlich schon, aber er macht nicht so eine Riesensache daraus wie ihr anderen. Männer reden übers Scheißen, als ob es ein Ereignis wäre. Mit Sean ist es bestimmt mehr so wie in Filmen, wo man die Leute auch nie aufs Klo gehen sieht. Sie tun es irgendwann zu einer unbekannten Zeit, die der Regisseur hinterher rausschneidet. So ist das mit Sean.«

»Wahrscheinlich riecht es nicht mal«, sagte Austin und verdrehte scherzhaft die Augen.

»Wahrscheinlich nicht«, erwiderte Sweetlips lächelnd.

Und dann lachten sie, was angenehm für Piers war, denn schließlich würde er in Kürze sterben. Es war immer angenehm, mit einem Lächeln abzutreten. Es gibt nur wenige, die das von sich behaupten können. Zu diesem Zeitpunkt befanden sich in ihrer näheren Umgebung am Ufer der Themse etwa fünfzehn Personen. Doch keine von ihnen beobachtete das scheinbar glückliche Paar, die Frau mit den schwarzen Haaren, die sich an den großen, schlaksigen Mann schmiegte, sodass die Augenzeugenberichte der nachfolgenden Ereignisse wenig verlässlich waren.

»Scho, Misch Schweetlips«, sagte Austin immer noch lachend, weil er wusste, dass er sicher landen würde, »wasch halten Schie davon, wenn wir Schu mir fahren, esch unsch auf dem Schofa bequem machen und bumschen wie die Karnickel.«

Sweetlips lachte. Sie war tatsächlich beinahe belustigt.

»Ich kann nicht«, sagte sie jedoch mit vernichtender Endgültigkeit.

Er war neugierig. Vermutlich nur Teil des guten alten Spiels, dachte er.

»Warum nicht?«

»Weil ich«, sagte sie und kräuselte die Nase, als würde sie in einer Sitcom mitspielen, »nicht nekrophil bin.«

Er setzte eine verwirrte Miene auf, weil er es immer noch nicht kapierte, womit er nur ein paar Sekunden hinterherhinkte.

»Aber ich bin nicht tot«, stellte er ziemlich einfältig fest, und dann dämmerte es ihm.

Der Ausdruck in Sweetlips eben noch lächelndem Gesicht veränderte sich im einer Sekunde zu einer Maske des Todes. Er konnte die Veränderung mit eigenen Augen sehen, wurde selbst Zeuge ihrer Verwandlung, sozusagen eine Mikrowellen-Version von Jekyll zu Hyde. Und das Entsetzen stieg ihm in den Hals, das unumstößliche sichere Wissen, dass er sterben würde. Und dem verkrampften Schrei, der aus seiner Kehle drang, ging die Luft aus, als ihm das Messer tief in den Bauch und nach oben in Brustkorb und Brust gestoßen wurde. Sein Körper zuckte seltsam, er machte den Mund auf, brachte jedoch nur ein mattes Krächzen heraus. Und dann hatte Sweetlips ihn in einer einzigen ununterbrochenen fließenden Bewegung über das Geländer gestoßen, und drei Sekunden, nachdem sie das Messer aus ihrem leichten Sommermantel gezogen hatte, platschte Austins Leiche schwer ins Wasser.

Sie rief sofort um Hilfe, schrie entsetzt auf, weil ihr Freund ins Wasser gefallen war. Sie schrie wunderbar; Menschen strömten zusammen, und niemand hatte etwas mitbekommen.

Austins Leiche trieb mit dem Gesicht nach unten im Wasser, und Sweetlips kreischte noch lauter. Zwei Männer sprangen in den Fluss und versuchten, ihn zu retten. Hektisch mit Armen und Beinen strampelnd schwammen sie bis zu der Leiche, hoben den Kopf aus dem Wasser und begannen, sie ans Ufer zu zerren.

Und während sie das tote Gewicht unbeholfen auf ein paar

Stufen zerrten und die wachsende Menge der Schaulustigen hinunterstarrte, und jeder Einzelne das Messer erkennen konnte, das tief in seinem Brustkorb steckte, hatte das Schreien aufgehört. Und als sie sich schockiert und ängstlich nach der Frau mit den kurzen schwarzen Haaren umsahen, die neben dem Opfer gegangen war und so wundervoll geschrien hatte, konnten sie sie nirgends entdecken, denn Harlequin Sweetlips war längst woanders.

Eine Stunde und 53 Minuten später saß Ash wieder im Zug. Wildman hatte sie telefonisch über den Tod an der Themse unterrichtet, ein Mord am frühen Abend an einem öffentlichen Ort, den niemand beobachtet hatte. Sie hatte sowieso gerade gehen wollen.

Denn Margie Cranes Haus hatte kaum ein Geheimnis preisgegeben, was möglicherweise daran lag, dass schon jemand vor ihr dort gewesen war. Das Haus – geschmackvoll eingerichtet mit wunderschönen Gemälden, Rokoko-Skulpturen, marokkanischen Teppichen, Terrakottamauern und Regalen voller Originalausgaben klassischer Werke der Literatur – war komplett verwüstet. Es ließ sich nur schwer sagen, ob es auf der Suche nach etwas oder aus purem Vandalismus geschehen war, auf jeden Fall war gründliche Arbeit geleistet worden. Das Haus lag komplett in Trümmern. Es sollte aussehen wie Vandalismus, Gemälde waren unnötig zerschnitten, Skulpturen ohne Not zerschlagen, an manchen Stellen sogar Tapeten abgerissen worden. Doch das konnte auch zur Verschleierung des eigentlichen Zwecks geschehen sein, des winzigen Details, das man gesucht und vielleicht gefunden hatte.

Auf allem lag eine Staubschicht, und hinter der Tür stapelten sich Reklamewurfsendungen von mehreren Monaten.

Daniels hatte alle Briefe an sich genommen, die auch nur

entfernt privat aussahen, ohne sie an Ort und Stelle zu öffnen, hatte sich dagegen entschieden, die lokale Polizei zu alarmieren, weil die nur anfangen würde, Fragen zu stellen, was sie überhaupt dort zu suchen hatte, und war zu Fuß zur New Street gegangen.

Und als sie im Zug die Korrespondenz von Margie Crane las, wurde ihr klar, dass die Frau in der Welt von Bethlehem, Forsyth & Crane keineswegs so untätig gewesen war, wie Garrett angedeutet hatte.

Erstaunlich, dachte sie, dass einige dieser Menschen noch wussten, dass es so etwas wie die Post überhaupt gab.

Kapitel 17

Women Are As Women Do

In der großartigen Tradition so klassischer Sampler wie *Butt Naked Pygmy Women Go Jesus* und *Women Are The Female Of The Species* das Allerneuste, was in der Frauenwelt rockt. **Women Are As Women Do** präsentiert das Beste, was das Geschlecht zu bieten hat, Rock-Ladies der Spitzenklasse von Britney Spears über Christina Aguilera bis zu Jennifer Lopez. Wenn Sie Rock 'n' Roll denken, denken Sie ganz Frau weiblich feminin.

Barney legte den Kopf in den Nacken und starrte zur Decke. Er hatte einen Tag als Marketingmanager hinter und wer weiß wie viele noch vor sich. Wie lange würde er dort aushalten, bis es ihn an seinen natürlichen Platz auf der Welt zurückzog? Er glaubte nicht, dass diese Firma von Verrückten ihn länger halten konnte, selbst wenn er auf seine Position als Frisör zurückkehrte. Möglicherweise war es nicht so sehr die Manipulation menschlicher Haare an sich, die ihn so faszinierte, als vielmehr der Umstand, hinter einem in einen Umhang gehüllten Menschen zu stehen und ein scharfes Werkzeug in der Hand zu halten, mit dem man ihm unter anderen Umständen die Kehle durchschneiden oder einen tödlichen Stich versetzen könnte. Als Frisör hatte man die totale Kontrolle. Totale Kontrolle, ohne dass man dafür notwendigerweise irgendein angeborenes Selbstbewusstsein oder Talent brauchte. Vielleicht zog es ihn aber auch nur aus schierer Gewohnheit so an den Frisörstuhl zurück; es war das Einzige, was er kannte. Wenn er dieses Marketingleben ein halbes Jahr durchhielt, würde es zu dem werden, was er machte, und ihm genauso entspannt von der Hand gehen wie das Frisieren.

Doch an diesem Abend war er in seinen Gedanken ganz woanders. Er starrte an die Decke und dachte an die Frau, die er zwei Abende zuvor in der Bar getroffen hatte und von der er, auch ohne sie wiedergesehen zu haben, mit absoluter Sicherheit wusste, dass sie in diesem Moment sein Haus beobachtete und wartete. Er wusste nicht, ob sie darauf wartete, dass er seine Wohnung verließ oder dass er das Licht ausmachte und zu Bett ging. Auf jeden Fall war sie da draußen und durchbohrte mit ihren Blicken die Wände.

Harlequin Sweetlips, wenn er je eine Mörderin getroffen hatte, dann war sie es, und trotzdem war er nicht einmal versucht gewesen, der Polizei davon zu erzählen. Er hatte es sich mit der nahe liegenden Frage ausgeredet, was genau er zu Ash sagen sollte.

BARNEY: Also, Sergeant, ich habe mit einer Frau geschlafen, die eine ganz seltsame, mörderische Ausstrahlung hatte.

ASH: Wie hat sich die denn konkret manifestiert?

BARNEY: Es war so ein Gefühl, wissen Sie. Mehr aus dem Bauch.

ASH: Verstehe. Und wie haben Sie diese Ausstrahlung empfangen?

BARNEY: Das ist schwer zu erklären.

ASH: Versuchen Sie es.

BARNEY: Meine Mutter war eine Serienmörderin. Ich habe

einmal einen Mann getötet, der gerade dreiunddreißig Mönche ermordet hatte. Ich war in einer Selbsthilfegruppe der Anonymen Mörder. Ich habe mit einer Frau geschlafen, die acht Minister des schottischen Kabinetts getötet hat.

ASH: Von der hab ich gehört.

BARNEY: Ich bin also im Grunde die Brut des Todes, und Mord ist in den letzten paar Jahren mein ständiger Begleiter gewesen. Er ist immer bei mir.

ASH: Wie Ischiasbeschwerden.

BARNEY: Genau.

ASH: Kann man dagegen nicht irgendwas einnehmen?

BARNEY: Wie Nurofen Serienkiller, meinen Sie?

ASH: Ja.

BARNEY: Ich glaube, das wird noch nicht hergestellt.

ASH: Schade eigentlich.

Nein, das würde einfach nicht funktionieren. Harlequin Sweetlips war allein sein Problem. Er hatte schon mit ihresgleichen zu tun gehabt, und wenn sein absurdes Leben so weiterging, würde das auch in Zukunft so bleiben. Und was, wenn er eines schönen Tages nicht mehr aufwachte oder das Ende ihn bei vollem Bewusstsein ereilte, wenn er das Messer von oben auf sich herabsinken sah, bis es seine Stirn durchbohrte und ihm für immer die Augen schloss? Was, wenn das Ende mit dem Aufblitzen messerscharfen Silbers kam, sein Gesicht vor Schmerz und Angst verzerrt, seine Seele zu der ewigen Folter verdammt, die sie höchstwahrscheinlich verdiente? Was, wenn eine Nacht seines Lebens zu einem schnellen und blutigen Ende gebracht wurde, wenn die gnadenlose Klinge der Sterblichkeit tief in sein entsetztes und vor Furcht entstelltes Gesicht gestoßen wurde? Würde es irgendjemanden kümmern?

Er hatte die Augen geschlossen und döste, trotz des unbehaglichen Gefühls beobachtet zu werden und der immer grotesker werdenden Gedanken an den eigenen Tod, langsam ein. Der Kopf sackte auf seine Brust.

Ihre Majestät Königin Elizabeth II., weilte zu einem zehntägigen Staatsbesuch in Frankreich, dessen Vorbereitungen monatelanges diplomatisches Gerangel, kleinmütige Beleidigungen und Förmchen in die Ecke schmeißen sowie angedrohte Invasionen gekostet hatte.

Am zweiten Abend hatte ein Staatsdiner in Paris stattgefunden, und die Gastgeber waren ein wenig verstimmt gewesen, dass Ihre Majestät beinahe eine Dreiviertelstunde früher als geplant und noch vor dem Pudding hatte aufbrechen müssen. Sie fühle sich ein wenig erschöpft und unpässlich, hatte man ihnen erklärt; sie käme halt langsam in die Jahre, was man akzeptieren und eben nehmen müsse, wie es kam.

Am vierten Tag des Besuches, und nach wie vor kränklich, hatte Ihre Majestät sämtliche Termine abgesagt. Und nun landete kurz nach Mitternacht, neun Stunden vor einem weiteren offiziellen Frühstück mit dem britischen Botschafter in seiner Residenz am Boulevard Giscard d'Estaing, der Sea-King-Helikopter nach kurzem Flug von Gatwick auf dem Flughafen Charles de Gaulle, wo eine lange schwarze Limousine auf die Rollbahn fuhr, um den vornehmen Passagier aufzunehmen.

Harlequin Sweetlips schnippte einen Zigarettenstummel auf den Bürgersteig, eine ihrer klassischen theatralischen Gesten. Die einzige Person, die sie sah, war Harry Monkton auf dem Heimweg zu einem weiteren ereignislosen Abend mit seiner Play Station 2, der jedoch nicht in der Stimmung war, sich von den geradezu balletteusehaft lässigen Schritten einer Frau faszinieren zu lassen, die ihre Kippe austrat. Er ging weiter, und Sweetlips hatte ihn ohnehin nicht bemerkt.

Sie blickte hinauf zu Barneys Fenster, hinter dessen Gardinen nach wie vor Licht brannte. Er sah fern, vielleicht war er eingeschlafen. Sie blickte erneut auf ihre Uhr. Es war schon nach Mitternacht. Barney Thomson war nicht der Typ, der abends lange allein vor dem Fernseher wach saß; er musste eingeschlafen sein. Würde er einen späten Besucher noch empfangen? Zeit, eine Entscheidung zu treffen. Seltsamerweise spürte sie ein Kribbeln im Bauch, die alte Nervosität. Männer – das Einzige, wofür sie sich je wirklich interessiert hatte, das Einzige, was je ihre Nerven kribbeln und ihren Mund trocken werden ließ. Sie war live im Fernsehen aufgetreten und vor 80 000 Menschen auf die Bühne getreten, hatte Präsidenten und Premierminister, Könige und Königinnen getroffen; sie hatte Grenzen mit illegalen Waffen und Drogen überquert und in die Augen eines südamerikanischen Milizionärs mit einer Maschinenpistole geblickt, zwanzig Kilo ungestrecktes Kokain um die Hüfte gegurtet, und sie hatte nie das leiseste Flattern gespürt, hatte sich nie beirren lassen. Doch Männer, die richtigen Männer, machten sie nervös; diejenigen, an denen sie ernsthaft interessiert war, diejenigen, die ihr unter die Haut gingen, nicht diese nutzlosen, verlorenen kleinen Jungs von BF & C, die nie erwachsen werden würden. Es gab einen bestimmten Typ, bei dem sie schwach wurde, und das war ihr in ihrem Leben noch nicht oft passiert, vielleicht zweimal bisher. Und nun sitzt hinter den Mauern des Hauses auf der anderen Straßenseite der Dritte, ist auf seinem Sofa eingeschlafen, während er an die Decke gestarrt und genauso viel an mich gedacht hat wie ich an ihn, dachte Harlequin Sweetlips. Und weil das Schicksal launenhafte Spielchen liebte, war es fast zwangsläufig, dass der Mann zusammen mit dem erbärmlichen Rest des Kollektivs für BF & C arbeitete, wie sie am Vortag herausgefunden hatte. Im Grunde war es vorhersehbar gewesen; sie hatte ihn nicht umsonst in der Bar getroffen. Dieser Mann, mit dem sie in ihrem ganzen Leben noch nichts zu tun gehabt hatte, würde ebenso in ihre unmittelbare Zukunft verwickelt werden wie die Clowns in der Firma, die einer nach dem anderen ihren gerechten Nachtisch serviert bekommen würden.

Sie dachte an ihn, und der Gedanke an ihren nächsten Kontakt löste ein unbehagliches Gefühl in ihrem Bauch aus, das sie gleichzeitig erregte. Der Nervenkitzel der Betörung, das erste Licht und die Aufregung einer neuen Liebe.

Sie zündete sich eine weitere Zigarette an, und Bilder der beiden vorherigen Male, als sie sich in einen Mann verliebt hatte, traten ihr vor Augen – genauer gesagt, die blutigen Bilder davon, wie sie sich aus ihrem Elend gelöst hatte. Und sie entschied, dass sie Barney Thomsons Schlaf heute Nacht nicht stören würde. Das Kribbeln in ihrer Magengrube erstarb, sie wandte sich ab und machte sich auf den langen Weg zurück quer durch London, um den ersten Zug nach Paris zu erreichen.

Kapitel 18

Watkinson's Sword Sex – Das Brandneue Rattenscharfe Rasiersystem

Sword Sex ist das brandneue Rasiersystem von Watkinson's Sword. Ein Rasierer mit verblüffenden sechs Klingen für die schärfste Rasur aller Zeiten. Die erste Klinge rasiert die Haut gründlich, die zweite gründlicher und die dritte noch gründlicher. Die vierte Klinge entfernt die ersten vier Hautschichten, die fünfte Klinge hobelt das Fleisch ab und die fantastische sechste Klinge schneidet bis auf den Knochen, während ein einzigartiger Betäubungsstreifen den Schmerz lindert. **Sword Sex** und Sie wirken schlanker, gesünder und erotischer denn je. **Sword Sex:** für Männer.

Chief Superintendent Simon Pinkslipper, ein alberner Mann mit einem gewaltigen Schnurrbart, hatte ungeachtet seines Namens nie rosa Pantoffeln getragen, dafür aber als Schüler genug Hänseleien ertragen, um als komplettes Arschloch mit einem Panzer in die Welt hinauszugehen, der härter war als ein Atombunker. Jetzt tobte er wild wie ein Wahnsinnger gestikulierend in großen Runden durch sein Büro, sodass Wildman und Ash periodisch Opfer seiner feuchten Aussprache wurden.

»Verdammte Scheiße!«, brüllte er. »Was verdammt noch mal soll das?«

Wildman hatte Ash gerade mutig erlaubt, Pinkslipper über die Fingerabdrücke der Queen am Tatort zu informieren, und der reagierte in etwa so wie erwartet.

»Erschießen Sie nicht den Boten«, brachte Ash ein wenig eingeschüchtert hervor, auch wenn sie sich immer noch sagen konnte, dass sie von einem Mann namens Pinkslipper angebrüllt wurde. Wie schlimm konnte es werden? Die Frage war doch immer nur, ob man es selbst zuließ, sich von Gebrüll einschüchtern zu lassen, und auch der Grad der Betretenheit lag in der eigenen Macht. Sie musste sich konzentrieren.

Pinkslipper unterbrach seine wilde Rennerei durch den Raum – Wildman hatte das Gefühl, einem Tennismatch zuzusehen, auch wenn er noch nie Tennis geguckt hatte – und blieb neben einem Bild stehen, das ihn mit der Königin zeigte, die ihm nach einem kleineren Terroristeneinsatz Anfang der 90er Jahre einen Orden verlieh.

»Den Boten?«, kreischte er. »Ich weiß nicht mal, was das, verdammte Kacke noch mal, sein soll, Sergeant. Kommen Sie mir nicht mit beschissenen Boten. Ich nehme an, Sie meinen die Person, die die beschissene Botschaft überbringt? Meinen Sie das mit Ihrem scheiß Boten?«

Ash schluckte. Lass dich nicht von einem brüllenden Arschloch einschüchtern, das dazu auch noch blöde Fragen stellt, dachte sie.

»Ja, Sir«, bestätigte sie, ohne ein Zittern in der Stimme. Schön dagegenhalten, ihm in die Augen sehen, entschieden auftreten. Er bewunderte starke Frauen, hieß es. Nicht zurückweichen.

»Nun, Sie überbringen hier keine beschissene Botschaft!«, brüllte er aus voller Lunge. »Hallo! Sie erstatten Bericht über den Fortgang der Ermittlungen in einem Mordfall! Ich will nicht hören, *dass* man die beschissenen Fingerabdrücke der Königin auf einer Mordwaffe gefunden hat, ich will hören, *warum* sich ihre Fingerabdrücke auf einer Mordwaffe befinden. Ist Ihnen dieses Konzept komplett fremd, Sergeant?«

»Nein, Sir«, sagte Ash, während sie sich innerlich streng ermahnte, mehr Rückgrat zu zeigen. Sag ihm, er kann dich mal, das wird ihm gefallen.

»Und *warum* befanden sich die Fingerabdrücke der Queen auf einer Mordwaffe?«, fragte Pinkslipper und senkte die Stimme, allerdings nicht so sehr, dass man die weitere Unterhaltung als normales Gespräch hätte bezeichnen können.

»Sie ist in Paris«, antwortete Ash, leider völlig unfähig, den Stier in irgendeiner Form bei den Hörnern zu packen.

»Was?«, brüllte Pinkslipper, wieder ein paar Phon lauter. Wildman hielt den Kopf schön fein gesenkt und fixierte, ohne einen der beiden anzusehen, einen unsichtbaren Fleck auf dem Teppich. »Was?«, wiederholte Pinkslipper.

»Die Queen ist in Paris«, wiederholte Daniels.

»Ich weiß, dass die verdammte Queen in Paris ist!«, kreischte Pinkslipper. »Meinen Sie, ich stecke den Kopf in den Arsch, wenn ich BBC gucke, Sergeant?«

Diese Frage ließ Ash lieber unbeantwortet.

»Und?«

»Nun, es gibt gewisse Zeitspannen, in denen sich ihre Aktivitäten nicht belegen lassen«, sagte Ash mit erstaunlich fester Stimme. Wildman blinzelte ihr zu und verzog das Gesicht, überrascht, dass sie die Angelegenheit mit der Königin auf dieser Ebene überhaupt zur Sprache gebracht hatte.

»Verzeihung?«, fragte Pinkslipper plötzlich bedrohlich leise. Das hatte er von Al Pacino gelernt. Die Ruhe des Method Actor vor dem Sturm.

(Pinkslipper litt, weil er ein Leben lang gehänselt worden war, ganz offensichtlich unter massiven Unsicherheitsgefühlen und Minderwertigkeitskomplexen, doch es gab unter seinen Untergebenen nicht viele, die sich dieses Umstands lange genug erinnern konnten, um ihn auszunutzen.)

»Obwohl sich die Königin in Paris aufhält, gab es in beiden Mordfällen keine offiziellen Termine, die mit der Tatzeit zusammengefallen wären.«

»Was soll das heißen?«

»Es gibt kein Alibi«, schaltete sich überraschend Wildman in die Unterhaltung ein. Ash blickte zur Seite, dankbar, dass er endlich interveniert hatte.

Pinkslipper wandte den Blick ganz langsam und sehr bedrohlich von Ash zu Wildman. Hoffte er jedenfalls. Wildman hielt sich zwar gern bedeckt, war jedoch wenig begeistert von Pinkslippers masturbatorischen Zornesausbrüchen.

»Wollen Sie etwa sagen, Ihre Majestät hätte Zeit gehabt, in ein Flugzeug zu springen, zurück nach London zu kommen, irgendeinen nutzlosen kleinen Wichser von einer Werbeagentur zu ermorden und dann zurück nach Paris zu fliegen, bevor irgendwer ihre Abwesenheit bemerken konnte?«

Wildman und Ash wechselten einen kurzen Blick, bevor sie sich wieder Pinkslipper zuwandten und darauf warteten, dass er sich in seiner schlechten Laune Al-Pacino-mäßig langsam weiter hoch schraubte.

»Wir behaupten nicht, dass es so war«, sagte Ash, die selbstbewusster geworden war, nachdem ihr Chef sich endlich auf ihre Seite geschlagen hatte, »wir sagen nur, dass sie die Zeit dazu hatte. Wir werden alle kommerziellen und privaten Flüge von Paris nach London überprüfen, um festzustellen, ob sie in irgendeiner Weise verwickelt sein könnte.«

Pinkslipper spürte das Pochen seiner Adern am ganzen Körper. Er wäre am liebsten explodiert. Ein explosives Gemisch aus Zorn, Feuer und Galle braute sich in ihm zusammen, er musste irgendwie den heißen Dampf ablassen, der ihn von innen verbrannte. Wie unfassbar würde das Ganze klingen, wenn es nach draußen drang? Wie würde die Presse die Tatsache ausschlachten, dass in einem Mordfall gegen die Königin ermittelt wurde? Der Chief Constable würde ihn in tausend Stücke zerreißen und an die Hunde verfüttern. Pinkslipper, auf den Namen würde die Journaille garantiert abfahren. Bis jetzt hatte er es geschafft, sich bedeckt zu halten und eine Karriere an der Seitenlinie zu verfolgen, von wo aus er andere sorgfältig führte. Doch wenn er Wildman und Ash die Erlaubnis gab, gegen die Queen vorzugehen, würde sein erbärmlicher Name auf allen Titelseiten prangen.

Doch er explodierte nicht, und der heiße Dampf musste drin bleiben und ihn weiter verbrühen, weil er wusste, dass sie trotz allem Recht hatten. Die Fingerabdrücke der Queen waren auf der Tatwaffe des ersten Mordes gefunden worden, ihre Aktivitäten waren unbelegt, was sollte man da machen? Man musste sie überprüfen, und sei es nur, um sie aus den weiteren Ermittlungen auszuschließen. Denn das war die andere Seite der Medaille; wenn die Polizei über Informationen verfügte, die die Königin mit den Verbrechen in Verbindung brachten, und diese ignorierten, wäre es für die Medien ein gefundenes Fressen, Scotland Yard in den Schlagzeilen vorzuwerfen, die königliche Familie zu begünstigen. Sie mussten es einfach machen und hoffen, dass sie schleunigst etwas fanden, das die Queen entlastete, bevor jemand herausfand, warum sie überhaupt fragten.

Pinkslipper ließ sich auf seinen Sessel fallen und starrte über den Schreibtisch. Ash und Wildman hatten erkannt, dass der Gefahrenmoment ohne Explosion überstanden war, waren sich jedoch, auch wenn sie beide spürten, wie die Anspannung aus ihren Schultern wich, unsicher, was als Nächstes kommen würde.

»In Ordnung«, sagte Pinkslipper unvermittelt geschäftsmäßig. Er musste die Sache hinter sich bringen, eine Entscheidung treffen und seine Beamten an ihre Arbeit schicken. »Tun Sie es. Aber seien Sie diskret. Seien Sie verdammt diskret. Dringen Sie zu neuen Ebenen der Diskretion vor. Wenn herauskommt, dass wir in dieser Sache ermitteln, sind wir alle, wir alle drei, am Arsch. Und wenn Sie schon dabei sind, ermitteln Sie bitte auch unter der Annahme, dass die Monarchin keine Serienmörderin ist. Versuchen Sie lieber herauszufinden, wie der eigentliche Täter in den Besitz ihrer Fingerabdrücke gekommen ist.«

Pause. Endergebnis, vermutete Wildman, der wie immer in Fußballbegrifflichkeiten dachte. Das muss ich den anderen erzählen, dachte Ash und wusste ganz genau, dass sie nie im Leben irgendwem davon erzählen konnte, obwohl bereits Gerüchte die Runde machten, vermutlich gestreut vom notorisch indiskreten Goldbeck.

»Sagen Sie zu niemandem ein Wort«, warnte Pinkslipper. »Zu niemandem. Haben Sie das verstanden?«

Sie nickten, und Pinkslipper wies schroff zur Tür, während er in der Brust ein leichtes Druckgefühl empfand, als er von dem High eines totalen Kollers wieder herunterkam.

Ash und Wildman standen auf, marschierten aus dem Zimmer und schlossen die Tür hinter sich. Auf dem Weg durchs Vorzimmer starrten sie Mrs. Trevallian an, die wie gewohnt emsig vor sich hin tippte, und gönnten sich dann beide im Flur endlich einen langen, langen Seufzer der Erleichterung.

»Na ja, er hat uns nicht umgebracht«, sagte Ash.

»Noch nicht«, sagte Wildman. »Warten Sie ab, bis Sie es vermasselt haben. Dann bringt er Sie um.«

»Danke für das Vertrauensvotum«, sagte sie.

»Klappe, Danno«, sagte Wildman, stieß eine Schwingtür auf und schickte einen jungen Polizisten samt einem Tablett mit sechs Bechern Kaffee auf die Bretter.

Kapitel 19

Air Usbekistan – Wir fliegen Sie hin

Die Menschen bei der Air Usbekistan wissen aus jahrhundertelanger Erfahrung in der Flugindustrie, wie man sich um das Wohlbefinden der Passagiere kümmert. Jetzt auf allen wichtigen Routen, darunter Taschkent-Alma Ata, Taschkent-Eriwan, Taschkent-Ulan-Bator und Taschkent-Samarkand, mit allen Flugzielen, die Sie je erreichen wollten. Air Usbekistan fliegt Sie mit handverlesenen Maschinen der Aeroflot in Welten, von deren Existenz sie gar nichts geahnt haben.

Am Samstagmorgen fand in den Büros von Bethlehem, Forsyth & Crane ein Notfallmeeting statt, an dem alle notwendigen Parteien teilnahmen. Abgesehen von dem dauerhaft abwesenden Thomas Bethlehem natürlich. Jools Garrett, der sein eigenes Spiel spielte, leitete das Treffen nominell, überließ jedoch das Wort und die Durchführung zu großen Teilen Anthony McKee, dem Leiter der Abteilung Humankapital und Artverwandtes. Barney Thomson, das jüngste Wunderkind der Marketingwelt, fühlte sich ein wenig fehl am Platze, versuchte jedoch, sich auf den Surrealismus des Augenblicks zu konzentrieren. Er wollte nehmen, was kam, es so lange wie möglich genießen, weil das Glas immer halb voll war, den Augenblick ergreifen und dann weiterziehen. Wenn man sich erst einmal in das Gefängnis von Partnerschaft, Kindern und Hypotheken hatte locken lassen, hatte man nicht mehr die Wahl, den Augenblick zu ergreifen. Doch Barney war all dessen ledig, er konnte machen, was er wollte, und ein Leben wie aus Werbespots für Herrenkosmetika leben. Segeln, Frauen flachlegen, Berge besteigen, schnelle Autos fahren, Tiefseetauchen, Paragliding und jede Menge andere Männersachen. Er könnte Exron sogar helfen, seine neue Palette von Hygieneprodukten zu vermarkten. Entspannen, sagte er sich, entspannen und genießen. Wenn man sich allerdings ständig ermahnen muss, sich zu entspannen und zu genießen, tut man natürlich weder das eine noch das andere.

John Bickerton war voll in Fahrt. Er spürte sein ganzes altes Selbstvertrauen, mit dem er in Oxford immer geglänzt hatte, und das in der Sekunde zertrümmert worden war, in der er in der wirklichen Welt gelandet war. Doch jetzt, wo er rapide in der Hackordnung der Firma aufrückte, fühlte er wieder die alte Macht. Nicht eine Sekunde lang kam ihm der Gedanke, dass ihn das gleiche Schicksal ereilen könnte wie Derkins und Austin. Nicht eine Sekunde. Er stellte sich vor, dass die beiden Verstorbenen es förmlich darauf angelegt hatten oder doch zumindest fahrlässig unvorsichtig gewesen waren. Ein diskretes Rendezvous mit einer Frau, die weiß Gott wer sein könnte, war seine Sache nicht. Wenn er straight blieb und keine Dummheiten machte, konnte ihm nichts passieren. Wie in dem Fall der Verabredung, die er an diesem Abend hatte. Absolut wasserdicht, garantiert bombensicher. Kein Grund zur Beunruhigung. Ein gepflegtes Abendessen mit einer zuverlässigen Frau, ein Gespräch über das Geschäft, dann zu ihm, ein todsicheres Heimspiel, solider Sex mit Frühstsück. Einfach unschlag bar.

Anwesend waren zwei weitere Teilnehmer, die beide unerwartet von der Seitenlinie ins Spiel gekommen waren. Marcus Blade, ein Veteran und einstmalige Legende der Branche, von dem man allerdings jahrelang nichts gehört hatte, nachdem er Mitte der 80er dem Burn-out-Syndrom zum Opfer gefallen war. Dass er mitgeholfen hatte, die 80er Jahre zu erfinden, und dann zusammengebrochen war, bevor er sie genießen konnte, war der populäre Mythos, der diesen Mann umgab. Fast jeder aus der Branche hatte von ihm gehört, doch die meisten dachten, er wäre längst tot. Aber er hatte die letzten 18 Jahre in einer kleinen Wohnung in Fulham zugebracht, billiges Dope geraucht, Radio 4 gehört und Bilder von Obst und leeren Zigarettenschachteln gemalt. Mit knapp 43 war er ein Held, von dem niemand wusste, dass es ihn noch gab. McKee war äußerst zufrieden, dass er es geschafft hatte, ihn aufzuspüren; es war das erste Jobangebot, das Blade seit der Thatcher-Ära bekommen hatte, und er hatte sich selbst damit überrascht, ohne Zögern anzunehmen. Garrett hatte sein Auftauchen buchstäblich die Sprache verschlagen, obwohl er natürlich außergewöhnlich skeptisch war, dass der Typ es immer noch drauf hatte. In 18 Jahren war viel passiert. Trotzdem war es cool, mit einer Legende in einem Raum zu sitzen, sodass ein abgelenkter Garrett zugelassen hatte, dass Blade als stellvertretender Geschäftsführer Kreation eingestellt worden war.

Während Bickerton sich in seinem wiedergefundenen Selbstbewusstsein suhlte, ertappte er sich dabei, wie er alle paar Sekunden zu Blade blickte, von dem er natürlich gehört hatte, wenngleich auch er in dem Glauben gelebt hatte, der Mann wäre tot.

Der andere Anwesende war der jüngste Vertreter der Noch-feucht-hinter-den-Ohren-Generation, der aus dem Nichts hervorgezerrt worden war, um als Nummer zwei hinter Bickerton in der Abteilung Sonstige auszuhelfen. Nigel Okocha, ein

Nigerianer, der drei Jahre zuvor mit einem Studentenvisum aus Kaduna gekommen war und seither jeden Tag gearbeitet hatte. Er schien dazu ausersehen, es weit zu bringen – solange er der fröhlichen Klinge von Harlequin Sweetlips entgehen konnte, versteht sich.

Es war also eine feine Runde, die sich um den Tisch versammelt hatte, um die Richtung zu diskutieren, die BF & C, derzeit vorwiegend im Abwärtstrend befindlich, zukünftig einschlagen sollte. McKee, konzentriert und bereit zuzuschlagen wie eine eingerollte Schlange; Garrett, ein wenig in Ehrfurcht vor Blade erstarrt, ansonsten aber vor allem mit seinen jüngsten, bis dato erfolglosen Avancen gegenüber Taylor Bergerac beschäftigt; Barney, der versuchte sich einzureden, er würde sich amüsieren; Blade, in einem Zustand unspezifischer Verwirrung; Bickerton, mit einem Gefühl der Macht; Okocha, von allem eingeschüchtert und bemüht, sich gedanklich von seinem Job in einem Schnellimbiss zu befreien und nicht allen ständig einen guten Tag zu wünschen; und um die Runde der Glorreichen Sieben komplett zu machen, war da noch der abwesende, aber immer noch ungeheuer präsente Thomas Bethlehem, der Marcus Blade dieser Zeit, mit dem Unterschied, dass er nicht am Burn-out-Syndrom litt.

»Ich führe hundert Telefonate pro Stunde«, sagte McKee. »Hundert. Und niemand, ich sage, niemand will zu uns kommen. Als ob wir ein Baby mit der verdammten Pest hätten, sodass keiner an Bord kommen will. Die Weltgesundheitsorganisation könnte genauso gut ein beschissenes Plakat aufhängen und das Gebäude unter Quarantäne stellen. Trete ein, wenn du STERBEN WILLST!« Die letzten Worte brüllte er, denn Anthony McKee war ein Mann, der es spürte, wenn die Gedanken seiner Zuhörer abschweiften.

Blade zog eine Braue hoch, auch wenn ihn niemand darüber

aufklären musste, warum McKee derart verzweifelt gewesen war, ihn zu finden.

»Wir haben ohne Frage zu kämpfen«, sagte Garrett in dem Bemühen, sich wieder in das Gespräch einzubringen, wobei er eines seiner Leitprinzipien verletzte und unnötige Worte machte.

»Zu kämpfen?«, fragte McKee.

»Haben Sie schon irgendwelche Aufträge verloren?«, fragte Blade, der langsam wieder in den alten Groove fand.

Garrett schüttelte den Kopf.

»Bis jetzt haben wir die Sache marketingmäßig gut gehandelt. Offenbar ist es uns sogar gelungen, den *Standard* zu bewegen, die Tatsache, dass Austin für uns gearbeitet hat, auszulassen, sodass die Geschichte in der Wirtschaft bisher noch nicht gegriffen hat. Nun, unsere Branche wird es mitgekriegt haben, die Konkurrenz, aber die Leute, die uns engagieren, die Regierung und die popeligen kleinen Salzgebäckhersteller haben keinen Schimmer.«

»Das heißt nicht, dass ihr aus dem Schneider seid«, sagte Blade.

»So sicher, wie der Papst katholisch ist«, sagte Garrett leicht gereizt.

»Blade hat nicht unrecht«, sagte McKee, der in dem offenkundigen Bemühen, seine Verpflichtung zu rechtfertigen, wild entschlossen war, alles zu loben, was der Mann sagte. »Wir dürfen uns nicht für immun halten, wir können uns in Informationssteuerung und Schadensbegrenzung versuchen, aber irgendwann kommt es raus, und von dem Tag an werden die Aufträge wegschmelzen, als hätte es nie welche gegeben. Wegschmelzen.«

»Als hätte es nie welche gegeben«, sagte Bickerton, der spürte, dass sich das Gleichgewicht der Macht verlagerte.

Es entstand eine kurze Pause, in der jeder plötzlich die veränderte Taktik in dem Machtkampf registrierte, der bis zu diesem Moment noch von niemandem eingestanden worden war. McKee und Garrett traten in den Ring.

Okocha biss sich auf die Unterlippe. Bickerton war plötzlich unbehaglich zumute, obwohl er sich noch gerader machte und Garrett in die Augen sah. Garrett schluckte, hatte jedoch nach wie vor Probleme, das Bild von Bergerac aus seinem Kopf zu verbannen. Blade lächelte, weil er erkannte, dass er wenigstens so klug gewesen war, auf der richtigen Seite einzusteigen. Barney lehnte sich mental zurück und entschied, dass er sich schließlich doch amüsierte. Unwillkürlich fing er McKees Blick auf, der ihn mit einem knappen *Wir-stecken-da-alle-gemeinsam-drin*-Nicken bedachte. Das bemerkte wiederum Garrett, der Barney einen *Was-zum-Teufel-geht-hier-vor*-Blick zuwarf. Barney sah von einem zum anderen und fertigte beide mit einem Ausdruck ab, der sagte: *Ich bin mein eigener Mann, und wenn mich der Hafer sticht, stürze ich Bethlehem vielleicht sogar selbst.*

»Wir können es schaffen«, sagte Garrett in dem Bemühen, das Meeting zu kontrollieren, obwohl er wusste, dass er mit dem Kopf nicht hinreichend bei der Sache war. Diese verdammten Frauen, die einem das Hirn verklebten. Verdammte Frauen. »Wenn wir den pragmatischen Ansatz wählen und uns mit einem Problem beschäftigen, wenn es auftaucht.«

»Das ist Wahnsinn!«, bellte McKee. »Verfluchter Wahnsinn. Wenn man Probleme erkennt, die entstehen könnten, kümmert man sich darum, bevor sie auftauchen. Ein angegangenes Problem ist kein Problem, Punkt. Wenn man wartet, bis es passiert, ist es zu spät.«

»Ausgleichen, bevor der Gegner in Führung geht«, warf Blade ein und fand sich ziemlich Avantgarde, während er in Wahrheit mindestens zwei Jahrzehnte danebenlag.

»Damit würden wir Ressourcen in Bereiche stecken, die das vielleicht gar nicht nötig haben, dabei sind unsere Ressourcen ohnehin schon knapp.«

»Es gibt immer neue Leute«, sagte McKee, während ihm gleichzeitig klar wurde, dass man dieses schwache Argument leicht kontern konnte. Und Garrett stürzte sich natürlich auf den Bissen wie eine Hyäne auf verfaulendes Fleisch.

»Deswegen haben Sie auch den Nowhere Man hier engagiert«, sagte er und fügte rasch hinzu, »nichts für ungut, Marcus, aber Sie wissen, was ich meine.« Blade nickte, während seine Abneigung gegen Garrett wuchs.

»Und was wollen wir überhaupt machen?«, fuhr Garrett fort. »Derkins und Austin waren wehrlos gegen diese Frau, wenn es ein und dieselbe war. Die Polizei tappt im Dunkeln, und wir sitzen in der Klemme. Wir können einfach nur dasitzen und warten, bis wir an der Reihe sind. Was sollen wir machen?«

»Es geht nicht um die Morde«, sagte McKee, »und auch nicht darum, wer stirbt. Es geht um die öffentliche Meinung darüber, warum es passiert.«

»Und diese öffentliche Meinung kontrollieren wir!«, rief Garrett und ließ sich auf eine Diskussion ein, die er gar nicht führen wollte.

»Im Augenblick noch«, erwiderte McKee, »auf einer wackeligen Tag-für-Tag-Basis. Wir brauchen etwas Solides, etwas, was wir auf die Bank tragen können.«

McKees Gesicht zuckte unwillkürlich wie immer, wenn er versuchte, sein Temperament zu zügeln. Garrett antwortete nicht. Bergerac war ausnahmsweise einmal nicht in seinen Gedanken, doch er hatte sich in eine Diskussion verwickeln lassen, die er nicht gewinnen konnte, zumal er mit McKee einer Meinung war. Deshalb sah er sich in der Hoffnung um, dass jemand einsteigen würde, jemand anderes als Blade, der ihn entweder unterstützte oder ihm zumindest einen ehrenvollen Ausweg aus der Sache öffnete.

In dem nachfolgenden Schweigen verdichtete sich das offensichtliche Gefühl, dass das Meeting zu McKee neigte. Sie mussten prophylaktisch aktiv werden und irgendetwas unternehmen.

»In ein paar Tagen ist Thomas wieder da«, sagte Garrett, »mit weiß der Himmel was für Aufträgen. Wir sollten zumindest warten, bis er zurück ist.«

Noch während er es aussprach, konnte er selbst kaum fassen, was er da sagte. Wie schlimm war es gekommen, wie ausgelaugt war sein Verstand, dass er den Namen von Thomas Bethlehem anrufen musste, um seine internen Rivalen hinzuhalten.

»Wir müssen *jetzt* etwas tun«, sagte Blade und benutzte zum ersten Mal das Wort wir, sodass es hervorstach wie ein Wolkenkratzer auf dem flachen Land.

»Und was genau sollte das Ihrer Meinung nach sein?«, fauchte Garrett. »Es geht hier schließlich nicht darum, scheiß Spandau Ballet an dreizehnjährige Mädchen zu verkaufen.«

Wow, dachte Bickerton, das war ziemlich cool. Okocha war ein wenig erschrocken und fühlte sich noch ahnungsloser als erwartet. Zaghaft bis zum Geht-nicht-mehr, schreckte er vor jedem Streit zurück.

»Wir müssen zum Angriff übergehen«, plapperte McKee in Allgemeinplätzen weiter, weil er natürlich auch keine konkreten Vorschläge hatte. »Deshalb müssen wir zunächst benennen, was in Angriff genommen werden soll.«

»Wir können kein neues Personal anstellen und werden in nächster Zeit wahrscheinlich anfangen, Aufträge zu verlieren«, sagte Bickerton entschieden, und Garrett warf ihm einen wütenden Blick zu. Unverschämter kleiner Scheißer, dachte er.

Barney stand plötzlich auf und erregte naturgemäß allgemeine Aufmerksamkeit.

»Meine Herren«, sagte er, »das ist Wahnsinn. Ich gehe.«

»Das können Sie nicht!«, rief Garrett, der Barney trotz McKees Blick immer noch für einen Verbündeten hielt.

»Nein, verdammt noch mal!«, sagte McKee.

»Und ob«, sagte Barney. »Ich habe für heute genug. Sie müssen natürlich anfangen, Manager anderer Werbeagenturen zu ermorden und dabei ähnlich vorgehen wie der Täter im Fall Derkins und Austin. Damit sind alle wieder auf demselben Level, weil es so aussieht, als wären alle Agenturen im selben Boot. Vielleicht ahnt die Polizei, dass es ein Schwindel ist, aber dem Rest der Wirtschaft wird es egal sein, die sehen das so schwarz-weiß wie immer. Dadurch würden größere Agenturen wegen ihres Status möglicherweise sogar stärker leiden als Sie.«

Ein köstliches Schweigen. Die fünf anderen Männer lehnten sich zurück und starrten Barney mehr als nur ein wenig neugierig an. Was für eine brillante Idee, und den Mumm zu haben, sie in einem Meeting dieser Größe zu äußern, mit so vielen Teilnehmern und ohne eine Ahnung, wie es laufen würde. Einer dieser Männer könnte direkt zur Polizei gehen. Doch trotz der Hässlichkeit von Barneys Vorschlag war nur Okocha wirklich entsetzt und hatte die Anständigkeit, bis ins Mark erschrocken zu sein.

»War nur ein Witz«, sagte Barney. »Denken Sie nicht mal dran.«

Sie starrten ihn an. Einige lächelten.

»Ich würde es verraten«, sagte er, über seinen eigenen Witz schmunzelnd. »Und jetzt gehe ich, trinke eine Tasse Tee und überlege mir, was ich mit dem Rest meines Lebens anfange, wenn ich von Ihnen allen die Schnauze voll habe. Guten Morgen.«

Und damit wandte er sich ab, schritt elegant aus dem Zimmer und zog die Tür hinter sich zu. Die anderen fünf sahen ihm nach und starrten nach seinem Abgang mindestens eine geschlagene Minute lang auf die geschlossene Tür. Barney hatte eine Präsenz, die sie erst jetzt, wo er weg war, richtig spürten.

»Wer war denn der Mann mit der Maske?«, fragte Blade scherzhaft, um sie aus ihren Gedanken zu reißen.

»Der Frisör«, sagte McKee. »Er ist nur der beschissene Frisör.«

Kapitel 20

Dominellos Pizza: Mehr als ein Essen, ein Kunstwerk

Probieren Sie Dominellos Pizza Fünf Jahreszeiten mit Knoblauch, Schnittlauch und Endivienkruste und Sie werden nie wieder in die Pizza einer anderen Firma beißen. Kreiert von unserem international bekannten Team italienischer Köche aus New York mit über acht Millionen verschiedenen Belägen zur Auswahl wird Dominellos Pizza Ihre Zunge in eine erogene Zone verwandeln. Wir von **Dominellos** machen nicht bloß Pizza, wir erschaffen sie in einem Akt der Liebe.

Barney saß in seinem Büro und blickte aus dem Fenster in den bleigrauen Himmel. Lass dir ein anderes Wort für Blei einfallen, dachte er. Graue Himmel waren immer bleiern. Finster, drückend, trostlos, düster. Schnickschnack. Scheißerbärmlich. Er sah auf die Uhr und wollte Mittagessen gehen, doch eine innere Instanz sagte ihm, dass er bis zwölf warten musste. Noch zwölf Minuten und er war unterwegs zu seiner Pizza.

Die Tür ging auf, und Jools Garrett stürmte herein. Der Gute sah ein wenig ernst aus. Er dachte zurzeit überhaupt nicht an Taylor Bergerac und musste dringend ein Wörtchen mit Barney reden.

»Herrgott, Barn«, bellte er als Eröffnungssalve, »was war denn das, verdammt noch mal?«

»Was meinen Sie?«, fragte Barney, während irgendein Teil seines Unterbewusstseins ihn veranlasste, die Füße vom Schreibtisch zu nehmen und die Schultern zu straffen, sodass er unvermittelt aussah wie ein Fernsehmoderator.

»Die Sache mit McKee?«, fragte Garrett.

»Ich weiß nicht, was Sie meinen«, erwiderte Barney und dachte, dass er ebenso gut alles leugnen, leugnen, leugnen konnte. Er hatte keine Lust, sich von Garrett in einen Streit verwickeln zu lassen, der sein Mittagessen unnötig verzögern würde.

»Er hat Sie so komisch angeguckt«, sagte Garrett, unsicher, wie er mit Barneys Leugnen umgehen sollte.

»Er hat mich angeguckt?«

»Ja.«

»Komisch?«

»Ja.«

Barney zuckte die Achseln.

»Keine Ahnung«, sagte er. Pizza. Pizza. Pizza.

»Verdammt, Barney«, sagte Garrett, »Sie sollten in meinem Team sein. Sie und ich, wir beide wollten versuchen, hier Weltmeister zu werden. Dafür müssen Sie mich unterstützen und mich nicht …«

»Hängen lassen«, schlug Barney vor.

»Ja, was auch immer«, sagte Garrett und verlor sich in Gedanken.

»Die haben Hackfleisch aus Ihnen gemacht«, sagte Barney. »Ich weiß nicht, wie ich Ihnen helfen soll, wenn Sie derart abgelenkt sind. Selbst wenn ich Ihnen beigesprungen wäre, hätten Sie nur einen Mann im Team gehabt.«

»Da haben Sie wohl Recht«, sagte Garrett, dessen Zorn rasch verdampfte.

»Wenn Sie in der Konfrontation mit McKee schon so beschissen sind, wie soll das erst werden, wenn Bethlehem leibhaftig wieder auftaucht?«

»Ich mach ihn fertig«, sagte Garrett etwas gepresst.

»Nicht, wenn McKee den Hammer schwingt«, sagte Barney.

Garrett stand erregt und schwer atmend vor ihm und hasste den Umstand, dass Barney ihm anscheinend immer voraus war. Er hatte jahrelang mit Leuten geredet und nie die zweite Geige spielen müssen, und jetzt war sein Verstand wegen einer Frau komplett in der Grütze, und er hatte jemand in seine Bande geholt, der scheinbar alle Asse im Ärmel hatte.

»Arbeiten Sie mit mir zusammen«, sagte Garrett mit zusammengebissenen Zähnen, »und gemeinsam sorgen wir dafür, dass er ihn nicht in die Finger bekommt.«

»Absolut«, sagte Barney, und Garrett stand noch ein paar Sekunden wortlos vor ihm, bevor er auf dem Absatz kehrtmachte und aus dem Zimmer marschierte, während er zweifelte, ob es besonders scharfsinnig gewesen war, Barney von seinem Frisörstuhl zu befördern.

Barney sah ihm nach und blickte auf die Uhr. Noch achteinhalb Minuten. Er legte die Füße wieder auf den Schreibtisch. Reichlich Zeit für McKee, seinen Auftritt zu machen, dachte er. Leugnen, leugnen, leugnen. Pizza. Pizza. Pizza.

Doch wie es der Zufall wollte, verpasste McKee ihn um vier Minuten und siebzehn Sekunden.

Barney hatte eine große Pizza Hawaii, Knoblauchbrot und ein Glas australischen Chardonnay bestellt und fragte sich gerade, warum eine Pizza mit Schinken und Ananas weltweit mit einer Inselgruppe im Pazifik assoziiert wurde, als der Stuhl ihm gegenüber zurückgezogen wurde. Er blickte auf und sah sich erneut mit Sergeant Ashley Daniels konfrontiert, das Haar ein wenig zerzaust und überaus attraktiv. Sehr viel verlockender als die Taylor Bergeracs oder sogar die Harlequin Sweetlips' dieser Welt, in einer grauen Jacke und einer blauen Bluse, deren oberste drei Knöpfe offen waren. Eine silberne Kette mit einem kleinen blauen Anhänger blitzte hervor.

»Was dagegen, wenn ich mich zu Ihnen setze?«, sagte sie, und Barney nickte lächelnd.

»Verfolgen Sie mich, Sergeant?«

»Unsere Begegnung ist absolut zufällig«, sagte sie, als eine Kellnerin im Teenageralter, die drei hungrige Mäuler zu stopfen hatte, mit einem aufgesetzten Lächeln und einem Madonna-Mikro vor dem Mund neben ihr auftauchte.

»Guten Tag, soll ich Ihnen die Karte bringen, Madam?«, fragte sie.

»Nicht nötig. Ich nehme die Tagliatelle mit Lachs und eine Pepsi light, bitte.«

Die Kellnerin tippte eine Reihe von Zahlen in ihr kleines elektronisches Handgerät, wobei ihr Lächeln mit der Konzentration verschwand, bevor sie es pflichtgemäß wieder anknipste. »Möchten Sie vielleicht eine Vorspeise oder eine Beilage? Vielleicht Knoblauchbrot oder Pommes frites?«

Ash drehte sich um und blickte auf.

»Sie fragen mich, ob ich Pommes zu meiner Pasta will? Das ist der Grund, warum uns die Kontinentaleuropäer in Küchenfragen für Neandertaler halten.«

»Vielleicht überbackene Champignons mit Brot und Knoblauch oder einen Salat vom Buffet? Selbstbedienung für nur zwei Pfund fünfundvierzig.«

»Lachstagliatelle und eine Pepsi light«, wiederholte Ash und wandte sich ab, um dem Verhör ein Ende zu machen.

»Möchten Sie zusätzlich zu der Bestellung, die Sie eben abgegeben haben, anschließend eine weitere Portion Lachstagliatelle und eine Diät Pepsi?«

Ash drehte sich langsam um und blickte zu ihr auf, bevor sie ihre Polizeimarke aus der Innentasche ihrer grauen Jacke zückte und der Kellnerin hinhielt.

»Wenn Sie nicht unverzüglich meine Bestellung durchgeben, verhafte ich Sie wegen Idiotie in Tateinheit mit Benutzung eines Mikrofons. Und jetzt verpissen Sie sich.«

»Ihre Bestellung wird ein paar Minuten dauern«, sagte die Kellnerin knapp. »Meine Name ist Cheyenne, und ich bin heute Ihre Kellnerin, wenn Sie noch irgendetwas wünschen.«

Und damit war sie verschwunden und ließ Barney und Ash endlich allein.

»Die Marke ist wirklich cool«, sagte Barney. »Machen Sie das öfter?«

»Jeden Tag«, sagte Ash. »Schließlich ist das nicht gerade ein Superjob, da kann man wenigstens sämtliche Sondervergünstigungen ausnutzen.«

»Die spuckt garantiert in Ihre Pasta.«

Ash lachte, und dann verfielen beide in ein entspanntes Schweigen, das einer angenehmen Vertrautheit entsprang. Sie begegneten sich erst zum dritten Mal und fühlten sich in der Gegenwart des anderen schon wohl. Wie Pommes und Mayonnaise.

»Sind Sie wieder gegenüber?«, fragte er, weil er sie im Büro den ganzen Vormittag nicht gesehen hatte.

»Ich musste noch ein paar Fragen stellen. Zu der Sache mit Piers Austin und ein paar anderen Punkten.«

»Ja, ich habe gestern Abend noch in einem Meeting mit ihm gesessen. Das muss kurz vor seinem Tod gewesen sein.«

»Hat er gesagt, mit wem er ausgeht?«

Barney lächelte.

»Nun, also er hat ihren Namen und ihre Adresse, ihre Telefonnummer, Handynummer, ein paar Fotos, einen Abdruck aller Finger und eine DNA-Probe hinterlassen, aber nichts, was Ihnen irgendwie nützlich sein könnte.«

»Schon gut, schon gut, ich kann auch mal eine halbe Stunde nicht im Dienst sein.«

»Ich habe nichts dagegen«, sagte er, als Cheyenne, die fröhliche Kellnerin, mit Barneys Pizza und Ashs Pepsi auftauchte.

»Ist so weit alles recht, Sir?«

»Danke«, sagte Barney.

»Nichts zu danken«, zwitscherte sie. »Guten Appetit.«

Sie zockelte davon, um nach den Fortschritten der beiden Portionen Lachstagliatelle zu schauen.

»Und kommen Sie voran?«, fragte er.

»Sie können ruhig anfangen«, sagte Ash, als sie sah, dass er zögerte, sein Besteck zur Hand zu nehmen. »Wenn Sie mir ein Stück Knoblauchbrot abgeben.«

»Klar doch«, sagte er, und sie spachtelten los.

»Wir sind ziemlich am Arsch«, sagte sie, nicht etwa angesichts der Tatsache, dass das Knoblauchbrot vorzeitig auszugehen drohte, sondern in Antwort auf seine Frage nach den Ermittlungsfortschritten.

»Gar nichts?«

»Ein paar Kleinigkeiten schon, aber die sind ziemlich suspekt. Einer Spur kann man eigentlich gar nicht nachgehen, aber ich muss es heute Nachmittag trotzdem tun …«

»Und weiter?«

»Ich kann nicht. Wenn ich es Ihnen sage, muss ich Sie umbringen, so klar liegt die Sache. Und wegen der anderen Spur bin ich mir nicht sicher. Vielleicht führt sie irgendwohin.«

»Ach ja?«, sagte er und genoss die Harmonie von gewürfeltem Schwein und Dosenfrüchten.

Sie zögerte. Sollte sie sich wirklich darauf einlassen, Polizeiangelegenheiten mit einem Außenseiter zu diskutieren, noch dazu einem, der in der Firma arbeitete, in der sämtliche Morde begangen wurden? Andererseits war eine Unterhaltung mit Wildman in etwa so ergiebig wie ein Meinungsaustausch mit einer Backsteinmauer, an wen sollte sie sich also wenden? Sie vertraute ihrem berühmten Instinkt und spürte genau, dass Barney keiner von denen war. Er war dort sogar noch mehr fehl am Platz als sie.

»Was wissen Sie über Margie Crane?«, fragte sie.

»Der Name auf dem Firmenschild?«, fragte er zurück.

»Ja.«

»Nichts«, sagte er, was sie nicht im mindesten überraschte. »Ihren Namen habe ich nur mal zusammen mit dem des anderen Typen gehört. Ist sie wieder aufgetaucht?«

»Ganz im Gegenteil«, sagte Ash. »Sie ist verschwunden, seit zwei Monaten hat niemand mehr etwas von ihr gehört. Ich habe es bei der Kriminalpolizei von South Midlands überprüft, sie wohnt in Birmingham. Mitte Januar wurde sie vermisst gemeldet, seither nichts mehr. Ich habe ihre Wohnung überprüft, aber die war komplett verwüstet.«

»Glauben Sie, dass ein Zusammenhang besteht?«, fragte Barney.

»Sie hat Briefe von diversen Angestellten der Firma erhalten. Seltsamer Kram, schwer nachzuvollziehen. Wahrscheinlich ein Code. Keine Ahnung, was sie im Schilde führte. Sie hat irgendwas in die Wege geleitet und es dann einfach zurückgelassen. Oder sie wurde gestört.«

»Wer zum Teufel schickt heute noch Briefe?«, fragte Barney. »Vor allem diese Meute, die Plakatkinder der Text-Generation.«

»Genau«, sagte Ash.

Und wie durch ein Wunder, tatsächlich jedoch durch die Hand Cheyennes, traf in diesem Moment die erste Portion

Lachstagliatelle auf einem goldenen Teller ein, der mit gewohnter Ehrerbietung serviert wurde.

»Guten Appetit«, sagte Cheyenne.

»Ich werde eine Probe davon nehmen und analysieren lassen«, sagte Ash, »und wenn ich auch nur eine Spur von Speichel darin finde, komme ich wieder und mache den Laden dicht.«

Nach kurzem Zögern fuhr Cheyenne blitzschnell ihre Hand aus wie die Zunge einer Echse, nahm den Teller und war verschwunden, ohne auch nur »Ich bin sofort zurück, Madam« zu sagen.

»Wer hat diese Briefe also tatsächlich geschickt?«, fragte Barney konkreter.

Ash zögerte erneut, tippte mit ihrer Gabel auf den Teller und wünschte, sie könnte sie in Pasta stoßen, bevor sie sich wieder mit einem Mann in die Diskussion ihrer Ermittlung vertiefte, mit dem sie diese Unterhaltung auf keinen Fall führen dürfte. Jemand, der nur wenige Stunden zuvor fröhlich vorgeschlagen hatte, dass seine Kollegen Morde begehen sollten.

»Derkins«, sagte Ash und fügte nach einer Pause hinzu: »Und Austin.«

Barney zog seine Augenbrauen hoch. »Cool«, sagte er, »die Verstorbenen. Sonst noch jemand? Wissen Sie, wer als Nächstes dran ist?«

»Noch drei weitere«, sagte sie und hielt inne, weil sie dachte, dass sie nun wirklich keine weiteren Informationen mehr preisgeben sollte. Man hatte bereits Polizisten zum Schutz der drei verbliebenen Personen auf dieser neuen Liste der Opfer abgestellt; immer vorausgesetzt, dass es einen Zusammenhang zwischen den Morden und den Briefen an Crane gab, für dessen Annahme es eigentlich keinen Grund gab.

»Garrett, McKee und Bickerton«, sagte sie, bevor sie sich

bremsen konnte. Ihr Mund war immer schneller, ein uraltes Problem, das ihr schon jede Menge Schwierigkeiten bereitet hatte.

»Ah«, sagte Barney. »Und was ist mit dem Herrn und Meister?«

»Bethlehem? Nichts.«

»Und haben Sie dem glücklichen Trio mitgeteilt, dass sie möglicherweise als Nächste für ein hübsches kleines Gemetzel an der Reihe sind?«

Ash schüttelte den Kopf und trank einen großen Schluck, sodass die Eiswürfel ihre Zähne betäubten.

»Ich habe mit jedem von ihnen über Crane geredet, ohne konkret zu werden. Vielleicht gibt es ja gar keinen Zusammenhang, aber sie haben, was ihren Kontakt zu der Dame angeht, alle gelogen. Ich weiß noch nicht genau, wie ich es angehen soll. Wir lassen die drei Typen jedenfalls beschatten, das sollte also in Ordnung gehen. Und wenn wir Glück haben, führen sie uns zu ihr.«

»Warum erzählen Sie mir das?«, fragte Barney, den Fluss unwesentlicher Informationen unterbrechend.

»Gute Frage, Barney Thomson«, sagte sie, sah ihm tief in die Augen und gab ihm damit die Antwort, die er sowieso schon gewusst hatte, noch bevor er die Frage gestellt hatte. Sie empfand das Gleiche wie er. Es hatte zwischen ihnen sofort und ehrlich gefunkt, und diese Verbindung würde über das Bedürfnis, miteinander zu reden, hinausgehen.

»Wir haben sie also noch nicht ins Bild gesetzt. Es gibt keinen Grund, ihnen Angst einzujagen.«

»Die hätten sowieso keine Angst«, sagte Barney. »Die halten sich alle für unbesiegbar. Jeder von ihnen ein Superman.«

»Was zum Teufel machen Sie da?«, fragte sie. »Und ich meine jetzt nicht bloß als blöder Marketing-Manager. Warum arbeiten Sie nicht in irgendeinem Salon und machen Ihr Ding?«

Barney aß ein weiteres Stück von seiner Pizza. Vermutlich gab es auf Hawaii Ananas und wahrscheinlich auch Schweine, vielleicht sogar eine besondere Rasse. Das Hawaiianische Hängebauch-Schwein oder das Hawaiianische Grasrauch-Schwein. Was auch immer. Doch andererseits musste es auf diesem Planeten hunderte von Orten geben, an denen die Ananas-Schwein-Kombination vorkam. Hunderte.

Nicht, dass er Ashs Frage ignorieren wollte, er hatte bloß nicht vor, sie zu beantworten, jedenfalls nicht in der ungekürzten und unzensierten Version.

»Ich habe schon so lange in irgendwelchen Salons gearbeitet«, sagte er. »Ich dachte, ich probier mal was Neues.«

»Keine Frau, keine Kinder, keine Hypothek?«

»So ungefähr. Jeder Tag eine leere Seite.«

Sie blickte ihm in die Augen und saugte gierig alles auf, was sie hergaben. Sie trank einen weiteren Schluck und benutzte das Glas, um ihr Gesicht zu verstecken.

»Und wie ist das?«

Cheyenne tauchte wieder auf, bis an die Zähne bewaffnet mit der zweiten der beiden Lachstagliatelle, die sie vor Ash hinstellte.

»Guten Appetit«, äußerte sie.

»Außerdem werde ich es auf alle fremden Substanzen untersuchen lassen, die normalerweise in einem Fisch-Nudel-Gericht mit Sahne nicht vorkommen sollten.«

Cheyenne starrte Ash leeren Blickes an und erwog ihre Alternativen. Wenn die Frau das Essen tatsächlich analysieren ließ, wusste kein Mensch, was sie vielleicht finden würde. Wahrscheinlich mindestens zehn Gründe, um den Laden dicht zu machen. Andererseits war es nichts, was man konkret bis zu ihr zurückverfolgen konnte. Wenn der Laden geschlossen wurde, würde man also nicht sie persönlich verantwortlich machen, und sie konnte sich irgendwo anders einen beschissenen und miserabel bezahlten Kellnerjob suchen.

»Guten Appetit«, wiederholte sie den alten Wunsch für eine gesegnete Mahlzeit mit aller Bösartigkeit, die sie aufbringen konnte, machte auf dem Absatz kehrt und steuerte einen anderen Tisch an.

»Es ist eine zwiespältige Sache«, sagte Barney. »Wie alles andere auch. Es gibt nichts Gutes, was nicht auch eine Kehrseite hätte.«

»Ja«, sagte sie. »Davon weiß ich was.«

Und als sie endlich die erste Gabel Lachstagliatelle im Mund hatte, die überdies verdammt lecker war, blickte sie auf die Uhr und sah, dass sie noch 27 Minuten Zeit hatte, um zum Buckingham Palace zu gelangen, was ziemlich schwierig werden würde.

»Scheiße«, sagte sie.

»Müssen Sie los?«

»Ja, Scheiße«, wiederholte sie, stopfte sich eilig zwei weitere Gabeln voller Pasta in den Mund und griff in ihre Jacke.

»Ich kümmere mich darum«, sagte Barney. »Laufen Sie nur.«

Sie zögerte, nickte, stopfte sich eine letzte Gabel mit Nudeln in den Mund und kippte den Rest ihrer Cola herunter.

»Danke«, sagte sie. »Tut mir Leid. Nächstes Mal.«

»Ja«, sagte Barney.

Und dann war Ash verschwunden und hatte Barney mit seiner pazifischen Pizza und den Resten ihrer Pasta allein gelassen.

Er sinnierte gerade über den aktuellen Stand der Affäre, was in diesem Zusammenhang ein durchaus angemessenes Wort war, als Cheyenne erneut auftauchte, in der Hand die zweite Portion Pasta und Cola. Sie sah Barney fragend an, nachdem sie Ashs Sprint zur Tür beobachtet hatte.

»Ich esse sie«, sagte er, und Cheyennne, die sich mit dem Mann allein deutlich wohler fühlte, lächelte und schob die Gewürze zur Seite, um den Teller auf den Tisch zu stellen.

»Kann ich sonst noch etwas für Sie bringen, Sir?«, fragte sie lächelnd.

»Nein danke«, erwiderte Barney, und Cheyenne zeigte der Welt ihre Zähne und ging weiter ihrer Arbeit nach.

Kapitel 21

Lybird, Crestput & McKay – Scheidung macht Spaß

Da immer mehr verheiratete Paare sich dafür entscheiden, ihr Leben im neuen Jahrtausend mit einer Trennung oder Scheidung zu beginnen, wird es Zeit, das Ende einer Ehe ohne gebrochene Herzen, Leid und Not zu überstehen. Wir von *Lybird, Crestput & McKay*, der ältesten Anwaltskanzlei in der North Bank, betrachten eine Scheidung wie einen verrückten Marx-Brothers-Film. Egal ob Untreue, Kommunikationsstörungen, häusliche Gewalt, Betrug, Verrat, Lügen, versuchter Mord oder nervende Kinder Grund der Trennung sind, wir nehmen es von der lockeren Seite, damit Sie sich ein wenig amüsieren und dann weiterziehen können.
Lybird, Crestput & McKay. Ehescheidung mit einem Lächeln.

Nachdem sie neuneinhalb Minuten zu spät zu ihrem Termin mit dem Chef des Palastpersonals gekommen war, ließ man Ash nun seit einer Dreiviertelstunde warten. Seit einer halben Stunde war sie ständig kurz davor zu gehen, wusste jedoch, dass das eine impulsive Entscheidung sein würde, die Wildman zu einem seiner Augenblicke kurzzeitigen Wahnsinns und blinder Wut provozieren würde. Das allein wäre es vielleicht wert gewesen, doch die Aussicht darauf, andernfalls später noch einmal wiederkommen zu müssen, überzeugte sie davon, dass es besser wäre zu warten. Sie konnte die Zeit nutzen, sich zu entspannen und zu überlegen, wie sie die Befragung angehen wollte, denn das wusste sie nach wie vor nicht. Stattdessen dachte sie jedoch die ganze Zeit nur daran, wie sie im Vorbeigehen im Ladenfenster ihr Spiegelbild erblickt und das kleine Stück Nudel neben ihrem Mundwinkel bemerkt hatte. Es musste das Letzte gewesen sein, das Barney Thomson von ihr gesehen hatte. Und jetzt kam sie sich dumm vor, während sie die ganze Zeit versuchte, sich einzureden, dass sie sich nicht dumm vorkommen musste, weil ständig Menschen irgendwo ein Stück Nudel im Gesicht kleben hatten. Vielleicht sollte sie sogar ein wenig wütend auf Barney sein, schließlich hätte er ja etwas sagen können. Vielleicht war es ihm peinlich. Ihre Gedanken sprudelten weiter, ohne dass sie sich konzentrieren konnte. Sie stellte sich vor, dass sie bei ihrem Termin Edward Milloy am Ende noch nach der Benimmregel fragte, für den Fall, dass ein Gegenüber Essensreste im Gesicht hatte.

Da kommt man also so ziemlich zum ersten Mal in seinem Leben in Berührung mit dem Establishment und soll sanft andeuten, dass das Staatsoberhaupt in einen Doppelmord verwickelt ist... Wie sollte sie es angehen? Agressiv? Taktvoll? Humorvoll mit ein paar Scherzen über Camilla garniert, aber das war vielleicht ein klein wenig zu dicht an zu Hause. Oder mit einem nur ganz leicht geschmacklosen Witz über Diana, der im Palast möglicherweise ganz gut ankommen würde? Sie konnte auch Tony Blair runtermachen, das würde denen garantiert gefallen. Oder vielleicht doch ganz geschäftsmäßig alle Fakten präsentieren und fragen, ob es eine Erklärung dafür gab, dass man – obwohl ihre Heiligkeit außer Landes weilte – Fingerabdrücke der Königin auf der Tatwaffe des ersten Mordes gefunden hatte. So viele Alternativen, eine unangenehmer als die andere und allesamt mit dem Potenzial, endlose Probleme nach sich zu ziehen. Sobald die Katze aus dem Sack war, würde die Scheiße Richtung Chief Constable fliegen, und Pinkslipper wäre schneller als ein Ferrari auf seinem blinkenden Fahrrad, um jede Verantwortung weit von sich weisen.

Takt. Taktgefühl war vonnöten. Und wo sollte sie das in ihrem fortgeschrittenen Alter hernehmen? Sie rieb sich erneut sanft über den Mundwinkel, um das Stück Nudel abzuwischen, das nun schon seit beinahe einer Stunde nicht mehr in ihrem Gesicht klebte.

Jools Garrett war ein Mann mit einer Mission, einer Mission mit dem Codenamen *Taylor Bergerac flachlegen*, was natürlich kein besonders toller Codename ist. Genau genommen ist es eher eine Beschreibung des Angriffsziels. Der neue Morgen hatte die jüngste Runde seiner coolen strategischen Schritte gesehen. Zunächst war das Plakat vor ihrem Haus ausgetauscht worden und zeigte ihn jetzt überlebensgroß, sonnengebräunt und muskelbepackt im Tanga an einem Strand stehen und auf einen überwältigenden, computerbearbeiteten Sonnenuntergang über dem Meer blicken. Offen gestanden war das ganze Bild am Computer gebastelt worden, weil Jools Garrett unter seinen 2000 Dollar-Anzügen eher ein teigiges Wiesel war, doch er sagte sich, dass er sich um das Problem, was Bergerac von ihm dachte, wenn sie ihn endlich nackt sah, gerne kümmern wollte, wenn es so weit war.

An diesem Vormittag hatte er auch ihren Weg von zu Hause zur Arbeit mit einer Serie plakatiert, die auf verschiedene Weise seine Qualitäten als rundherum toller Typ herausstrich, darunter auch die Werbeflächen der auf der Strecke verkehrenden Busse und Taxis. Das war so kurzfristig nicht billig gewesen, doch Garrett hatte das Geld und wusste, an welchen Fäden man ziehen musste, um in London etwas zu bewegen. Die Tatsache, dass ihn die Kampagne so in Anspruch nahm, während seine Topmanager entweder ermordet wurden oder sich gegen ihn verschworen, war zwar ärgerlich, doch er rechnete damit, dass Bergerac seinem Werben praktisch sekündlich nachgeben musste, sodass er sich bald wieder voll auf sein Hauptanliegen konzentrieren konnte, das darin bestand, die Schwierigkeiten, in die BF & C geraten waren, zu seinem Vorteil auszunutzen.

Zusätzlich zu dem Plakat-Overkill hatte er auch die Vortagsstrategie bezüglich E-Mails, Geschenken und Gesangsgruppen, die sie am Morgen willkommen hießen, weiter entwickelt. Diesmal hatte er eine vierköpfige Akkustik-Truppe engagiert, die eine REM *Automatic for the People*-artige Litanei darüber darboten, wie elend sein Leben ohne Bergerac sein würde. Aber die Musikanten kamen erneut nur bis zum Ende der ersten Zeile – *Jools Garrett and the game of life, yeah, yeah, yeah* –, bevor Taylor Bergerac sie gewaltsam aus der unmittelbaren Nachbarschaft entfernen ließ. Sie hatte genug gesehen, und es hatte sie nicht davon überzeugt, dass Jools Garrett der Mann für sie war. Es wurde Zeit für einen kleinen Plausch.

»Nach der Etikette müssten Sie dem Oberkellner diskret eine Notiz zukommen lassen, der den Speisenden daraufhin nach einer angemessen besonnenen Zeit und hoffentlich in einer derart diskreten und diplomatischen Weise über den unglücklichen Umstand mit der Nudel unterrichten würde, dass keiner der Gäste in Verlegenheit gebracht wird.«

Edward Milloy lächelte und sah zum elften Mal in den eineinhalb Minuten, die er nun mit Ash alleine war, auf die Uhr. Dabei wusste er genau, wie spät es war und hatte es auch nicht eilig, er wollte lediglich freimütig die Botschaft aussenden, dass Ash und ihresgleichen hier nicht willkommen waren.

Ash zögerte und betrachtete unwillkürlich ein Gemälde eines aufgeblasenen Trottels aus dem 16. Jahrhundert mit Perücke und albernem Schnurrbart. Sie stellte sich vor, wie Barney dem Pizza-Mädchen Cheyenne diskret mitteilte, dass Ash eine Nudelinfektion hatte, ohne dass sie es bemerkte, und dass das Mädchen wenige Minuten später mit einem weichen Waschlappen und voller Mitgefühl an ihren Tisch zurückkehrte.

»Nun«, riss Milloy sie aus ihren Grübeleien, »wir haben für gewöhnlich keinen Umgang mit Ihrer Abteilung der Kriminalpolizei. Gibt es eine neue Bedrohung für die Sicherheit der Königin, von der wir wissen müssten?«

»Ja«, antwortete Ash eilig. Das erschien ihr nicht übertrieben. Wenn sie im Gefängnis landete, war die Sicherheit Ihrer Majestät möglicherweise durchaus gefährdet.

»In diesem Fall wäre es meiner Ansicht nach ungleich angemessener, wenn wir das mit Chief Inspector Donaldson besprechen würden, meinen Sie nicht? Ich nehme an, Sie kennen Chief Inspector Donaldson?«

»Selbstverständlich«, sagte Ash.

»Gut«, sagte Milloy, der als Einziger von ihnen beiden ganz genau wusste, dass es keinen Chief Inspector Donaldson gab. »Vielleicht bitten Sie ihn, dass er einen Termin für einen Besuch im Palast vereinbart.«

»Gerne«, sagte Ash.

»Entzückend«, sagte Milloy und erhob sich.

Ash blickte zu ihm auf und stellte zum ersten Mal fest, dass er gut 1,95 Meter groß war, ein kräftiger Typ, der sie mit bloßen Händen zerquetschen könnte. Trotzdem konnte sie jetzt nicht gehen, denn sie würde hier nie wieder hereinkommen, ohne zu unangenehmen polizeilichen Maßnahmen greifen zu müssen, außerdem konnte sie wohl kaum mit dem bisher Erfahrenen zu Wildman zurückkehren. Er würde komplett ausrasten, und auch wenn das manchmal ganz witzig war, musste man es ja nicht darauf anlegen.

»Da ist noch etwas«, sagte sie verlegen, und Milloy zog Spock-mäßig die Brauen hoch und ließ sich wieder auf seinen Stuhl sinken.

»Ich kann mir nur schwer vorstellen, was das sein sollte, da sämtliche Angelegenheiten für gewöhnlich über den Chief Inspector geregelt werden.«

»Ja«, sagte Ash. Sie ging normalerweise mit offenen Augen durchs Leben, aber der Gedanke, dass es gar keinen Chief Inspector Donaldson gab, kam ihr einfach nicht. Sie hatte angenommen, dass es irgendeinen Ansprechpartner bei Scotland Yard geben würde, den sie eifrig gemieden hatte. Sie nickte und schürzte die Lippen, als wollte sie etwas sagen, obwohl sie immer noch keine Ahnung hatte, was das sein sollte. In Zukunft wäre es wahrscheinlich schlauer, sich diese Dinge vorher zu überlegen. Das wäre ganz ungemein vernünftig. Diese Lektion hätte sie im Leben nun wirklich lernen sollen.

»Wenn es sonst nichts gibt«, sagte Milloy ungeduldig, »die Organisation eines königlichen Palastes ist mit vielfältigen Pflichten verbunden, auch wenn Ihre Majestät zurzeit auf dem Kontinent weilt.«

»Genau darüber wollte ich mit Ihnen reden«, sagte Ash.

Milloy verrenkte erneut seine Augenbrauen, lehnte sich zurück und sah sie unverhohlen so eindringlich an, dass all die Unsicherheiten zutage traten, die seine bloße Anwesenheit bei ihr hervorrief.

»Und was für ein Interesse sollte Ihr Dezernat an der Reise Ihrer Majestät nach Frankreich haben?«, fragte er schroff.

Ash atmete tief ein. Jetzt kam der schwierige Teil. Sie durfte den Blick nicht abwenden und sich nicht einschüchtern lassen. Er war nur ein Mann, unsensibel, ohne gesunden Menschenverstand, konnte nicht geradeaus pissen, dachte mit seinem Schwanz und war gegen den kleinsten Schlag unter die Gürtellinie empfindlich. Männer waren nichts, vor allem Männer wie dieser.

»Wir haben uns gefragt, ob Sie uns eine Liste der Termine Ihrer Majestät seit ihrer Ankunft in Paris zur Verfügung stellen können…«, schaffte sie noch zu sagen, bevor sie von seiner schneidenden Stimme unterbrochen wurde, die in 28 Jahren im Dienst der Königin gründlich geschärft worden war.

»Wie Sie bestimmt wissen, sind alle diese Informationen über die Protokollabteilung erhältlich. Wenn das alles ist, möchte ich Sie bitten…«

»Es gibt Lücken«, sagte Ash, plötzlich aufrechter und selbstbewusster.

»Verzeihung?«, sagte Milloy.

»Die Informationen der Protokollabteilung liegen uns vor«, erklärte Ash mit fester Stimme, »doch es gibt Lücken. Wir würden gerne eine Bestätigung über Aufenthaltsort und Aktivitäten der Queen in den Zeiten haben, in denen sie keine offiziellen Termine hatte.«

Es entstand eine kurze Pause.

»Warum?«, fragte Milloy kühl.

Das war die Frage, die sich nicht wirklich beantworten ließ, dachte Ash. Jedenfalls nicht, ohne einen kurzen heftigen Tritt in den Allerwertesten zu kassieren und für den Rest ihres Lebens bei feuchtem Wetter Falschparker abschleppen lassen zu müssen. Sie musste also ihr Temperament zügeln und versuchen, die Sache ganz offen anzugehen.

»Weil«, sagte sie, wie eine Fünfjährige, die hektisch Zeit schindet. Milloy antwortete wieder mit seinen Augenbrauen. »Um uns bei einer laufenden Ermittlung zu helfen.«

Scheiße, das war zu viel. Viel zu viel.

»Eine laufende Ermittlung von was genau?«

»Von Sachen«, sagte sie wenig überzeugend.

Von Sachen? Was für eine absolut bescheuerte Antwort. Sachen? Ihr Magen drehte sich, ihr Verstand arbeitete im Akkord, und sie kam keinen Schritt weiter. Mit einem Mal war ihr sehr heiß und sehr unbehaglich. Vorausplanen, vorausplanen, vorausplanen!!! Sachen? Man konnte nicht mit ›Sachen‹ kommen, wenn man Jeremy Paxman befragte. Sachen war so ziemlich das Vagste und Dümmste, was man überhaupt sagen konnte.

»Ich glaube, ich habe jetzt genug gehört, Sergeant«, sagte Milloy und stand auf. »Ich lasse Sie von jemandem hinausbegleiten. Guten Tag.«

Und damit strebte er flink zur Tür. Dies war ihre letzte Chance. Sie konnte ihr Blatt zeigen oder ihn gehen lassen. Aber das war im Grunde keine Wahl, weil ab jetzt alles, was sie sagen konnte, entweder lächerlich oder – noch schlimmer – konkret gewesen wäre. Die Tür fiel zu, und sie war allein und starrte, umringt von Porträts alter Adeliger, die alle mit äußerster Geringschätzung auf sie herabblickten, auf die Mahagonitäfelung.

»Sachen«, murmelte sie leise und ließ ihren Hinterkopf gegen die Stuhllehne sinken. Dieser Kursus, der auf der Arbeit angeboten wurde und den sie immer gemieden hatte. Durchsetzungsvermögen. Sie musste das Training dringend mitmachen und es anwenden, um sich gegen Brocken wie diesen zu behaupten. Wahrscheinlich musste sie anschließend noch den *Nicht-›Sachen‹-Sagen*-Kurs belegen, der wäre sicher auch gut.

Sachen …

Kapitel 22

Wählen Sie Saddam: Er ist nicht nur schlecht

Es ist Zeit für eine Rehabilitation. Zeit, einen der größten Politiker des 20. Jahrhunderts wieder auf der politischen Bühne willkommen zu heißen. Wenn Sie überlegen, wem Sie bei der Wahl zum nächsten Präsidenten der Vereinigten Staaten Ihre Stimme geben sollen, denken Sie an Saddam Hussein aus Tikrit, ein Mann mit Erfahrung.
Wählen Sie Saddam:
Die Sumpf-Kurden haben schließlich förmlich um Mutation gebettelt.

Harlequin Sweetlips betrat die Höhle des Löwen. Da sie jedoch eigentlich selber der Löwe war, betrat sie eigentlich die Höhle der Beute, aber das klang nicht so bedrohlich. Und in den Büros von Bethlehem, Forsyth & Crane fühlte sie sich ein wenig bedroht, weil sie nach eigener Wahrnehmung von Feinden umzingelt war.

Es war Samstagnachmittag und bei BF & C seltsamerweise ein Arbeitstag wie jeder andere. Angesichts der Belagerung wurden die Truppen zusammengetrommelt. Es wurden Termine gemacht, und die beherzten Männer und vereinzelten Frauen der Firma opferten ihr Wochenende, um ihrem maladen Arbeitgeber zu helfen. Als Sweetlips also die Drachenhöhle betrat, saß Imelda aufrecht und tüchtig hinter ihrem Schreibtisch und erledigte mehrere Dinge an ihrem Computer, während in dem sterilen Empfangsbereich zwei weitere Wartende saßen. Einer war ein potenzieller Kunde, der keine Ahnung von den traumatischen Ereignissen in der Agentur hatte und Jools Garrett engagieren wollte, um mit seiner Hilfe mehr Bewerber für den MI6 anzulocken. (Die vorherigen drei Kampagnen mit den Slogans »Du musst es nicht länger geheim halten«, »Bloß weil du ein Bier saufender Depp bist, heißt das nicht, dass wir dich nicht nehmen« und »Stell dir vor, wie cool das klingt, wenn du die Tussis in der Eckkneipe anmachst« hatten nicht so richtig gegriffen, sodass das Dezernat unter akutem Nachwuchsmangel litt.) Der andere Wartende war ein potenzieller Angestellter, der seinen Abschluss in Cambridge zwar noch nicht gemacht hatte, von dem McKee jedoch gehört und den er mit der Aussicht auf ein enormes Anfangsgehalt zu einem Gespräch gelockt hatte.

Harlequin Sweetlips musterte die beiden, schätzte sie als das ein, was sie waren, und näherte sich Imelda, die sofort den Bildschirm löschte.

»Guten Tag«, sagte Imelda mit ihrer für attraktive Frauen reservierten Zurückhaltung.

»Hi«, sagte Sweetlips, die Imelda schon mehrere Male getroffen hatte, heute jedoch eine vorteilhafte und absolut überzeugende blonde Perücke und eine dunkle Brille trug und sich so stark geschminkt hatte, dass es auch das erkennbarste Gesicht auf dem Planeten maskiert hätte. Imelda sah Harlequin Sweetlips also nicht kommen, nicht mal aus einem halben Meter Entfernung. »Ich habe einen Termin mit Barney Thomson.«

Imelda wirkte unsicher, weil sie von keinem Termin wusste, den Mr. Thomson an diesem Nachmittag hatte. Sie vergewisserte sich mit einem Blick in den Kalender und wandte sich kopfschüttelnd wieder Sweetlips zu.

»Es tut mir Leid, aber für heute Nachmittag habe ich keine Termine für Mr. Thomson notiert. Wie war noch gleich Ihr Name?«

»Sweetlips«, sagte Sweetlips, und wie jedes Mal wurde Imeldas Blick von ihren Lippen angezogen, die sie zwar nicht als die Lippen einer ihr bekannten Person, aber doch zumindest als in der Tat süß erkannte. »Harlequin Sweetlips«, hauchte Sweetlips mit einer Stimme, die Sex verströmte, selbst für Vertreterinnen ihres eigenen Geschlechts, die nie auf den Gedanken gekommen wären, dass Sex für sie je von einer Frau verströmt werden könnte.

Imelda lief ein Schauer über den Rücken. Leicht verunsichert wählte sie Barneys Büro an.

»Einen Moment bitte«, sagte sie, ohne Sweetlips in die Augen sehen zu können, während Sweetlips, die gemeine Schlange, Imelda unverwandt fixierte, als wollte sie sie provozieren, ihren Blick zu erwidern.

»Ja?«, sagte Barney, als er den Hörer abnahm.

»Eine Harlequin Sweetlips möchte Sie sprechen, Mr. Thomson«, sagte Imelda. »Sie behauptet, sie hätte einen Termin.«

Barney, der ehrlich gesagt geschlafen hatte, als das Telefon klingelte, beugte sich vor. Sein Büro war gut geheizt, so weit es ihn betraf, stand kein Meeting an, und er fragte sich, was er hier machte, wo er doch auch zu Hause gegen den Schlaf ankämpfen könnte. Seine Gedanken hatten diverse Gespräche gestreift, die er mit Ashley Daniels führen könnte, und er hatte in Vorbereitung auf die nächste als Marketing-Meeting getarnte Therapiesitzung bereits ein paar Ideen ausgebrütet und zu Papier gebracht. Barney war also ausgeschlafen, sodass die Ankündigung von Harlequin Sweetlips ihm einen elektrisierenden kleinen Stoß versetzte. Jetzt war er wach. Er hatte bei ihrer kurzen Begegnung an der Bar zwar ihren Namen nicht erfahren, doch er wusste, dass sie es sein würde. Er wusste es einfach.

»Ja«, sagte er, »ja, tut mir Leid. Ich habe vergessen, es zu erwähnen. Schicken Sie sie hoch, Imelda.«

Er legte auf und Imelda drückte auf ein oder zwei Knöpfe, neugierig, was hier vor sich ging.

»Sie können jetzt hoch gehen«, sagte sie, nach wie vor kaum in der Lage, Sweetlips in die Augen zu sehen. »Neunter Stock, aus dem Aufzug links.«

Sweetlips hatte sich vor dem Schreibtisch aufgebaut und genoss ihre Willensstärke, mit der sie Imelda zwang, zu ihr aufzublicken. Ihre Blicke trafen sich, und Imelda fühlte sich entkleidet, nackt und lebendig, sie wollte hier und jetzt auf dem Fußboden des Empfangs vor den Augen des Cambridgestudenten und des Typen vom MI6 Sex mit ihr haben. Sie schluckte.

»Danke«, sagte Sweetlips, wandte sich ab und ging zum Fahrstuhl. Erst als sich dessen Türen hinter ihr geschlossen hatten, konnte Imelda den Blick losreißen.

Sie standen am Fenster und blickten auf die Themse, in sicherem Abstand voneinander und keiner von beiden hatte ein Wort gesagt, seit nunmehr einer Viertelstunde. Barney hatte gewusst, dass er sich mit einem Schreibtisch zwischen ihnen unbehaglich fühlen würde, und war aufgestanden, um ihre Ankunft schon am Fenster zu erwarten. Sie war schnurstracks an Mary vorbeimarschiert, hatte den Raum ohne Anklopfen betreten und sich wortlos neben ihn gestellt.

Der Fluss war hypnotisch. Ein weiterer grauer Tag, nichts geschah dort draußen. Nicht, dass auf diesem Teil der Themse besonders viel Betrieb herrschte, aber das war egal. Alle Flüsse sind hypnotisch, dieser ebenso sehr wie jeder andere. Sie könnten den ganzen Tag dort stehen. Harlequin Sweetlips war allerdings nicht gekommen, um auf den Fluss zu blicken. Sie wollte sehen, wie viel Macht sie über Barney Thomson ausüben konnte, und war nicht überrascht und ein klein wenig erfreut, dass sie nicht annähernd an die Kontrolle heranreichte, die sie über all die anderen hatte. Sie fragte sich, ob es an der Charakterstärke des Mannes lag oder daran, dass sie den ersten Schritt hatte machen müssen

»Sie sind nicht wieder in die Bar gekommen«, sagte Sweetlips schließlich und wandte sich ihm zu, was ihn überraschte.

»Doch«, erwiderte Barney. »Offensichtlich nur nicht zur gleichen Zeit wie Sie.«

»Das klingt glaubwürdig«, erwiderte sie spöttisch. Sie sah ihn immer noch an und wandte, als deutlich wurde, dass er ihren Blick nicht erwidern würde, ihre Augen wieder zum Fluss. Sie hätte sich selbst dafür treten können, dass sie hergekommen war. Der Mann war im Vorteil; es war unmöglich, dass sie sich in diese Position manövriert hatte. Er hielt sie in seinem Bann. Der reinste Wahnsinn.

Guck mich an, du Wichser, schrie sie ihn stumm an und spürte, wie angesichts seiner Coolness und Verschlossenheit, seiner verdammten beschissenen Kontrolle, die Wut in ihr hochkochte. Vielleicht war er einfach zu blöd, um es zu blicken? Aber das war es nicht und sie wusste es. Barney Thomson hatte sie durchschaut bis ins Letzte. Sie grub ihre Fingernägel in ihre Handflächen und versuchte ihren Zorn zu zügeln. Es war sinnlos, es hier zu tun und die wundervolle Tarnung auffliegen zu lassen, die sie sich in den vergangenen Tagen so fantastisch geschaffen hatte, von den Wochen und Monaten der Planung ganz zu schweigen.

»Abendessen heute?«, fragte sie und hasste sich dafür, fragen zu müssen, weil sie sich durch die Frage erniedrigt fühlte. Warum zum Teufel musste sie ihn fragen?

Barney zögerte und das keineswegs nur um der Wirkung willen. Abendessen mit Harlequin Sweetlips? Der Wahnsinn, sich offenen Auges auf ein Rendezvous mit dem Bösen einzulassen. Und was wäre, wenn Ashley Daniels aufkreuzte und ihn zum Abendessen einlud? Warum sollte er sein Interesse an Sweetlips weiter verfolgen, worin dieses auch immer bestehen mochte, wenn Ash auf ihn wartete?

»Um wie viel Uhr?«, fragte er.

»Ich habe vorher noch einiges zu erledigen«, sagte Sweetlips, und diesmal sah Barney sie an. Einiges zu erledigen. Jools Garrett, Anthony McKee oder John Bickerton, fragte er sich. Wer stand heute Abend zur Schlachtung an? Vielleicht würden Ashs Männer vorher einschreiten, und er würde allein in einem Restaurant sitzen, während seine Verabredung verhaftet wurde.

Sie erwiderte seinen Blick leicht irritiert. Er wusste Bescheid. Nicht nur, was für eine Frau sie war, sondern auch, was heute Abend auf ihrem Terminplan stand. John Bickerton. Bickerton war eigentlich für den ganzen Abend geplant, wegen der Aussicht auf ein bisschen Spaß vor dem Höhepunkt, aber es gab keinen Grund, warum sie ihn nicht auch schnell kaltmachen konnte, um sich anschließend der interessanteren Alternative Barney Thomson zuzuwenden.

Aber warum wollte er mit ihr zu Abend essen, wenn er es wusste? Sie wusste, dass die Agentur vor einigen Abenden eine Versammlung abgehalten hatte, bei der alle Angestellten gewarnt worden waren. Sie wusste, warum Bickerton, der dumme kleine Kretin, unbesorgt war, aber warum hörte Barney Thomson nicht auf die Warnung? Zumal er die Gefahr direkt vor sich sah?

Weil er seine eigenen Pläne hatte. Jeder hatte seine eigenen Pläne.

»Sagen wir halb neun. Poons am Leicester Square«, schlug sie vor.

Barney musterte ihr Gesicht und wandte sich ab. Überraschend öffentlich, dachte er und fing sofort an, über mögliche Hintergedanken bei der Wahl des Lokals zu grübeln.

Sweetlips warf einen letzten Blick auf die strengen Gesichtszüge des ersten Mannes, der seit zwölf Jahren ihr Interesse geweckt hatte, und verließ langsam das Büro. Sie wusste, dass er sich nicht umdrehen und ihr nachsehen würde, und so verkniff sie es sich auch.

Um halb neun im Poons würde sie, das Blut von John Bickerton noch an Händen und Gewissen, genug Zeit haben, ihn anzusehen. Zumindest am Schluss war sie ihm eins voraus gewesen, weil sie ihn mit verwickelten Gedanken über ihre Wahl des Restaurants zurückgelassen hatte, während sie in Wahrheit bloß die Ente dort mochte.

Beiß dir daran die Zähne aus, du Wichser, dachte sie, schloss die Tür und tadelte sich für ihr Konkurrenzdenken.

Wahrscheinlich mag sie einfach gern Ente, dachte Barney, als er weit unten ein paar der nämlichen Tiere sah.

Die Tür hinter ihm ging erneut auf. Er schloss die Augen. Er wusste, dass es nicht Sweetlips war, die zurückgekehrt war, und hoffte, es würde Ash sein, die sich allerdings hätte ankündigen lassen.

Es musste jemand aus der Firma sein, vermutlich ein Vorstandsmitglied, weil er sonst höflich geklopft hätte. Garrett oder McKee. Da er nach dem Vormittagsmeeting schon mit Garrett gesprochen hatte, musste es McKee sein.

»Thomson«, sagte der und nahm die Position am Fenster ein, die Sweetlips eben geräumt hatte. Barney fragte sich, ob er am Fenster eine Frühstücksbar einbauen lassen sollte, damit er und seine Gäste sich mit Blick auf London unterhalten konnten.

»Mr. McKee«, sagte er. »Starker Auftritt bei dem Meeting. Sehr solide.«

»Darüber wollte ich mit Ihnen reden«, sagte McKee.

»Nur zu«, sagte Barney. Das war der Haken, wenn man zwei verschiedenen Parteien versprach, mit ihnen ins Bett zu gehen, und dann doch auf dem Stuhl sitzen blieb. Sie waren beide sauer.

»Wir hätten den Mistkerl an Ort und Stelle absolut fertig machen können. Das Meeting hatte sich gegen ihn gewendet, die Sache war im Fluss, alles lief in unserem Sinne, und was machen Sie? Erst sagen Sie kein Wort, dann halten Sie eine beschissene kleine dramatische Rede und gehen! Das hat den Bann komplett gebrochen. Was zum Teufel sollte das, Thomson? Ich hab Ihnen den Job nicht besorgt, damit Sie auf Ihrem blöden Arsch rumsitzen und sich raushalten.«

Blöder Arsch, was? Vielleicht war es die noch nicht lange zurückliegende Heimsuchung der Jungfrau Sweetlips, aber zum ersten Mal seit Urzeiten wurde Barney ärgerlich. Er hatte die Nase von all diesen Leuten gestrichen voll. Sie konnten so bescheuert sein, wie sie wollten, das war ihm egal, aber er musste nicht hier sitzen und sich ihren Mist anhören.

»Sie haben mir den Job nicht besorgt«, sagte Barney grob und sah McKee in die Augen.

»Was soll das heißen?«

»Das soll heißen, dass Garrett dieselbe Idee hatte. Und er hat sie mir auch schon Monate vor Ihnen gesteckt und ein Live-Casting mit einigen der anderen organisiert, bevor Bethlehem und er sich darauf verständigt haben, dass ich den Posten kriegen sollte. All das, bevor Sie darauf gekommen sind. Ich schulde Ihnen gar nichts. Es ist allerdings auch nicht so, dass ich das Gefühl habe, Garrett etwas zu schulden.«

McKee tobte stumm. Die Adern an seiner Stirn traten hervor, und er biss die Zähne zusammen.

»Warum haben Sie das nicht gesagt?«, fragte er verbittert.

»Ich war zu sehr mit Lachen beschäftigt«, gab Barney lakonisch zurück.

McKee räusperte sich geräuschvoll.

»Nun«, sagte er, »für jemanden, der angeblich auf seiner Seite ist, haben Sie aber verdammt beschissene Arbeit geleistet.«

»Ich sagte, ich schulde ihm nichts.«

McKee knurrte und wandte sich eilig zum Gehen. Kurz vor der Tür merkte er trotz aller Wut, dass ihm Barney eigentlich noch gar keine Antwort gegeben hatte.

»Und auf wessen Seite stehen Sie nun?«, fragte er Barneys Rücken scharf.

Barney starrte in den grauen Tag. Zeit, diesen Ort zu verlassen, dachte er, wenn es nicht schon zu spät war.

»Auf meiner eigenen«, sagte er.

Er spürte, wie McKees Blicke sich in seinen Rücken bohrten, bevor die Tür geöffnet und zugeknallt wurde. Er schüttelte seufzend den Kopf. Eine weitere Brücke hinter sich abgebrannt, und es hätte ihm nicht gleichgültiger sein können. Was im Fall eines ehrgeizigen psychotischen Schweins wie McKee wahrscheinlich ein Fehler war.

Kapitel 23

Die Central Intelligence Agency: Wir morden aus Mitgefühl

Die heutige Welt wird von Tod und Terror beherrscht. Während Sie diese Botschaft lesen, planen Organisationen wie Hamas und Al Quaida sowie Regierungen von Iran bis Indonesien den Mord an unschuldigen Männern, Frauen und Kindern. Mancher mag sich fragen, ob die Welt immer weniger zivilisiert ist, je älter die Zivilisation wird, und er hätte Recht. Aber ist es bei all dem nicht tröstlich zu wissen, dass es eine Organisation gibt, die immer nur die Bösen tötet? Eine Organisation, die immer alles richtig macht und stets den Schuldigen erwischt? Eine Organisation, die sich der Befreiung der Welt von allem Nicht-Amerikanischen verschrieben hat? **Die CIA: Charmant. Integer. Alert.**

Die beiden Beamten, die John Bickerton beobachten und bewachen sollten, bemerkten die Frau, noch bevor sie erkannten, dass sie Bickertons geplante Verabredung für den Abend war. Sie saß allein im Fenster einer Bar am Leicester Square und starrte, das Kinn in die Hand gestützt, auf die Regentropfen, die von dem feuchten Boden abprallten. Sie war von einer wunderbaren Aura der Melancholie umgeben, einer sehnsüchtigen Traurigkeit, die Männer noch anziehender fanden als ihre körperlichen Reize. Sie trug das blonde Haar in einem adretten Pagenschnitt und nicht zu viel Make-up, nur ein Hauch blass violetter Lippenstift. Für einen Moment wandten beide ihre Aufmerksamkeit von Bickerton ab, um die Frau zu beobachten, schalteten jedoch sofort wieder zu ihm zurück, als er ihren Tisch erreichte und sie auf die Wange küsste, bevor er sich setzte. Eigentlich hätten es die Lippen sein sollen, aber sie drehte im letzten Moment das Gesicht zur Seite. Der gute Bickerton war jedoch zurzeit so aufgeblasen von sich überzeugt, dass diese kleine Abfuhr ihm nichts anhaben konnte. Er bestellte einen Drink und ein Weiteres was auch immer für die Dame, und die beiden Beamten lehnten sich beobachtend zurück, weil sie annahmen, dass diese melancholische Schönheit, so sie die Mörderin sein sollte – was bei ihrem Anblick keiner der beiden auch nur eine Sekunde lang glaubte –, bestimmt nicht um diese Tageszeit am Leicester Square zuschlagen würde.

Eine halbe Stunde später verließ Harlequin Sweetlips das Lokal und schlug ihren Mantelkragen hoch. Der periodische Nieselregen des Tages war in einen sturzbachartigen Regenguss übergegangen, und in diese Sintflut zerrte sie den armen Bickerton. Der Gute war nicht besonders angetan davon, seine 3500 Dollar teure Armani-Jacke diesem Wetter auszusetzen, doch er war so angemessen berauscht von Sweetlips' Herrlichkeit, dass er keine andere Wahl hatte, als ihr hinterherzudackeln und sich führen zu lassen, wohin sie auch immer wollte. Und ihre letzten Worte, bevor sie sich vom Tisch erhoben und ihn in den Sturm geführt hatte – *lass uns irgendeine dunkle Gasse finden und im Regen ficken* –, hatten ihre aufmunternde Wirkung nicht verfehlt.

Händchen haltend trotteten sie über den Leicester Square in die Charing Cross Road. Pinky und Perky, die beiden Dienst tuenden Polizisten, murrten ein wenig darüber, dass sie in dieses Wetter hinaus mussten, gurteten ihre Mäntel enger und stürzten auf der Spur der gefährdeten Spezies aus der Tür.

»Wohin gehen wir?«, fragte Bickerton unschuldig, lachte, weil er anfing, den Regen zu genießen, und wich gut gelaunt den von den Taxis aufgewirbelten Flutwellen und den niedrig gehaltenen Regenschirmen älterer, über den Bürgersteig trippelnder Damen aus.

»Ich kenne da ein Plätzchen«, sagte Sweetlips. »Komm.«

Sie beschleunigte ihre Schritte. Sie wusste ganz genau, dass Dick & Doof sie verfolgten, und wollte sie auch nicht unbedingt abschütteln. Sie war vielmehr überaus einverstanden damit, dass sie das Ritual erlebten, das in Kürze stattfinden sollte; sie konnte es mit ihnen allen dreien gleichzeitig aufnehmen. Es wäre schließlich nicht das erste Mal.

»Das ist verrückt!«, rief Bickerton über das Motorengebrumm eines Doppeldeckers hinweg, während sie plötzlich rechts in die Flitcroft Street abbog, wo ihre Schritte fernab des Verkehrs laut zwischen den engen Mauern widerhallten. Vorbei an den Musikläden, um eine weitere Ecke, vor der Kirche St. Giles-in-the-Field blieb sie stehen. Sweetlips sank nach der Anstrengung eines mehrminütigen Dauerlaufs atemlos vor dem Portal zusammen; Bickerton nahm noch heftiger und vor allem echter keuchend neben ihr Platz, legte seine rechte Hand auf ihren Mantel, atmete schwer, lachte, lächelte und amüsierte sich, der Trottel.

»Scheiße noch mal, Harley«, sagte er, »du bist wirklich unmöglich.«

»Findest du?«, sagte sie, und die Beiläufigkeit der beiden Worte strafte den Ausdruck leichter Überanstrengung in ihrem Gesicht Lügen.

»Das wird wie *9 1/2 Wochen*«, sagte Bickerton, beugte sich vor und küsste sie, obwohl er mit geblähten Nüstern nach Luft rang und sich immer noch von der ersten sportlichen Aktivität der letzten zehn Jahre zu erholen suchte.

»Eher *Psycho*, als *9 1/2 Wochen*, Baby«, sagte sie.

Bickerton lachte.

»Wie meinst du das, Baby?«, fragte er.

Man hätte wirklich meinen sollen, dass er es mittlerweile kapiert hätte. Trotz der Warnungen und der Tatsache, dass seine Kollegen von einer anrüchigen Frau ermordet wurden, trotz allem, was in der vergangenen Woche geschehen war, war John Bickerton immer noch absolut unbefangen. Er verstand immer noch nicht. Er glaubte nach wie vor, dass er über dem ganzen Mist stand und unverwundbar war. Keine Frau würde ihn töten, aber viele von ihnen würden seinem Begehren erliegen. Oder sich im Fall von Harlequin Sweetlips erheben, um sich seinem Begehren zu fügen.

Sweetlips hatte gedacht, dass sie Bickerton vielleicht im strömenden Regen auf einer Türschwelle vögeln könnte, doch sie vernahm bereits die keine zwanzig Meter entfernten Schritte von Pat und Patterchen. Sie hätte erst vögeln, dann morden und sich dann um die Gesetzeshüter kümmern können, doch das wäre langwierig und schmutzig geworden. So war das ganze in einem Rutsch erledigt, und wenn sie nachher noch ein Bedürfnis nach Sex verspürte, gab es ja immer noch Barney Thomson.

Sie zückte die Klinge – eine neue diesmal, nur gut zehn Zentimeter Stahl, aber mehr als ausreichend –, reckte sie in die Höhe und stieß sie mit einer einzigen anmutigen, fließenden Bewegung in die Mitte von Bickertons Kopf, bevor jener auch nur überrascht aussehen konnte. Er hatte, was seine eigene Unbesiegbarkeit betraf, ein derart dickes Fell, dass er es nicht einmal kommen sah, als er es kommen sah. Eigentlich eher dumm als dickfellig.

Sie ließ das Messer einen Moment lang stecken, bevor sie es mit einem fantastischen saugenden Geräusch wieder herauszog, so als würde man Gummihandschuhe abstreifen. Sie machte einen Schritt nach vorn, und Bickertons Leiche schwankte seitwärts und schlug gegen die Tür. Als Batman und Robin irgendwo zwischen Trab und Sprint um die Ecke kamen, stand sie, mit erhobenem Messer, schon bereit, weit genug von der Ecke entfernt, dass die beiden Zeit hatten, zu stoppen, und nicht mit ihr zusammenprallten.

Sie kamen schliddernd zum Stehen, die Augen weit aufgerissen, aber keine Waffe griffbereit.

»Haaa-Waaaah!«, kreischte sie, weil sie schon immer mal ausprobieren wollte, wie sich die Kung-Fu-Nummer aus Kinofilmen anfühlte.

»Was?«, fragte Robin, während Batman die niedergestreckte Gestalt John Bickertons betrachtete.

Wusch-wusch-wusch, wie ein entfesselter Zorro, dreimal sauste das Messer hernieder, ein Stoß, um Batman zu erledigen, dann ein Quickie zwischen beiden und der letzte Stich, um Robin auszuschalten, den der Angriff, hypnotisiert durch Harlequin Sweetlips' schiere Präsenz, trotz allem unvorbereitet ereilte. Mit durchschnittener Kehle sanken sie zu ihren Füßen zusammen wie so viele Männer vor ihnen. Mit erhobenem Messer stand sie eine Weile über ihnen, keuchend – diesmal war es nicht nur vorgetäuscht –, und genoss den rauschhaften Moment.

Als sie hinter sich ein Geräusch hörte, drehte sie sich blitzschnell um. Ein bärtiger, leicht ramponierter Typ, der offensichtlich nach Genuss der einen oder anderen illegalen Droge in der Gegend herumlungerte. Mit leicht benebeltem Blick betrachtete er die drei Leichen und das in Strömen fließende Blut, bevor er Sweetlips ins Gesicht sah.

»Haben Sie das getan?«, fragte er, was angesichts der Tatsache, dass sie das Messer noch in der Hand hielt und er sie sogar beobachtet hatte, eine sonderbare Frage war.

»Glaube nicht«, sagte Sweetlips, der das Ganze vollkommen gleichgültig war. Selbst wenn er hinreichend klaren Kopfes war, um zur Polizei zu gehen, was ihrer Einschätzung nach nicht der Fall war, würde die Beschreibung, die er ihnen gab, noch maximal fünf Minuten gültig sein.

Sie ließ das Messer fallen, das scheppernd zu Boden fiel und in Batmans Achselhöhle liegen blieb. Oder in seiner *aisselle*, wie diese Körperregion demnächst landesweit genannt werden sollte.

»Okay«, sagte der Mann.

»Gut«, sagte Sweetlips lächelnd. »Schön, dass wir das klären konnten.«

Sie nickte und wandte sich ab, und als sie ihm einen letzten Blick zuwarf, hatte er bereits das Interesse verloren. Mit dem breiten, zufriedenen Lächeln der glorreichen Siegerin lief sie durch den Regen zurück auf die außergewöhnlich stille und feuchte Charing Cross Road.

Kapitel 24

Zur Arbeit in einem Ei?
Blödsinn! Nehmen Sie den Bus.

Er ist vielleicht überfüllt, zu spät, dreckig und unbequem,
aber er produziert zumindest keine Küken.
Nehmen Sie den Bus zur Arbeit!

Als das Telefon summte, drückte Garrett lässig auf den Knopf und stellte sich vor, in irgendeiner TV-Show aufzutreten. Er lebte sein Leben häufig so, als stünde er unter permanenter Beobachtung. Irgendwie stellte er sich den Himmel, von dem sein neuester Kunde Gott gesprochen hatte, tatsächlich so vor, dass man vor einem riesigen Fernsehbildschirm sitzen und sich bis in alle Ewigkeit sein Leben als Dauerwiederholung anschauen musste. Und wie blöd würden wir uns alle dabei vorkommen? Deshalb versuchte er, wenn er gerade daran dachte, selbst wenn er allein war, möglichst cool auszusehen.

»Also wirklich, Rose«, sagte er. »Es ist Samstagabend. Ich weiß gar nicht, warum Sie noch hier sind. Gehen Sie nach Hause, lassen Sie mich in Frieden. Keine Anrufe heißt keine Anrufe. Ich bin im Megastress, dass wissen Sie doch.«

»Sie haben Besuch«, sagte Rose, ohne ihn zu beachten.

»Besuch?«, sagte Garrett und klang dabei absichtlich noch ungläubiger, als er es ohnehin schon war. »Sie machen Witze, Rose. Keine Anrufe? Was bedeutet das, Rose? Es bedeutet, ich will keine Telefonanrufe, und ich will schon gar nicht, dass irgendein Schwachkopf in meinem Büro aufkreuzt und mich sprechen will. Keine Anrufe heißt keine Anrufe, Rose. Kapieren Sie das doch.«

Er schaltete ab. Es gab viel zu erledigen. Keine richtige Arbeit, immerhin war es Samstagabend. Es ging um den Job, Taylor Bergerac in sein Bett zu locken, was offenbar zunehmend elaborierte Strategien erforderte. Der Gedanke, sie einfach anzurufen und zum Essen einzuladen, war ihm immer noch nicht gekommen. Seine irrige Grundannahme in der ganzen Angelegenheit bestand darin zu glauben, dass sie ihn, wenn seine fantastische Marketingkampagne erst zu ihr vordrang, von sich aus anrufen würde. Eigentlich hatte er sich erhofft und auch halb schon erwartet, dass sie – einen fruchtigen Merlot in der Hand und unter ihrem Mantel nur eines dieser tollen knappen Dessous, die er ihr vor zwei Tagen hatte zusenden lassen – spätabends in seiner Wohnung auftauchte.

Augenblicklich arbeitete er an einem Plan, der es ihm erlauben würde, sein New Yorker Penthouse ins Spiel zu bringen, weil Frauen einfach total darauf abfuhren, sobald sie von seiner Existenz hörten. Seine Trumpfkarte: die Chance, sich in einer verglasten Wohnung hoch über Manhattan zu lieben, unter ihnen die Stadt, über ihnen die Sterne. Er hatte gehofft, es irgendwann in die ohnehin imposante Mixtur einbringen zu können, wenn sie bereits etwas miteinander hatten, um sie noch mehr zu beeindrucken. Doch wenn es schon jetzt gebraucht wurde, sollte es so sein. Er musste nur noch überlegen, wie er eher beiläufig die absolut atemberaubende Großartigkeit der Lage einfließen lassen konnte.

Die Tür ging auf, und Rose steckte den Kopf herein.

»Sie haben Besuch«, sagte sie leise und blickte ihm in die Augen.

Er atmete lange und langsam aus. Er musste seine Wut zügeln, das war immer besser.

»Rose«, erwiderte er ruhig und mit felsenfester Stimme. »Ganz ehrlich, Darling. Es gibt auf diesem Planeten niemanden, absolut niemanden, den ich in diesem Moment in diesem Büro sehen möchte. Und wenn die Queen draußen wartet, sagen Sie ihr, sie soll morgen früh wiederkommen.«

»Die Queen ist in Frankreich«, sagte Rose beißend.

»Was auch immer«, sagte Garrett und winkte ab. »Haben Sie kapiert?«

»Ich schicke sie herein«, sagte Rose, drehte sich um und ließ die Tür offen.

»Herrgott, Rose!«, rief Garrett. »Was muss ich tun?«

Die Tür wurde ein Stück weiter aufgestoßen, und alle Frustration und Verärgerung schwand aus Garretts Gesicht. Bei all der grandiosen Planung und dem Zwangsoptimismus der vergangenen Tage hatte er nicht im Entferntesten zu hoffen gewagt, dass Taylor Bergerac in seinem Büro auftauchen würde. Sicher, er hatte sich prima verkauft, aber seine innersten Erwartungen, Lackmustest seines Selbstvertrauens, waren absolut null gewesen. Während Rose ihm seinen Besuch aufgedrängt hatte, hatte er keine Sekunde lang daran gezweifelt, dass es sich in irgendeiner Form um Arbeit handelte, und zwar um richtige Arbeit, ungeachtet der späten Samstagabendstunde.

Doch da stand sie in Fleisch und Blut vor ihm, Taylor Bergerac, gehüllt in braunen Gabardine über einer stark kontrastierenden weißen Bluse, und ihre schlanken Beine marschierten in die richtige Richtung. Garrett stand auf, sein Herz schlug auf einmal wie wild. Wie jedem, der einmal im Lotto gewonnen hat, obwohl er das nicht in einer Million Jahren erwartet hätte, dämmerte ihm die plötzliche Erkenntnis, dass dies ein Moment war, der sein Leben verändern konnte, und er wusste damit genauso wenig anzufangen wie mit sich selbst.

»Taylor«, brachte er hervor. »Also, ähm, hi.«

»Mr. Garrett«, sagte Bergerac, schloss die Tür hinter sich und ging in die Mitte des Raumes. Selbst das Mr. *Garrett* konnte seinem glanzvollem Augenblick nichts anhaben und zeitigte auch keinerlei Ausschläge auf seiner *Sie-hält-dich-offensichtlich-für-einen-Idioten*-Skala. Er stand mit ausgebreiteten Armen in erstaunter Glückseligkeit da, während sein Lächeln, das zu kontrollieren er sich am wenigsten anstrengte, sich über sein ganzes Gesicht legte, so wie sein galoppierendes Herz sich in seiner ganzen Brust breit machte.

»Das ist… also, yeah«, sagte Garrett. »Absolut yeah. Kann ich Ihnen etwas anbieten. Einen Gin&Tonic vielleicht?«

»Ich werde das jetzt nur einmal sagen«, erklärte Bergerac.

»Klar« sagte Garrett, der es trotz ihres Tons und allem immer noch nicht kapierte. »Das gefällt mir. Absolut auf den Punkt.«

Sie machte zur Betonung einen weiteren Schritt auf ihn zu.

»Hören Sie auf damit, mir diesen ganzen verdammten Mist zu schicken. Hören Sie auf mit den Anrufen, lassen Sie das mit den beschissenen Plakaten mit Ihrem kleinen Puddinggesicht auf dem Körper eines anderen. Hören Sie auf, mir diese albernen singenden Arschlöcher in mein Büro und zu mir nach Hause zu schicken. Lassen Sie das alles! Und zwar sofort. Es reicht. Und wenn Sie der letzte beschissene Mann auf Erden wären, wenn Sie wissen, was ich meine. Der letzte Mann auf Erden! Lassen Sie mich in Frieden!«

Garrett war ein wenig betroffen, sowohl über die Worte als auch über ihre Heftigkeit.

»Wie meinen Sie das?«, fragte er ziemlich einfältig.

»Lassen Sie mich verdammt noch mal in Ruhe, Garrett«, sagte Bergerac.

»Ich meine, das mit dem letzten Mann auf Erden.«

»So, dass ich Sie verdammt noch mal auch dann nicht anrühren würde, wenn Sie es wären.«

»Verstehe.«

Er stierte sie dämlich an. Auch wenn er eigentlich nicht geglaubt hatte, dass sie überhaupt auftauchen würde, hätte er, wäre ihm der Gedanke gekommen, zumindest erwartet, dass sie es tat, um ihm an die Wäsche zu gehen und nicht um zu erklären, er solle sich verpissen. Das war ein ziemlich vernichtender Schlag.

»Haben Sie die E-Mail nicht gelesen, die ich Ihnen heute Morgen geschickt habe?«, fragte er, stand auf und versuchte zumindest ansatzweise selbstbewusst zu klingen.

»Welche?«, fragte sie trocken zurück, obwohl es im Grunde egal war, weil sie keine einzige von ihnen gelesen hatte.

»Die mit der Anekdote, wie ich Uma Thurman im Fahrstuhl getroffen und ihr geraten habe, aus *Herr der Ringe* auszusteigen. Dies ist nämlich unbedingt relevant. Absolut.«

Bergerac stand, den rechten Fuß vor dem linken und die Hände in die Hüfte gestemmt, vor Garrett und sah ihn auf eine Beverly-Hills-Art an. Sie hatte keine Ahnung, auf welchem Planeten er lebte, und war beinahe neugierig, welcher Zusammenhang zwischen einer zufälligen Begegnung mit Uma Thurman – so sie je stattgefunden hatte – und der augenblicklichen Situation bestand, ohne die Absicht zu haben, ihn danach zu fragen. Sie staunte nur ganz allgemein über die abgrundtiefe Demenz des Mannes.

»Was?«, fragte er, und ein Lächeln schlich sich in sein Gesicht, weil er dachte, dass die Erwähnung der großartigen Uma-Anekdote möglicherweise Wirkung gezeigt hatte.

»Sie sprengen mein Verständnis der menschlichen Spezies«, sagte sie. »Ganz ehrlich.«

Sein Lächeln wurde breiter.

»Das ist doch cool, oder?«

»Warum haben Sie mich nicht einfach angerufen und eingeladen? Sie haben nicht mal mit mir geredet, bevor sie mit dem ganzen Mist angefangen haben.«

Das Lächeln nun fest ins Gesicht gepflanzt, breitete er seine Hände aus.

»Ich bin eben ein Mann der großen Gesten«, sagte er und fing an zu lachen. Er schlenderte lässig um seinen Schreibtisch, steckte die Hände in die Taschen und zog sie wieder heraus, trotz seiner selbstbewussten Pose nach wie vor nervös.

»Nun, dann haben wir zumindest etwas gemeinsam«, sagte sie in einem Tonfall, der wieder mehr so klang wie zu Beginn ihrer Unterhaltung. Zeit, das Staunen über den Mann zu überwinden, und wieder zum Geschäft zu kommen.

»Was soll das heißen, Baby?«, fragte er und lehnte sich, direkt vor ihr stehend, an seinen Schreibtisch. Er verschränkte die Arme und ließ sie wieder sinken, als ihm klar wurde, dass das schlechte Körpersprache war.

»Ich meine Folgendes«, sagte sie und machte einen weiteren Schritt auf ihn zu, sodass sie mehr oder weniger direkt vor seiner Nase stand. »Das hört sofort auf. Alles, und zwar absolut alles. Sofort. Und wenn nicht, werden Sie in den Genuss einer *meiner* großen Gesten kommen. Und wenn Sie nicht wissen, was ich damit meine, dann sind Sie ein noch größerer Idiot, als es den Anschein hat.«

Sie blieb einen weiteren Moment direkt vor ihm stehen, um ihr Anliegen nachdrücklich deutlich zu machen, flirtete mit der Idee, ihm ihr Knie in den Unterleib zu rammen, entschied sich jedoch dagegen, weil er denken könnte, dass das schon die »große Geste« war, die sie angekündigt hatte.

»Cool«, sagte er, weil ihm sonst nichts einfiel.

Sie drehte sich um und ging zur Tür.

»Eine große Geste?«, fragte er.

Sie öffnete die Tür und drehte sich noch einmal zu ihm um.

»Wir haben den Etat für Athen 2004 an Carter & Carter gegeben.«

Nach einem weiteren kurzen Zögern verließ sie den Raum und zog die Tür hinter sich zu. Sie spielte ihr eigenes Spiel, hatte sich wortgetreu ans Drehbuch gehalten und nun ihren Spaß.

Garrett starrte auf die geschlossene Tür und ging dann in der Hoffnung, ihren Duft zu riechen, zu der Stelle, die sie soeben geräumt hatte. Und er roch ihn tatsächlich, atmete ihn ein, schloss die Augen und stellte sich vor, sie wäre noch da.

»Ich komme der Sache näher«, sagte er leise zu sich selbst und fuhr sich durchs Haar.

Eine große Geste, dachte er, das klang wie etwas, worüber er gern mehr wissen würde.

Kapitel 25

Paris: Das Paris von Europa

Eiffelturm. Arc de Triomphe. Notre Dame. Montmartre. Sacre Cœur. Champs Elysées. Louvre. Centre George Pompidou. Rue Morgue. Moulin Rouge. Mona Lisa. Jacques Chirac. Lionel Jospin.

Die Attraktionen von Paris sind Legende und nur einen Herzschlag entfernt. Besuchen Sie das Paradies. Kosten Sie den Mythos. Spüren Sie den Zauber. Aber bringen Sie Ihre eigenen Getränke mit, weil Sie in den Cafés nie bedient werden.

Seine königliche Hoheit, Prinz Philip der Grieche, trat langsam aus dem Bad in die große Suite im obersten Stockwerk des Pariser Hiltons. Er war verdammt froh, dass die Gattin mit ihrem Einfluss hatte verhindern können, dass sie in der offiziellen Residenz des Botschafters bleiben mussten, mit einem ständig störenden Furzknoten von einem Beamten, der den Kopf meilenweit im eigenen Hintern stecken hatte, und einer grässlichen Frau, die unablässig um sie herumschwirrte und so tat, als wäre sie keine absolute Hexe, wenn sie mit ihrem Personal allein war. Das gesamte Personal des diplomatischen Dienstes war die reinste Plage, und es war schon schlimm genug, dass sie es während dieser Besuche täglich treffen mussten, von einer Einquartierung unter dessen Dach ganz zu schweigen. Da war ihm die Luxussuite eines gesichtslosen Hotelkonzerns allemal lieber.

Auf dem Weg zur Minibar warf er einen Blick auf die Uhr, zog die Kordel seines Morgenmantels fester und goss sich ein Gläschen Lagaluvin ein. 23.45 Uhr, 22.45 Uhr in London, und die Gattin hatte sich immer noch nicht zurückgemeldet. Vielleicht war sie direkt schlafen gegangen. Er wusste von ihren geheimen Machenschaften in London, die ihm jedoch ganz allgemein komplett gleichgültig waren. Hauptsache, sie hatte alle Abendtermine abgesagt und damit ihre Gastgeber maßlos verärgert. Bestens. Sollte sie sich ruhig ein bisschen amüsieren. Er hatte den Botschafter ertappt, als jener vor Wut getobt hatte, nachdem Liz ihm den Rücken gekehrt hatte, und der Mistkerl musste sich fest auf die Zunge beißen, als er Phil erblickt hatte. Der blöde Arsch. Wenn er morgen die Gelegenheit hatte, mit ihr zu sprechen, würde er gründlich nachtreten, damit der Idiot Ende der Woche in der Registratur der Ständigen Vertretung des Vereinigten Königreichs bei der Europäischen Union in Brüssel arbeitete.

»Verdammter Mist«, murmelte er, als er den leeren Eisbehälter öffnete. Er trank einen Schluck Whisky und verzog das Gesicht. Er nahm den Hörer ab, um mit seinem Privatdiener George zu reden, der nebenan saß, das Spätprogramm des französischen Fernsehens verfolgte und darauf wartete, dass sein Boss sich für heute Abend zur Ruhe begab.

»Ja, Sir«, sagte George und richtete sich gerader auf.

»Ist die Chefin schon zurück?«, fragte Philip.

»Noch kein Zeichen«, sagte George.

»Verdammter Mist«, sagte er. »Irgendeine Ahnung, wo sie steckt? Was sie vorhat?«

»Nein, keine, Sir.«

»Verdammter Mist«, wiederholte er nachdenklicher. Seltsame Sache, einfach so abzuhauen. Den vierten Abend in Folge.

»Eis!«, brüllte er plötzlich. »Eis, George, es ist kein verdammtes Eis da.«

»Ich werde sofort welches besorgen, Sir«, sagte George. »Sonst noch etwas?«

»Nein.«

Und damit legte er auf und überließ George seiner Aufgabe, frisches Eis zu besorgen.

»Verdammter Mist«, murmelte er ohne besonderen Bezug. Er nippte erneut an seinem Lagavulin, verzog das Gesicht und fragte sich, warum seine Frau so lange brauchte ...

Barney Thomson und Harlequin Sweetlips hatten einen angenehmen Abend, entspannt, freundlich, ohne Druck, beinahe so, als hätten sie eine unausgesprochene Vereinbarung getroffen, sich weder über die aktuellen Ereignisse noch über irgendetwas Sorgen zu machen, was in der Vergangenheit geschehen war. Ein Paar wie jedes andere. Wie sie so beim Essen saßen, hätten sie aus einer Reklame für Verdauungstabletten oder jedes beliebige Frauenprodukt stammen können. *Sie haben Ihre Regel und essen gleichzeitig Pekingente mit fünf Gewürzen – mit der brandneuen ultrafeinen, fünf Liter fassenden Slipeinlage. Es macht Sinn, weil Sie es tun.*

Auch die Frage, was anschließend geschehen würde, setzte sie nicht unter Druck. Es lag keine sexuelle Spannung in der Luft, keine unausgesprochenen Unfassbarkeiten über Mord und Bedrohungen. Sie plauderten freundlich über die Werbebranche, die Leute, die man bei der Arbeit dort traf, und ihre lächerlichen Ideen. Sie lachten und redeten, und Barney fühlte sich nicht bedroht. Er dachte nur ungefähr achtzig- bis neunzigmal an Ashley Daniels, was im Laufe von drei Stunden nicht so viel ist.

Und als der parfümierte Mädchentee, den man immer bekommt, ausgetrunken war, nickten sie einander zu und gingen die Treppe hinunter wieder hinaus in einen feuchten betriebsamen Londoner Samstagabend.

Ashley Daniels lehnte an dem Geländer vor dem Portal von St. Giles-in-the-Field und blickte zum Kirchturm und den Regentropfen hoch, die angestrahlt von den Außenscheinwerfern der Kirche zu Boden fielen. Trotz der Anwesenheit von 17 Polizeibeamten und der Tatsache, dass die Gegend komplett abgeriegelt worden war, hingen auf dem Gelände noch ein paar Junkies herum, die sich in dem beruhigenden Wissen ihre Spritzen setzten, dass die Kriminalpolizei sie, beschäftigt mit der Untersuchung eines dreifachen Mordes mit zwei Opfern aus den eigenen Reihen, kaum stören würde.

Kurz nach sieben war Ash endlich aus dem Büro gekommen und hatte das seltene Vergnügen einer halben Stunde zu Hause erlebt – in der sie hauptsächlich überlegt hatte, Barney Thomson anzurufen, sich jedoch zurückgehalten hatte –, bevor das Telefon klingelte. Es war entgegen ihrer Hoffnung nicht Barney gewesen, stattdessen war sie an den Tatort der jüngsten Morde gerufen worden.

Nach ihrem Besuch im Palast hatte sie den ganzen Nachmittag auf eine Vorladung in Pinkslippers Büro inklusive des erwarteten Anschisses und einer Degradierung in die Aktenablage gewartet, doch nichts dergleichen war geschehen. Nicht einmal Wildman hatte gefragt, also hatte sie sich bedeckt gehalten und ihre Bemühungen fortgesetzt, Margie Crane aufzuspüren. Sie hatte zahlreiche Erkundigungen eingezogen, ohne einen Schritt weiterzukommen.

Sie hörte Schritte hinter sich und konnte ihre Gedanken für einen Moment von Barney Thomson losreißen. Sie drehte sich nicht um, sondern wartete, bis Wildman neben sie trat.

»Es waren gute Männer«, sagte er, stützte sich mit beiden Armen auf das Geländer und blickte direkt auf zwei Junkies mittleren Alters, die mit ihrer Wochendosis beschäftigt waren.

»Ja«, sagte sie und hatte sofort ein schlechtes Gewissen, dass sie den Detective Constables Jobe und Knights kaum einen zweiten Gedanken gewidmet hatte. Sie hatte keinen der beiden je getroffen, fragte sich nach der »Gute Männer«-Bemerkung jedoch, ob Wildman sie gekannt hatte.

»Jobe hatte ein Kind. Drei Monate alt«, sagte Wildman.

Ash schloss die Augen und schluckte. Sie sah das friedlich schlafende Baby und seine Mutter, die mit Tränen in den Augen über den Rand der Wiege blickte und schluchzend zusammenbrach. War die Freude je den möglichen Schmerz all dessen wert, das schief laufen konnte? Sie fing an über Kinder nachzudenken, verfiel in eine seltsame Grübelei und merkte, dass sie im Kopf immer wieder zu sich selbst zurückkehrte. Die Probleme anderer waren immer nur Anlass sich zu fragen, wie sie mit einer solchen Situation umgehen würde. War sie ichbezogener als andere? Sie ließ nie etwas davon nach außen dringen; der Rest der Welt würde sie stets als mitfühlend bezeichnen. Nur sie wusste es. Vielleicht waren alle anderen auch so.

Weitere Introspektion auf dem Rücken fremden Leids.

»Er hat mir neulich erzählt, dass die Frau mit den alten postnatalen Depressionen zu kämpfen hat. Mein Gott, was wird das bloß mit ihr machen? Was für eine Chance hat das Kind?«

»Okay«, sagte Ash scharf, weil sie nicht über die Familie von Detective Constable Jobe nachdenken wollte. Was würde es ihnen nützen, wenn sie über deren Schmerz nachdenken würde?

»Die Welt ist beschissen«, sagte Wildman.

»Ja«, sagte Ash.

Sie standen im Regen und beobachteten, wie einer der Junkies seine Spritze fallen und sich seitlich ins feuchte Gras sinken ließ.

»Haben Sie mit einem der Typen gesprochen?«, fragte Wildman.

»Mit allen, die wir auftreiben konnten. Überraschenderweise hatte keiner etwas zu berichten.«

»Nutzlose Wichser«, murmelte Wildman. »Scheiß nutzlos.«

»Es ist bloß das Leben«, sagte Ash.

»Sehr tiefsinnig«, gab Wildman zurück.

»Was hatte Bickerton mit einer Frau in dieser Straße zu suchen?«, fragte Ash. »Er war auf eine schnelle Nummer aus. Also hat er es sich verdammt noch mal selbst zuzuschreiben. Ich habe mit diesen Leuten gesprochen und ihnen gesagt, was Sache ist. Ich habe ihnen erklärt, sie sollten vorsichtig sein. Sie halten sich alle für unbesiegbar. Mein Gott.«

»Vielleicht haben Sie Recht, Danno. Und deswegen wächst ein drei Monate altes Kind jetzt ohne Vater auf.«

»Jetzt ist es aber gut mit dem drei Monate alten Kind, Sir«, sagte Ash.

»Okay, Danno.«

Es entstand eine weitere Pause, in der Ash versuchte, Gedanken an das wirkliche Leben zu verdrängen. Das alltägliche Verbrechen war nicht real, es war bloß ein Job. Babys, die ohne Väter aufwuchsen, das war real, das war Schmerz. Darüber wusste sie alles.

»Waren Sie heute im Palast?«, fragte Wildman.

Sie seufzte. Irgendwann musste er sie ja fragen, hatte aber, seinem Tonfall nach zu urteilen, noch nichts aus anderer Quelle gehört.

»Ja«, sagte sie. »Ich habe es vermasselt.«

Wildman antwortete nicht. Sie wandte sich ihm zu.

»Wissen Sie was?«, sagte Wildman. »Ich glaube, der Typ ist tot.«

Ash sah ihn verwundert an und fragte sich, wen er meinte, bis sie seinem Blick zu dem im Gras zusammengesunkenen Komiker folgte.

»Nee«, sagte sie.

»Doch«, sagte Wildman. »Ich weiß es. Tot. Aber wenn er Glück hat, findet ihn morgen früh jemand. Kommen Sie, lassen Sie uns zurück in unser trockenes Büro gehen, dann können Sie mir vom Palast erzählen.«

»Ja«, sagte Ash, und sie kehrten dem Geschehen den Rücken und gingen an dem Zelt vorbei, dass den Tatort überdachte, der, lange bevor die Polizei eingetroffen war, durch einen ordentlichen Guss vom Himmel gründlich gesäubert worden war.

Jools Garrett blieb bis beinahe Mitternacht im Büro und arbeitete emsig vor sich hin. Als einer von nur noch zwei verbliebenen Vertretern der BF & C-Mannschaft auf der spekulativen Liste der möglichen Opfer war er nach Erhalt der Nachricht von Bickertons Tod doch nachdenklich geworden und hatte widerstandslos akzeptiert, dass jetzt zwei Polizisten vor seiner Tür saßen. Andererseits hatte Taylor Bergeracs Besuch, ihr Duft, ihre Schönheit, ihr Reiz, ihn mit neuen Energien beflügelt. Er war noch verzauberter von ihr als in seiner Schock-&-Schrecken-Phase. Seine Obsession erreichte ungekannte Höhen, Bickerton oder die Firma waren ihm vollkommen gleichgültig. Jedenfalls so lange, bis seine Neugier vollständig befriedigt war und er alles über Bergeracs große Geste herausgefunden hatte, die seine Fantasie nicht mehr loslassen wollte.

In seiner irrwitzigen Vernarrtheit ignorierte er souverän die Tatsache, dass sie ihm unmissverständlich erklärt hatte, er solle sich verpissen. Zweifelsohne hatte sie ihn einige Sekunden lang staunend angesehen, und genau diesen Moment spulte er im Kopf immer wieder zurück, daran würde er sich klammern.

Er saß an seinem Laptop und entwarf neue Überzeugungs-Strategien, neue Wege, einem skeptischen Publikum die Botschaft Jool Garrett zu verkaufen. Dies war ohne Frage seine größte Stunde, und der Erfolg war ihm sicher. Wenn am nächsten Tag das Sperrfeuer seiner neuesten Verblüffung- & Respekt-Taktik über sie niedergehen würde, würde er erfahren, wie ihre große Geste im Einzelnen aussah. Und wenn er das aus dem Weg und seinen Kopf und sein Leben zurück hatte, konnte er seine neue Genialität, all die fantastischen Ideen, die er entwickelte, diese neue Kultur der Spitzenpromotion, wieder in die Firma einbringen und sich um Anthony McKee und sogar den legendären Thomas Bethlehem kümmern.

»Große Geste«, murmelte er seinem Schatten zu, »du wirst die meine sein.«

Und wissen Sie was, er hatte Recht.

Gott saß an einer Bar und nuckelte an seinem zweiten Wodka-Tonic des Abends. Er wollte es nicht übertreiben, weil er Wodka – ungeachtet all der allmächtigen Aspekte seiner göttlichen Persönlichkeit – noch nie gut vertragen hatte. Sicher, er konnte das Zeug maßkrugweise in sich hineinschütten, ohne betrunken umzukippen oder Frauen anzugrabschen und ihnen spontane Liebeserklärungen zu machen. Er bekam am nächsten Morgen nur mörderische Kopfschmerzen von dem Zeug.

Ein Mann setzte sich neben ihn, ein leeres Bierglas in der Hand. Gott hatte beobachtet, dass er den ganzen Abend allein am Tisch gesessen und sich stetig durch einen Kasten Miller getrunken hatte. Er hatte gewusst, dass der Typ rüberkommen würde, um mit ihm zu reden. Schließlich war er Gott und alles. Er kannte sogar die Probleme des Mannes. Seine Frau war mit dem Pfarrer durchgebrannt, die Kinder waren erwachsen und aus dem Haus; er war aus dem Golfclub ausgeschlossen worden, weil er wiederholt seine Score-Karte frisiert hatte; er hatte nach jahrelanger Arbeit in der Werbebranche ein stressbedingtes Prostataleiden. Ein leeres Leben. Und nachdem er einen langen Abend alleine gesessen hatte, hatte er beschlossen, mit dem Typ an der Bar zu reden. Die Menschen fühlten sich eben zu Gott hingezogen.

»Sie sehen ein wenig betrübt aus, mein Freund«, sagte Gott und dachte, dass er die Sache auch zügig über die Bühne bringen konnte. Er hatte an diesem Abend schon drei Abschlüsse gemacht und offensichtlich eine Glückssträhne. Zugegeben, es würde die Welt nicht gerade auf den Kopf stellen, aber Gott war von Natur aus jemand, der das große Ganze sah. Solche Dinge brauchten Zeit, und er hatte die Geduld.

Der Bursche – ein kräftiger Kerl namens Edwin Burrows – schnaubte und knallte seine Flasche auf den Tresen, um eine neue zu ordern.

»Die Frau?«, fragte Gott. »Die Arbeit? Die Kinder?«

Burrows drehte sich um, sah Gott in die Augen und sah dort eine Menge. »Sie sind ein aufmerksamer Typ«, sagte er.

»Ja«, sagte Gott.

»Alles drei«, sagte Burrows rasch. »Alle beschissenen drei.«

»Suchen Sie einen Ausweg, Sportsfreund?«, fragte Gott.

Das nächste Miller erschien auf dem Tresen, und Burrows rollte ein paar Münzen in Richtung des Barkeepers.

»Sind Sie Amerikaner?«, fragte Burrows.

»Nicht direkt«, sagte Gott. »Hab mir den Akzent angewöhnt, weil ich zu viele Filme gesehen habe.«

»Autsch«, sagte Burrows. Gott schüttelte den Kopf und wünschte, er würde nicht immer diese blöden Witze über sich selbst machen.

Gott trank einen großen Schluck, erwog die Bestellung eines dritten Wodka-Tonic und entschied sich rasch dagegen. Er hatte einen anstrengenden Vormittag vor sich und konnte sich keinen mit gequälten Synapsen geschlagenen Kopf leisten.

»Also gut, Sportsfreund«, sagte er unvermittelt. »Ich will los. Ich hab morgen einen anstrengenden Tag. Wollen Sie einen Ausweg oder nicht?«

»Klar«, sagte Burrows, »wer wollte das nicht?«

»Jede Menge Leute«, antwortete Gott. »Viele wollen selbst etwas erreichen und Probleme auf ihre Art lösen, sich nicht auf einen leichten Deal einlassen.«

»Das ist doch total altmodisch«, sagte Burrows.

»Ja, wie auch immer. Letzte Chance.«

»Was bieten Sie denn?«

»Alles«, sagte Gottt. »Ich könnte den Pfarrer töten, Ihre Frau mit Syphilis schlagen, dafür sorgen, dass Ihre Kinder jeden Tag anrufen und Sie einmal im Monat besuchen, Ihre Geschäfte so wenden, dass Sie den Golfclub kaufen können, und Ihnen noch ein super Handicap dazu geben. Und keine Prostataprobleme mehr. Was sagen Sie?«

Burrows war von den Socken. Er hat immer gewusst, dass er der Typ war, der sein Herz auf der Zunge trug, aber das war Wahnsinn. Ihm stand bestimmt nicht auf die Stirn geschrieben, dass er beim Golf mogelte.

»Wie viel?«, war alles, was er heraus brachte.

»Eine Ewigkeit im Himmel«, sagte Gott.

»Im Himmel?«, fragte Burrows. »Sind Sie ein Engel? Wie Cary Grant in *Jede Frau braucht einen Engel* oder so?«

»Hey«, sagte Gott lächelnd, »das war ein toller Film, oder? Ich hab selbst ein bisschen am Drehbuch mitgewirkt, wissen Sie. Erstklassige Arbeit.«

Burrows nickte, trank einen Schluck Bier, weil er dachte, dass ihm das möglicherweise helfen könnte zu begreifen, mit wem er sprach.

»Ich bin kein Engel«, sagte Gott. »Ich bin der Chef vom Ganzen. Also, was soll es sein? Himmel oder nicht?«

»Ähm, ja«, sagte Burrows. »Klingt vernünftig.«

»Es gibt keine Rock-Musik«, sagte Gott.

»Ella?«

»Klar, Sportsfreund.«

»In Ordnung. Können Sie meine Frau statt mit Syphilis auch mit AIDS schlagen?«

Gott schüttelte den Kopf. »Tut mir Leid, mein Freund, darauf hat Satan das Copyright. Alles sein Werk, da kann ich Ihnen nicht weiterhelfen. Aber ich könnte etwas klassischer Entstellendes machen. Lepra oder so.«

»Ach, ich weiß nicht«, sagte Burrows. »Irgendeine Geschlechtskrankheit sollte reichen.«

»Cool«, sagte Gott.

Burrows streckte die Hand aus, und Gott ergriff sie.

»Ich bin weg«, sagte er dann, kippte den Rest Wodka herunter und strebte nach draußen. Burrows sah ihm nach und genoss ein unglaubliches Wohlgefühl, was jedoch mit Einsetzen seines Katers am nächsten Morgen verflogen war. Trotzdem hatte ihn am Ende des Abends eines seiner Kinder besucht, die beiden anderen hatten angerufen, er hatte sieben neue Kunden, seine Frau verspürte ein leichtes Jucken, er hatte in Wentworth eine 71er Runde mit einem wunderschönen Eagle am letzten Loch gespielt, und der Pfarrer war bei einem Autounfall ums Leben gekommen.

Kapitel 26

Der Nachtarzt

Nase verstopft? Schnodder wie Sirup? Schnarchen wie ein Hund? Die Frau ist sauer und will Sie mit einem Kissen ersticken?
Höchste Zeit, in **Der Nachtarzt** zu investieren.
5 Prozent Medizin, 95 Prozent Alkohol.
Alles, was Sie je brauchen werden.

Es war Viertel nach eins in der Frühe, als Ash endlich das Revier verließ, weil sie alles getan hatten, was man zu dieser frühen Stunde tun konnte. Sie war schrecklich müde, aber ihr Kopf summte. Sie wollte nicht nach Hause. Fünf Morde, alle Opfer erstochen, anscheinend von ein und derselben Hand. Sie hatten eine Serienmörderin in der Stadt, und es war ihr Job – und der einiger anderer –, sie zu finden. Mit jedem neuen Mord und auf jeder höheren Ebene des Dezernats würde der Druck wachsen. Die Arbeit würde unerträglich werden, bis diese Frau gefasst war.

Sie brauchte Gesellschaft. Sie wollte mit jemandem reden, bis ins Morgengrauen wach sitzen und den Fall diskutieren. Das würde ihr zumindest helfen, ihre Gedanken vom jüngsten Objekt ihres romantisches Interesses abzulenken. Nur dass es just dieses Objekt ihrer romantischen Interessen war, mit dem sie die Nacht wach sitzen und reden wollte.

Sie stieg in ihren Wagen, ließ ihn an und starrte geradeaus. Barney Thomson. Um diese Nachtzeit nur eine Viertelstunde von ihr entfernt und wahrscheinlich alleine. Würde er wirklich alleine sein? Er strahlte die Aura eines Einzelgängers aus. Vielleicht hatte er hin und wieder Frauen, aber nicht so spät nachts. Dachte sie jedenfalls.

Sie verließ den Parkplatz des Dezernats und fuhr nach Norden.

Siebzehn Minuten später hielt sie vor einem Wohnhaus, überprüfte die Adresse auf ihrem Zettel und schaltete den Motor ab. Sie blieb einen Moment sitzen, sammelte sich und fragte sich, was sie da tat. Wie dumm würde sie dastehen, wenn er nicht allein war? Oder wenn er ihr – noch schlimmer – erklärte, dass er müde war und sie gar nicht hereinließ? Es gab nichts Demütigenderes, als sich einer Zurückweisung auszusetzen. Sie atmete tief ein, konzentrierte sich auf die Zeichen, die sie von ihm empfangen hatte und von denen sie wusste, dass sie stimmten, und stieg aus. Sie ging den kurzen Weg zur Haustür hinauf und studierte die Klingelschilder. Barney Thomson stand von Hand geschrieben neben der dritten Klingel von oben. Sie zögerte erneut, als im Haus eine Tür aufging. Sie hörte die Schritte einer Frau auf den Fliesen, dann ging die Haustür auf, und Detective Sergeant Ashley Daniels stand keinen halben Meter entfernt von Harlequin Sweetlips, der Mörderin, nach der sie seit Tagen suchten.

Sweetlips sah sie an, und Ash erkannte etwas in ihrem Blick, wenngleich nichts Greifbares, nichts, das sie hätte in Worte fassen können. Ein Foto vielleicht. Sie hatte das Gesicht schon einmal gesehen, auch wenn sie es nicht mit der Begegnung in der Kneipe vor zwei Tagen in Zusammenhang brachte, und dachte, dass sie diese Augen oder vielleicht auch nur den Blick darin erkannte. Sie zögerte, irgendetwas war da, doch keine von beiden erkannte, was es war. Plötzlich merkte Ash, dass Sweetlips ihr die Tür aufhielt, und trat an ihr vorbei ins Haus.

»Danke«, sagte sie.

Sweetlips nickte, sie rissen die Blicke voneinander los, und dann war Sweetlips verschwunden. Ash ging langsam und versuchte zu ergründen, warum ein gewaltiger Schauder ihren Körper erfasst hatte und sie noch immer ein großes Unbehagen verspürte. Sie drehte sich um und sah durch die Glastür, doch Sweetlips war verschwunden, und die Nachtluft wirkte kalt, feucht und bedrohlich. Ash wandte sich rasch um und ging eilig die Treppe hinauf.

Sie fand Barneys Wohnungstür, zögerte erneut und dachte, dass dies ihre letzte Chance war zu gehen und sich nicht zum Narren zu machen. Sie sah auf die Uhr. 1.37.

Sie klingelte, und erst in diesem Moment kam ihr der Gedanke, dass die Frau, die sie im Hauseingang getroffen hatte, aus Barneys Wohnung gekommen sein könnte. Sie wurde wütend, wollte kehrtmachen, rasch die Treppe hinunterlaufen und verschwinden, bevor er öffnete. Aber wie blöd würde sie erst dastehen, wenn er ihr dann nachlief und sie erkannte? Sie musste bleiben.

Die Tür ging auf, und auf der Schwelle stand Barney Thomson in Boxershorts und T-Shirt, der Harlequin Sweetlips erwartet hatte. Das sah man ihm auch an, und sie wusste, dass er nicht geschlafen hatte.

»Hallo«, sagte Barney. »Das ist, ähm, ein wenig seltsam.«

Ash blickte die Treppe hinunter und drehte sich wieder zu ihm um.

»Verzeihung, ist sie gerade gegangen?«

Barney wusste nicht so recht, was er sagen sollte, also ignorierte er die Frage politikermäßig, obwohl die Antwort wie bei Politikern schon deswegen offensichtlich war.

»Kommen Sie rein«, sagte er.

»Schon gut«, sagte Ash. »Ich hätte nicht vorbeikommen sollen. Wir sehen uns morgen.«

»Kommen Sie«, sagte Barney und zog die Tür weiter auf. »Kommen Sie rein. Sie sehen furchtbar aus.«

Sie verschluckte sich an einem Lachen.

»Danke«, sagte sie und ging an ihm vorbei in seine Wohnung.

Barney warf einen Blick in den Flur, weil er befürchtete, dass Sweetlips dort lauern könnte, bevor er die Tür schloss und Ash ins Wohnzimmer folgte. Sparsam eingerichtet, keine Bilder, ein kleiner Fernseher, eine offene Küche.

»Sieht nicht so aus, als wollten Sie länger bleiben«, bemerkte Ash in der Mitte des Zimmers.

»Kaffee oder Alkohol?«, fragte Barney.

»Kaffee, bitte«, sagte sie.

»Wahrscheinlich nicht«, sagte Barney und kümmerte sich um den Kaffee.

Sie nickte, sah sich nach einem Stuhl um und ließ sich darauf sinken. Sie kam sich nicht so dumm vor, wie sie gedacht hatte. Es war beinahe so, als hätte es den Druck aus der Situation genommen. Sie hatte Barney als potenzielles Objekt romantischen Interesses betrachtet, eine Hoffnung, die mit einem bösartigen Fingerschnippen der Romantik zerstoben war, doch sie war zu erschöpft, um irgendetwas zu empfinden.

»Was ist los?«, fragte er.

Sie legte ihren Kopf an die Lehne und spürte mit einem Mal all ihre Müdigkeit in ihren Körper zurückströmen. Vielleicht wollte sie doch schlafen. Sie spürte, wie sich ihre Muskeln entspannten, ihr ganzer Körper in den Stuhl sank, dessen Lehnen sich um ihren Körper legten, sodass sie sich warm und sicher fühlte.

»John Bickerton«, sagte sie mit schon schwerer Stimme.

»Ah«, sagte Barney. So viel zum Polizeischutz. Er hoffte, dass sie ihn nicht auch unter Bewachung stellten.

»Seine Leibwächter sind ebenfalls ermordet worden. Einer von ihnen hatte ein drei Monate altes Baby«, fügte sie murmelnd hinzu. »Wie muss das für die Mutter sein? Grausam …«

Ihre Stimme verlor sich, ihr Kopf sackte zur Seite. Sie war eingeschlafen.

»Ash?«, fragte Barney.

Er ging um den Küchentresen herum und blieb neben ihr stehen. Er betrachtete ihr blasses müdes Gesicht und sah auf die Uhr. Ob man sie an einem Sonntag auf der Arbeit erwartete? Bei fünf ungelösten Morden bestimmt, und zwar ziemlich früh. Er sollte den Wecker für sie stellen.

Er ging ins Schlafzimmer, holte eine Decke und breitete sie sanft über sie. Er hatte gerade fünf Stunden mit Harlequin Sweetlips verbracht, und jede Erinnerung an sie war verflogen. Er setzte sich neben Ash, starrte ihr ins Gesicht und stellte sich vor, sie auf den Mund zu küssen. Schließlich streckte er vorsichtig den Arm aus und strich mit den Fingern durch ihr Haar, und so blieb er lange Zeit sitzen.

Kapitel 27

Exron Morning After
Der Morgen danach – Der Schiss davor

Das fantastische neue Kater-Heilmittel von Exron. Eine köstliche Mischung aus mehr als 300 chinesischen Kräutern, die Ihren Magen beruhigen, Ihren Kopfschmerz lindern und all das seltsame Summen in Ihren Ohren verstummen lassen. **Exron Morning After**. An der Schreckschraube, neben der Sie aufgewacht sind, können wir nichts ändern, aber wir können dafür sorgen, dass Sie nicht die Toilette voll kotzen.

Barney ließ Ash lange schlafen. Er schaltete sogar das Handy in ihrer Handtasche ab, verstellte die Uhren im Wohnzimmer und ihre Armbanduhr, damit sie, wenn sie aufwachte, nicht in wilder Panik davonstürzte. So erwachte sie schließlich kurz nach Mittag und erblickte als erstes Barney, der sie anguckte. Sie sah auf die Uhr, warf Barney einen fragenden Blick zu und schüttelte den Kopf, um den Nebel zu lichten.

»Es ist noch keine acht?«, fragte sie.

»Genau«, sagte Barney. Er hatte einen überaus faulen Sonntagvormittag hinter sich gebracht, an dem er neben ihr gesessen und den *Observer* gelesen hatte, wobei es ihm schwer gefallen war, sich auf die Zeitung zu konzentrieren.

»Kommt mir vor, als hätte ich tagelang geschlafen«, sagte sie. »Ich sollte los.«

»Ja«, sagte Barney. »Duschen Sie erst noch. Ich habe Ihnen ein Handtuch und ein sauberes T-Shirt hingelegt.«

Sie sah ihn an und hatte Empfindungen, die sie, wie sie sich plötzlich erinnerte, vor dem Einschlafen ausgelöscht hatte.

»Danke.«

»Kein Problem. Los, machen Sie voran. Sonst kommen Sie zu spät zur Arbeit.«

Sie nickte, stand auf, streckte ihre Glieder und ging aus dem Wohnzimmer.

»Kommt mir später vor, als zwanzig nach acht«, sagte sie, als sie die Treppe hinuntergingen, sie auf dem Weg zum Dezernat, Barney unterwegs in die Innenstadt, um im Park spazieren zu gehen oder sonst was zu tun, jedenfalls nicht den ganzen Tag in der Wohnung herumsitzen.

»Ist es auch«, sagte Barney.

»Ach ja?«

Unten hielt er ihr erst die innere, dann die äußere Tür auf. Draußen spürte sie dann die offensichtlich frühmittägliche Aura des fortgeschrittenen Tages.

»Mein Gott, Barney«, sagte sie, »wie spät ist es wirklich?«

»Zwanzig nach zwölf.«

»Was? Scheiße noch mal, Barney, das ist nicht Ihr Ernst?«

»Sie brauchten Schlaf«, sagte er kein bisschen schuldbewusst.

»Wie spät ist es? Wirklich?«, fragte sie und sah erneut auf ihre Uhr. Sie begann, nach ihrem Handy zu suchen, an das sie bisher nicht gedacht hatte.

»Es ist zwanzig nach zwölf«, sagte Barney. »Ich weiß, dass Sie einen Tritt in den Arsch kriegen werden, aber Sie sind erschöpft. Wenn Sie nicht genug schlafen, werden Sie gar nichts herausfinden, ermitteln und so.«

Am Wagen angekommen sah sie die Zeit auf ihrem Handy, überprüfte es auf Nachrichten, entdeckte die letzten sieben, die alle vom Dezernat stammten. *Wo sind Sie? Scheiße!*

»Mein Gott, Barney, Sie sind nicht meine Mutter. Wir stecken mitten in der größten Ermittlung, die London seit Jahren erlebt hat.«

»Es ist in Ordnung«, sagte Barney mit der Aura eines Jedi-Ritters. Er hatte natürlich keine Ahnung, ob das stimmte. Es war sogar ziemlich sicher nicht in Ordnung, aber bei der Wendung, die die Ereignisse nahmen, sollte ihr eine fünfstündige Verspätung mehr oder weniger verziehen werden.

»Scheiße«, sagte sie, weil es ihr an Worten fehlte, den Grad ihrer Verzweiflung auszudrücken. »Ich bin erledigt.«

»Alles cool«, sagte Barney. »Können Sie mich mitnehmen?«

Sie quiekte mädchenhaft, was ihr sofort peinlich war, öffnete die Tür und stieg ein. Sie ließ den Motor an und Barney kaum Zeit zum Einsteigen, bevor sie rückwärts aus der Parklücke setzte und mit quietschenden Reifen losfuhr.

»Ich glaube es nicht«, sagte sie. »Sie haben mein Handy abgeschaltet?«

»Ja.«

»Und was haben Sie den ganzen Vormittag gemacht?«

»Nicht viel. Ich habe Ihre Tasche durchwühlt, dagesessen und Sie beobachtet wie irgendein irrer Serienmörder. Nicht viel, aber ich habe mich amüsiert.«

Sie versuchte ein Lächeln zu unterdrücken, bog zu schnell und quietschend um eine Ecke und wäre um ein Haar mit einem weißen Lieferwagen kollidiert.

»Ash, Sie kommen zu spät«, sagte Barney. »Akzeptieren Sie es einfach, anstatt sich umzubringen.«

Sie hatte immer noch das Gefühl, neben ihrer Mutter zu sitzen, nahm jedoch den Fuß vom Gas und schaffte es an der nächsten Kreuzung, sanft und ohne jedes Kreischen zu bremsen. Sie trommelte mit den Fingern aufs Lenkrad, während sie darauf wartete, dass ein alter Knacker in einem roten 1991er Astra sich kriechend in den Verkehr einfädelte.

»Wer war sie?«, fragte Ash, weil sie dachte, dass sie diesen Teil des Abends auch gleich offen ansprechen konnte.

Barney schürzte die Lippen. Ash, das war das echte Gefühl; deshalb durfte er nicht mit einer Lüge beginnen.

»Ich habe sie neulich in einer Bar aufgegabelt. Oder sie mich, schwer zu sagen. Wir waren gestern Abend zusammen essen. Bei Poons.«

»O ja. Was hatten Sie denn?«, fragte Ash in dem Bemühen um Normalität. Sie mochte Poons, war jedoch seit einigen Jahren nicht mehr dort gewesen. Nicht seit ihrer Trennung von Gerard. Gerard. Mein Gott, war das ein Typ gewesen! Was hatte sie sich dabei bloß gedacht?

»Wir hatten beide Ente«, sagte Barney, »aber nicht das gleiche Gericht.« Profanes Geplauder, notwendige Rehabilitation. Trotzdem musste er zur Sache kommen. »Jedenfalls sind wir danach auf einen Kaffee zu mir, und sie ist gegangen. Am Ende war es ein bisschen komisch, manchmal verstehe ich die Frauen einfach nicht. Offenbar hatten wir nicht das Gleiche im Sinn.«

»Wer ist sie?«, fragte Ash, bog hinter dem alten Knacker von der Hauptstraße ab, wofür sie von einem BMW lautstark angehupt wurde. Sie wollte ihn nach Sex fragen, hatte aber das Gefühl, dass sie als Freunde für eine solche Frage noch nicht weit genug waren.

»Ich weiß es ehrlich gesagt nicht genau. Vielleicht erzähle ich Ihnen eines Tages von ihr, wenn ich ein wenig mehr weiß.«

Sie sah ihn an, eigentlich zu lange in Anbetracht der Tatsache, dass sie ein Fahrzeug durch dichten Verkehr steuerte.

Sie wandte den Blick so lange von der Straße wie Cary Grant in einem Hitchcock-Film aus den 50er Jahren, bis Barney ihr mit den Augenbrauen nickend bedeutete, wieder nach vorn zu schauen. Sie kam gerade noch kreischend vor dem Heck eines gelben DAF 7T-Lasters zum Stehen.

»Scheiße«, sagte sie.

Sie reckte den Hals, um an dem Laster vorbei nach dem Grund des Stillstands zu schauen. An dieser Stelle stockte der Verkehr für gewöhnlich nie, schon gar nicht an einem Sonntag. Sie sah, dass die Rückfahrleuchte des Lasters aufleuchtete, und nahm an, dass der Fahrer mit den Gängen herumfummelte. Sie wartete eine Sekunde und überlegte zu hupen. Barney blickte nach vorn und begriff mit einem Mal, dass irgendetwas nicht stimmte. Von null auf hundert auf dem Sechsten-Sinn-Ominometer.

Ash stützte sich auf die Hupe, doch die rückwärtigen Lichter leuchteten weiter auf, und der Laster fing an auf sie zuzurollen

»Scheiße!«, schrie sie und legte ihrerseits den Rückwärtsgang ein. Sie prallte sofort gegen den Wagen hinter ihnen, inzwischen ein schwarzer Audi mit getönten Scheiben.

»Scheiße!«

Sie spürte das Knirschen an der Front des Wagens, als der Laster Kontakt herstellte, hämmerte erneut auf die Hupe und ließ das Fenster herunter.

»Was zum Teufel machen Sie da? Was soll der Scheiß?«

Aber der Laster drängte weiter rückwärts, die Innenräder der hinteren Doppelreifen schoben sich auf die Kühlerhaube.

»O Mist«, sagte Barney, dem dämmerte, was hier vor sich ging, als sie rechts und links von zwei weiteren Fahrzeugen eingekeilt wurden. Der Wagen auf Barneys Seite schrammte einen Laternenpfahl, der neben Ash blockierte den Gegenverkehr, und beide versperrten die Türen und damit den Ausweg. Der Laster vor ihnen stampfte mit laut heulendem Motor rückwärts, seine Räder begannen die Kühlerhaube einzudrücken. Die beiden Fahrer, die sie mit ihren Fahrzeugen eingekesselt hatten, waren ausgestiegen und rannten die Straße hinunter.

»Es ist ein Anschlag!«, kreischte Ash. »Scheiße!«

»Auf die Rückbank«, rief Barney.

Um sie herum erhob sich ein ohrenbetäubender Lärm, Autos hupten, eine eher neugierige als entsetzte Menschenmenge hatte sich versammelt, und alle fragten sich, wo die Kameras waren, ohne dass jemand begriff, was wirklich passierte.

Die Windschutzscheibe zerbröselte und wurde nach innen gedrückt, während Barney Ash auf die Rückbank folgte. Glasscherben regneten in den Wagen, Ash kreischte, als ein Splitter ihr Gesicht traf. Barney spürte eine Schnittwunde im Nacken.

So hockten sie ohne Ausweg auf der Rückbank einer Limousine und starrten panisch auf die interessierten Gesichter der gegen Gewalt immunen Beobachter, die sich staunend fragten, warum die beiden Insassen des dunkelblauen Hyundai offenbar Todesängste litten.

Kapitel 28

Wondersocks: Honig für die Füße

Spüren Sie den Zauber. Betreten Sie eine Welt der Ekstase und Freiheit. Tauchen Sie ein in einen wunderschönen Teich aus Orgasmen und empfinden Sie Lust und Liebkosung am ganzen Körper. Geben Sie sich der atemberaubenden Intensität der Socken hin, die New Yorker Modekritiker »die weltweit aufregendsten Socken aller Zeiten« nennen.
Wondersocks. Nicht nur eine Socke, sondern ein Licht, das Ihnen den Weg weist zu einer Vision von ewigem Glück, Freude und spiritueller Erfüllung.

Garrett blickte von seinem Büro im zehnten Stock auf die Themse. Er war wieder in der Firma, dort wo sein Leben stattfand. Er hatte sonst nichts. Für einige wenige Minuten staunte er ausnahmsweise mal nicht über Taylor Bergerac, sondern über Bethlehem. Er hatte am Morgen eine von Bethlehems typischen langatmigen Textnachrichten erhalten. Der Mann hatte in Cambridge Englisch studiert, und an seiner Ausdrucksweise erkannte man, dass er es nicht über sich brachte, in Abkürzungen und schlechtes Englisch zu verfallen, wie alle anderen auf dem Planeten auch.

> Ich werde morgen am späten Nachmittag zurückkehren. Bestellen Sie alle, die übrig geblieben sind, zu einem Meeting um 17.30 Uhr, aber nur die Big Players, nicht den Plebs. Habe einen neuen Etatdirektor Sonstiges rekrutiert; besetzen Sie die Position nicht eigenmächtig, wiederhole, Position nicht besetzen. Benachrichtigen Sie McKee. Sie kommt mit mir. Rollen Sie den roten Teppich aus. Bethlehem.

Garrett nahm sein Handy und las die Nachricht zum achten Mal. Wie lange hatte der Mann gebraucht, das zu schreiben? Für einen Menschen, der so auf Draht war, legte er verdammt viele bizarre kleine Eigenheiten und Schrullen an den Tag. Vielleicht waren sie alle so, die wirklich Großen. Aber wie erklärt das andererseits meinen Erfolg, fragte sich Garrett.

Er wandte sich vom Fluss ab und nahm wieder hinter dem Schreibtisch Platz. Auf dem Laptop lief ein Bildschirmschoner, den er aus Taylor Bergeracs Gesicht gebastelt hatte, das von einer Seite zur anderen hüpfte. Er hatte den ganzen Vormittag damit zugebracht, eine weitere Salve extrem coolen Materials abzufeuern, das sie garantiert hierher zurücklocken würde, damit sie die große Geste offenbaren konnte, von der sie gesprochen hatte. Es war nicht leicht gewesen, seine Gedanken davon loszureißen, aber eine SMS von Bethlehem hatte es dann doch geschafft.

Seit Garrett bei der Firma war, hatte sich Bethlehem nicht um die Rekrutierung von Personal gekümmert, und nun hatte er plötzlich aus heiterem Himmel eine der leitenden Marketingpositionen besetzt. Was hatte er vor? Abgesehen von dem Offensichtlichen, nämlich dass er seine Ecke verteidigte, weil er wusste, dass alle anderen in seiner Abwesenheit gegen ihn intrigieren würden. Zumindest konnte McKee nichts mit dem

Posten des Etatdirektor Sonstiges ausrichten, was er sonst vielleicht getan hätte. Besser die Macht lag bei einem Teufel, den man kannte, und man konnte sich auf ein Arrangement vorbereiten. Aber eine Frau? Was hatte Bethlehem sich dabei gedacht? Es hatte in dieser Agentur noch nie einen Platz für eine Frau gegeben. Und der rote Teppich? Mein Gott.

Einen kurzen Moment lang dämmerte Garrett die Erkenntnis, dass er die Zeit, die er mit Gedanken an Taylor Bergerac zugebracht hatte, lieber hätte nutzen sollen, um seine Position in der Firma zu stärken. Viele von Bethlehems Männern waren weg, es wäre die perfekte Gelegenheit gewesen, die eigenen Truppen in gute Positionen zu verschieben. Aber er hatte sich ablenken lassen und jetzt musste er gegen McKee und Bethlehem gleichzeitig kämpfen.

Garrett betrachtete Taylor Bergeracs wunderschönen Kopf, der auf seinem Bildschirm herumhüpfte, und der kurze Lichtblick der Erkenntnis war vorbei. Wenn sie erst ihm gehörte und all seine Anstrengungen sich gelohnt hatten, würde er das Selbstvertrauen und die Macht besitzen, die Firma von allen Seiten gleichzeitig anzugreifen. Die Sache mit Bergerac war vielleicht das Klügste, was er je getan hatte.

Nach wie vor in Betrachtung ihres Gesichts versunken, sank er auf seinem Sessel in sich zusammen und legte das Kinn auf die Brust.

Nachdem die Windschutzscheibe weg war, begann das Wagendach nachzugeben, und die Seiten wurde nach innen gedrückt. Barney sah sich im Fond des Wagens hektisch nach etwas um, womit er die Heckscheibe einschlagen konnte, der einzig mögliche Fluchtweg.

»Hast du da drinnen irgendwas?«, fragte er.

Ash hämmerte mit den Fäusten hilflos gegen die Scheibe,

was immer noch besser war, als nichts zu tun, sich die Seele aus dem Leib zu schreien und nicht weiterzukommen.

»Nichts, was wir benutzen können«, rief sie zurück. »Schlag die Scheibe ein! Los mach!«

Barney drehte sich um und betrachtete das Rückfenster. Sie hatte Recht, es war ihre einzige Chance. Der Laster rollte sich weiter auf sie – nichts von der subtilen Eleganz einer Harlequin Sweetlips. Barney ging in die Hocke, den Blick nach vorn auf den Rücksitz und trat nach hinten gegen die Heckscheibe, trat und drückte. Mehr konnte er nicht tun. Es erschien zwecklos, doch er musste weiter hoffen, dass die innere Stabilität des Wagens irgendwann ausreichend geschwächt war. Und zwar so schnell, dass sie durch das eingetretene Fenster herauskamen, bevor das Dach eingedrückt wurde.

Ash trommelte mit den Fäusten, Barney trat erneut. Sie würden es niemals beide schaffen, dachte er. Ich komme nicht raus. Ash musste es versuchen. Als Zweiter würde er es garantiert nicht mehr schaffen, die Zeit würde nie reichen. Er war halt nicht schlank genug, zu viel Fish'n' Chips, dachte er und lachte. Wer hat all die Törtchen gegessen? Das Lachen kam als ein gutturales Bellen heraus, begleitet von einem albernen Lächeln. Er war einfach ein fetter, in die Jahre gekommener Sack.

»Was ist?«, brüllte Ash. »Was?«

Barney nahm erneut alle Kraft zusammen und trat gegen das Fenster, während er laut lachte.

»Zu viele Törtchen!«, rief er.

Das Dach über Fahrer- und Beifahrersitz wurde platt gewalzt, als die hinteren Räder des Lasters die Holme um die Windschutzscheibe eindrückten. Ash spürte es an ihren Füßen, ihr Atem stockte und ihre Panik wuchs. Barney lag auf dem Rücken und sah das Dach auf sich zukommen, in fünfzig Zentimeter Höhe und etwa einen Meter entfernt, kaum noch genug

Platz, sich zu bewegen. Es ging nicht mehr darum, sich selbst zu retten, es ging nur darum, Ash zu retten.

Ein weiterer Stoß, der sich anfühlte, als würde er gegen eine drei Meter dicke Betonmauer treten, gefolgt von einem beinahe entzückten Quieken von Ash. Ein Riss in der Heckscheibe, ein Schwachpunkt.

»Barney!«, rief sie. Er blickte auf, sah den Riss und warf sich mit Wucht dagegen. Über den heulenden Motor des 7T-Lasters hinweg hörte er das Knacken eines weiteres Risses, während das Dach näher kam. Er konnte kaum noch den Kopf heben, ohne es zu berühren. Er würde hier auf gar keinen Fall mehr rauskommen. Mit aller Kraft trat er gegen die Scheibe, die plötzlich nachgab, sodass seine Beine ins Freie stießen.

Ash biss die Zähne zusammen und brüllte. Ihr war klar, dass Barney wahrscheinlich erledigt war, doch sie musste ihn retten. Sie schlug mit den Fäusten blindlings auf die Bruchstelle ein, sofort strömte Blut von ihren Händen. Dann barst die Scheibe unvermittelt, als das Dach mit einem Ruck weiter absackte und jetzt direkt über Barneys Kopf hing, sodass er sich überhaupt nicht mehr bewegen konnte. Er trat wie wild um sich und spürte die Scherben in seine Waden und durch seine Schuhe schneiden. Er konnte das Blut nur riechen, und es war egal. Wieder knirschte Metall, das Dach gab nach, Barney wandte den Kopf zur Seite und hörte das Stöhnen aus seiner Magengrube. Er wollte ihr etwas zurufen, bekam jedoch nicht genug Luft und spürte das Dach auf seinem Rücken.

Ash drückte sich gegen das Fenster, und ihre Arme glitten in Fetzen geschnitten durch zerborstenes Glas. Sie stieß sich mit den Füßen von der Rückbank ab, spürte, wie das Dach gegen ihren Po drückte, und war mit einem Mal halb aus dem Fenster, auf beiden Seiten aufgekratzt von spitzen Scherben, das Blut warm auf ihrer Haut.

Von draußen streckten sich ihr Hände entgegen, sie spürte einen festen Griff um ihre Finger und wurde unkontrolliert durch das zerborstene Fenster gezogen, sodass die Scherben ihre Flanke, ihre Brust und ihren Rücken übel aufrissen. Sie schrie vor Schmerz, spürte die spitzen Glasscherben an Pobacken und Oberschenkeln und war plötzlich frei, hinaus gerissen in die kühle Feuchtigkeit eines Märztages und auf die Motorhaube des schwarzen Audi, der ihren Wagen von hinten blockiert hatte. Zuletzt hatte sie gespürt, wie das Rückfenster über ihren Füßen zusammengedrückt wurde, als die Würfel endgültig gefallen waren.

»Tut mir Leid, Kleine«, sagte eine Stimme, und irgendjemand, der sie ins Freie gezerrt hatte, konnte ihren zuckenden Körper nicht mehr halten und ließ sie auf das schwarze Blech sinken.

Sie drehte sich panisch nach Barney um und schrie auf, als der Laster jetzt rückwärts über den ganzen Hyundai hinweg-rollte. Sie musste ihn aufhalten, dachte sie und richtete sich auf der Motorhaube des Audi auf, doch das traumatische Entkommen war zu viel für sie gewesen. Sie spürte, wie ihre Beine nachgaben, und sank neben dem Wagen zu Boden, wo sie von zwei der Schaulustigen weggezerrt wurde.

Als der Laster das Dach des PKW endgültig eingedrückt und platt gemacht hatte und mit seinen vier Rädern auf denen des Hyundai stand, erstarb das Motorengeräusch. Der Fahrer war längst verschwunden.

Ashley Daniels musste, zwischen drei Typen liegend, die sie in Sicherheit gebracht hatten, hilflos zusehen.

Das Letzte, was Barney gespürt hatte, war ein Druck auf seinen Schädel gewesen, eine plötzliche Explosion des Schmerzes, wie der schlimmste Migräneanfall, den man sich vorstellen konnte, und dann war sein Kopf geplatzt, der Schädel unter dem vollen Gewicht eines 7T DAF-Lasters eingedrückt, und Barney Thomson würde nie wieder etwas spüren.

Ash rappelte sich am Straßenrand auf den Hintern, drehte sich um und sah den Fahrer des Lasters wie ein Phantom die Straße hinunterrennen. Voller Entsetzen wandte sie sich wieder dem Wagen mit dem eingedrückten Dach zu. Sie konnte zwar keine Leiche sehen, doch es gab wenig Zweifel, was da drin mit ihm passiert war.

In ihrem Kopf drehte sich alles. Es war ein Anschlag gewesen, ein Mordanschlag. Barney war ein Frisör, sie war Polizistin, noch dazu eine, die im Palast ermittelt hatte. Sie schluckte ihre Gefühle, ihre Tränen und ihre Angst herunter.

Sie hatten versucht, sie zu ermorden, was ihnen auch beinahe gelungen wäre. Doch sie hatten nicht sie getötet, sondern ihren Beifahrer, den Mann, der ihr das Leben gerettet hatte.

Kapitel 29

Probleme mit der Hypothek?

Sie stecken bis zum Hals im Schlamassel? Ein skrupelloser Hypothekenberater hat Sie überredet, weit mehr aufzunehmen, als Sie sich leisten können? Der Grundstückswert sinkt, die Belastung steigt und Sie sitzen in der Falle? Oder haben Sie nach einer Scheidung Schwierigkeiten mit dem gemeinsamen Besitz?
Haben Sie eines der genannten Probleme, dann kommen Sie zur Scabbey National Building Society, und wir nehmen Sie gründlich aus.
Die **Scabbey National**: Unsere Kunden sind uns scheißegal. Und das sieht man.

»Was hat das verdammt noch mal zu bedeuten? Das ist die beschissene Frage.«

Ash starrte leeren Blickes zum Fußende des Bettes, wie sie es in der vergangenen halben Stunde hauptsächlich getan hatte. Detective Chief Superintendent Wildman war äußerst aufgebracht über die Tatsache, dass man einen Anschlag auf ihr Leben verübt hatte; Ash war äußerst aufgebracht darüber, dass Barney Thomson bei diesem Anschlag ums Leben gekommen war. Sie hatte bereits ausgemacht, woher die Bedrohung kam, Wildman ihre Vermutung jedoch bisher verschwiegen, da sie seit seiner Ankunft ohnehin kaum ein Wort mit ihm gesprochen hatte. Sie war von Anfang an zurückhaltend gewesen, und seine Eröffnungsbemerkung – »Der Kopf Ihres Freundes wurde zu Brei zerquetscht« – hatte sie auch nicht gerade ermutigt, sich intensiver an dem Gespräch zu beteiligen.

Barney Thomson hatte ihr Leben gerettet, dessen war sie sich sicher, und er war dabei gestorben. Vor seinem Ende musste er gewusst haben, dass er sie rettete und sich dafür opferte. Ein wahrhaft selbstloser Akt von einem Mann, den sie am vergangenen Abend beinahe dabei ertappt hatte, mit einer anderen Frau zu schlafen. Das war ohne Zweifel höchst romantisch, ganz Ashley Daniels' Stil.

»Weiß nicht«, murmelte sie.

Aber sie wusste es. Die Morde bei BF & C waren von einer Frau mit einem Messer begangen worden, einer Frau, die alleine und nach ihrem eigenen psychotischen Plan arbeitete. Der Mordanschlag auf sie, der Barney Thomson das Leben gekostet hatte, war nicht von einer Frau ausgeführt worden, sondern eine Aktion des organisierten Verbrechens, daran hatte sie keinen Zweifel. Nur dass Ashley Daniels nichts mit dem organisierten Verbrechen zu tun hatte. In den letzten Tagen und sogar Monaten hatte sie nur eine persönliche Begegnung mit einer großen Organisation gehabt. Edward Milloy, das war alles, was ihr einfiel. Der hochnäsige Idiot, der sie so herablassend behandelt hatte und sie so dringend aus seinem Leben verbannen wollte, dass er ihren Tod gewünscht hatte.

Der Palast. Organisiertes Verbrechen? Wildman brabbelte ahnungslos weiter.

»Mein Gott, heutzutage haben sie es auf jeden abgesehen. Und in unserem Beruf wollen uns so viele Dreckskerle ans Leder, dass man, wenn es passiert, unmöglich sagen kann, wer verantwortlich ist.«

Ash nickte. So abwegig war es auch wieder nicht, wenn sie darüber nachdachte. Aber was sollte sie tun? Gegen den Wind pissen? Sie konnte es nicht mit ihnen aufnehmen, und selbst wenn, welchen Unterschied würde es machen? Dadurch würde sie Barney Thomson nicht zurückbekommen.

»Der Palast«, sagte sie tonlos und mit leerem Blick.

»Was?«, fragte Wildman.

Zumindest war ihr der Tadel für ihr morgendliches Fernbleiben erspart geblieben, wie Gascoigne im Pokalfinale 91, wegen Verletzung ehrenhaft entschuldigt.

»Der Palast«, wiederholte sie.

»Crystal Palace?«, fragte Wildman, der ein bisschen langsam schaltete.

Ash schnaubte leise und hatte fast keine Lust mehr auf die Unterhaltung. Manchmal wünschte sie sich, dass jeder immer genau wusste, was sie dachte, damit sie nie reden musste.

»Wo war ich gestern?«, fragte sie.

Wildman starrte in ihr leeres Gesicht über der mit verkrampften Fingern bis zum Kinn hochgezogenen Decke.

»Der Palast?«, fragte er. »Buckingham Palace? Das ist nicht Ihr beschissener Ernst?«

Sie sagte nichts. Unter den weißen Laken, umfangen vom milden Geruch nach Desinfektionsmittel und Tod, mit genug Zeit zum Nachdenken und einem Kopf, der wegen des Geschehenen seltsame Verrenkungen vollführte, sei es aus Müdigkeit oder wegen der Medikamente, mit denen man sie seit ihrer Einlieferung garantiert automatisch voll gepumpt hatte, erschien es ihr durchaus plausibel. Und nicht nur plausibel, sondern geradezu offensichtlich, die einzig mögliche Erklärung. Man musste nur ein paar Fragen stellen, und der Staat streckte seine langen Finger aus und nahm einen aus dem Spiel. Das taten sie, so funktionierte das.

»Was für Medikamente hat man Ihnen gegeben?«, fragte Wildman. »Ich werde ein Wort mit den Ärzten reden, denn ich brauche Sie mit klarerem Kopf.«

»Mein Kopf ist klar!«, protestierte sie, richtete sich im Bett auf, schob ihren Hintern hoch, spürte bei der Bewegung die Schmerzen in ihren Beinen und ließ die Decke von ihrem Kinn sinken. »Was wissen wir über sie?«

»Den Palast? Die königliche Familie?«, fragte Wildman. »Mein Gott, heutzutage wissen wir alles. Wir wissen sogar, welche beschissene Slipeinlage Charles bevorzugt.«

»Nicht den Klatsch und Tratsch«, sagte Ash. »Darüber, wie der Palast funktioniert. Mal ehrlich? Was wissen wir? Die sind der Staat, Sir. Der Staat! Die können machen, was sie wollen. Sie haben die absolute Macht.«

»Ash, ich hole Sie hier raus, denn wenn einer von den Komikern im weißen Kittel Sie so reden hört, wird er noch heute eine Leukotomie veranlassen. Ziehen Sie sich an.«

»Okay«, sagte Ash. »Mach ich.«

»Gut«, sagte Wildman, »rein in die Klamotten und ab geht's.«

Vor Anstrengung stöhnend stieß sie die Decke weg; Wildman wandte rasch den Blick ab für den Fall, dass er mehr zu sehen bekam, als er verlangt hatte.

»Ich hau hier ab«, sagte sie, »und dann klemm ich mich dahinter und beweise, dass es diese Schweine waren. Und ich will keinen Schutz …«

Mit diesen Worten schwang sie ihre Beine aus dem Bett und brach, einen Tisch mit Blumen umreißend, zusammen. Als die Krankenschwester ins Zimmer stürzte, lag sie fluchend auf dem Boden, während Wildman über ihr stand und außergewöhnlich ratlos und deplatziert wirkte.

Kapitel 30

Scooby Doo 3 – Scooby Doo & das Monstergespenst der zombifizierten Vampirhexe

Scooby Doo ist zurück. Mit einem brandneuen, brüllend komischen Film, der an diesem Freitag in die Kinos kommt. Sehen Sie, wie Fred und Daphne es endlich treiben. Sehen Sie, wie Fred und Velma es treiben. Sehen Sie, wie Fred und Shaggy es treiben. Sehen Sie, wie Fred und Scooby es treiben.

Scooby Doo 3 – Das ganze menschliche Leben in einem Film.

Garrett betrat die Rezeption, seine Finger kribbelten und sein Kopf summte. Noch immer kein Zeichen von der ach so flüchtigen Taylor Bergerac. Es war später Sonntagnachmittag, und er wanderte durch die Flure des verlassenen Gebäudes und versuchte, sich nicht zu fühlen wie der Kapitän auf einem sinkenden Schiff. (Oder in seinem Fall wie ein Kapitän mit zwei Leibwächtern, die ständig in seiner Nähe lauerten.) Er machte sich Sorgen darüber, was Bethlehem vorhatte, und fragte sich, was McKee den ganzen Tag trieb, nachdem er seinen neuen tüchtigen Leutnant Barney Thomson nicht hatte erreichen können.

Er stutzte und stellte überrascht fest, dass er nicht alleine war. Imelda Marcos arbeitete emsig an ihrem PC, ihre Finger huschten über die Tastatur. Garrett beobachtete sie eine

Weile und wartete, dass sie aufblickte, was sie jedoch nicht tat, weil sie wollte, dass er sie ansprach.

»Was machen Sie da, Melda?«, fragte er also. »Wir haben Millionen von persönlichen Sekretärinnen und Schreibkräften im Haus. Was tippen Sie da?«

Sie hob den Kopf nur ein wenig, hörte auf zu tippen und sah ihn an.

»Wollen Sie damit sagen, dass ich nur eine Empfangsdame bin?«, fragte sie spitz.

Oha, dachte Garrett, der erkannte, dass dieser Versuch beiläufiger Konversation offenbar voll daneben gegangen war.

»Haben Sie heute schon was von Barney Thomson gehört?«, fragte er, rasch das Thema wechselnd.

Sie musterte ihn ein paar weitere Sekunden, bevor sie den Blick wieder zu ihrem Bildschirm wandte.

»Es ist Sonntag«, sagte sie als Antwort auf seine Frage.

»Ja klar, natürlich«, sagte Garrett. »Cool. Und, ähm, gibt es irgendwas von Miss Bergerac oder der Firma Waferthin, wissen Sie? Irgendein Wort, eine Nachricht oder so?«

Imelda tippte weiter. Zunächst wollte sie ihn nur ein paar Sekunden warten lassen, um ihn zu ärgern, doch dann entschied sie, es noch eine Weile weiter zu treiben und ihn komplett zu ignorieren. Garrett sah sie neugierig an.

»Melda?«, musste er irgendwann fragen.

Sie blickte mit hoch gezogenen Brauen auf und tat so, als hätte sie ihn beim ersten Mal nicht gehört. Mein Gott, dachte sie, Männer sind so erbärmlich. Sobald irgendwas Nettes in einem Rock aufkreuzt, machen sie sich komplett zum Narren. Da sie nicht weit von Taylor Bergerac entfernt wohnte, hatte sie Garretts lächerliche Plakatkampagne gesehen und wusste genau, worum es ging. Sie hatte all ihren Freundinnen mit großem Vergnügen erzählt, dass er nicht gegen Portillo antrat, sondern bloß ein weiterer, trauriger, verlassener Verlierer von einem Mann war.

»Ja?«, fragte sie.

»Ähm«, sagte Garrett, als er ihren Blick sah, und begann sich zu fragen, ob Imelda Marcos nicht spitzgekriegt hatte, was zwischen ihm und Taylor Bergerac lief, und jetzt mit ihm spielte. (Dabei hatte natürlich nicht nur Imelda, sondern vielmehr die ganze Agentur mitbekommen, zu was für einem Volltrottel er sich machte, wobei einige im Hintergrund still vor sich hin arbeiteten, um seine wahnhafte Abgelenktheit auszunutzen.)

»Waferthin.com, der Slipeinlagenhersteller. Irgendwelche Nachrichten?«

Imelda hielt ihn eine Weile starrend hin, bevor sie schwer seufzte, auf ihren Bildschirm blickte, als würde sie in einer obskuren *Nachrichten von Waferthin.com*-Datei nachsehen, den Blick wieder hob und sagte: »O ja.« Sie wartete ein paar Sekunden, um den Ausdruck aufgeregter Erwartung zu genießen, der sich schlagartig über Garretts Gesicht breitete, bevor sie sich kopfschüttelnd wieder ihrem PC zuwandte.

»Tut mir Leid«, sagte sie, »mein Fehler. Das ist bloß die Original-Mail von vor ein paar Tagen.«

Sie blickte auf, lachte innerlich über seinen verlorenen Hundeblick und sagte noch einmal ganz aufrichtig: »Tut mit Leid.« Dann wurde sie von einem Klingeln unterbrochen und sah auf den Sicherheitsmonitor.

»Ah«, stellte sie mit einer Mischung aus Feindseligkeit und Erwartung fest, »es ist einer der Polizisten. Vielleicht ist noch jemand gestorben.«

Garrett ließ die Schultern sacken, wandte sich Richtung Aufzug, hielt inne und drehte sich wieder um. Vielleicht war es der weibliche Sergeant. Sie wäre in Ordnung, wenngleich natürlich nicht direkt Bergeracs Niveau.

»Welcher?«, fragte er.

»Die Frau«, sagte Imelda und schüttelte sich innerlich erneut vor Lachen.

»Ich warte«, sagte Garrett, steckte die Hände in die Taschen und schaltete sofort auf dämlicher Trottel um, der nicht wusste, was er mit sich anfangen sollte. So stand er auch noch zehn Sekunden später da, als Detective Chief Inspector Wildman in den Empfang trottete. Garrett starrte erst ihn und dann Imelda an.

»Imelda?«, fragte er, und sie zuckte aufrichtig entschuldigend mit den Schultern.

»Wildman«, sagte Wildman. »Sind Sie der Komiker, der hier das Sagen hat?«, fragte er.

Nun, das war mal eine interessante Frage, dachten Imelda und auch Garrett.

»Ja«, erklärte er mit Autorität.

»Ein weiterer Mann von ihrer Truppe ist hinüber. Barney Thomson. Mein Sergeant konnte mir nicht genau erklären, ob er der Frisör oder ein Manager ist. Jedenfalls wurde er heute Nachmittag von einem Laster erdrückt. Meinen Sergeant hätte es beinahe auch erwischt.«

Garrett nickte, die Schultern gestrafft und nicht mehr ganz so einfältig. Sein Kopf schwirrte vor akuter Informationsüberlastung. Er durchlief kurz hintereinander einen Zustand der Ernüchterung, der Sorge, dass Barneys Tod sich ebenso gegen ihn wie gegen Bethlehem richten könnte, und schließlich der Erleichterung darüber, dass Barney bei einem Verkehrsunfall ums Leben gekommen war.

»Dann ist's ja gut«, sagte er mit dem Taktgefühl eines Kleinkinds.

»Warum?«, fragte Wildman, der mal wieder den Anschluss verpasst hatte.

»Nun, es ist natürlich schrecklich«, sagte Garrett, sich elegant aus der Affäre ziehend, dachte er jedenfalls, »aber er hat zumindest kein Messer in die Birne bekommen, verstehen Sie?«

»Ein Messer in die Birne?«, fragte Wildman. »Wer zum Teufel ist der Typ?«, fragte er Imelda, die mit den Achseln zuckte. »Ein Messer in die Birne? Der Mann wurde in einem Wagen zerquetscht, als ein scheiß Laster darüber gefahren ist. Ein Wagen hat ihn von hinten blockiert, zwei weitere von beiden Seiten, um zu verhindern, dass er aussteigt. Er ist gestorben, weil er meinem Sergeant das Leben gerettet hat. Sein Kopf ist geplatzt. Ein Messer in die Birne?«

Garrett schluckte nickend. Zeit, sich in sein natürliches Reservat zurückzuziehen. Das Gespräch lief nicht besonders. Und wenn Barney doch ermordet worden war, musste er sich wieder der Frage widmen, was das für die Agentur bedeutete.

»Scheiße«, sagte er, weil ihm ansonsten die Worte fehlten.

»Freut mich zu sehen, dass sie aufrichtiges Bedauern zeigen«, sagte Wildman. »Okay, wir beide gehen jetzt hoch und versuchen, irgendwie weiterzukommen. Ich hab die Schnauze voll davon, den ganzen Tag mit euch Scheißtypen rumzuhängen, während ihr einer nach dem anderen erledigt werdet. Ich will wissen, was hier verdammt noch mal los ist.«

»Selbstverständlich«, sagte Garrett. »Sicher. Kommen Sie mit in mein Büro.«

»Gut«, sagte Wildman und betrat, gefolgt von Garrett den Lift, ohne dass einer von beiden das verstohlene kleine Grinsen in Imeldas Gesicht bemerkte.

Die sterblichen Überreste von Barney Thomson lagen in der Leichenhalle des St. Thomas' Hospital am Südufer der Themse. Er hatte ein überwiegend profanes Leben geführt, gefolgt von einigen bizarren Jahren mit genug Abenteuern, um jeden zufrieden ins Grab sinken zu lassen oder doch zumindest mit dem Gedanken, dass er sein eigenes Leben gelebt hatte und nicht aus zweiter Hand das irgendwelcher Fernsehfiguren.

Unter dem Laken, seiner letzten Ruhestätte, lagen die Hände, die einst die exquisitesten Frisuren gemeißelt hatten, die die britischen Inseln je gesehen hatten, gebrochen, verdreht und reglos neben seinem Körper. Ein stilles Ende, nun galt es noch die pflichtgemäße Trauerandacht abzuhalten, an der niemand teilnehmen würde, bevor er im großen Feuer entsorgt wurde. Wieder einmal war Barney Thomson tot, und dieses Mal würde es keine Rückkehr geben.

Wie so viele, die sich in diesen Büros aufhielten, zog es auch Wildman ans Fenster, wo er mit dem Rücken zu Garrett auf die Themse starrte. Er hatte alles gehört, was er wahrscheinlich überhaupt je hören würde. Das war nicht annähernd so viel, wie Garrett ihm hätte erzählen können, wenn er gewollt hätte, doch Wildman war nicht in der Position, den Mann zu verhaften oder zu verhauen, wie er es gern getan hätte. Vielleicht sollten sie einfach beiseite treten und zusehen, wie all diese blöden Arschlöcher starben. Buchstäblich jeder von ihnen war mit offenen Augen in sein Ende gelaufen. Und wenn sie unkooperativ sein wollten, wie es jeder Einzelne bei seiner Befragung gewesen war, verdienten sie dann überhaupt Hilfe? Sollten sie doch bluten.

»Es ist wie beim National Health Service, der gezwungen wird, Menschen mit selbst verschuldeten Krankheiten zu behandeln«, murmelte Wildman. »Sie können mich alle mal.«

»Was?«, fragte Garrett, der aus seinen von Bergerac befeuerten Gedanken gerissen wurde.

»Egal«, sagte Wildman.

Er kehrte dem Fluss den Rücken und sah Garrett an. Vielleicht war er als nächster dran. Und die beiden Kollegen, die vor seinem Büro saßen, mit ihm. Docherty und Clemens, nette Burschen, auch wenn er von keinem je etwas gehört hatte: sie hatten etwas Besseres verdient, als für einen Holzkopf wie diesen ihre Zeit zu verschwenden und ihr Leben zu riskieren.

»Bethlehem kommt also morgen am späten Nachmittag zurück?«, fragte Wildman.

»Ja«, erwiderte Garrett. Und er bringt eine Tussi mit, dachte er, was immer das zu bedeuten hat. Nicht, dass er das Wildman gegenüber erwähnte, genauso wenig wie er etwas über Margie Crane sagte, wie schon zu Ashley Daniels nicht.

»Na, großartig«, sagte Wildman. »Ich komme morgen Abend wieder, wenn nicht früher, wenn man davon ausgeht, dass mindestens einer von euch Wichsern in der Zwischenzeit abgemurkst wird.«

»Was?«, fragte Garrett, der ausnahmsweise einmal zugehört hatte. »Dürfen Sie uns Wichser nennen?«

Wildman zuckte die Achseln und ging zur Tür.

»Bis Sie aufhören, sich umbringen zu lassen, und anfangen, uns die Wahrheit darüber erzählen, was in dieser mickrigen kleinen Klitsche abgeht, sind Sie, so weit es mich betrifft, alle miteinander Wichser.«

Er öffnete die Tür, hielt inne und sah sich um.

»Und wenn Sie meine Wortwahl anstößig finden, können Sie sich bei meinem Vorgesetzten beschweren. Er ist auch ein Wichser, Sie sollten sich also gut verstehen.«

Damit war Wildman weg, und Garrett sah kurz die beiden vor der Tür sitzenden Polizisten, die, beauftragt, sein Leben zu beschützen, Zeitschriften lasen und gelangweilt wirkten. In ihm wallte kurz ein lächerlicher Ärger gegen die beiden auf – die Dreckskerle sollten ihn beschützen und lasen stattdessen

Zeitung –, der im kompletten Widerspruch zu der Tatsache stand, dass er sich zunächst dagegen gewehrt hatte, dass sie ihm überhaupt zugeteilt wurden.

Garrett starrte ein paar Sekunden auf die wieder geschlossene Tür, bevor er den Hörer abnahm und die Nummer der Frau wählte, die er für Margie Crane hielt.

Der Wächter der Leichenhalle drehte seine allabendliche Runde, um nachzusehen, ob noch alle tot waren. Das machen die nämlich, für alle Fälle. Er überprüfte den Burschen vor Barney – ein Herzinfarktopfer mittleren Alters, nichts Außergewöhnliches – und breitete das Tuch wieder über das Gesicht. Als Nächstes kam Barney, und er zögerte, weil er wusste, wie der aussehen würde. Er fasste das Tuch, zögerte wieder und lüftete es dann langsam.

Er atmete schwer. Trotz seiner ganzen Ich-bin-ein-knallharter-Macho-dem-nichts-was-anhaben-kann-Masche musste er manchmal immer noch kräftig durchschlucken, um sich nicht zu übergeben, und dies war so ein Anlass.

Der Kopf von Barney Thomson war nach wie vor ein einziger grässlich zermatschter Brei.

»Mein Gott«, sagte Monk Selfish und ließ das Laken los. Dann merkte er plötzlich, dass er es dieses Mal doch nicht zurückhalten konnte, und stürzte auf dem Weg zur Toilette aus dem Raum. Leider war er nicht schnell genug, sodass der Hamburger mit Pommes frites, den er mittags gegessen hatte, ihm in den Hals stieg, aus seinem Mund schoss und sich über den desinfizierten Fußboden breitete. Im Rennen rutschte er auf dem Erbrochenen aus, fiel mit rudernden Armen und Beinen zur Seite, ohne verhindern zu können, dass er mit dem Kopf gegen einen alten Metallheizkörper an der Wand knallte. Der Aufprall richtete an seinem Kopf zwar keine ähnlich imposanten Schäden an wie die, die Barney widerfahren waren, doch es reichte für einen Schädelbasisbruch, bevor sein Körper ganz zu Boden sackte. Danach war es still.

So lag er in seinem eigenen Erbrochenen und wartete auf die Ablösung um zwei Uhr früh oder auch eine neue Leiche, je nachdem, wer zuerst kam, wobei die Kopfverletzung als solche nicht sofort tödlich war. Der Tod kam langsamer, da der Mann an seinem eigenen Erbrochenen erstickte, das weiter aus seinem Magen aufstieg und von ihm wieder eingeatmet wurde. Ein liebliches Ende.

Und so hatte das irrwitzige Leben und Streben von Barney Thomson sein letztes Opfer gefordert.

Kapitel 31

Dies ist keine SPAM-Mail

Werden Sie zum Monster!
Vergrößern Sie Ihren Penis um mehr als 200 Prozent!
Produzieren Sie literweise Samen!
Erreichen Sie multiple Mehrfachorgasmen!
Behalten Sie eine schmerzlose Erektion über Stunden!
Original! Echt! Authentisch!
Unmittelbare Resultate! Sehen Sie zu, wie Ihr Würstchen vor Ihren Augen ein Big Mac wird!
(Inklusive eines kostenlosen bequemen XXXL-Slip)

Anthony McKee und der einst legendäre Marcus Blade saßen im St. James Club am Mark Place und genehmigten sich einen Absacker, Zigarren und Cognac allenthalben, zwei Männer mittleren Alters im Smoking, dabei waren sie beide erst Anfang 40, spielten die stereotype Großbürgerrolle. Blade hatte das Gefühl, er war wieder da, er hatte ein paar gute erste Tage in der Agentur hinter sich gebracht, solide Arbeit für eine neue Produktserie von Möbelpolitur in limitierter Auflage – *Für den Glanz des Jahrtausends* – und ein gutes Kennenlerngespräch mit dem gleichfalls einst legendären George Michael, der sein Image neu erfinden wollte. (Blade hatte ihm erklärt, dass er es offensichtlich zu angestrengt versuchte und es an der Zeit sei, damit aufzuhören, den ganzen Mist über Sex und Politik und noch mehr Sex zu schreiben, all diese unsinnig teuren Videos über Sex und Sex zu machen, in dem vergeblichen Bemühen, durch immer lauteres Schreien Aufmerksamkeit zu erregen, damit die Leute ihn wahrnahmen, und stattdessen anfing, sanftere Songs über Abwaschen und Staub wischen zu schreiben. Und dass er sich den Bart abrasieren sollte.) Es lief gut, und er hatte das Gefühl, wieder in der Stadt zu sein. Zwei Tage und noch keine Anzeichen von dem Stress, der ihn vertrieben und den Zusammenbruch ausgelöst hatte. Und schon nach dieser kurzen Zeit registrierte er eine Veränderung in der Haltung, mit der ihm die Menschen begegneten; von *Ich dachte, der wär tot* und *Das ist doch der alte Loser, der keinen Biss mehr hat* zu *Der Typ ist erste Liga* und *Ich würd sein Badewasser schlürfen.*

McKee war auch ziemlich eingenommen von sich, da er der Mann mit der Voraussicht gewesen war, Blade aus der Kälte zurückzuholen. Er war klug genug zu erkennen, dass Blade in der Werbung hundertmal größer war als er, doch wenn es um das Geschäft mit Humankapital ging, war er der Mann. Sie würden ein außergewöhnliches Team bilden, Thomas Bethlehem und Jools Garrett waren so gut wie erledigt.

Und wie all ihre Kollegen dachten weder McKee noch Blade groß an das allgemeine Gemetzel, das in den Reihen von BF & C stattfand. Wenn überhaupt, waren sie dankbar dafür, weil es ihnen in die Hände spielte, doch darüber hinaus gingen ihre Gedanken kaum. Keiner glaubte auch nur einen Moment lang, dass auch er auf Harlequin Sweetlips' Schlachtliste stehen könnte. Marcus Blade stand eigentlich auch tatsächlich nicht auf ihrer Liste, aber wie das so ist, manchmal geht man in den Supermarkt ohne die Absicht, Wein, Schokolade und Eis zu kaufen, was nicht heißt, dass man es nicht trotzdem tut.

»Alle paar Monate, so weit ich das erkenne«, sagte McKee. »Er verschwindet für zwei Wochen und kommt mit irgendwelchen fantastischen Aufträgen aus Übersee zurück. Das letzte Mal war er in den Staaten. Die Typen in New York müssen vor Wut gekocht haben über ein paar Etats, die er ihnen vor der Nase weggeschnappt hat. Nichts Riesiges, aber immer noch ziemlich unglaublicher Kram, von dem man nicht denken würde, dass die Amis ihn aufgeben würden. Dieses Mal bin ich mir allerdings nicht sicher. Irgendwas ist ein wenig anders, er zockt auf irgendwas.«

Blade nippte an seinem Château de Cartex d'Armagnac 1936, genoss das außergewöhnliche Aroma von schwarzer Johannisbeere, Fichtenmarder und Rowan Atkinson, und nickte. In seinen besten Zeiten hatte er so was auch gekonnt, und er würde es wieder tun.

»Was ist sein Geheimnis?«, fragte er, lehnte sich zurück und betrachtete McKees Gesicht. Er war sich immer noch nicht sicher über seinen neuen Partner, den Mann, den er erst vor drei Tagen getroffen und mit dem er sich auf Gedeih und Verderb verbündet hatte. »Und noch viel wichtiger, was ist seine Schwäche?«

McKee nickte anerkennend über die Weisheit der Frage. Das Geheimnis von Bethlehems Erfolg war nicht wichtig, nicht in diesem Stadium. Wenn er erst einmal gestürzt war, spielte es keine Rolle, wie er es geschafft hatte, dorthin zu kommen, wo er war. Entscheidend war seine Schwäche und wie man ihn zu Fall bringen konnte.

»Das ist die Frage, Marcus«, sagte McKee und beugte sich vor. »Das ist die beschissene Frage.«

Sie spielten das Spiel noch ein paar Sekunden weiter, musterten sich gegenseitig, fragten sich, was los war, und brachen dann gleichzeitig in Gelächter aus.

»Ich denke, wir sollten uns für den Abend zurückziehen, mein Freund«, erklärte McKee pompös und klang wie jemand aus *Der Herr der Ringe* oder so.

Blade blickte auf die Uhr. In den alten Zeiten war er bis morgens um vier auf gewesen, zwei Stunden im Bett und dann wieder ins Büro. Einer der Gründe, warum er so schnell ausgebrannt war, und er wusste, dass er das nicht noch mal machen konnte.

»Okey-dokey«, sagte er, um von der *Herr der Ringe*-Stimmung runterzukommen.

»Gut«, sagte McKee. »Wir treffen uns um 6.45 Uhr mit den anderen in meinem Büro und klären ein paar Sachen, bevor Garrett eintrifft. So weit alles klar?«

Sie standen auf und gaben sich die Hand.

»Kann ich Ihnen ein Taxi rufen?«, fragte McKee, der sich für die Nacht sein Zimmer im Club hatte reservieren lassen. Und obwohl er sich extrem zu Blade hingezogen fühlte – ein weiterer Grund, warum er ihn aus der Wüste zurückgelockt hatte –, hatte er keinesfalls vor, die Zukunft, an der er baute, dadurch zu gefährden, dass er ihn einlud, die Nacht hier zu verbringen und Sex in die Gleichung einzuführen.

»Nein, nicht nötig«, sagte Blade ein wenig enttäuscht, weil er gedacht hatte, dass McKee den Abend vielleicht so früh beendete, weil er vorhatte, ihn nach oben einzuladen. »Ich gehe zu Fuß.«

»Das ist aber ziemlich weit«, sagte McKee sofort argwöhnisch. Er fragte sich, was sein neuer Partner vorhatte.

Blade lächelte, entspannte sich und versuchte, die Ängste seines Gegenübers zu beschwichtigen.

»Ich bin in den letzten paar Jahren viel gelaufen. Dabei kann ich gut denken.«

»Nun gut«, sagte McKee. »Passen Sie auf sich auf.«

Sie schüttelten erneut die Hände, und Marcus Blade wandte sich von McKee ab und verließ zum ersten und letzten Mal den St. James's Club.

McKee sah Blade nach, bis er von George, dem Portier, verabschiedet wurde, der ihn sicher vom Gelände eskortieren würde, leerte sein Glas und erwog kurz, in Ruhe einen weiteren Drink zu genießen, nachdem sein Gast gegangen war, entschied sich jedoch dagegen, weil er dachte, dass er vor dem großen Tag wirklich früh schlafen gehen sollte.

Möglicherweise fragt sich der eine oder andere, was aus den beiden Komikern geworden war, die McKee beschatten sollten, um sicherzugehen, dass er kein Messer in den Schädel bekam. Nun, McKee hatte ihnen einen Gefallen getan, indem er sie auf der Rolltreppe der U-Bahnstation Leicester Square abgehängt hatte. Die Detective Sergeants Russell und Mallot würden für ihre Nachlässigkeit zwar schwer getadelt werden, aber letztendlich hatte sie vor allem zur Folge, dass sie überlebten, anstatt mit McKee zu sterben. Im Leben weiß man natürlich nie genau, wie sich das alternative Szenario entwickelt hätte, und die Karrieren der beiden erholten sich nie wieder ganz von dem Schlag. Aber immerhin durften sie miterleben, wie Schottland 2010 Weltmeister wurde.

McKee stand auf, sah sich nach den wenigen späten Essensgästen um – Tom Cruise dinierte mit Kermit dem Frosch, und er fragte sich, was dass zu bedeuten hatte – und ging dann langsam hinaus und die Treppe hinauf. Vorbei an der Rezeption nach oben in den ersten Stock und zum Zimmer Nr. 5, das er immer nahm. Die Zimmer waren nicht groß, aber perfekt für einen allein stehenden Herrn, der für eine Nacht ein Bett in der Stadt benötigt.

Im Zimmer hängte er sein Jackett penibel über die Rückenlehne eines Stuhls, überlegte kurz, den Fernseher einzuschalten, was jedoch nur dazu führen würde, dass er in einer Stunde immer noch dasitzen würde. Deshalb löste er seine Krawatte und ging direkt ins Bad. Letzte Waschungen, ohne das Licht anzumachen, aus den Klamotten und in den dunkelblauen Schlafanzug, der ordentlich gefaltet auf dem Kopfkissen lag. Er erwog, ein paar Seiten in Richard Nixons Autobiographie zu lesen, die von vor drei Abenden noch auf dem Nachttisch lag, als er zuletzt hier genächtigt hatte, entschied sich jedoch dagegen. Eine weitere Versuchung, zu lange wach zu bleiben. Er schlug die Decke zurück, schlüpfte ins Bett und hatte die Hand schon am Lichtschalter, als es klopfte.

Er erschreckte sich ein wenig, doch das verging schnell wieder. Vielleicht war es George mit einer Mitteilung über Blade. Der Mann hatte wahrscheinlich irgendeine Szene gemacht. Der verdammte Idiot. Er atmete tief ein, verdrängte das Unbehagen, das er bei dem Klopfen verspürt hatte, und ging über den dunkelgrünen Teppich zur Tür. Als er öffnete, stand ihm jedoch nicht George, sondern eine Frau Anfang dreißig mit einem kleinen Tablett gegenüber.

»Ihr nächtlicher Gratisservice, Sir«, sagte sie.

McKee sah die Frau und dann die Utensilien auf ihrem Tablett an; ein kleines Fläschchen Öl, eine Tube mit Gel, eine Kerze und ein Streichholz. Mit einem angedeuteten Lächeln blickte er wieder die Frau an.

»Ist das neu?«

»Seit gestern Abend, Sir. Möchten Sie den Service in Anspruch nehmen?«

Und als sie diese Worte sprach, klang Harlequin Sweetlips wie der reinste Engel.

McKee zögerte erneut, doch es war klar, dass er anbeißen würde. Er tummelte sich gern an beiden Ufern. Er trat einen Schritt zurück und lud sie ein, ins Zimmer zu kommen.

»Hereinspaziert, meine Liebe«, sagte er. »Hereinspaziert.« Und so unterschrieb er sein eigenes Todesurteil.

Marcus Blade ging eilig mit federndem Gang die Picadilly Street hinunter, er spürte mit jedem Tag, den er zurück in der Branche war, wie das alte Feuer wieder aufloderte. Er hatte oft über ein Comeback nachgedacht und es immer wieder verworfen, weil er stets eher die Katastrophen als den möglichen Erfolg gesehen hatte. Doch in dem Moment, wo man ihm das Angebot gemacht hatte, war es nie eine reelle Alternative gewesen, nein zu sagen, selbst wenn es von einem Haufen Verrückter wie Bethlehem, Forsyth & Crane kam. Immerhin hatte es ihm die Chance gegeben, binnen weniger Tage wieder zurück zu sein und über eine Situation nachzudenken, in der er einer von zwei Chefs der Agentur werden konnte, noch dazu der Geschäftsführer Kreation. Wie lange würde es dauern, bis aus Bethlehem, Forsyth & Crane Blade & McKee wurde und später dann nur noch Blade Marketing Inc.?

Er hatte nicht einmal versucht, sich über die Werbebranche auf dem Laufenden zu halten, hatte sich darauf beschränkt, die Arbeit derjenigen zu beobachten, denen er den Weg gebahnt hatte. Die neuen Trends waren offensichtlich und häufig ziemlich unbeholfen. Früher war er absolut *smooth* gewesen, und jetzt war er bereits wieder total *slick*. Ein Dämon, ein absoluter Dämon.

Aber natürlich zahlt es sich nie aus, den Ereignissen vorauszugreifen. Man weiß nie, wann die Harlequin Sweetlips dieser Welt gerade um die nächste Ecke kommen.

Und in diesem Fall war es Harlequin Sweetlips persönlich, die ihn, nachdem sie St. James's nur viereinhalb Minuten nach ihm verlassen hatte, strammen Schrittes einholte. Sie hatte überhaupt nichts gegen Blade, und ohne McKee würde er in der Agentur nicht viel ausrichten. Es war unnötig, den Mann zu ermorden, doch sie hatte ihre Entscheidung schon vor drei Stunden getroffen, als sie Blade und McKee erstmals gemeinsam erspäht hatte. Sie hatte Blade natürlich sofort als die Legende erkannt, die er einmal gewesen war. Sie hatte gar nicht gewusst, dass er sich mit den Idioten von BF & C eingelassen hatte, aber es überraschte sie irgendwie nicht. Es lag auf der Hand, dass sie verzweifelt sein würden.

Sie schätzte den Abstand zwischen sich und ihrem Opfer ab und verlangsamte ihre Schritte. Nun war nichts mehr zwischen ihnen, und wenn er sich umdrehte, würde er sie sehen. Nicht, dass das von Belang war, weil er nur eine außergewöhnlich attraktive Frau und nicht das Werkzeug seines Todes erkennen würde.

Wie durch ein Wunder beschloss Blade, es ihr noch leichter zu machen. Weil er dringend mal pinkeln musste, verschwand er in einer dunklen Gasse, fernab des Verkehrs und der wenigen Menschen, die noch unterwegs waren. Sweetlips lächelte und beschleunigte ihre Schritte. Mit dem Schwanz in der Hand zu sterben, ein prachtvoller Abgang für jeden Mann.

Mit lautlosen Schritten bog sie in die Gasse. Blade, die Legende, stand mit dem Rücken zu ihr, pinkelte ausgiebig und stöhnte leise vor Erleichterung. Vor ihm stieg Dampf auf. Ich würde dir gern den Schniedel absäbeln, dachte Sweetlips, aber die Gefahr, dabei angepinkelt zu werden, war einfach zu groß.

Wie ein Samurai- oder Jedi- oder sonst irgendein Meister – mit Ausnahme von Uhrmachermeistern und dergleichen, was in diesem Zusammenhang nicht relevant wäre – zog sie das Messer aus ihrer Jacke. Eine 25 Zentimeter lange Klinge, ein wahres Prachtstück. Sie blieb stehen, Blade bekam immer noch nichts mit. Jede Form von sechstem Sinn, über die er möglicherweise verfügte, hatte er im Laufe des Abends in Alkohol ertränkt.

Sie zögerte, immerhin beeindruckt von der Größe seiner Blase. Es stimmte, dass Männer eine größere Kapazität hatten. Irgendeinen Vorteil mussten sie schließlich auch haben.

»Psst«, sagte sie leise. »Legende!«

Blade drehte sich um und versaute sich seine Hose.

»Uggh«, bemerkte er nicht besonders elegant, jedenfalls kein passendes Epitaph für den Mann, der der Welt Slogans wie *Wählen Sie nicht Michael Foot, der Mann ist ein Wichser* und *Gewinnen mit Gauchos: Den Krieg und ein Vermögen. Gehen Sie zur Armee!* geschenkt hatte.

»Ist das alles?«, fragte sie, das Messer hinter ihrem Rücken verborgen. Er hielt seinen Schniedel nach wie vor fest in der Hand und nahm deshalb an, dass sie sich auf die mangelnde Größe in der guten alten Fortpflanzungsabteilung bezog und nicht auf seine mangelnde Eloquenz in Stresssituationen.

»Was?«, fragte er trotzdem, ohne Anstalten zu machen, seine Männlichkeit wieder in den rot-weißen Boxershorts von Marks & Spencer zu verpacken.

»Sie waren mal jemand«, sagte sie höhnisch.

Plötzlich leuchteten Blades Augen auf, nicht wegen der Scheinwerfer eines vorbeifahrenden Wagens, sondern in dämmernder Erkenntnis. Er stopfte seinen eingeschrumpelten Penis zurück in die Hose, zog den Reißverschluss hoch und sah Harlequin Sweetlips zum ersten Mal direkt an. Sweetlips schluckte, weil sie erkannte, dass nach all der Zeit zum ersten Mal jemand ihre Verkleidung durchschaut hatte.

»Ich kenne Sie«, stellte Blade überflüssigerweise fest.

»Gut«, sagte Sweetlips, ihre Überraschung verbergend. »Man sagt, es wäre am besten, wenn man seinen Mörder kennt.«

Im nächsten Moment waren sie ein Gewirr aus Armen und Beinen, Blade machte eine abrupte Bewegung, worauf Sweetlips das hinter ihrem Rücken verborgene Messer herumschwang. Sie war eine geübte Mörderin, er war ein ausgelutschter Vierzigjähriger mit Flatulenz. Es würde keinen echten Kampf geben. Als er abwehrend den Arm hob, hatte sie längst zugestoßen und die Klinge mit extremer Wucht in Blades Hals versenkt. Der Schock des Erkanntwerdens hatte noch mehr Adrenalin freigesetzt als üblich. Die Klinge fuhr glatt durch Blades Hals, das Fleisch, die Sehnen, den Knochen, sodass sein Kopf sofort nach vorn sackte, ohne ganz abzufallen, nur noch von einem Fetzen Haut gehalten. Sein Körper taumelte gegen die Mauer, sein Kopf hing an einem ausgezehrten blutigen Faden.

»Leck mich, Blade, wie konnte ein Loser wie du mich durchschauen?«, fragte sie, riss das Messer kraftvoll nach oben und säbelte die Reste seines Halses durch. Der Kopf löste sich und sie nahm ihn perfekt volley mit links und versenkte ihn sauber in einer großen, fast drei Meter entfernt stehenden Mülltonne. Blades restlicher Körper sackte in sich zusammen und sank in die Lache seines eigenen Urins. Der Kopf lag in der Tonne neben dem Abfall eines chinesischen Restaurants; und wenn man weiß, was die Komiker alles in ihr Essen tun, kann man sich vorstellen, wie das Zeug aussieht, das sie wegschmeißen.

»Zwei-null, du Arsenal-Wichser«, sagte Sweetlips, und wie immer nach ihren Mordtaten raste ihr Puls. Sie betrachtete einen Moment lang den zusammengesunkenen Körper ihres jüngsten Opfers und ging wieder hinaus in die Picadilly Street.

Kapitel 32

Clown's tropffestes Glanz-Zahnweißset

Wirksamer als Colgate.
Billiger als Scaling.
Streichen Sie einfach drei Schichten von Clown's tropffestem, glänzendem reinem Zahnweiß auf Ihre Zähne*, lassen Sie jede Schicht 48 Stunden trocknen**, und Sie haben das langlebigste, weißeste, strahlendste, amerikanischste Lächeln aller Zeiten.

* Wenn Sie versehentlich Clown's Haarweiß schlucken, konsultieren Sie sofort einen Arzt. Und einen Bestatter.
** Nach erfolgreicher Anwendung zur Zahnreinigung keine Bürste mehr benutzen.

Ash war immer noch wach. Es war halb zwölf und sie sah ständig auf die Uhr. Jedes Mal dachte sie, dass sie eigentlich längst schlafen sollte. Sie hatte das gleiche beunruhigende Gefühl wie in ihrer Kindheit, wenn sie nicht einschlafen konnte, als ob ihr etwas Schlimmes passieren würde, nur weil sie nicht erster Klasse ins Land der Träume geschwebt war. Ihre Gedanken schossen nach wie vor in alle Richtungen. Sie grübelte, warum sie nicht einschlafen konnte, wo sie doch unendlich erschöpft war. Aber der Schlaf wollte einfach nicht kommen und entzog sich ihr genauso wie die Mörderin all der armen unschuldigen Werbemanager.

Sie wühlte im Bett herum und warf sich von einer Seite auf die andere, fand einfach keine Ruhe. Immer wieder wurde sie von seltsamen Halluzinationen heimgesucht; die Teile ihres demontierten Körpers lagen auf einem Haufen am Fußende des Bettes, und sie wusste, dass sie nicht einschlafen konnte, bis sie sie alle an die richtige Stelle gesetzt hatte. Aber so sehr sie sich auch bemühte, immer kamen die Beine an die Stelle der Arme und die wiederum dorthin, wo der Kopf sein sollte. Sie schaffte es einfach nicht, und auch deshalb konnte sie nicht einschlafen. Sie schien dazu verdammt, sich die ganze Nacht hin und her zu wälzen, aber jedes Mal, wenn sie auf die Uhr sah, hatten sich die Zeiger kaum weiterbewegt. Auf irgendeiner Ebene war ihr bewusst, dass sie halluzinierte, doch gleichzeitig konnte sie weder die Geschehnisse um sich herum noch die Tatsache ignorieren, dass sie ihre Beine wieder in die richtige Position bekommen musste. Und wie so oft inmitten dieses Wachalbtraums erblickte sie den zermatschten Schädel von Barney Thomson vor sich, den sie eigentlich gar nicht gesehen hatte, von dem sie aber wusste, dass er sie für sehr lange Zeit verfolgen würde.

»Hey«, sagte eine Stimme neben ihr leise, und sie schreckte mit klopfendem Herzen hoch. Sie versuchte sich aufzurichten, sank jedoch erschöpft zurück aufs Bett. Sie drehte sich zur Seite und sah den überwiegend schwarz gekleideten Mann an, der sich einen Stuhl neben ihr Bett gezogen hatte. Sie hatte keine Ahnung, wer er war, doch ihr Verstand brachte immerhin die Neugier auf, sich zu fragen, wie er an den Wachen vorbeigekommen war, die Wildman vor ihrer Tür postiert hatte.

»Hi«, sagte sie, immer noch nicht ganz bei sich; trotz der anderen menschlichen Stimme schaffte sie es nicht, sich aus ihrem Taumel hochzureißen.

»Wie geht's?«, fragte der Mann und fühlte, ohne eine Antwort abzuwarten, ihre Stirn. »Jesusmaria«, sagte er, »du kochst ja regelrecht, Mädchen.«

Und mit der Berührung seiner Hand kam es ihr zum ersten Mal seit Stunden so vor, als ob die Hitze aus ihrem Gesicht wich und sich in ihrem ganzen Körper eine wunderbare Kühle ausbreitete. Plötzlich schien alles wieder an seinem Platz, Arme und Beine dort eingehängt, wo sie hingehörten.

»Ich kenne Sie nicht«, sagte sie und musterte ihn angestrengt. »Wie sind Sie an den Wachen vorbeigekommen?«

»Die sind beschissen«, sagte Gott. »Außerdem bin ich Gott und kann so ziemlich alles machen, was ich will. Das ist Teil der ganzen Allmächtigkeitsnummer und so, capito?«

Ash ließ den Kopf zurück auf das Kissen sinken. Sie war soeben von der Hand Gottes berührt worden und fühlte sich wunderbar. Nach wie vor müde, aber es war jetzt eine warme, satte Müdigkeit, und sie war am richtigen Ort. Im Bett, unter einer Decke, versunken in Matratze und Laken. Herrlich.

»*Der* Gott«, fragte sie schläfrig.

»Klar«, sagte Gott. »Ich kann zum Beispiel einen Dornbusch in Brand setzen oder so, wenn ich's beweisen soll.«

Ash schüttelte lächelnd den Kopf.

»Nö«, sagte sie, »ich glaube Ihnen. Obwohl ich überrascht bin, dass Sie Amerikaner sind.«

»Vermutlich hast du gedacht, ich wäre Brite«, sagte er.

»Die Welt ist dermaßen durcheinander, dass ich immer dachte, Sie wären Italiener«, sagte Ash, und Gott lachte zum ersten Mal seit geraumer Zeit.

»Das ist ziemlich komisch, Ash. Das muss ich unbedingt meiner Frau erzählen.«

Ash öffnete schon halb eingeschlafen die Augen, um noch einmal den Mann anzusehen, der sie vor der längsten Nacht ihres Lebens bewahrt hatte. Sie sah auf die Uhr. Es war fast eins. Plötzlich verflog die Zeit. War sie in Anwesenheit des Typen eingeschlafen? War sie zwischen jedem Satz für zehn Minuten eingedöst?

»Nett, dass Sie mich besuchen«, sagte sie. »Machen Sie Ihre Runde durch die Krankenhäuser?«

»Nicht ganz«, sagte er. »Ich bin hier, um dir all deine Träume zu erfüllen. Was immer du willst.«

Über den Gedanken musste Ash lächeln, und ihr Kopf schien noch tiefer in das weiche Kissen zu sinken. Was immer sie wollte. Einen Strand, Gin &Tonic, eine warme Brise vom Meer, ohne ein Ziel und ohne jemandem, mit dem man dorthin musste. Oder vielleicht eine Schlange von Männern zur Auswahl, die sich alle anstrengten, sie zu beeindrucken. Eine Schlange von Männern. Ein Mann. Barney Thomson, und der Gedanke an ihn durchdrang das Wohlgefühl, das sie umfangen hatte, und obwohl sie nach wie vor müde und schläfrig war, wusste sie nun, dass sie bestenfalls in einen unruhigen Schlaf fallen würde.

»Ich kann ihn zurückbringen«, sagte Gott leise, und der Klang seiner Stimme war Balsam für ihr Unbehagen. »Barney«, sagte er. »Ich kann ihn zurückbringen.«

Sie verspürte einen leichten Schauder der angenehmen Art. Sie drehte sich auf die Seite und starrte ihn direkt an. Sie fühlte sich wie ein in ihrem Bettchen eingemummeltes kleines Mädchen, das mit ihrem Daddy redete; und ihr Daddy sagte ihr, dass alles gut werden würde und dass sie alles bekommen konnte, was sie sich wünschte.

»Was soll das heißen?«, fragte Ash.

»Ich bin Gott«, sagte er »Ich kann alles machen. Und weiß, was dich bekümmert. Ich kann ihn zurückbringen.«

»Warum haben Sie ihn überhaupt sterben lassen?«, fragte sie.

Das jetzt wieder, dachte Gott, immer dieses Gemecker. Doch er genoss sein Gespräch mit Ash, entspannte sich und tröstete sich beinahe an der Wärme, die sie von ihm entgegennahm.

»So ist das Leben, Ashley«, sagte er. »Es gibt Regeln, und nur weil ich dieses Allmächtigkeitsding am Laufen hab, heißt das nicht, dass ich mich nicht daran halten muss. Aber das ist auch eine der Regeln. Für deine Seele kann ich dir geben, was du willst, selbst wenn es Barney Thomson ist.«

»Meine Seele?«

»Klar, Sweetlips«, machte er einen Insiderwitz, den nur er selbst verstand.

»Ich soll Gott meine Seele verkaufen?«

»Ja.«

»Ich muss eine Ewigkeit im Himmel verbringen.«

»Ja.«

»Das kann so übel nicht sein«, sagte sie verträumt. War das nicht angeblich etwas Gutes?

»Nun, es gibt keine Rockmusik, kein Herumgebumse, keine Drogen, alle sind echt nett zueinander. Auf so was steht nicht jeder, wenn du weißt, was ich meine.«

Klingt nicht so schlecht, dachte sie. Die Vorstellung, dass alle nett zueinander waren. Die Polizei wäre überflüssig, und man müsste sich nicht den brutalen blutigen Mist anschauen, mit dem sie sich täglich herumschlagen musste.

»Ist das nicht Satans Masche?«, fragte sie. »Die Seelen von Menschen zu kaufen?«

Gott seufzte. Wenn ihm noch einmal jemand diese Frage stellte, würde er ihn wahrscheinlich mit einem Blitzschlag niederstrecken. Aber er mochte Ash und den Gedanken, sie für die Ewigkeit um sich zu haben.

»Das hat Satan doch verdammt noch mal längst nicht mehr

nötig, oder?«, sagte er und beugte sich vor. »Die Mehrheit des beschissenen Planeten fährt ohnehin zur Hölle, da muss sich der Kerl nicht noch Mühe geben. Der hängt rum, schnupft den ganzen Tag Koks, guckt Fußball und fickt Lucrezia Borgia in den Arsch.«

Ash lächelte.

»Das ist die Hölle? Klingt auch nicht so schlecht.«

»Hey«, sagte Gott und zog die Brauen hoch, »das ist seine Hölle. Bild dir nicht ein, für euch andere wäre es ein Zuckerschlecken. Es ist total beschissen, Mann. Die reinste Hölle.«

Sie lächelte erneut. Das war nett. So sollten Krankenbesuche sein. Wunderbar, sie könnte entspannt einschlafen, und wenn sie aufwachte, würde Barney Thomson neben ihr sitzen. Ihr Wohlbehagen und ihr guter Wille waren so groß, dass sie das Wissen, dass das nicht geschehen würde, komplett aus ihren Gedanken verdrängen konnte. Dies war nicht Gott, sondern bloß ein wunderbarer Krankenpfleger mit einer besonderen Gabe, der nachts seine Runden drehte und die Patienten beruhigte, die nicht einschlafen konnten.

»Und, bist du dabei?«, fragte Gott. »Es ist echt überaus angenehm und alles, aber ich muss wirklich weiter, Ash. Ich muss noch bei ein paar anderen Leuten vorbeischauen.«

»Meine Seele für Barney Thomson?«, fragte sie, öffnete die Augen und wurde von seinem Blick komplett verschluckt.

»Das ist der Deal«, sagte Gott und streckte die Hand aus.

Ash schob die Hand unter der Decke hervor und ergriff sie.

»Die Hand Gottes«, sagte sie lächelnd.

»Ja«, sagte Gott. »Schon irgendwie ein Ding. Du hast Glück, Sweetlips.«

»Hey«, sagte Ash, »Sie haben bei der Weltmeisterschaft 86 gegen England getroffen.«

»Ja, ich weiß«, sagte Gott. »Ich kann die Engländer nicht

ausstehen.« Und dann lachte er, und es war das großartigste Lachen, das Ash je gehört hatte.

»Und jetzt?«, fragte sie. »Ich wache morgen früh auf und Barney Thomson sitzt vor mir?«

»Ja«, sagte Gott. »Du wirst dich nur an nichts erinnern, und es wird so sein, als wäre er nie tot gewesen. Wenn du selber stirbst, wirst du an die Abmachung erinnert und kommst in den Himmel.«

»Vergesse ich, dass ich Sie getroffen habe?«

»Ja. Tut mir Leid.«

»Das ist schade.«

Sie zog ihre Hand zurück unter die Decke, schloss die Augen und schickte sich an, endlich einzuschlafen.

»Finden Sie, dass ich wirklich süße Lippen habe?«, fragte sie mit schläfriger Stimme und geschlossenen Augen.

Gott antwortete nicht, und sie nahm im Halbschlaf an, dass er schon gegangen war. Der Handel war abgeschlossen, morgen würde Barney Thomson wieder da sein, wenn diese Unwirklichkeit tatsächlich wahr würde. Dann spürte sie die sanfte Berührung von Gottes Lippen auf ihren, einen wunderbaren langen zögernden Kuss, und als er sich von ihr löste, sank sie endgültig in die Arme des Schlafes.

Teil 2

Es ist eine magische Welt

Kapitel 1

Fantastisches neues George-Michael-Album vor dem Sprung an die Spitze der Charts

Morgen erscheint die erste CD mit brandneuem George-Michael-Material seit fast vier Jahren. Plattenläden im ganzen Land wollen bereits ab Mitternacht öffnen, um dem erwarteten Ansturm der Michael-Fans zu begegnen. »Dieses Album ist für mich ein echter Aufbruch«, erklärt Michael. »Für mich ist es ein Schritt weg vom Flirt mit der Kontroverse der vergangenen Jahre, zurück zu einem schlichteren kindlicheren Blick auf die Kunst des Songwriting, wo Struktur und Melodie alles sind und man nicht schockieren muss.« Die CD mit dem Titel *Fuck Me Up The Arse With Your Knob* bedeutet für den ehemaligen Songschmied von Wham! eine Rückkehr zu den Wurzeln. Songs wie ›I Want Your Knob‹, ›Bush Is an Arse, Blair Is A Hole‹ und ›Fuck U, U Cunt‹ sprechen von unkomplizierteren Zeiten und zeigen Michael als einen Mann, der mit seinem Platz in der Welt zufrieden ist.

The Telegraph: ›Mordrate nimmt epidemische Ausmaße an‹; *The Times*: ›Kopf in Müll gewinnt Turner-Preis‹; *The Sun*: ›Serienmörder dreht völlig durch‹; *The Mirror*: ›Kopf im Müll ist keine Kunst, sondern bloß eklig, sagt Mum‹; *The Express*: ›10 Gründe, warum der Serienmörder ein Asylbewerber ist‹.

Montagmorgen, einer neuer Tag dämmerte strahlend und hell. Gott der Herr war über der Welt.

London erwachte mit einem Temperatursturz und Schneefall. Die Stadt war mit einem frischen weißen Teppich ausgelegt, nachdem es um drei Uhr zu schneien begonnen und bis sechs Uhr nicht wieder aufgehört hatte. Der Tag begann also gedämpft und sauber, ein neuer Anfang, ein Morgen voller Möglichkeiten. Es ist eine magische Welt, und zu der gehörte nun auch wieder Barney Thomson. Ash hatte die Hand Gottes geschüttelt, und er hatte sein Wort gehalten. Die Vergangenheit war entsprechend verändert worden, Barney war Sekunden nach Ash aus dem Wagen entkommen und hatte die Nacht neben ihrem Bett sitzend zugebracht. Jedem, der von Barneys Ableben gewusst hatte, war dieses Wissen genommen worden. So viel Macht hat Gott nämlich ungefähr, deshalb sollte man mit dem großen Kerl auch vorsichtig sein. Man muss sich nur das Schicksal der Philister in Erinnerung rufen. Barney Thomson war zurück, und Ash kam für alle Ewigkeit in den Himmel. Sie war Gott sympathisch gewesen, weshalb er beschlossen hatte, Barneys Wiedergeburt zu feiern, indem er die Stadt mit einer weißen Schicht bedeckte wie ein leeres Blatt, das darauf wartete, zur Hand genommen und bemalt zu werden.

Ein neuer Anfang.

Jools Garrett ging im Rausch einer Überdosis Koffein durch den Schnee zur Arbeit. Er war seit 3.32 Uhr wach und versuchte wieder aufs Gleis zu kommen, seinen Kopf aus dem Schlick zu ziehen, in dem er gesteckt hatte, seit Taylor Bergerac sein Büro erstmals betreten hatte. Nicht dass er dachte, sie nie wieder dort zu sehen, doch ihm war zumindest klar, dass es andere Arbeit zu erledigen galt und dass er, was sein Schicksal anging, definitiv an einen Scheideweg angekommen war. Als er um 6.39 Uhr mit elf Tassen Espresso im Körper zur Arbeit ging, musste er sich bremsen, nicht in Hüpfen und Rennen zu verfallen. Die beiden Polizisten in seinem Kielwasser waren unbeeindruckt von der frühen Stunde und unvorbereitet auf den Schnee. Er hatte einen wichtigen Tag vor sich und musste die letzten Stunden vor Bethlehems Rückkehr nutzen, um seine Truppen zu ordnen und alle in seinem Lager zusammenzutrommeln. Er dachte, dass McKee womöglich ein größeres Problem werden könnte als Bethlehem, eine Meinung, die sich natürlich ändern sollte, sobald er die wunderbare Nachricht von McKees schönem Tod erfuhr.

Um die Ecke, die Magnetkarte gezückt, durch die Tür, den Schnee von den Schuhen geklopft und dann rannte er förmlich die Treppe zu den Büros von BF & C hinauf, das schon bald Garrett Marketing Strategies Inc. heißen würde. Nicht, dass es ihm etwas ausmachte, doch er empfand kurz Befriedigung darüber, einmal früher bei der Arbeit zu sein als Imelda Marcos und sich deshalb nicht einer Musterung aussetzen zu müssen, wenn er durch die unverseuchte Empfangshalle ging.

»Noch jemand heute früh im Büro«, sagte eine unbewegte Stimme, als er die Glastür öffnete. »Hoffen Sie alle auf eine Beförderung oder was?«

Garrett blieb stehen und starrte sie an, wobei vor lauter Überraschung ihre Bemerkung zunächst nicht zu ihm durchdrang.

»Wohnen Sie hier, Melda?«, fragte er. »Haben Sie Ihr eigenes Bad hier und so?«

»Ich wohne nicht hier«, sagte Imelda, »aber ich habe ein privates Bad.«

»Warum?«, fragte Garrett. »Sie sind Empfangsdame.«

Imelda drohte ihm mit dem Finger.

»Aber, aber, nicht dieses Wort. Denken Sie dran, wer den Anruf durchstellen wird, wenn eine gewisse Vertreterin von Waferthin.com anruft.«

Garrett zögerte und wusste, dass sie ihn wie immer geschlagen hatte, dann ging er eilig zum Aufzug. Beide Fahrstühle waren im achten Stock, was um diese Tageszeit merkwürdig war. Er drückte auf den Knopf, trat einen Schritt zurück, wartete und sah zu, wie die Nummern von oben nach unten aufleuchteten, bis ihm plötzlich Imeldas Begrüßung wieder einfiel. Er drehte sich um; sie tippte wie wild vor sich hin, während die Polizisten in der Tür standen und verschlafen gähnten.

»Wie haben Sie das eben gemeint?«, fragte er.

Sie hob den Blick und musterte ihn mit jenem Ausdruck herablassender Neugier, mit dem sie alle Männer der Agentur bedachte.

»Verzeihung?«

Hinter ihm meldete ein Ping die Ankunft des Fahrstuhls.

»Was haben Sie gemeint, als Sie gesagt haben, noch jemand früh im Büro? Wer ist schon da? McKee?«

Imelda musterte ihn, als überlegte sie, ob es sich überhaupt lohnte, die Frage zu beantworten, bevor sie auf ihren Bildschirm schaute, ein paar Zahlen eingab und aufsah.

»McKee ist noch nicht da«, sagte sie und hämmerte dann wieder manisch auf ihre Tastatur ein. »Schön, dass es geschneit hat«, fügte sie hinzu, ohne noch mal aufzublicken.

Garrett beobachtete sie und machte einen Schritt auf sie zu, während hinter ihm die Fahrstuhltür wieder zuging.

»Wie haben Sie das gemeint«, fragte er noch langsamer, »ist sonst irgendjemand da?«

Sie hob den Kopf, wieder dieser gönnerhafte Blick. Diesmal brachte er ihn wirklich auf die Palme. Ohnehin war er schon gereizt genug durch die Angst, was in der Agentur alles passiert sein mochte, während er geschlafen hatte. Geheime Meetings, Intrigen und Verschwörungen. Man konnte keinem vertrauen; er hätte wissen müssen, dass er sich darauf konzentrieren musste, schließlich war er selbst nicht besser.

»Hören Sie, Melda, Sie haben vielleicht die Macht zu entscheiden, welche Anrufe ich bekomme, aber ich habe die Macht zu entscheiden, ob sie auch morgen wieder durch diese Tür kommen. Schauen Sie mich an und sagen Sie mir, wer verdammt noch mal schon da ist.«

Achter Stock, Abteilung Humankapital und Artverwandtes. McKee hielt ein Meeting ab, war aber selbst noch nicht eingetroffen. Seine ständigen Begleiter, die beiden Polizeitrottel, starrten ihn an, und er stellte sich vor, dass sie ihm direkt in den Kopf gucken und seine Unsicherheit erkennen konnten. Vielleicht war es dieser Typ unter McKee, der versuchte, die Position praktisch jedes Führungsmanagers in der Agentur zu unterminieren und zu übernehmen. Wie hieß er noch? Justin Soundso.

»Justin Fellows«, sagte Melda mit einer Stimme wie ein gestutzter Schnurrbart. »Nigel Okocha, Turin Caderlitty und Tad Waites.«

Garrett ging auf sie zu, seine Stirn sah aus wie ein gepflügter Acker.

»Wer zum Teufel sind diese Leute?«, fragte er. »Turin Caderlitty? Wer ist das, Scheiße noch mal?«

»Man spricht es CadERlitty aus«, sagte Melda in dem Versuch, einiges von dem Boden gut zu machen, den sie verloren hatte, weil Garrett so massiv den Chef hatte heraushängen lassen.

»Was auch immer«, fauchte Garrett. »Schluss mit dem Mist, Melda, wer ist er, verdammt?«

»Stellvertretender Leiter der Buchhaltung«, erwiderte sie kühl.

Stellvertretender Leiter? Denk nach, Garrett, denk nach. Der Führer musste, wer immer er war, seine Truppen versammelt haben. Wenn er sich nicht auf den Mann an der Spitze verlassen konnte, was bei McFarlane, dem neuen Mann in der Buchhaltung, nicht der Fall sein würde, wählte er die klassische Staatsstreichtaktik und hielt sich mit Aufstiegsversprechungen an den zweiten Mann. Es war schlimmer, als er dachte.

»Waites?«, fragte er.

»Presse und Public Relations«, sagte sie.

»Nummer zwei?«, fragte er rasch.

»Nummer eins«, erwiderte sie.

Nummer eins? Er musste einen besseren Kontakt zu diesen Leuten halten. Wenigstens Okocha kannte er und wusste auch, dass er wegen all der frei werdenden Posten rasch aufgestiegen und plötzlich jemand in der Agentur war, aber wo steckte Blade?

»Was ist mit dem Neuen, Blade?«, fragte er.

Melda schüttelte den Kopf.

»Und Barney Thomson?«

Ein weiteres Kopfschütteln, gefolgt von einem spitzen »Ich habe Ihnen alles gesagt, was ich weiß.«

Garrett wartete noch ein paar Sekunden, entschied dann, dass seine Einschüchterungstaktik gewirkt und sie ihm die Wahrheit gesagt hatte, drehte sich um und ging rasch zum Aufzug. Zumindest Thomson hatte sich nicht gegen ihn gewendet. Die Frage war, wo steckten McKee und Blade, denn Blade war auf jeden Fall McKees Mann. Fellows' Anwesenheit deutete vielleicht darauf hin, dass er den Angriff führte.

Er betrat den Lift, seine Bewacher sprangen hinein, und die Tür ging zu. Auf der Fahrt nach oben wurde ihm seine eigene

Paranoia bewusst. Vielleicht ging auch nur seine Fantasie mit ihm durch, vier Typen aus der Agentur hatten vor sieben ein Meeting. Das musste nicht gleich eine Verschwörung bedeuten. Meetings vor sieben waren das, worum es in der Branche ging. Vielleicht mussten sie irgendeinen Job mit Indien regeln oder so. Es könnte weiß Gott alles sein. Bloß weil er wusste, dass heute ein großer Tag war, mussten all die anderen Verlierer unter ihm in der Nahrungskette nicht unbedingt einen Schimmer haben.

Mit einem Ping erreichten sie den achten Stock. Garrett verließ den Fahrstuhl und stand im kleinen Empfangsbereich der HUMA. Stille, kein Mensch zu sehen. Die Schreibtische hinter dem Empfang waren leer, nicht einmal der Klang von Stimmen drang aus einem der Büros. Eine friedliche Stille vor dem unvermeidlichen Sturm dieses Tages.

Garrett blickte den Flur hinauf und hinunter und machte, nachdem er sich an die Stille gewöhnt hatte, an einem Ende ein leises Murmeln aus. Eine geschlossene Tür, die Verschwörer waren versammelt.

Seine Vorahnung kehrte zurück. Kein Rauch ohne Feuer, und wenn man kein Bär ist, beschmiert man sich auch nicht mit Bärenscheiße. Dies war keine unschuldige Versammlung des Plebs, der irgendwelche Aufträge für Firmen der zweiten und dritten Kategorie erledigte. Dies war ein Putsch, und es war nur gut, dass er hier war, um ihn zu unterbinden. Also marschierte Garrett, gefolgt von seinen Bewachern, unbewaffnet und in Unkenntnis sämtlicher Fakten eilig den Flur hinunter und platzte, ohne zu klopfen, in Justin Fellows' Büro.

Kapitel 2

Die Konservative Partei – Wo Ambitionen sterben

Michael Portillo – William Hague – Michael Howard – Ann Widdincombe – Ian Duncan Smith – Kennneth Clarke
Leisten Sie ihnen Gesellschaft auf dem Müllhaufen der Geschichte.
Leisten Sie ihnen Gesellschaft in den modrigen toten Tümpeln der Politik.
Leisten Sie ihnen Gesellschaft im Niemandsland, wo sich die Geier der Enttäuschung an den Kadavern ranzigen Versagens weiden.
Werden Sie Mitglied der Konservativen. Noch heute.

Ash rührte sich und drehte sich im Bett auf die andere Seite. Sie riss sich langsam aus dem Schlaf und einem bizarren Traum, in dem sie und Barney Thomson verheiratet waren und durch ihr von tausenden seltsam mutierenden Insekten verseuchtes Haus gingen. Eine riesige rote Ameise schoss durch den Raum auf sie zu, als sie aus ihrem Traum entkommen konnte, die Augen öffnete und dankbar feststellte, dass keine fünf Zentimeter langen Bienen um sie herumschwirrten. Sofort spürte sie die Schmerzen in ihren Armen und Beinen, und ihr fiel wieder ein, wo sie war.

Sie drehte sich vorsichtig auf den Rücken, wodurch die

Schmerzen ein wenig nachließen, starrte an die weiße Decke, bis der Raum nach und nach im grauen Morgenlicht erwachte. Einen Moment lang hatte sie eine vage Erinnerung an ein Gespräch mit irgendwem mitten in einer unruhigen Nacht, doch die war ebenso schnell wieder verflogen.

»Wie geht es dir?«, fragte die Stimme neben ihrem Bett.

Sie drehte sich langsam zur Seite, sah als Erstes die Uhr, 08:01, dann den Mann, der lächelnd neben ihrem Bett saß. Barney Thomson war lässig gekleidet und sah müde aus.

»Es tut weh«, sagte sie. »Und dir?«

»Alles in Ordnung«, sagte Barney.

»Bist du die ganze Nacht hier gewesen?«, fragte sie.

»Ja«, sagte Barney, »mehr oder weniger.«

»Das war doch nicht nötig«, sagte sie schläfrig, und er antwortete nicht.

Sie streckte ihre Hand unter der Decke hervor, und er nahm sie und drückte sie fest.

»Ich hatte keine Lust, nach Hause zu gehen«, sagte Barney, und sie lächelte.

Und dann flog die Tür auf, und ihre kurze romantische Begegnung wurde abrupt gestört. Barney drehte sich gar nicht erst um. Ash blickte auf. Ein erregter Wildman sah gerade noch, wie sie ihre Hand unter ihre Decke zurückzog, dachte unvermittelt, dass er vielleicht hätte klopfen sollen, und kam sich ein wenig dämlich vor.

»Ja, tut mir Leid«, sagte er.

Barney drehte sich wortlos um. Ash wachte richtig auf. Die Arbeit schickte sich an, ihr Leben wieder zu beherrschen.

»Kommen Sie«, sagte Wildman, weniger barsch, als er es für seinen großen Auftritt geplant hatte. »Wir müssen los.«

»Komm«, sagte auch Barney und meinte etwas ganz anderes.

»Es gibt viel zu tun, Danno«, sagte Wildman, ohne das Objekt ihrer romantischen Träume zu beachten. »Es hieß, Sie bräuchten eine Nacht Ruhe, die hatten sie jetzt. Ziehen Sie Ihre Klamotten an, und dann nichts wie weg hier. In der letzten Nacht hat es wieder zwei Morde gegeben. Die ganze beschissene Stadt ist in Aufruhr.«

»Tathergang?«, fragte Ash, die sofort wieder in den Groove kam, obwohl sie alle schmerzhaften Stellen an ihrem Körper spürte, als sie sich aufrichtete. Barney schloss die Augen und ließ den Kopf nach vorn sinken. Die Mordserie ging weiter. Möglicherweise durch Harlequin Sweetlips, die Frau, die er schon drei Tage zuvor der Polizei hätte übergeben können. Er empfand ein gewisses Maß an Mitschuld und wusste, dass er es Ash sagen sollte, bevor der Tag noch viel älter wurde.

»Durchschnittene Kehle plus Enthauptung. Der Kopf ist in einen Mülleimer gekickt worden.«

»Cool«, sagte sie, »damit hätte sich auch mein Hunger auf ein Frühstück erledigt.«

»Sie können sich auf dem Weg zum Palast einen Berliner kaufen«, sagte Wildman.

»Zum Palast?«, sagte Ash, wobei die Frage nur Bruchteile von Sekunden früher auf ihren Lippen war als *Einen Berliner?*

»Ja, zum Palast«, sagte er, sah Barney an und hätte sich für seine Schwatzhaftigkeit in den Hintern beißen können, bevor er dachte, scheiß auf die Diskretion, ich sollte den widerborstigen Wichsern die Presse auf den Hals hetzen.

»Wer ist tot?«, fragte Barney, dem der Gedanke gerade erst gekommen war. Diese Leute hatten so wenig Eindruck auf ihn gemacht, dass es ihn kaum kümmerte, wer von ihnen vielleicht getötet worden war.

»McKee und Blade«, sagte Wildman. »Es wird alles immer verschwommener. Und so lange es bloß diese Werbewichser sind, die sterben, ist es mir ehrlich gesagt scheißegal. Ash, ziehen Sie sich jetzt an oder was? Es ist alles total verschneit. Die ganze Stadt ist ein beschissenes Chaos.«

»Es hat geschneit?«, fragte Ash und sah Barney an.

»Ja«, sagte er leise. »Es ist wunderschön. Die Luft ist ganz sauber und frisch.«

»Ein verdammtes Ärgernis«, knurrte Wildman. »Im kack März und alles. Kommen Sie, Ash?«

Barney stand auf und schob seinen Stuhl nach hinten.

»Ein bisschen Privatsphäre wäre nett«, sagte Ash ausschließlich an Wildman gerichtet.

»Ja«, sagte er. »Ja, schon möglich, also, ähm, ja«, sagte er und zog sich aus dem Zimmer zurück, wütend darüber, dass er sie nicht härter anfassen durfte, und mit einem unfreundlichen Blick in Barneys Richtung.

Barney zuckte die Achseln und sah sie an.

»Ich sollte wohl mal ins Büro, nachsehen, wie alle so drauf sind. Ich denke, dass ich vielleicht heute kündige.«

»Steig aus, bevor es dich erwischt«, sagte sie.

»Ja, ich meine, ich gehe davon aus, dass ich nicht auf irgendjemandes Liste stehe, aber andererseits haben die anderen Reptilien genau das Gleiche gedacht.«

Sie nickte.

»Es ist schön, dass du wieder da bist«, sagte sie.

»Wie meinst du das?«, fragte Barney.

Sie starrte ihn an, analysierte ihre eigene Bemerkung und wusste auch nicht, woher sie gekommen war.

»Keine Ahnung«, sagte sie. »Keine Ahnung.«

Er beugte sich vor und küsste sie auf die Wange.

»Ich ruf dich später an«, sagte er.

Sie nickte, und sie tauschten einen weiteren bedeutungsvollen Blick.

»Es ist schön, wieder da zu sein«, sagte er, und dann verließ Barney Thomson – lebendig dank der Seele von Ashley Daniels und der Gnade Gottes oder eigentlich eher seiner verzweifelten Werbemethoden – das Krankenhauszimmer und ging an Wildman vorbei, der sich mit einer Kaffeemaschine herumplagte, den Flur hinunter.

Jools Garrett betrat Justin Fellows' Büro und schloss rasch die Tür. Er musterte die Gesichter der Verschwörer auf Anzeichen von Schuldbewusstsein, wobei er dachte, dass es sicher eines geübten Auges bedurfte, ihre Versuche zu durchschauen, alle Spuren von Missetaten und firmeninterner Verschwörung aus ihren Mienen zu tilgen. Aber er hätte sich keine Sorgen machen müssen. Er war nicht in eine Runde erfahrener Veteranen geraten. Dies waren junge Burschen, die nervös auf ihr Debüt in der Welt der Intrige warteten, schwitzend und verlegen angesichts ihrer Entscheidung, den Brutus zu geben.

Als Garrett nach Anzeichen von Verrat Ausschau hielt, klappte Okochas Kinn gut einen halben Meter nach unten und prallte geräuschvoll auf die Tischplatte; aus der Richtung des jungen Caderlitty war ein Geräusch zu vernehmen, wie es vielleicht den Verlust jeglicher Kontrolle über den eigenen Schließmuskel begleiten könnte; Waites riss die Augen weiter auf als Madonnas Zahnlücken; Fellows wirkte geschockt und sagte ziemlich laut »Oh Scheiße!«

Garrett kam weiter in den Raum und ließ den vier Burschen Zeit, ihre Fassung wiederzufinden, was ihnen auch rasch gelang, so rasch, dass sie sich einbildeten, eigentlich ziemlich cool gewesen zu sein.

Ein Blick in die Runde verriet, dass sie weitere Verschwörer erwarteten, darunter auch den Mann am Kopf der Runde. Garrett ging um den Tisch und setzte sich an seinen Platz. Die anderen schwiegen und warteten auf seine Erklärung, keiner von ihnen selbstbewusst genug, in die Offensive zu gehen, was vonnöten gewesen wäre. Mit so weit heruntergelassenen Hosen erwischt zu werden, erforderte Unverschämtheit, den Mumm, mit allen Kanonen anzugreifen und zu fragen, was Garrett um diese Tageszeit in ihrem Meeting zu suchen hatte. Mit Ausnahme von Okocha war er niemandes direkter Chef. Doch keiner hatte den Mut, keiner die Kraft. Garrett an ihrer Stelle hätte es getan, sogar in ihrem Alter, aber diese Truppe hatte einfach nicht seine Klasse.

»Auf wen warten Sie?«, fragte er und sah Fellows direkt an. Und Taylor Bergerac war ausnahmsweise einmal nirgendwo in seinen Gedanken.

»Was?«, fragte Fellows lahm. »Das hier?«, fügte er absolut bezugslos hinzu.

Garrett fixierte ihn, bis Fellows dahinwelkte und die Augen niederschlug, bevor er den Blick um den Tisch wandern ließ und jeden Einzelnen ansah, wobei keiner seinem Blick länger als ein paar Sekunden standhielt.

»So lange Mr. Bethlehem außer Landes ist«, sagte Garrett langsam, »bin ich der Chef von Bethlehem, Forsyth & Crane, mit allen exekutiven Vollmachten. Wissen Sie, was ich damit meine? Hire and fire, meine Herren. In dreißig Sekunden verlasse ich diesen Raum, und wenn ich ihn ohne das Wissen verlasse, wen Sie noch erwartet haben, kann jeder von Ihnen an mir vorbeimarschieren, seinen Schreibtisch leer räumen und sich zum Ausgang begeben.«

Er hielt inne und sah sich um. Zwei Stühle waren leer, es war offensichtlich. Es könnten natürlich zwei weitere Heißsporne aus dem mittleren Management sein, aber das war unwahrscheinlich. Er wusste, wer es sein würde, aber er wollte diesen kleinen Hexensabbat von Memmen auseinander brechen, einen von ihnen knacken, die Runde spalten und dafür sorgen, dass sie nie wieder als Kollektiv zusammenkamen. Und wenn alles vorbei war, der Staub sich gelegt hatte und die Zukunft der Agentur geklärt war, würden sich die vier höchstwahrscheinlich ohnehin auf dem Weg nach draußen wiederfinden. Die präpotenten Wichser.

»Fünfzehn Sekunden«, sagte er grimmig, blickte in die Runde und fragte sich, wer zusammenbrechen würde. Als er ihre nervösen Blicke und den Schweiß auf ihren Oberlippen sah, dachte er, dass die Frage war, wer nicht.

»Zehn«, sagte er und machte Anstalten, sich zu erheben.

»McKee und Blade!«, platzte Caderlitty heraus, und da Garrett Okocha beobachtet hatte, wusste er, dass er ihm nur knapp zuvorgekommen war.

Er stand auf und schob seinen Stuhl zurück.

»Vielen Dank, meine Herren«, sagte er. »Ich überlasse Sie jetzt wieder Ihren Angelegenheiten. Sieht so aus, als würde die Sahne zu Ihrem Pudding vielleicht nicht kommen. Angenehmes Meeting ohne. Sie könnten eine Verschwörung zur Übernahme der Kaffeekasse planen.«

Kaum hatte Garrett langsam die Tür hinter sich zugezogen, musste sich der arme Caderlitty der Inquisition dreier plötzlich sehr mutiger und empörter Jungmanager stellen.

Kapitel 3

Kabeljau – Der große britische Fisch

Der Stegosaurus. Der Diplodokus. Das Mammut. Die Dronte. Der Troodon. Der Säbelzahntiger. All diese prachtvollen Tiere bewohnten einst diese Erde, und jetzt sind sie weg. Das Leben geht weiter, und die Welt ist deswegen kein schlechterer Ort. Arten kommen und gehen, keine ist sakrosankt. Kabeljau. Ihre Kinder werden nicht einmal mehr wissen, wie er geschmeckt hat, also werden sie auch nichts vermissen. Denken Sie an die Vergangenheit, vergessen Sie die Zukunft, essen Sie noch heute Kabeljau.

Barney Thomson betrat zum letzten Mal den Empfang von Bethlehem, Forsyth & Crane, und mit ihm wehte Schnee in die Halle und beschmutzte den vormals desinfizierten Bereich weiter. Er nickte Imelda zu, die das Mikro abgenommen und die Füße auf den Tisch gelegt hatte und dabei war, sich ihre Nägel zu feilen. Barney ging bis zum Aufzug, bis er – ähnlich wie Garrett am selben Morgen, aber aus anderen Gründen – kehrtmachte und vor ihren Tisch trat. Sie zog eine Braue hoch und hatte im Moment eigentlich keine große Lust zu reden.

»Imelda«, sagte Barney, worauf sie ihre Braue noch ein paar Millimeter höher zog.

»Habe ich irgendwas verpasst?«, fragte er.

»Nicht viel mehr als das in letzter Zeit Übliche«, antwortete sie.

Er wartete ein paar Sekunden, ob sie gedachte, das weiter auszuführen, dann fragte er: »Und was genau wäre das?«

Sie sah ihn schließlich direkt an und seufzte dabei tief und lange. Wenn ich das noch einem verdammten Menschen erklären muss, dachte sie, obwohl sie es bisher eigentlich erst einem Menschen erzählt hatte und das auch noch freiwillig.

»Mr. McKee ist tot. Mr. Blade ist tot.«

»Ich weiß«, sagte Barney. »Es sind die ganze Woche Menschen ermordet worden, ohne dass Sie Ihre Füße auf den Schreibtisch gelegt haben. Was ist los mit Ihnen, Imelda?«

Sie nahm sofort die Füße vom Tisch, als ob sie gedacht hätte, dass es niemandem auffallen würde, straffte die Schultern und beugte sich, die Hände gefaltet, die Finger verschränkt, vor. Die Frau war schlagartig wie verwandelt, und alles nur, weil Barney sich nach ihr und nicht nach irgendeiner geschäftlichen Angelegenheit erkundigt hatte. Sie respektierte Männer, die ein ernsthaftes Interesse an ihrem Wohlbefinden zeigten, und auch wenn das vielleicht eine weit hergeholte Deutung seiner Frage war, beschloss sie, sie so zu verstehen. Außerdem hatte er sie nicht Melda genannt.

»Nun«, sagte sie. »Mr. Garrett war heute Morgen sehr grob zu mir, und ich hätte nicht übel Lust, einfach zu gehen.«

»Grob, sagen Sie?«, fragte Barney, der ihren Persönlichkeitstyp auf Anhieb erkannte. »Inwiefern grob?«

»Er hat auf höchst unfeine Art den Chef gespielt. Ein guter Manager hat das nicht nötig«, sagte sie.

»Unbedingt«, sagte Barney.

»Und«, sagte sie, beugte sich vor und zog Barney in ihren engeren Freundeskreis, »als er nach oben gefahren ist, muss er sich genauso aufgeführt haben. Mr. Caderlitty aus der Buchhaltung, Mr. Waites aus der Presseabteilung und Mr. Fellows aus der HUMA haben alle heute Morgen gekündigt. Sie sind schon weg, ohne Kündigungsfrist, haben ihre Schreibtische ausgeräumt und sind verschwunden. Betty aus dem achten Stock sagt, es ist wegen Mr. Garrett.«

»Ausgestiegen, bevor jemand sie umbringt, was?«, sagte Barney.

»Ich weiß nicht«, sagte sie und zog die Schultern hoch, froh, einen weiteren Freund in der Firma zu haben. »Aber ich sage Ihnen eins, Mr. Thomson, dieses Haus ist wie ein Geisterschiff. Den ganzen Vormittag haben sich Leute krankgemeldet. Es hat sich definitiv rumgesprochen, dass irgendwas mit der Agentur passiert, und mit Ausnahme von Angestellten, die sich abmelden, klingelt auch das Telefon nicht mehr. Niemand ruft an. Ich könnte genauso gut nicht hier sein. Ganz unter uns, ich habe schon mit jemandem von McDuff & McCall gesprochen, wegen einer neuen Stelle, verstehen Sie?«

Barney beugte sich vor und zog Imelda in seinen engeren Freundeskreis, der zur Zeit ausschließlich aus Frauen zu bestehen schien.

»Ganz unter uns, Imelda«, sagte er, »das ist auch mein letzter Tag hier.«

Imelda lehnte sich nickend zurück.

»Das kann ich Ihnen nicht verdenken«, erwiderte sie. »Dieser Laden wird allmählich unerträglich. Wenn Mr. Bethlehem nur nicht so lange weggefahren wäre.«

Barney nickte. »Ja«, sagte er. »Das ist wirklich schade.« Seltsam, dass dies alles geschah, während er fort war. »Wann kommt er zurück?«

»Nun«, sagte sie und beugte sich noch weiter vor, sodass sie ihren Hintern ganz von ihrem Stuhl heben musste. »Es heißt, er würde heute Nachmittag aus Paris einfliegen, aber ich habe mit Mary gesprochen, die seine Reisearrangements regelt, und offenbar plant er, schon wenige Stunden später wieder zurückzufliegen. Wenn er sieht, was hier vor sich geht, wird er hoffentlich länger bleiben.«

Barney nickte.

»Sehr interessant, Imelda«, sagte er. »Ich sollte wohl mal rauffahren und sehen, was los ist.«

»Sehr gut, Mr. Thomson«, sagte sie, und Barney wandte sich ab und ging zum Aufzug. Imelda sah ihm nach, bevor sie sich dank des neu gefundenen Freundes mit erfrischtem Selbstbewusstsein aufrichtete und wieder fleißig zu tippen begann.

»Wollen Sie mir erzählen, warum wir den Palast stürmen?«, fragte Ash.

Wildman ließ das Fenster auf seiner Seite herunter, starrte auf die lange Autoschlange und brüllte: »Mach schon, du Wichser!« Er hupte, kurbelte das Fenster wieder hoch, weil es erneut zu schneien begonnen hatte, und entschied nach einem Blick auf den Verkehr in der Gegenrichtung, dass es zwecklos war, in irgendeiner Form auf Mordkommission im Einsatz zu machen, weil es schlicht nicht vorwärts ging. Er lehnte sich zurück.

Ash fühlte sich einigermaßen gelassen. Sie war nicht direkt glücklich darüber, dass sie zurück zum Palast fuhren, aber froh, dass Wildman diesmal erstens mitkam und zweitens absolut beschissene Laune hatte. Das brachte sie immer zum Lachen und ließ ihr auf jeden Fall die Gelegenheit, das Schauspiel von der Seitenlinie aus zu beobachten, wo sie die Situation, in der sie sich gerade befanden, besser abschätzen konnte.

»Lecker Berliner«, sagte sie.

Wildman nickte, ohne sie direkt anzusehen.

»Erzählen Sie mir die Geschichte nun?«, fragte sie.

Er klopfte mit den Fingern aufs Lenkrad und drückte auf die Hupe, um seinen bescheidenen Beitrag zu dem allgemeinen Getöse zu leisten, das den gewissenhaft schneegeweißten Trafalgar Square erfüllte.

»Ihre Theorie von gestern Nachmittag, dass es ein Anschlag des Palasts war. Ich habe erst gedacht, Sie sind komplett durchgeknallt, wissen Sie. Verrückt geworden wegen des Traumas und so.«

»Vielen Dank«, sagte sie.

»Keine Ursache. Ich dachte, Sie hätten nicht mehr alle Tassen im Schrank und müssten längere Zeit im Krankenhaus bleiben.«

»Okay«, sagte sie.

»Ein Fall von beschissener Frontalleukotomie, wenn Sie wissen, was ich meine?«

»Aber jetzt?«, sagte sie in dem Versuch, das Gespräch über eine Aneinanderreihung grober Beleidigungen hinaus zu bringen.

Wildman räusperte sich, klopfte mit den Fingern aufs Lenkrad und sah sich um, ob auf der Rückbank kein MI 5-Agent saß.

»Weil Sie ja den Abend frei hatten, hab ich mich gestern um ein bisschen Routinekram gekümmert«, begann er, und sie entschied, seine Formulierung zu ignorieren. »Ich und einer dieser pubertierenden Constables haben die Fahrzeuge überprüft, die noch in den Mordanschlag, oder wie immer Sie es nennen wollen, verwickelt waren.«

»Attentat«, sagte sie, »es war ein Attentatsversuch. Ich war John F. Kennedy.«

»Ja, gut, von mir aus Attentatsversuch. Natürlich waren alle verwendeten Wagen gestohlen, nichts, was sich irgendwohin zurückverfolgen ließ. Bis auf die Tatsache, dass einer der Vollidioten sein Handy im Wagen vergessen hatte.«

»Das ist nicht Ihr Ernst?«, sagte sie und lächelte. »Mein Gott, das ist ja wie Scooby Doo oder irgendwas. Es gibt immer einen total offensichtlichen Hinweis, so nach dem Motto, gehen Sie zu der unheimlichen Reinigung am Fuße des Hügels.«

Wildman sah sie von der Seite an.

»Von wegen Scooby Doo. Es ist so, als ob der Typ ein absoluter Trottel wär, so ist das.«

»Und welche Nummern haben Sie in dem Telefon gefunden?«, fragte Ash. »Die vom Palast? Vom Privathandy der Queen? Eine Hotline zu Downing Street Nr. 10?«

»Einen Scheißdreck haben wir gefunden«, sagte Wildman. »Darum ging es nicht. In dem Telefon war gar nichts, weil man es dem dummen Arschloch wahrscheinlich nur für die Operation gegeben hat. Aber der Blödmann hat offenbar irgendeine Tussi gevögelt und konnte es keine fünf Minuten aushalten, ohne mit ihr zu quatschen. Er hatte ihr seine Nummer gegeben, und sie hat zwanzig Minuten, nachdem er abgehauen ist, angerufen. Wir haben also ihre Nummer, stürmen wie eine Bullenherde zu ihrer Wohnung und schnappen uns den Wichser. Ganz leicht.«

»Und?«, fragte Ash, als Wildman drohte, es dabei zu belassen.

»Bloß ein schmieriger kleiner Ganove, schwer festzunageln. Ein halbseidener Vogel, aber clever, kein Eintrag im Strafregister, Sie kennen die Sorte. Ich habe die ganze Nacht durchgearbeitet, Danno, deshalb hab ich auch eine Scheißlaune, aber um fünf Uhr heute Morgen hatten wir es. Der Wichser hat Überweisungen von irgendeinem seltsamen Konto bekommen, das sich unmöglich zurückverfolgen ließ. Und dabei stellt sich heraus, dass das Arschloch im vergangenen Jahr einen Monat für den Palast gearbeitet hat, als beschissener Rosengärtner, können Sie sich das vorstellen? Die Zahlungen stimmten mehr oder weniger mit dem Zeitpunkt seiner Kündigung überein. Wir haben ihn festgenagelt.«

»Das ist doch komplett auf Indizien gebaut«, sagte Ash. »Damit kann man doch niemanden festnageln.«

»Na gut, nicht direkt festnageln, aber Sie wissen schon, bis zu diesem Moment hatte ich eigentlich gar nicht an die Palastgeschichte gedacht, aber dann hat es mich direkt angesprungen. Voll in die Fresse, Ash. Es gibt in diesem Leben keine Zufälle.«

Ash atmete tief durch, vor allem weil Wildman eine Lücke im Gegenverkehr ausgemacht hatte, auf die Gegenspur ausgeschert war und in wahnwitzigem Tempo auf der falschen Straßenseite fuhr.

»Haben Sie darüber mit Pinkslipper gesprochen?«, fragte sie.

»Nö«, erwiderte Wildman und fand ein Stück die Straße hinunter seelenruhig eine passende Lücke, bevor er von einem großen schwarzen BMW mit Diplomatenkennzeichen von der Straße gefegt werden konnte. »Er wäre total ausgerastet. Hören Sie, diese Schweine haben versucht, meinen Sergeant umzubringen, irgendjemand muss etwas darüber wissen, irgendjemand muss sich dafür verantworten.«

Sie betrachtete ihn, sein grimmiges Gesicht, die mahlenden Kiefer, die mit rhythmischer Heftigkeit ein Kaugummi traktierten, das er hin und wieder unappetitlich mit der Zunge herausstreckte.

»Vielen Dank«, sagte sie.

»Nicht doch«, knurrte er für den Fall, dass sie ihn in irgendeiner Weise nett finden könnte.

»Aber wissen Sie, ein im Wagen zurückgelassenes Handy, der Typ hat zufällig für den Palast gearbeitet, Zahlungen von seltsamen Konten. Genau wie Scooby Doo, meinen Sie nicht?«

»Wollen Sie andeuten, dass jemand absichtlich eine falsche Spur gelegt hat?«

»Ja«, sagte Ash. »Es stinkt. Als ob in drei Meter hohen Buchstaben ›Falsche Fährte‹ darüber stehen würde.«

»Ich weiß«, sagte Wildman. »Der Gedanke ist mir auch schon gekommen.«

»Und?«, fragte sie, begleitet von einem lauten Hupen, mit dem Wildman ein paar dänische Touristen in Dufflecoats aus dem Weg scheuchte, die es gewagt hatten, vor ihm die Straße zu überqueren.

»Ich glaube nicht«, sagte er.

»Sie glauben nicht? Ist das alles? Haben Sie nichts Konstruktiveres?«

»Muss ich auch nicht«, fauchte er sie an. »Ich glaube nicht, dass es eine gelegte Spur ist. Warum sollte jemand sich die Mühe machen, Scheiße noch mal?«

»Aus demselben Grund, aus dem er die Fingerabdrücke der Queen auf Mordwaffen verteilt«, sagte Ash. »Ich weiß nicht, was es ist, aber jemand versucht schon die ganze Zeit, die königliche Familie zu belasten. Es ist Wahnsinn. Und jetzt sollen wir zusammen mit den Royals dumm dastehen.«

»Ich höre Sie, Danno«, sagte er, während der Verkehr langsam The Mall hinaufkroch, nachdem man den weibischen amerikanischen Allrad-Jeep, der seit einer halben Stunde im Schnee feststeckte, endlich aus dem Weg geräumt hatte. »Aber ich habe eine Theorie.« Und dabei beließ er es, spielte mit seinem Publikum und zwang sie, die Frage zu stellen.

»Und wie lautet die Theorie?«, fragte sie artig.

»Ich schätze, der Palast stellt sich einfach dämlich an«, sagte er. »In der ganzen modernen Ära, Charles und Di, Andrew und dieses Flittchen, Edward, der sich in der Arsch ficken lässt, und der ganze Kram. Die sind so subtil wie abgereichertes

Uran. Alles, was die anfassen, ist absolut dilettantisch. Komplett nutzlos.«

»Meinen Sie?«

»Ja«, sagte er. »Das meine ich. Es mag aussehen wie getürkte Indizien, aber das ist bloß ein weiteres Beispiel für die uneinholbare Spitzenposition, die der Palast auf dem Wichsometer von *It's A Knockout* einnimmt.«

Ash lehnte sich lächelnd zurück. Es war seine Show, dachte sie. In solchen Situationen wurde für gewöhnlich nicht der Detective Sergeant erschossen. Ihr Part war es gewesen, ein paar sanfte Fragen zu stellen und zu vermeiden, dass sie umgebracht wurde. Das würden sie ihr nicht nachtragen. Wenn Wildman seinen Kragen riskieren wollte, war das seine Entscheidung. Sie konnte sich zurücklehnen und zusehen, wie die Scheiße sprichwörtlich an die Decke flog.

»Das ist ziemlich witzig. Das Wichsometer von *It's A Knockout*.«

Und sie kicherte, und auch Wildman musste unwillkürlich über seinen eigenen Witz lachen.

Barney stand zum letzten Mal in Garretts Büro und zuckte die Schultern wie in den alten Zeiten, als er noch ein Schulterzucker gewesen war. Doch nun war es nicht mehr Ausdruck einer allgemeinen Verwunderung, sondern vielmehr coole Indifferenz gegenüber dem, was andere sagten, gepaart mit einer totalen Unfähigkeit, seine eigene Meinung in Worte zu fassen.

»Sehen Sie sich um, Barney«, sagte Garrett. »Der Laden bricht auseinander. Das Personal stirbt wie die Fliegen, es kommen keine neuen Aufträge mehr rein, das Ganze ist eine einzige Katastrophe. Heute Abend kommt Bethlehem zurück, und er ist erledigt. Wirklich, übrig sind nur ich und wer immer bereit ist, an meiner Seite zu stehen. Und dann können wir anfangen, hier mit dem exzellenten Kundenstamm, über den wir bereits verfügen, etwas aufzubauen. Aber wir brauchen kluge Köpfe, um den Verlust zu ersetzen, und Sie sind der beste Werbemann, den ich seit Jahren getroffen habe, Barn. Klar sind Sie noch ein Frischling, aber das geht vorbei. Der Grundstein, das ungehinderte Talent, ist da, Mann. Sie haben es geblickt, sobald sie durch die Tür gekommen sind. Es ist diese ganze Frisörsache, Mann. Sie verstehen die Menschen, und deswegen können Sie diesen Job machen. Sie wissen, was die Leute kaufen und warum und wie man sie dazu kriegt. Sie haben einfach diese unglaubliche Frisöraura um sich, die ausstrahlt, dass sie die Essenz des menschlichen Seins begreifen, verstehen Sie, den Kern des Ganzen, Sie kapieren die Dichotomie der menschlichen Existenz. Wegen ihrer Erfahrung im Frisörmilieu sind Sie in jedem Aspekt voll auf der Höhe. Sie sind ein Phänomen, ein Hipster, eine Raubkatze, ein Rollercoasterman, aber auf einer Achterbahn, die immer schnell und geradeaus fährt.«

»Das wäre dann ein Zug«, sagte Barney, um zu beweisen, dass er noch nicht eingeschlafen war.

»Sehen Sie«, sagte Garrett völlig humorlos, »Sie sind witzig, Sie sind clever, Sie sind beißend, hellsichtig, fix. Nicht nur diese Agentur, die ganze Werbebranche sucht händeringend Leute wie Sie. Wir beide, Barn, können Großes erreichen. Denken Sie darüber nach, Barn, wenn wir die Gesamtkontrolle über die Firma übernommen haben, könnten wir den Namen in Garrett & Thomson ändern, an die Börse gehen und einen der noch größeren Bürotürme übernehmen, die sie eine halbe Meile flussabwärts bauen. Und wir fangen nicht mit einer neuen Agentur bei null an, wir kicken Bethlehem raus und sind im Spiel. Ein Relaunch. Mein Gott, wir könnten eine Niederlassung in New York aufmachen. Die Amerikaner würden Sie lieben, Mann, weil sie genau das haben, was da drüben keiner hat. Die stehen absolut auf diese ganze britische Ironie, wissen Sie, und die haben Sie total drauf. Sie könnten in New York oder sogar L.A. ganz groß rauskommen. Himmel, L.A., Mann! Die würden Ihnen aus der Hand fressen. Sehen Sie es vor sich, Barn? Garrett & Thomson, London, New York und Los Angeles. Mein Gott, das wäre wirklich fantastisch. In L.A. könnten wir uns eine dieser großen Villen mieten, große Partys, jede Menge Frauen, die lieben die Engländer da drüben.«

»Ich bin Schotte«, sagte Barney.

»Genau«, sagte Garrett, »noch besser. Sie haben diese William-Wallace-Ausstrahlung, dafür machen die sich auf der anderen Seite des Teiches dieser Tage ins Höschen. Mein Gott, Mann, die Vorfahren des ganzen Landes haben Schottland 1746 verlassen, Himmel noch mal. Die würden auf Sie abfahren wie auf diese beschissenen japanischen Gimmicks. Nichts kann Sie aufhalten, Barn. Nichts kann uns aufhalten.«

»Ich gehe zurück nach Schottland«, sagte Barney. »Vielleicht nicht heute, vielleicht nicht morgen, aber bald und dann für den Rest meines Lebens.«

»Tun Sie mir das nicht an, Barn!«

»Ich dachte, ich mach vielleicht einen kleinen Salon auf. Thomson's würde ich ihn nennen. Nichts Schickes, nicht Thomson & sonst wer, oder Thomson & MacDuff oder Thomson & irgendein Idiot, sondern nur Thomson's. Wenn es gut läuft, mache ich vielleicht eine landesweite Kette daraus. Thomson's in Lundin Links, New Elgin und Lamlash.«

»Barn, mein Gott, Barn, das ist Wahnsinn. Ich brauche Sie heute Abend, Barn. Das Meeting, die Stimmenstruktur. Sehen Sie nicht, dass wir nach McKees Tod eine Riesenchance haben. Sie, ich und wen immer ich zum Leiter der HUMA ernenne. Wir können Bethlehem sauber rausmobben.«

Barney sah ihn an, Garrett beugte sich über den Tisch, die Anstrengung des Tages stand ihm ins Gesicht geschrieben.

»Sie sehen müde aus«, sagte Barney. »Sie sollten ein wenig schlafen, bevor Ihr Mann zurückkommt.«

Garrett lehnte sich zurück, endgültig geschlagen, in seinem Bemühen, Barney zum Bleiben zu bewegen. Die Diskussion dauerte jetzt fünfzehn Minuten, und einer der Gründe, warum er so viel Respekt vor dem Mann hatte, war die Tatsache, dass er wusste, dass er ihn nicht umstimmen konnte. Der Grund, warum er wollte, dass er blieb, war genau der Grund, warum er ging. Zeit zu kapitulieren und darüber nachzudenken, mit wem er ihn in dem Meeting ersetzen konnte.

»Müssen Sie schon heute gehen?«, fragte er.

»Ich sehe keinen Sinn darin, länger zu bleiben«, sagte Barney. »Tut mir Leid, dass es nicht geklappt hat.«

»Ja«, sagte Garrett.

Barney machte einen Schritt nach vorn, Garrett stand auf, und die beiden Männer schüttelten sich die Hand, bevor Barney sich umdrehte und das Büro verließ. Garrett ließ sich auf seinen Stuhl fallen und starrte auf die geschlossene Tür. Zurzeit gingen für ihn überall Türen zu. Er schaltete seinen PC ein und checkte seine E-Mails. Im Verlauf seines Gespräches mit Barney waren elf neue Nachrichten eingegangen, doch keine von Belang für die Ereignisse des Tages und auch keine von Taylor Bergerac.

Er fing an, ihre große Geste aus den Augen zu verlieren.

Kapitel 4

Exron Empört!

Je bei einer blanken Lüge erwischt worden? Mit heruntergelassener Hose, der Hand in der Kasse oder roten Ohren bei dem Versuch, ein gefälschtes und getürktes Dokument als verlässliche Wahrheit zu verkaufen?
Sie brauchen das brandneue **Exron Empört!**, die neue Duftnote für Männer. **Exron Empört!** verleiht Ihnen das Selbstbewusstsein, das Sie brauchen, um nach Herzenslust zu lügen, zu schwindeln und Meineide zu leisten. Blicken Sie Ihrem Gegenüber in die Augen, empören Sie sich und sagen Sie, was Sie wollen, egal wie verlogen.
Exron Empört! für Männer. 145,99 Pfund von Boots.
(Der Duft, den auch Bill Clinton und Tony Blair benutzen.)

Ash saß wieder in dem kleinen Vorzimmer, in dem sie schon vor zwei Tagen gehockt hatte. Damals war sie allerdings unbewaffnet gewesen. Diesmal hatte sie ein außer Kontrolle geratenes Geschoss bei sich.

»Genau das meine ich«, sagte Wildman, der im Zimmer auf und ab lief und die Gemälde der Marquisen oder was immer sie waren, aus dem 16. Jahrhundert betrachtete. »Gucken Sie sich diesen Müll an. Scheiß Pomp und Gepränge. Und unsere beschissenen Richter müssen diese Klamotten immer noch tragen. Ich meine, was soll das, bitte sehr? Man geht auf eine Universität, arbeitet sich jahrelang rund um die Uhr den Arsch in irgendeiner Anwaltskanzlei ab, und am Ende muss man sich verkleiden wie ein Volltrottel.«

»Ich wusste gar nicht, dass Sie eine derartige Affinität zu der juristischen Zunft haben«, sagte sie und merkte, dass sie sich amüsierte. Ihre Stimmung war sonderbar leicht, was ihr unerklärlich war und bleiben sollte. Erst wenn sie in den Himmel kam, würde sie in der Lage sein, die allgemeine gute Laune zu verstehen, die die verbleibenden 53 Jahre ihres Lebens erfüllen sollte.

»Die Wichser können mich mal«, sagte Wildman. »Die sind mir scheißegal, aber darum geht es nicht, oder? Wir haben eine verrückte und zu Darmverstopfung neigende Gesellschaft.«

»Jede Gesellschaft ist verrückt«, sagte Ash. »Vielleicht gibt es eine Auswahl von verschiedenen in der Welt vorkommenden Formen des Wahnsinns, aber der Effekt ist mehr oder weniger immer der gleiche. Wir sind auch nicht schlimmer als alle anderen.«

»Wirklich sehr philosophisch, Ash«, sagte Wildman in dem Moment, als die Tür zu Milloys Büro aufging, und der Mann höchst selbst erschien.

Milloy ignorierte Ash vollkommen und wandte sich sofort an Wildman. Ein Mann als Gegenüber, dachte er, da ließe sich zumindest irgendetwas klären.

»Chief Inspector«, sagte Milloy. »Tut mir schrecklich Leid, dass ich Sie habe warten lassen.«

»Was soll der Scheiß?«, schnitt ihm Wildman ungeduldig das Wort ab. »Lassen Sie uns zur Sache kommen.«

Damit marschierte er an Milloy vorbei in dessen Büro, musterte dabei rasch die Gemälde ringsum an den Wänden, die aussahen wie Spiegelbilder der Porträts aus dem Vorzimmer, und setzte sich auf einen der beiden Stühle vor dem Schreibtisch. Milloy folgte ihm eilig, ohne Ash eines Blickes zu würdigen, obwohl er ihr zumindest die Tür aufließ. Sie trottete als Letzte ins Zimmer und bedrohte Milloy in dessen Rücken mit einem ausgestreckten Zeigefinger, bis sie den Spiegel an der Wand bemerkte, in dem er sie durchaus gesehen haben konnte. Aber selbst das war ihr egal.

Milloy und Ash begaben sich auf ihre jeweiligen Plätze, Milloy stützte seine Ellenbogen auf die Armlehnen und verschränkte die Finger. Ein dünnes, beinahe hageres Gesicht, lange Nase, bösartig schmale Lippen, die Küssen als mögliche Freizeitgestaltung von vornherein ausschlossen, dunkle, sehr dunkle Augen und eine Frisur wie Edward VII., die er seit seinem dritten Lebensjahr trug.

»Wie können wir Ihnen behilflich sein?«, fragte er selbstverständlich Wildman. Ash atmete tief ein und versuchte, ihre aufsteigende Wut zu zügeln, obwohl sie plötzlich merkte, dass sie gerne über den Tisch springen und ihm mit bloßen Händen den Kopf abreißen würde. Das gäbe einen guten Lacher.

»Wir möchten Ihnen einige Fragen über Joseph Bauers stellen«, sagte Wildman ohne Vorspiel direkt auf den Punkt kommend. Er wartete auf die kühle Reaktion, die einstudierte Antwort. Das anfängliche Leugnen jeglicher Kenntnis des Namens, der übliche Ich-schaue-in-den-Unterlagen-nach-und-melde-mich-Mist.

»Einer unserer Gärtner«, sagte Milloy. »Nicht besonders verlässlich, wir mussten ihn nach einigen Wochen entlassen.«

»Inwiefern unzuverlässig?«, unterbrach Ash ihren Chef ungewohnterweise, um zu sehen, ob Milloy sie tatsächlich angucken würde. Wildman begriff, was sie tat, und ließ sie gerne gewähren. Und es funktionierte nicht, weil Milloy seine Antwort trotzdem an Wildman richtete.

»Er ließ es an Pünktlichkeit mangeln; er hatte ein paar Zeugnisse und ein paar gute Referenzen, aber ihm fehlte offensichtlich die nötige Kenntnis. Ich kann ehrlicherweise nicht behaupten, dass wir ihm eine wirkliche Chance gegeben haben, aber es geht schließlich um den königlichen Garten, und es gibt jede Menge guter Männer, die den Job machen wollen.«

»Wie viele Personen sind im Palast beschäftigt?«, versuchte Ash es erneut.

»Einschließlich der Teilzeitkräfte und regelmäßigen Hilfskräfte für diverse Ereignisse im Laufe des Jahres knapp dreihundert«, antwortete er, immer noch ohne sie anzusehen.

»Und Sie sind für das Heuern und Feuern zuständig?«, fragte sie.

»Nein«, sagte er, »ich bin, wie Sie wissen, verantwortlich für die Gesamtorganisation des Palastes, deshalb unterstehen mir viele verschiedene Abteilungen.«

»Warum«, fragte Wildman und beugte sich vor, »wissen Sie dann so gut über Bauer Bescheid? Ein kleines Licht wie er muss doch gekommen und wieder gegangen sein, ohne dass Sie es überhaupt mitbekommen haben.«

»Nichts«, sagte Milloy und machte eine kleine Pause, »kommt und geht wieder, ohne dass ich es mitbekomme. Für Sie mag das eine Lappalie sein, Inspector, aber ich bin der königliche Sachwalter, und es ist meine Aufgabe, alles zu wissen. Ich bin stolz darauf, der Beste zu sein.«

Das Ganze vorgetragen in einem Tonfall, der eine Nonne zur Brechstange hätte greifen lassen, um ihm den Schädel einzuschlagen. Womit nicht gesagt sein soll, dass Nonnen das Nonplusultra an Heiligkeit sind oder so. Jeder von uns ist schon einmal von einer Nonne aus dem Bus geschubst worden. Oder Schlimmeres.

»Der königliche Sachwalter«, sagte Wildman übertrieben

und irgendwie falsch. »Klingt das nicht wie ein Haufen Blödsinn?«

Darauf erwiderte Milloy nichts, er starrte, ohne zu blinzeln, geradeaus, und seine schmalen Lippen wurden noch schmaler.

»Haben Sie den Mann auch nach seiner Entlassung weiter im Blick behalten?«, fragte Wildman.

»Das würde nicht der Politik des Palastes entsprechen«, sagte Milloy, »es sei denn, wir hätten Grund zu der Annahme, dass wir ihn vielleicht wieder beschäftigen wollen. Das war jedoch in diesem Fall äußerst unwahrscheinlich.«

»Haben Sie eine Akte über den Mann?«, fragte Wildman kalt.

»Ja«, antwortete Milloy ebenso kühl.

»Die würde ich gern sehen, bevor wir gehen«, sagte Wildman. »Ich möchte den kleinen pickeligen Oberschichtschnösel von Sachbearbeiter, den Sie hier garantiert haben, begleiten und sehen, wie er die Akte aus dem Schrank zieht, bevor er sie mir gibt.«

Die schmalen Lippen verzogen sich zu einem Lächeln. Ash bekam eine Gänsehaut.

»Ich glaube kaum«, sagte Milloy.

»Ich schon«, sagte Wildman.

Milloy zog seinen Stuhl näher an den Schreibtisch, nahm eine Mappe aus dem Eingangskorb und schlug sie auf.

»Es war interessant, Chief Inspector, aber wie Sie sicherlich wissen, weilt die Queen zurzeit auf Staatsbesuch in Frankreich, im Anschluss ist eine Reise nach Skandinavien und Finnland geplant, und wir nutzen diese Zeit, um all die Arbeit zu erledigen, die liegen geblieben ist.«

Er löste seinen Blick von Wildman und wandte sich seiner Mappe zu.

»Jenkins wird Sie hinausbegleiten«, fügte er hinzu, wobei sein Ton neue Höhen der Herablassung erreichte.

Wildman und Ash wechselten einen Blick und dachten beide das Gleiche: polizeiliche Maßnahmen mit einem angemessen stumpfen Gegenstand zu ergreifen. Ash ließ Wildman mit einer Handbewegung den Vortritt, damit sie nicht beide gleichzeitig über den Tisch sprangen. Milloy sah sie unwillkürlich verstohlen aus dem Augenwinkel an. Wildman stand auf und beugte sich über den Tisch.

»Passen Sie auf, Sie Wichser«, begann er, den Großteil höfischen Protokolls nonchalant ignorierend, »gestern wurde ein Anschlag auf meinen Sergeant verübt. Vierundzwanzig Stunden, nachdem sie mit einer Ermittlung von Aktivitäten des Palasts begonnen hat. Nun weiß ich, dass Sie ein typischer, übervorsichtiger, dem Establishment in den Arsch kriechender kleiner Scheißer sind und allerlei hohe Beamte kennen, die Sie anrufen können, aber ich bin hart im Nehmen, und ich werde sowieso nicht mehr groß befördert, also ist es mir scheißegal. Draußen wartet ein Team von fünfundzwanzig Beamten darauf, hereinzukommen und uns bei unserer Ermittlung zu helfen. Oder Sie geben dem Sergeant und mir einfach, was wir wollen. Ich weiß, dass Sie dafür sorgen können, dass ich einen Arschtritt kriege, und ich weiß auch, dass wir wahrscheinlich nichts finden werden, aber wir erregen Aufmerksamkeit, und das wird in allen scheiß Zeitungen stehen.«

Er machte eine Pause, um ein wenig Speichel zu schlucken. Milloy hatte ihn bisher nicht einmal angesehen. Er starrte auf seinen Schreibtisch, während er mit rasenden Gedanken die verschiedenen Möglichkeiten an Krisenszenarien kalkulierte: Wenn er Wildman Einsicht in die Akte gewährte, würde er möglichen weiteren Bitten entsprechen müssen – wobei die Frage, was seinen Sergeant ursprünglich hergeführt hatte, nach wie vor ungeklärt war. Vielleicht lohnte es sich, bei gewissen Leuten ein paar Gefälligkeiten einzufordern, um Wildman auszubremsen. Dann musste er gleichzeitig dafür sorgen, dass die Presse keinen Wind von der Sache bekam oder sie, wenn doch, unter den Teppich kehrte.

»Ich schlage also vor, Euer königliches Arschgesicht machen Folgendes«, fuhr Wildman fort. »Sie zeigen uns wie verlangt Bauers Akte. Außerdem hätten wir gern einen umfassenden Plan aller Aktivitäten Ihrer Majestät seit ihrer Ankunft in Frankreich. Ich will wissen, wann sie geschissen hat und welche Farbe das Klopapier hatte, ich will wissen, wann sie sich die Zähne geputzt und ob sie Zahnseide oder Zahnstocher benutzt hat …«

»Das ist ungeheuerlich«, sagte Milloy mit zusammengebissenen Zähnen. »Raus!«

»Sie können mich mal, Ihre Königliche Batmanheit«, sagte Wildman, der sich seinerseits königlich amüsierte, obwohl er nicht sicher war, dass er sich so sorglos fühlte, wie er vorgab. »Entweder Sie tun es und zwar sofort, oder ich rufe ein paar alte Kontakte an, die ich noch bei der großartigen Presse dieses Landes habe, und informiere sie darüber, dass man jede Menge Fingerabdrücke Ihrer Majestät auf der einzigen Mordwaffe entdeckt hat, die bisher im Fall des Serienmörders gefunden wurde.«

Jetzt sah Milloy Wildman endlich doch an. Er war einem Schlaganfall bedenklich nahe und sprachlos vor Wut.

»Und wenn Sie glauben, dass Sie bei unseren skrupellosen Freunden von der beschissenen, so genannten vierten Gewalt ein paar Gefälligkeiten anmahnen können, tun Sie das nur, dann wende ich mich eben an die Amerikaner, die Franzosen und die Deutschen, mal sehen, was die mit der Information anfangen wollen. Kapiert, Batman?«

Milloy atmete tief ein. Er zitterte vor Empörung und Leidenschaft bis in die letzte Faser, während er auf der Suche nach einem Ausweg, der der Welt draußen verborgen bleiben würde, fieberhaft verschiedene Möglichkeiten durchdachte. Schließlich sah er zum ersten Mal, seit sie den Raum betreten hatte, Ash an.

Das ist mein Einsatz, dachte sie und beugte sich vor. Der richtige Zeitpunkt, auf ruhige und gelassene Frau zu machen, was ihn wahrscheinlich noch mehr in Rage bringen würde.

»Der Chief Inspector wollte Sie nicht provozieren«, sagte sie. »Wir können es uns ebenso wenig erklären wie Sie, aber die Fingerabdrücke der Königin wurden auf mehreren bei diesen Verbrechen verwendeten Waffen gefunden. Wir wissen, dass Ihre Majestät in keiner Weise verwickelt ist, doch wir müssen in Erfahrung bringen, wie jemand in den Besitz ihrer Fingerabdrücke gekommen ist. Deshalb müssen wir uns ein vollständiges Bild ihrer Aktivitäten machen. Das ist unser Job. So unerfreulich und unangenehm er auch sein mag und so unnötig Sie ihn vielleicht finden, wir müssen ihn tun. Je mehr der Palast mit uns kooperiert, desto schneller werden wir zum Grund dieser Angelegenheit vordringen.«

Nachdem er sie so lange ignoriert hatte, wandte Milloy den Blick nun nicht mehr von ihr. Er suchte nach einem Ausweg, erwog, welche Konsequenzen es haben würde, wenn er ihnen genau das gab, worum sie ihn gerade gebeten hatte. Dann stand er abrupt auf.

»Geben Sie mir eine Minute«, sagte er.

»Aber nicht mehr, Batman«, sagte Wildman. »Und nicht vergessen, ich will Sie begleiten, wenn Sie Bauers Akte holen. Und ich will keine eiligen Schritte auf irgendwelchen langen scheiß Fluren hören.«

Ein weiterer Blick, der sein Gegenüber vernichten sollte,

sein Ziel jedoch verfehlte, dann verließ Milloy eilig den Raum und ließ die Tür offen.

Wildman und Ash sahen sich mit hoch gezogenen Brauen an.

»Was war denn das, Scheiße noch mal?«

Ash zuckte die Achseln und dachte, na ja, ich fand, dass es Zeit wurde, ein wenig ruhigen weiblichen Einfluss wirken zu lassen, weil sie beide so aussahen, als ob sie sich in Kürze mit Handtaschen bewerfen würden.

»Ich meine«, sagte Wildman, »gehört Finnland nicht zu Skandinavien? Was zum Teufel soll das?«

Kapitel 5

Spandau Ballet – Unplugged

Jetzt erhältlich in zahlreichen HMV-Shops: Spandau Ballets fantastischer MTV-Set vor ein paar Technikern in einem Londoner Studio 1995. Hören Sie all ihre großartigen Hits, darunter auch ›Gold‹ und die anderen Klassiker, in einer akustischen Version bar allen prätentiösen Gewichses. Sie erhalten *Spandau Ballet Unplugged*, zurzeit auf Position 4 326 301 der HMV-Chart, gratis beim Kauf jedes beliebigen anderen Artikels.

Barney betrat das kleine Büro im zehnten Stock, das er drei Tage lang als Frisörsalon benutzt hatte, weil er noch ein paar Scheren holen musste. Danach galt es ein oder zwei Menschen Lebewohl zu sagen, wenn überhaupt noch jemand da war, bevor er sich auf den Weg machte. Vielleicht noch eine weitere Nacht in London, dann ging's wieder weiter. Er war sich nicht schlüssig, was er wegen Ashley Daniels machen sollte. Dagegen war Harlequin Sweetlips ein geringeres Problem, ihr musste er einfach nur aus dem Weg gehen. Aber vielleicht ließ sie ihm gar keine Wahl. Er hatte sie seit zwei Tagen nicht gesehen, würde sie vielleicht nie wieder sehen. Ihre Sache mit Bethlehem, Forsyth & Crane, vorausgesetzt es war ihre und nicht die eines anderen, musste beinahe beendet sein. Danach würde sie höchstwahrscheinlich verschwinden und man würde nie wieder von ihr hören. Zumindest nicht bis zur nächsten bizarren Mordserie irgendwo in Texas, Ohio oder dem brasilianischen Regenwald.

Die Angelegenheit mit Ashley Daniels war da schon wesentlich kniffliger. Er hatte nicht eine Sekunde lang daran gedacht, sie einfach zurückzulassen, egal wohin er ging. Aber war er bereit, auf seinen großen Streifzügen um die Welt Gesellschaft zu haben, und würde sie es überhaupt wollen? Und da war noch etwas: die seltsame Idee, die in seinem Unterbewusstsein lauerte, dass er ihr eine Menge schuldete. Er hatte keine Ahnung, was oder warum oder woher die Vorstellung kam. Doch es könnte schwierig werden, London zu verlassen, wenn er es wollte und sie nicht. Trotzdem wusste er, dass er gehen musste.

»Alles in Ordnung, Chef?«, fragte eine Stimme hinter ihm.

Barney drehte sich um und blickte in das lächelnde Gesicht Nigel Okochas.

»Hallo«, sagte Barney. »Noch hier?«

»Ja, kein Problem für mich, Kollege. Ich bin an einer guten Sache dran, wozu gehen, wenn man nicht gedrängt wird? Und wenn man gedrängt wird, kann man immer noch Gegenmaßnahmen ergreifen, oder? Gerichtlich und so.«

»Ja«, sagte Barney, »da haben Sie vermutlich Recht. Ich gehe trotzdem.«

»Kein Problem, Chef, wir haben alle unsere eigenen Pläne. Hören Sie, Sie haben keine Zeit, noch mal schnell ein bisschen Fasson in meine Frisur zu bringen, oder? Sollte Sie nicht mehr als ein paar Minuten kosten, Chef.«

Barney nickte. Warum nicht? Schließlich stieg er nicht aus, um irgendwo anders Marketingberater zu werden. Dies war die Arbeit, zu der er zurückkehren würde, also konnte er genauso gut gleich damit anfangen.

»Klar doch, mein Sohn«, sagte Barney, und Nigel Okocha, dessen Selbstvertrauen im Laufe des Tages eigenartig angeschwollen war, setzte sich auf den großen Stuhl.

Er betrachtete sich im Spiegel, schürzte die Lippen, und ihm gefiel, was er erblickte. Er sah gut aus, er fühlte sich gut. Barney warf ihm den Umhang über, befestigte den Klettverschluss im Nacken und bürstete unnötigerweise den Rasierapparat ab, bevor er ihn einschaltete. Er betrachtete die leere Leinwand des Schädels vor sich, stellte fest, dass tatsächlich kaum mehr zu tun war als das Verlangte, ein bisschen Nachrasieren im Nacken, und schaltete den Apparat ein.

»Sie sehen ziemlich vergnügt aus«, sagte er, sofort wieder in beiläufiges Frisörgeplauder verfallend, »für jemanden, der heute Morgen als Verschwörer überführt worden ist.«

Okocha lächelte.

»Ich bin Nigerianer«, sagte er. »Es liegt in unserer Natur zurückzukommen. Ich bin wiedergeboren.«

»Super«, sagte Barney. »Wie hat denn das geklappt?«

Okocha betrachtete ihn im Spiegel und überlegte offensichtlich, ob er sich auf ein Gespräch einlassen sollte, wobei Barney instinktiv wusste, dass er sich fürs Reden entscheiden würde.

»Ja«, sagte Okocha zur Eröffnung, »ich muss zugeben, dass ich kurz davor war, mit den anderen dreien den Laden hier zu verlassen. Aber dann hat Garrett sich ein Outline angesehen, das ich ihm am Freitag vorgelegt habe, und ist, unglaublich, aber wahr, zu mir gekommen, um mich zum Bleiben zu bewegen. Das Leben ist total scheiß verrückt, Mann. Er hat mir die Leitung der HUMA angeboten, was mir absolut irre erscheint, aber er meint, es wäre nur vorübergehend. Und mir kommt es gerade ganz gelegen.«

»Da kann man mal sehen«, sagte Barney und fuhr mit dem

Rasierer vorsichtig über Okochas Schädel. »Worum ging es denn in dem Outline?«

»Ein Teil des Exron-Etats«, sagte Okocha.

»Ah«, sagte Barney, »die endlose Geschichte.«

»Dampfslips«, sagte Okocha.

Barney nickte und umschiffte die Ohren. Um die Ohren herumrasieren war immer ein bisschen lästig, aber er wusste, dass er sie vermissen würde, wenn sie nicht da wären. Wie Autofahren im dichten Verkehr.

»Da hab ich wohl was verpasst«, sagte Barney. »Klingt wie ein Überbleibsel aus dem alten Ostblock. Irgendwas, was in den 50er Jahren erfunden wurde, damit Sportler durch den Winter kommen.«

Okocha lachte. »Glaub nicht, dass die Leute von Exron daher kommen.«

»Und um was handelt es sich nun?«, fragte Barney. »Slips, deren primärer Zweck es ist, Dampf zu produzieren, oder Hightech-Unterwäsche, die Dampf als Nebenprodukt erzeugt.«

»Also, die Sache ist die«, sagte Okocha. »Sie bringen den Artikel mit zwei verschiedenen Produktlinien heraus, die auf das obere Marktsegment zielen, wissen Sie, den Unterwäschekenner, den Mann oder die Frau von Raffinesse, die oberen Zehntausend, die nach dem gewissen Extra in der Dessouskultur verlangen.«

»Erstaunlich, dass es solche Leute gibt«, sagte Barney.

»Das haben Marktforschungen ergeben.«

»Natürlich.«

»Erst bringen sie die Condensation Special heraus, eine feste Unterhose, die mit irgendeiner dünnen dampfresistenten Beschichtung überzogen ist, die die Pobacken und den Genitalbereich angenehm wärmen soll. Für dieses wunderbare Glühen um den guten alten Podex an kalten Wintermorgen.

Ich stelle mir vor, dass die Werbung einen Mann und eine Frau zeigt, die Hand in Hand zufrieden lächelnd durch die schneebedeckten Straßen von Boston schlendern, dazu der Slogan *Wärme ohne Unbehagen. Die Zukunft der Unterwäsche.*«

»Ich bin sicher, ich würde mir sofort ein Paar davon kaufen«, sagte Barney und fegte mit Elan und einer gewissen Extravaganz über Okochas Kopf. »Gehört die Frau zur Ausstattung?«

Okocha lachte.

»Die zweite Variante, die sie auf den Markt bringen wollen«, fuhr er fort, »ist erotischer, aber immer noch stilvoll und bequem, und man kann sie in alltäglichen Situationen tragen. Es soll ein Slip mit mindestens sieben oder acht beweglichen Teilen sein, die eine beliebige Anzahl von erogenen Zonen im Bereich der Unterwäsche stimulieren und befriedigen können. Die Slips werden dampfbetrieben sein, mit einem kleinen Ventil für das Kondensat.«

»Klingt wie ein absoluter Qualitätsslip«, sagte Barney.

»Genau. Für die Kampagne denke ich an eine scharfe, aber nicht komplett modelhafte Gestalt wie sagen wir Jorja Fox aus C.S.I. Wir zeigen sie in einer typischen Situation aus der Serie, also sie zieht den Kopf von irgendwem aus einem Teich, seziert Maden oder irgend so ein Mist, und dann erkennt man, dass sie die ganze Zeit einen erotischen Kick von ihrer Unterwäsche bekommt.«

»Vielleicht sollten Sie lieber jemanden zeigen, der einfach nur an einem Schreibtisch sitzt«, sagte Barney und rasierte mit einem kunstvollen Schnörkel um Okochas rechtes Ohr herum.

»Meinen Sie?«, sagte der. »Nun ja, mal sehen. Ich glaube, Garrett hat es ganz gut gefallen. Der Slogan soll jedenfalls heißen: *Genuss unter Dampf: Hightech-Slips mit eigener Energieversorgung.*«

»Ausgezeichnet«, sagte Barney.

»Auf der Verpackung für die beiden Sonderausgaben wird ein Bild von einem Mann und einer Frau abgebildet, die die Slips tragen, darunter der Hinweis *Gebrauchsvorschlag.*«

»Sie haben wirklich an alles gedacht«, sagte Barney.

»Absolut«, sagte Okocha, »jetzt verstehen Sie, warum Garrett auf Händen und Knien angekrochen gekommen ist.«

Barney lächelte, vollführte eine letzte schwungvolle Schleife mit dem Rasierer, und dann war die Nummer eins fertig. Er schob die Schutzkappe von der Klinge und fuhr mit dem Rasierer an Okochas Nacken entlang.

Die Tür ging auf und ein junger Bursche, den Barney nie zuvor gesehen hatte, steckte seinen Kopf herein.

»Hi«, sagte er.

»Ja?«, fragte Barney und musterte ihn im Spiegel, während er Okochas Nacken den letzten Schliff verlieh.

»Palmer aus der Buchhaltung«, sagte Arid Palmer, vormals die Nummer drei in der Buchhaltung, der sich jetzt unbegründete Hoffnungen auf die Abteilungsleitung machte und beschlossen hatte, sein Haar entsprechend stutzen zu lassen. Zurzeit trug er einen eher überflüssigen Spandau Ballet. (Marcus Blade war ungefähr zwei Sekunden lang beeindruckt gewesen.) »Ich habe gehört, Sie frisieren wieder«, sagte er.

Barney richtete sich auf, drehte sich um und sah ihn an. Er frisierte erst seit fünf Minuten wieder. Keine der beteiligten Parteien hatte den Raum verlassen. Wie verbreitete sich so etwas? Er zuckte die Achseln, es war ihm so egal, dass er nicht einmal fragte.

»Setzen Sie sich«, sagte er. »Ich bin fast fertig.«

Noch ein paarmal mit dem Rasierer über Okochas Nacken gesummt, dann war er so weit. Palmer lungerte im Rückraum herum. Er wollte sich nicht setzen, weil er dachte, wenn man sich in der Werbung hinsetzt, kann man nicht mit all den anderen Schritt halten, die rennen. Das hatte ihm Garrett einmal beigebracht.

Barney entfernte das Cape, bürstete kurz Okochas Schultern ab und trat einen Schritt zurück. Okocha blickte in den Spiegel, strich beeindruckt durch sein Haar und schüttelte Barney die Hand.

»War mir ein echtes Vergnügen, Meister«, sagte er.

»Danke«, sagte Barney.

Okocha umarmte ihn mit einem letzten Lächeln und verließ den Raum, wobei er Palmer im Vorbeigehen ein »Hey, Champion!« zuwarf, obwohl er eigentlich dachte: »Hey, Blödmann!«

»Setzen Sie sich«, sagte Barney und wies auf den Stuhl.

Palmer blickte auf den Stuhl, sah zur Tür und überlegte, was er sagen sollte. Er guckte Barney an und dann wieder den Stuhl.

»Einen Haarschnitt zum Mitnehmen haben Sie nicht?«, fragte er.

Kapitel 6

Die Exron Wäsche-Corporation: Was Wäsche wählt, wenn sie friert.

Die Direktoren und Financiers der EUC sind stolz, die Markteinführung der allerneusten Produktentwicklung im Bereich Hightech-Unterwäsche für den anspruchsvollen Genießer bekannt zu geben. Jedes Mal, wenn es scheint, als wäre die Welt auf der Suche nach dem Optimum in genitaler und analer Behaglichkeit so weit gekommen, wie es überhaupt geht, kann man sich auf das Genie und die Hellsicht eines Mannes verlassen, der die Grenzen der Unterwäsche jene paar Zentimeter vorantreibt und das Unmögliche schafft. So ist es mit dem heutigen Launch der Exron-Produktlinie in Qualitätsunterwäsche für Sie und Ihn wieder einmal geschehen. Jahrelang arbeiteten Teams von Wissenschaftlern in den Laboratorien Mittelenglands nur für ein Ziel: Die Menschheit sollte sich nie wieder die Gonaden verkühlen müssen. Und mit der Einführung von Condensation Special und Vapour Delight, den ersten Dampfslips der Welt, ist dieser Traum Wirklichkeit geworden. Ob sie zur Arbeit gehen, in einem zugigen öffentlichen Verkehrsmittel sitzen oder das mächtigste Land der Erde regieren, diese Slips sind ein erlesenes Qualitätsprodukt. Der wissenschaftliche Direktor Erfil Sputnik entspannt sich in einem dunkelbraunen Vapour Delight-Slip und erklärt: »Die Idee kam mir eines Tages, als ich auf kaltem Beton saß, rauchte und merkte, dass ich Hämorrhoiden kriegte. Darauf musste es eine Antwort geben, dachte ich, und damit war die Idee des Dampfslips geboren. Dreiundzwanzig Jahre später ist dieser kühne Plan Realität geworden. Unterwäsche wie diese gibt es in jeder Generation nur einmal.« Die Exron Wäsche-Corporation hat es sich zum Ziel gesetzt, aus kleinen Anfängen das nächste große Wäsche-Imperium aufzubauen und die Produktlinie um Dampfslips für Kinder, Dampfslips mit Recycling für überschüssige Körperflüssigkeiten, musikalische Dampfslips und Dampfslips mit 24 Stunden Nachrichten, Wetter und Reisetipps zu erweitern. Die Zukunft ist da; die Zukunft heißt Dampfslips.

Thomas Bethlehem stand auf einer Landebahn des Flughafens Charles de Gaulle und zog seinen Mantel enger um seinen Körper, um sich gegen den eiskalten böigen Wind zu schützen, der über das Rollfeld fegte. Der BA-Flug P1345 um 16.05 sollte 16.10 (WEZ) in Heathrow landen. Mit dem Paddington Express in die Stadt, District & Circle-Line nach Tower Hill, umsteigen in die Docklands Railway bis Canary Wharf, fünf Minuten zu Fuß, und um sieben nach fünf wäre er zurück in der Agentur. Das Meeting war für halb sechs einberufen, er würde Garrett zurechtstutzen und jeden auf seinen Platz verweisen, der sonst noch eine Zurechtweisung brauchte. Wenn überhaupt noch jemand übrig war.

»Was lassen die uns hier bei dem scheiß Wind auf der beschissenen Rollbahn herumstehen?«, fragte er die Frau neben sich.

Harlequin Sweetlips schmiegte sich enger an ihn, hakte sich bei ihm unter und benutzte ihn als einen Schild gegen die Kälte

»Da wo ich stehe, kommt es mir gar nicht so kalt vor«, sagte sie mit ihrem unartigen Lächeln.

Bethlehem schnaubte auf eine Art, die nicht ganz so unattraktiv war, wie es das Wort schnauben andeutet, und drückte sie fest an sich.

Wildman und Ash verließen, die verlangten Unterlagen in der Hand, kopfschüttelnd den Palast. Es hatte aufgehört zu schneien, die Wolken hatten sich verzogen, der Tag war wieder frisch, klar, scharf und wunderbar, und sie traten im Gehen Schnee vor sich her.

Sie verließen den Ort des Geschehens mit praktisch leeren Händen. Die vollständigen Einzelheiten des Beschäftigungsverhältnisses von Joseph Bauers, die genauen Daten der Aktivitäten Ihrer Majestät in Frankreich inklusiver langer, mit einem rätselhaften Virus im Bett verbrachter Phasen, mit anderen Worten, sie hatten bekommen, was sie verlangt hatten. Aber nichts, was ihnen in irgendeiner Weise weiterhelfen würde.

»Die haben uns verarscht«, sagte Wildman.

»Mag sein«, sagte Ash. »Wenn sie etwas zu verbergen haben, haben sie uns gerade verarscht. Wenn jemand ihnen die Schuld in die Schuhe schiebt, haben sie uns nicht verarscht.«

»Ach, Scheiße«, sagte Wildman.

»Verwirrt?«, fragte Ash.

»Nein«, sagte Wildman, »natürlich nicht, verdammt noch mal.«

Er zeigte auf den Wagen und die leuchtend gelbe Parkkralle, die am rechten Vorderrad befestigt war.

»Gott verdammte Scheiße«, fluchte er. »Da, es geht schon los.«

Ash nickte. Die allgemeine unterschwellige, aber gnadenlose Vergeltung dafür, dass sie das Establishment verärgert hatten. Unvermeidlich.

»Wenigstens haben sie Ihren Wagen nur blockiert. Mich haben sie versucht umzubringen.«

Sie näherten sich dem Wagen, und Wildman trat ohnmächtig gegen die Kralle.

»Das beweist wieder einmal – ich weiß nicht – irgendwas«, sagte er schnaubend. »Das ist die Art Kleinscheiß, mit dem die sich abgeben. Leuten auf ihrem Privatparkplatz Parkkrallen zu verpassen, die Wichser. Und Sie können Ihren Arsch drauf verwetten, dass niemand den scheiß Schlüssel hat. Warten Sie hier«, sagte er und stapfte mit kalten Füßen auf der Suche nach dem Mann davon. »Kackschnee«, fügte er noch hinzu.

Ash lehnte sich an den Wagen, begann die Kopien der Unterlagen durchzublättern, die sie mitgenommen hatten, und legte sie auf das Wagendach. Die Akte über Bauers war dünn und komplett unergiebig. Sie mussten die Hintergründe überprüfen, aber die Daten sahen solide aus, die im Rückblick unglaubwürdigen Referenzen wirkten durchaus verlässlich. In der Personalakte wimmelte es von Vermerken über kleinere Verspätungen und Beispiele für fehlerhafte Gartenpflege, die jedem Arbeitgeber zu einer Entlassung gereicht hätten. Es gab keinen Hinweis darauf, dass es seither Kontakte gegeben hatte, aber die würde es natürlich auch nicht geben. Doch es klang alles wahr. Ebenso wie der detaillierte Bericht über die Reisearrangements und Termine Ihrer Majestät. Sie mussten sie natürlich noch mit anderen Quellen abgleichen, aber es wirkte zusammenhängend. Man konnte sich häufig nur auf seinen Instinkt verlassen, und in diesem Fall sagte ihr Instinkt, dass sie sich geirrt hatten.

Aber möglicherweise zogen sie wieder voreilige Schlüsse, denn der Palast würde seine Spuren natürlich verwischt haben, wenn es überhaupt etwas zu verwischen gab. Es war nur so, dass ihre Sorgen, Zweifel und Beschuldigungen, nachdem sie nun öffentlich geäußert waren, auf einmal wirklich ziemlich dumm klangen. Aber so war das Leben. Mitten in der Nacht, in der Dunkelheit des eigenen Verstandes oder an einem Tisch mit einer Gruppe Verschwörer erscheint einem vieles vernünftig, möglich oder realistisch, doch im Licht des Tages und in den Augen nicht Betroffener klingt die vermeintlich radikale Idee nur noch dumm und schwachsinnig. Und so kam Ash sich im Augenblick vor. Bloßgestellt, lächerlich, die eigenen Handlungen erschienen ihr unüberlegt, die vollen Konsequenzen noch unbekannt.

Wildman kehrte mit schleppendem Gang alleine zurück und steckte sein Handy wieder in die Tasche.

»Kein Schwein zu Hause, kann man das glauben?«, sagte er.

»Soll ich noch mal reingehen und versuchen, die Sache zu klären?«, bot sie an.

»Nee«, sagte Wildman. »Ich habe einen Kumpel vom Revier Picadilly angerufen, der jemanden vorbeischickt, um das Scheißding abzunehmen. Mein Gott, diese Leute können einen echt auf die Palme bringen.«

»Wir haben uns geirrt«, sagte Ash, um ihn noch ein paar Zentimeter höherzutreiben.

Wildman grunzte.

»Schon möglich«, meinte er. »Ich bin so oder so nicht überzeugt. Noch nicht. Tatsache ist, Danno, dass jemand versucht hat, Sie platt zu machen, und diese Trottel stehen immer noch auf meiner Wunschliste möglicher Täter.«

Ash zuckte die Achseln. Sie konnte ihn nicht vom Gegenteil überzeugen, und vermutlich hatte er Recht. Man streicht jemanden nicht nur aus Instinkt komplett von der Verdächtigenliste.

»Also gut«, sagte sie, »und was machen wir jetzt?«

Wildman grunzte erneut, starrte auf seine Füße und mied ihren Blick. Ash lächelte spöttisch, weil sie wusste, dass irgendein Haufen Mist auf sie zukam.

»Spucken Sie's aus«, sagte sie, und er blickte auf.

»Sie fliegen nach Paris, Danno«, sagte er, und sie schüttelte lachend den Kopf.

»O nein«, erwiderte sie, »kommt nicht in Frage.«

»Mit dem ersten Flug, den Sie kriegen können.«

»Was ist mit Ihnen?«, protestierte sie.

»Kommen Sie«, sagte Wildman, »Sie haben den Wichser da drin doch gesehen. Er wird mir die Hölle heiß machen. Sie hingegen sind ihm scheißegal.«

»Außer er würde noch einmal versuchen, mich umzubringen.«

»Ja, was auch immer. Hören Sie, es ist offen gestanden schnuppe, was für eine Logik ich habe. Ich sage Ihnen, dass Sie fliegen, und das ist das. Kapiert?«

»Was für eine Amtsgewalt werde ich denn da drüben haben?«, fragte sie.

»Amtsgewalt?«, fragte er überrascht. »Sie haben überhaupt keine scheiß Amtsgewalt, Danno. Sie arbeiten undercover, und Sie sollten lieber hoffen, dass nicht irgendein Schwein rauskriegt, wer Sie sind.«

Ash starrte ihren Chef an, wollte verschiedene Dinge einwenden, erkannte jedoch, dass sie allesamt zwecklos sein würden.

»Dann ist ja gut«, murmelte sie.

»Ja, garantiert«, knurrte Wildman und lehnte sich an den Wagen. Ash starrte ihn eine Weile an und wandte sich dann dem jungfräulichen Schnee in den Bäumen zu. Sie dachte an Barney Thomson und fragte sich, wie er heute zurechtkam. Sie hatte gehofft, ihn am Abend zu sehen, aber wenn sie nach Paris flog, war das eher unwahrscheinlich. Sie war immer noch in jener Geistesverfassung, in der sie alles unter dem Blickwinkel betrachtete, inwiefern es die Zeit betreffen würde, die sie mit ihm verbringen konnte. Das war im Moment das Wichtigste.

»Und?«, fragte Wildman und trat in den Schnee, »sind Sie in den Typ aus dem Krankenhaus verliebt?«

Ash blickte überrascht auf.

»Wollen Sie wirklich darüber reden?«, fragte sie, begeistert, über Barney sprechen zu können, selbst wenn es nur mit Wildman war. Wenn man nicht mit dem Menschen zusammen sein kann, den man liebt, ist es das Zweitbeste, über ihn zu reden, und dazu hatte sie bisher noch gar keine Gelegenheit gehabt.

»Eigentlich nicht«, sagte Wildman. »Ich dachte, ich sollte es fragen, aber es ist mir im Grunde scheißegal.«

»Ja«, sagte Ash, ohne ihn zu beachten. »Das echte Gefühl. Direkt vom ersten Augenblick an. Es wird mit jeder Begegnung stärker und stärker. Ich muss immerzu an ihn denken, kennen Sie das? Ich glaube nicht, dass ich so was schon mal erlebt habe. Mein Gott, vielleicht ist es ja die große Liebe. Darüber liest man sonst nur in Zeitschriften. Ich meine …«

»Ja?«, unterbrach Wildman sie. »Nicht in den Zeitschriften, die ich lese.«

»Es ist einfach …«

»Wissen Sie, was, Danno, Sie können jetzt wahrscheinlich aufhören zu reden.«

»Klar.«

»Und es wäre wohl auch das Beste, wenn Sie nicht an den Typ denken, wenn Sie im Rahmen Ihrer Mordermittlung die Queen befragen.«

»Klar.«

»Gut.«

»So weit sortiert?«

»Ja.«

Und irgendwann kam jemand und befreite ihr Auto, sie fuhren durch Schnee und stockenden Verkehr zurück ins Präsidium, und Ash traf, damit niemand von den Kollegen etwas mitbekam, alleine und mit ihrer privaten Kreditkarte Vorbereitungen, noch am Abend nach Paris zu fliegen. Sie buchte ein kleines Einzelzimmer im Pariser Hilton und einen Sitz in der Economy-Klasse auf dem BA-Flug Nr. P3462 ab Heathrow um 19.45 Uhr. Und sie hätte sich in den Hintern treten können, dass sie so dumm gewesen war, ihren Pass verlängern zu lassen.

Kapitel 7

Noch eine romantische Komödie 7

Sie ist ein bisschen verrückt, sie ist niedlich, und niemand kräuselt die Nase wie sie. Oscar-Kandidatin Meg Ryan ist wieder da in dem brandneuen haarsträubenden Filmereignis von Norah Ephron: *Noch eine romantische Komödie 7*. Meg Ryan, die zum ersten Mal gemeinsam mit Filmpartner Hugh Grant vor der Kamera stand, spielt die leicht überkandidelte, aber liebenswerte Bioladen-Besitzerin Kate, die, obwohl sie attraktiv, ausgeglichen, vermögend, witzig und fantastisch im Bett ist, das Alter von 43 Jahren erreicht hat, ohne es hinzukriegen, einen auch nur irgendwie vorzeigbaren Mann anzuziehen. Bis sie Multimillionär Grant begegnet, der versucht, ihren Eckladen aufzukaufen, um ihn in eine nukleare Aufbereitungsanlage umzuwandeln. Anfangs verachten die beiden einander, aber könnte es sein, dass die äußerliche Antipathie nur eine tief sitzende Liebe überdeckt, Leidenschaft und das Begehren, sich gegenseitig an die Dampfslips zu gehen? *Noch eine romantische Komödie 7* – ab Freitag im Kino.

Barney wollte an seinem letzten Tag bei Bethlehem, Forsyth & Crane in absehbarer Zeit Feierabend machen. Zum ersten Mal seit längerer Zeit hatte er seinen Arbeitstag sogar beinahe genossen. Nach einem ruhigen Anfang und im Grunde ohne sich irgendwie abzuhetzen, hatte er den ganzen Nachmittag die Haare der Angestellten geschnitten. Vielleicht lag es nur an ihm, aber es war ihm so vorgekommen, als ob sie ständig jünger geworden waren, je weiter der Tag voranschritt. Von den alten Jungtürken waren so viele ermordet worden, dass sie dazu übergegangen waren, Zwölfjährige anzuheuern.

Kurz nach fünf, der letzte Schnitt des Tages. Er hatte seinen Kunden an einem Nachmittag haargestalterischer Kreativität eine Reihe wundervoller Frisuren verpasst, von einem Melgrad Mafia Spektakulär bis zu einem Hoagy Carmichael war alles dabei gewesen. Die letzte verlangte Frisur war ein Millimeter genauer Johnny Depp (*Chocolat*) gewesen, den er, durchaus zufrieden mit seinem Werk, soeben beendete. Jack McFarlane, Leiter der Buchhaltung, ließ sich zum zweiten Mal in vier Tagen die Haare schneiden und war von dem, was er im Spiegel beobachtete, ziemlich angetan, weil er dachte, dass sein neuer Look gut zu seiner leitenden Position in Sachen Geldwäsche passte.

Mit einer kunstvollen Fanfare und unter Einsatz schweren Geräts knetete Barney die Frisur in Form und erklärte das Werk für vollendet. Die beiden hatten sich kaum unterhalten, um den schnellen, akkuraten Schnitt nicht zu stören, doch nun war die Frisur geschafft und Barney mit seinem Tagewerk zufrieden.

McFarlane stand auf und bewunderte sich im Spiegel. Er drehte seinen Kopf hin und her, um den Fall der Haare zu bewundern, und überlegte, ob er sich hellgrüne, fluoreszierende Spitzen färben lassen sollte, damit es im Dunkeln erst richtig cool aussah. Vielleicht beim nächsten Mal. Die Frisur war so verdammt gut, dass sie keine Verzierungen brauchte.

»Danke, Kumpel«, sagte er zu Barney.

Barney hätte wegen des Kumpelspruchs um ein Haar den Anthony Hopkins gegeben (*Was vom Tage übrig blieb*), doch stattdessen ergriff er die dargebotene Hand und schüttelte sie.

»Kein Problem, Chef«, sagte er. »War mir ein Vergnügen.«

McFarlane drehte sich, bewunderte sich ein weiteres Mal im Spiegel und entschwand in die zerklüftete Wildnis der Büros von BF & C. Barney sah ihm nach, wobei sein Augenmerk vor allem der Frisur galt. Eine weitere Schönheit von einem Haarschnitt, wobei Barney jedoch nur die Zufriedenheit anständig erledigter Arbeit empfand und keinerlei Hybris ob seiner gottgleichen Frisierfertigkeit.

Er wandte sich wieder seinem Arbeitsplatz zu und begann aufzuräumen, zuversichtlich, dass er zum letzten Mal ein Mitglied des Kollektivs gesehen hatte. Er nahm den Besen und fegte die Reste des Johnny Depp zu einem Haufen zusammen. Dann blickte er in den grauen, dämmrigen Himmel, legte den Besen beiseite und trat ans Fenster. Er blickte über den Fluss auf das nach wie vor verschneite London. Es war kälter geworden, und die Wolken am Himmel ließen weiteren Schneefall erwarten. Ein Touristenboot fuhr vorbei, an Bord kaum sechs oder sieben verfrorene Seelen, die das umgestaltete East End bewunderten.

Er wandte sich zu seinem Arbeitsplatz um, zwei Scheren, ein Rasierer mit neun Aufsätzen, ein scharfes Rasiermesser, Kämme, Bürsten und Haarpflegemittel. Das war sein Leben. Und es war an der Zeit, zusammenzupacken und woanders hinzugehen. Plötzlich spürte er das Gewicht der Melancholie, die Last, an einem stillen Ort allein zu sein. Der Frisörsalon, das war sein Leben, aber nicht hier. Er hatte das Bedürfnis, sich an einen Ort zu begeben, wo er sich zu Hause fühlen konnte.

Es wurde Zeit, endlich einen eigenen Salon zu eröffnen, wie er es schon all die Jahre vorgehabt hatte. Irgendwo an der Ostküste nördlich von Dundee vielleicht, in einem der Fischerdörfer, die einst florierten und jetzt wieder still und verschlafen waren, angenehm ereignislos. In dem es seit zwanzig Jahren keinen Frisörsalon gegeben hatte und wo er mit gemessener Lethargie seinem Handwerk nachgehen konnte. Irgendwo, wo bestimmt nie jemand ermordet wurde, wo nie etwas passierte und er an lauen Tagen am Ladenfenster sitzen, aufs Meer schauen und davon träumen konnte, davonzutreiben. Er musste irgendwo ein bisschen Geld auftreiben, doch darüber konnte er sich Gedanken machen, während er auf der Suche nach dem perfekten Ort die Küste hinaufwanderte.

Er setzte zu einem Seufzer an, den er jedoch wieder abbrach, weil niemand da war, für den es sich zu seufzen lohnte, niemand, der seine Niedergeschlagenheit teilen könnte. Ashley Daniels hätte er gerne bei sich gehabt, aber was gab es für sie in einer müden Stadt an der tristen Ostküste Schottlands zu tun? Sie war ein Londoner Mädchen, von der Stadt offenbar nicht so erdrückt wie Barney. Wenn man sie verpflanzte, wäre sie verloren.

So traf er die Entscheidung, dass dies seine letzte Nacht in London sein und er am nächsten Tag einen Zug nach Edinburgh nehmen würde, um sich von dort an die Ostküste aufzumachen. Vielleicht konnte er auch die Küste der Five hinaufwandern, mit einem kleinen Ranzen auf dem Rücken, um ein richtiges Gespür für die Gegend zu kriegen.

Er löste sich vom Fenster und dem verschneiten London und wandte sich wieder dem Fegen zu, spielte mit dem Gedanken, alles so zu lassen, wie es war, eine Art Marie Celeste der Frisörwelt, das letzte Zeugnis seiner Arbeit in der großen Stadt. Und wenn Harlequin Sweetlips ihn zu fassen bekam, vielleicht sogar das letzte Zeugnis seines Daseins in dieser Welt.

Er musste Sweetlips meiden, dachte er bei sich, gab die

Zeugnisidee auf, nahm den Besen und beschloss, Ashley Daniels vor seinem Aufbruch ein letztes Mal zu sehen. Mal schauen, wie es lief, vielleicht konnte er andeuten, dass sie mit ihm kommen könnte, wenn sie wollte.

Andererseits sollte er all das vielleicht lieber lassen. Sie könnte seine verlorene Liebe werden, an die er sich für den Rest seines Lebens voller Wärme erinnern konnte. Die, die es gewesen wäre. Wenn sein Leben Shakespeare wäre – immerhin hatte es darin genug Tote gegeben, um ein paar Akte *Titus Andronicus* zu füllen –, wäre Ash die tragische, missverstandene Liebe gewesen, die erst enthüllt wurde, wenn einer von ihnen auf dem Sterbebett lag. Sie wäre die Frau, an die sich die Biographen als seine wahre Liebe erinnern würden, die ihn für den Rest seiner Tage verfolgt hatte. Das würde zu seiner armen, abgründigen Künstlerseele passen.

Die Tür ging auf, und er drehte sich um. Es war Jools Garrett. Barneys Stimmung verdüsterte sich noch mehr. Er hatte sich verabschiedet und sah keine Notwendigkeit, noch mehr Zeit mit dem Mann zu verbringen.

»Mr. Garrett«, sagte er förmlich.

»Sie sind noch hier, Barn«, sagte er.

»Meine Seele ist bereits gegangen«, erwiderte Barney. »Sie ist schon zurück in Schottland, und ich fahre ihr morgen nach. Vielleicht nehme ich sogar den Nachtzug.«

»Das ist cool, Barn«, sagte Garrett, »aber da Sie noch hier sind, ich brauche Sie für die nächste Stunde. Können Sie das für mich tun?«

»Das Meeting mit Bethlehem?«

»Ja.«

Barney stützte sich auf seinen Besen.

»Nein«, sagte er. »Und damit meine ich nein. Nein, nein, nein, nein, nein, nein, nein. Für den Fall möglicher Missverständnisse, die dieses Wort bei dem Zuhörer hervorrufen könnte, kann ich meinen Standpunkt nur wiederholen und erklären, dass ich absolut, einhundertprozentig und kategorisch nein meine. Die Antwort lautet nein.«

Garrett lächelte, anstatt auf die Knie zu fallen, wie Barney erwartet hatte.

»Jeder hat seinen Preis, Barn«, sagte er. »Ich weiß, dass Sie gehen, ich brauch Sie nur für diese eine Sache. Von wegen des Stimmrechts, verstehen Sie?«

»Ich dachte, Sie wollten sich jemand anderen suchen?«

Garrett blickte auf den Teppich. Er hatte nicht vor zu lügen, die Wahrheit war ihm bloß peinlich.

»Ich habe Okocha zum Leiter der HUMA ernannt«, sagte er.

»Ich weiß«, sagte Barney.

Erneutes Zögern.

»Danach habe ich einen Anruf von Bethlehem bekommen, irgendwer aus der Agentur muss ihn informiert haben. Er hat mir gesagt, ich solle alle Neueinstellungen aussetzen, bis er heute Abend zurückkommt. Leider hatte ich ihm zu diesem Zeitpunkt noch nicht von Ihrer Kündigung erzählt, das heißt, ich kann Sie nicht ersetzen. Ich brauche Sie. Unbedingt. Wenn Sie nicht da sind, stehen Okocha und ich gegen Bethlehem und diese Frau, patt und komplett gearscht. Wir kommen nicht weiter.«

Barney wollte lächeln. Die Machenschaften der Geschäftswelt. Eine nur rudimentär kompliziertere Version der Spiele, die man auf dem Schulhof spielte, mehr nicht.

»Nein.«

»Ich zahle Ihnen ein Beratungshonorar.«

»Nein.«

»Kommen Sie, Barn«, sagte Garrett und wedelte gleichsam

mit dem Umschlag, oder wie immer sie es nannten, während Barney sich auf seinen Besen stützte und versuchte, sich darauf zu konzentrieren, Garrett das Ding nicht aus der Hand zu reißen und über den Schädel zu ziehen. »Ich rede von Bargeld, wir haben Bargeld, ein fettes Honorar in bar für eine Stunde Arbeit, länger dauert es nicht. Sie haben in den vergangenen paar Tagen ein paar absolut sensationelle Sachen rausgehauen, Mann, ich brauche Sie. Nennen Sie mir Ihren Preis, kassieren Sie die Knete, und in ein paar Stunden können Sie mit dem Geld hier rausmarschieren.«

Der Verkäufer in Garrett spürte Barneys Meinungsumschwung.

»Ich weiß ja nicht, was für Pläne Sie für Ihr Leben so haben, Barn, oder wie Sie finanziell gestellt sind, aber Herrgott, Kumpel, Sie sind Frisör. So toll kann es nicht sein. Jeder kann ein bisschen was extra gebrauchen.« Kurze Pause, als er sah, dass Barneys Verstand rotierte. »Was meinen Sie?«

Barney stützte sich auf seinen Besen und ärgerte sich, dass er sich so weit auf die Sache eingelassen hatte. Garrett hatte allerdings leider Recht. Er brauchte Geld. Er hatte keine Ersparnisse, kein Konto und nicht viel Geld bei sich. Wie wollte er ohne einen Penny einen kleinen Salon an der Ostküste Schottlands eröffnen? Verkaufte man dem Teufel seine Seele, wenn es nur für eine Stunde war?

»Zwanzigtausend Pfund«, sagte er plötzlich.

20000 Pfund für eine Stunde Arbeit, eine wahnwitzige Summe Geld, vor allem für einen Marketingberater, der erst seit zwei Tagen in seinem Job arbeitete. Barney hatte beschlossen, hoch einzusteigen, weil er dachte, dass Garrett ihn runterhandeln würde. Doch der Mann war derart verzweifelt, dass er bloß in irres Lachen darüber ausbrach, den Deal gemacht zu haben. Zu jedem beliebigen Preis, hatte er gedacht, als er den

Raum betreten hatte, und den hatte er bekommen. Aber 20 000 war eigentlich gar nichts, 20 000 war billig, wenn es ihm half, Bethlehem rauszukicken.

»Abgemacht«, sagte er und kam mit ausgestreckter Hand auf Barney zu. »Zwanzig Riesen, Sie nehmen an dem Meeting teil, widersprechen mir nicht, unterstützen mich bei Bedarf rückhaltlos und folgen jederzeit meinen Vorgaben.«

Barney lächelte. Es klang wie ein Haufen Blödsinn, aber zwanzig Riesen für einen Haufen Blödsinn waren okay.

»Klasse«, sagte er.

»Okay«, sagte Garrett, »lassen Sie den ganzen Kram liegen. Als Zeugnis für Ihren letzten Tag als Frisör in meiner Agentur. Kommen Sie, wir haben nicht mehr viel Zeit, bevor Bethlehem eintrifft, und wir müssen noch …«

In diesem Moment ging die Tür auf. Garrett blieb wie angewurzelt stehen, er und Barney drehten sich um. In der Tür stand Thomas Bethlehem. Neben ihm der neue Etatdirektor TV, eine überaus attraktive Frau, die beide Männer in dem Besprechungszimmer bereits kannten.

Kapitel 8

Pu der Bär

Ihre Kinder haben die Filme gesehen, die Zeichentrickserien, die Puppenversion und die computeranimierte Serie im Fernsehen, sie haben die Bücher gelesen, mit den Stofftieren gespielt, sich mit den Zahnbürsten die Zähne geputzt, die T-Shirts, Hosen und Schlafanzüge getragen, sie haben mit den CD-ROMs Ihren PC ruiniert, mit den zahllosen billigen Plastikspielzeugen gespielt und mit dem Besteck von den Tellern gegessen. Jetzt bringt Rolls Royce in Kooperation mit der Disney Corporation eine neue Serie von **Pu der Bär Baumaschinen** heraus, darunter Generatoren, Bagger, Dampfwalzen und anderes schweres Gerät. Schon ab 1700 Pfund. **Pu der Bär Baumaschinen**. Alles, was man auf einer Baustelle braucht.

»Was ist bloß mit Ihnen beiden los, verdammte Scheiße noch mal?«, kreischte er, für einen Mann unglaublich schrill. So wie John Cleese, wenn er sich besonders irre aufführt.

Ash und Wildman lehnten sich zurück, während sich ihre Wangen ob des ihnen entgegenschlagenden Luftzugs kräuselten. Sie hatten es seit ihrer Rückkehr ins Büro erwartet und waren nicht enttäuscht worden. Detective Superintendent Pinkslipper präsentierte sich von seiner allerbesten wütenden

Raubtierseite und versengte Möbel und Wandtäfelung mit seinen Zornesflammen.

Egal, was passiert, hatte ihr Wildman vor Betreten des Zimmers eingeschärft, kein Wort über Paris.

»Es musste getan werden«, sagte Wildman, seine Handlungen verteidigend. Dazu war er durchaus in der Lage, er hatte genug Glauben an seine Fähigkeiten, um sich berechtigt zu fühlen, Grenzen zu überschreiten, obwohl sogar ihm bewusst war, dass er nicht so sehr irgendwelche Grenzen überschritten als vielmehr eine 800-Megatonnen-Atombombe unter die Sessel des Establishments gelegt hatte.

»Es musste getan werden?«, wiederholte Pinkslipper gereizt. »Es gibt verschiedene Möglichkeiten, Sie Volltrottel. Ich weiß, dass ich Ihnen gesagt habe, Sie sollten den Palast aufsuchen, aber doch nicht so, dass sie denen alles erzählen, was wir haben, und damit drohen zu den Zeitungen zu gehen, wenn man nicht mit Ihnen kooperiert. Was sollte denn das, verdammt noch mal?«

»Die haben versucht, Ash umzubringen!«, erwiderte Wildman beeindruckend heftig. Ash war jedenfalls beeindruckt, selbst wenn Pinkslipper es offenbar für einen Kündigungsgrund hielt.

»Schwachsinn!«, brüllte er, in die schrille John-Cleese-Phase seiner Karriere zurückfallend.

»Die Möglichkeit besteht, und das mussten wir untersuchen«, sagte Wildman ruhig, obwohl Ash erkannte, wie gezwungen diese Gelassenheit war und dass sie an ihre Grenzen zu stoßen drohte. Ungeachtet der Tatsache, dass der Anschiss ihr ebenso galt wie ihm, genoss sie es doch, sich im Hintergrund und ihren Mund halten zu können und dem Klang erhöhten Testosteronausstoßes zu lauschen.

»Das ist mir scheißegal, Chief Inspector, haben Sie mich

verstanden? Scheißegal. Sie beiden machen ab sofort etwas anderes, ganz egal was.«

»Nein!«, sagte Wildman.

»Doch!«, brüllte Pinkslipper. »Ich übergebe den Fall an McDonagh, und es kümmert mich einen Scheiß, was Sie davon halten. Sie werden mit irgendeinem anderen Mist betraut, egal was, solange es nicht Taktgefühl und Diskretion erfordert, weil Ihnen beides komplett abgeht!«

Wildman atmete tief ein und zwang sich, mit geballten Fäusten wieder Platz zu nehmen. Ash wusste, was er über McDonagh dachte; nicht, dass sie nicht miteinander ausgekommen wären, doch es würde ihn wurmen, ihm irgendwas übergeben zu müssen, genauso wie die Vorstellung, dass McDonagh sämtliche Beweise durchsah, die sie zusammengetragen hatten, und die Schlüsse betrachtete, die sie gezogen hatten. Soweit sie das eben getan hatten.

»Sie können jetzt gehen«, sagte Pinkslipper wieder in normaler Tonhöhe. »Im Foyer stehen Tee und Gebäck für Sie bereit«, fügte er als seltsamen kleinen Witz noch hinzu.

Wildman stand abrupt auf und ging eilig aus dem Zimmer. Ash, die still für sich immer noch über den Gag mit dem Tee und dem Gebäck lachte, nickte Pinkslipper zu, drehte sich um und folgte ihrem Chef. Dabei sah sie auf die Uhr. In knapp einer Stunde musste sie zum Flughafen Heathrow aufbrechen, weil Wildman so sicher wie das Amen in der Kirche immer noch darauf bestehen würde, dass sie flog. In der Zwischenzeit klangen Tee und Gebäck durchaus attraktiv. Schokoladenkekse.

Das Meeting war schließlich komplett, jedes Mitglied des Gremiums beäugte vorsichtig die anderen, keiner von ihnen sicher, wie das Ganze laufen würde, einige sogar komplett ahnungslos, was sie hier eigentlich machten. Am Kopf des Tisches saß der Vorstandsvorsitzende Thomas Bethlehem. Rechts neben ihm der Leiter der Buchhaltung Jack McFarlane, anwesend, aber ohne Stimmrecht, mit einer fantastischen Frisur. Daneben Bethlehems Geschäftsführer Kreation Jools Garrett und der Etatdirektor TV Barney Thomson. Am anderen Ende der Tafel saß niemand. Auf der gegenüberliegenden Seite saß die Vertretung des Betriebsrats, die auf ihrer Anwesenheit bestanden hatte, auch wenn sie kein Stimmrecht besaß, die wunderbare, spröde Imelda Marcos. Neben ihr der neue Leiter der HUMA Nigel Okocha, und schließlich zu Bethlehems Linken sein neuer Etatdirektor Sonstige. Eine sehr attraktive Frau, die einen gehörigen Teil der Aufmerksamkeit der anwesenden Männer auf sich zog, während in Imelda Marcos' verstohlenen Blicken Antipathie und Verachtung lag.

Taylor Bergerac, vormals Waferthin.com.

Das Meeting dauerte erst fünf Minuten, und Bethlehem leitete es, als ob alles in bester Ordnung wäre. Nicht mehr als eine flüchtige Referenz an die guten von uns gegangenen Seelen, jene erbarmungswürdigen Opfer von Harlequin Sweetlips, nicht einmal ein Wimpernzucken über all die Intrigen und Machenschaften, die hinter seinem Rücken vonstatten gegangen waren, bevor er geschwind dazu übergegangen war, die Aufträge zu skizzieren, die er auf seinen Reisen auf dem Kontinent für die Agentur akquiriert hatte, Reisen, die noch nicht abgeschlossen waren, da er in Kürze nach Frankreich zurückkehren würde, um den größten Deal in der britischen Werbegeschichte abzuschließen.

Nicht das geringste Eingeständnis, dass er um seinen Chefsessel feilschte, trotzdem ein erstklassiges Gebot. Von den beiden Männern, die sich hinter Jools Garrett zusammengeschart hatten, fragte sich nur Barney nicht, ob er womöglich auf den falschen Mann gesetzt hatte und ob dies vielleicht der Zeitpunkt war, das Lager zu wechseln. Barney war von Bethlehem ebenso beeindruckt wie Okocha, doch ihm war das ganze Verfahren eigentlich derart gleichgültig, dass er sich nicht einmal überlegte, auf wessen Seite er stand.

Jools Garrett hingegen hatte kein Wort mitbekommen. Plötzlich war die Agentur, die er so verzweifelt hatte übernehmen wollen, nicht mehr wichtig. Denn nicht er hatte Bethlehem die Agentur gestohlen, Bethlehem war der Dieb. Taylor Bergerac saß in all ihrem wundersamen, unglaublichen, verblüffenden Fleisch und Blut neben ihm. Jeder Zentimeter von ihr ein glorreiches Kunstwerk, jede Wölbung wie eine Kurve in Le Mans, jeder Wimpernschlag von ihr ein Peitschenhieb auf seinem Rücken, und er konnte den Blick nicht von ihr losreißen. Das war auch dem Rest der verrückten Bande nicht entgangen, aber das war ihm egal. Wenn sie gelegentlich in seine Richtung blickte und ihre Blicke sich trafen, war ihre Miene voller Verachtung. Aber Garrett erkannte es nicht, er war zu verwirrt und durcheinander, um zu wissen, was Bergerac dachte. Ein paar Mal riss er den Blick doch von ihr los und sah Bethlehem unwillig an, schaute jedoch jedes Mal wieder weg, bevor sich ihre Blicke begegneten. Er versuchte sich auf das Meeting zu konzentrieren und darauf, dass er immer noch ein Ass im Ärmel hatte, dass er triumphieren und Bethlehem trotz seines miesen Coups stürzen konnte, aber er konnte jetzt nicht ans Geschäft denken. Nicht, wenn eine Göttin am Tisch saß, die ihm einen überlangen Regenschirm in den Hintern rammte.

»Des Weiteren«, fuhr Bethlehem fort, ohne Garrett zu beachten, ganz konzentriert auf diejenigen, die er umstimmen musste, »habe ich einen ersten Kontakt mit den Leuten bei Renault aktualisiert. Ich fliege heute Abend dorthin zurück; es ist völlig sinnlos, sich mit der Londoner Niederlassung herumzuschlagen, das ist der Punkt, an dem sich alle Leute bei Garret und dergleichen irren. Man kriegt es nur im Hauptquartier. Deshalb werde ich ein paar Ideen durchspielen, wie sie ihr Publikum in Großbritannien ansprechen sollten. Ich hatte ein gutes Entree und bin verhalten zuversichtlich, und wir reden hier von Mega-Mega-Dollars.«

Er warf einen Blick in die Runde, um zu entscheiden, welchen der Männer er bei diesem Angriff anvisieren sollte. Eine unkomplizierte Entscheidung.

»Nigel«, wandte er sich an den Mann, den er nie zuvor gesehen hatte, als ob er einer seiner ältesten Freunde wäre, »ich brauche in dieser Sache Ihre Hilfe. Es wäre vielleicht sogar das Beste, wenn wir uns Mittwochmorgen in Paris treffen würden. Ist das cool für Sie? Fliegen Sie morgen Abend und lassen Sie sich von Imelda eine Suite im Hilton buchen. Wir können uns spätabends noch in der Bar zusammensetzen und die Strategie besprechen. Sie müssen unbedingt aus dieser lächerlichen HUMA-Sache raus. Sie sind ein Mann mit Qualitätsideen, und wir brauchen Sie im Marketing.«

Okocha nickte. Ihm fehlten vorübergehend die Worte, was bei Bethlehem nicht besonders gut ankam, weil dies eine Branche war, in der man es sich nie leisten konnte, wortlos dazustehen. Keine Sekunde lang. Ungeachtet seiner kurzen Phase der Sprachlosigkeit strahlte Okocha jedoch vor allem aus, dass er gerade definitiv die Seiten gewechselt hatte.

»Um zweiundzwanzig Uhr in der Bar«, sagte er schließlich in dem einigermaßen gelungenen Versuch, die Situation zu retten.

»Cool«, sagte Bethlehem und erkannte die Qualität des Rettungsmanövers an.

Dann blickte er zu McFarlane und Barney Thomson. McFarlane hatte kein Stimmrecht, Thomson schon, obwohl er dessen Stimme eigentlich gar nicht mehr brauchte. Er hatte genug im Sack, und Garrett hatte es noch nicht mal gemerkt.

Bethlehem machte eine Pause und schätzte die Situation ein. Er kannte die Menschen, deshalb war er so gut in seinem Job, deshalb hatte er immer die totale Kontrolle. Er betrachtete Barney, Barney erwiderte seinen Blick, und die beiden durchschauten einander sofort. Es war fast wie Telepathie. Barney, der erfahrene Frisör, der sein Leben lang den Geschichten anderer Männer zugehört und gelernt hatte, in ihre Köpfe zu schauen, brauchte nicht einmal all seine Fertigkeiten, um zu wissen, wie Bethlehem funktionierte. Und Bethlehem hatte seinerseits Barneys Desinteresse erkannt und fragte sich, was er hier eigentlich machte, allerdings nicht so dringend, dass er einen Versuch unternehmen würde, es herauszufinden.

»Jack!«, sagte er und wandte sich unvermittelt an McFarlane. »Sie waren bisher ziemlich still.«

McFarlane zögerte. Genau genommen waren alle ziemlich still gewesen, weil Bethlehem das Meeting bisher komplett dominiert hatte.

»Ich hör mir erstmal alles an«, sagte er rasch, weil er bei Okocha gesehen hatte, dass Zögern ein Fehler war.

»Ausgezeichnet«, sagte Bethlehem. »Zuhören ist wichtiger als Reden. Wir haben in jüngster Zeit einige Personalprobleme gehabt, die ich im Moment eigentlich gar nicht diskutieren möchte. Aber es gibt offensichtlich eine Menge Arbeit bei der Neu- und Umgestaltung der Agentur. Wir brauchen einen besonders guten Mann, der sich dauerhaft um die Neueinstellungen kümmert. Vielleicht wäre es an der Zeit, aus der Buchhaltung zu wechseln. Ich weiß, dass Sie gut mit Zahlen sind, aber Ihre eigentliche Stärke liegt im Umgang mit Menschen, ich denke, das wissen wir beide. Sobald dieses Meeting beendet ist, übernehmen Sie die Leitung der HUMA. Wir müssen zu den alten Methoden zurückkehren, wissen Sie, den alten Werten. Ich stelle mir vor, dass wir eine rundum erneuerte, revitalisierte und deutlich besser ausgestattete Personalentwicklungsabteilung aufbauen, und ich fände es schön, Jack, wenn Sie das Team führen würden.«

Leiter der Personalentwicklungsabteilung. Nicht einmal Human Resources. Ich kann gut mit Menschen umgehen, dachte McFarlane vollkommen überzeugt.

Er nickte, sofort eins mit seiner neuen Führungsposition.

»Es wäre mir eine Ehre, Sir«, sagte er. »Obwohl es bis jetzt nicht mein Ding war, habe ich schon ein paar Ideen, wo wir anfangen können, Talente zu werben.«

»Fantastisch«, sagte Bethlehem.

Hiphiphurra, du Schwein, dachte Okocha, und eine neue Rivalität war geboren.

Bethlehem machte eine Pause, blickte in die Runde und sah diesmal sogar Garrett an. Der seinerseits endlich aufgewacht war. Vielleicht war es die Erwähnung von Human Resources, aber irgendetwas hatte ihn aus seiner Benommenheit gerissen. Er hatte McFarlanes Gesicht betrachtet, als jener mit Bethlehem gesprochen hatte, und ihm war aufgegangen, was soeben passiert war. Plötzlich spürte er eine Hand, die nach seinem Bauch griff, er erkannte voller Panik, dass man ihm all seine Pläne gerade sauber vereitelt hatte. Er saß da wie ein Stein, ein totes Gewicht, verdattert von der Anwesenheit Taylor Bergeracs, während Bethlehem das Meeting komplett zu seinen Gunsten gedreht hatte. Er hatte die anderen nicht einmal rausdrängen müssen.

Garrett sah zu Okocha, der seinen Blick kurz erwiderte, ihn dann aber sofort abwendete. Auch er. Er war der Wichtigere gewesen, und Garrett hatte das Gefühl, jemand hätte ihm in den Magen geboxt. Barney war gelangweilt, Bethlehem hatte ihn nicht erreicht, aber das war egal. Man hatte ihm Okocha direkt unter der Nase wegstibitzt.

»Melda«, sagte er und sah sie an. Imelda Marcos war kein bisschen verlegen und empfand deshalb auch keine Notwendigkeit, ihren Blick abzuwenden. Sie sagte nichts, aber ihre Verachtung für Garrett war deutlich zu lesen.

Er sah sich um und merkte, dass alle ihn ansahen und auf ihn warteten. Wenn es eine Abstimmung geben sollte, irgendeine dramatische Veränderung in der Firma, musste der Anstoß von Garrett kommen. Dies war sein großer Augenblick, darauf hatte er monatelang hingearbeitet. Stattdessen hatte er sich von Bethlehem so gründlich einseifen lassen, dass er plötzlich erbärmlich ohnmächtig dastand. Was würde es ihm nutzen, selbst wenn Barney ihn unterstützte, wenn die 20 000 Pfund, die er ihm gegeben hatte, zu seinen Gunsten arbeiten würden? Die Abstimmung würde trotzdem 3:2 gegen ihn ausgehen.

Er konnte eine Kampagne starten, einzig um Okochas Stimme zurückzugewinnen, dann könnte er den Wendehals McFarlane rausschmeißen, doch auch wenn er nicht richtig mitgekriegt hatte, wie Bethlehem Okocha umgestimmt hatte, wusste er, dass er keine Chance hatte. Denn Garretts Stil war subtile Täuschung und kultivierte Intrige. Er wusste, dass er eine offene Feldschlacht gegen Bethlehem über den Vorstandstisch hinweg nicht gewinnen konnte. Er musste alles in trockenen Tüchern haben, bevor er auf dem Schlachtfeld eintraf, und davon war er auch ausgegangen. Bis Taylor Bergerac auf der Bildfläche erschienen war, an der sein Blick schließlich hängen blieb.

»Jools«, sagte Bethlehem, »ich habe den Eindruck, dass alle gespannt darauf warten, ob Sie etwas zu sagen haben.«

Garrett riss seinen Blick von dem Gift der Bergerac los und sah Bethlehem an. Er hatte versucht, sich einzureden, dass er als gleichwertiger Gegner antreten würde, und war komplett vernichtet worden. Unvorstellbar gefickt. Er empfand sich nicht als gleichwertig, er fühlte sich fünf Zentimeter klein. Jede Unsicherheit, die er je in sich vergraben hatte, sprudelte an die Oberfläche, drängte, stürmte und galoppierte aus seinem Unterbewusstsein, bis er das Gefühl hatte, buchstäblich zu schrumpfen. Er blickte aus einer Position kompletter Demütigung, Erniedrigung und Schande zu Bethlehem auf.

»Jools?«, wiederholte Bethlehem, den Namen voller Hohn. »Nichts zu sagen?«

Garrett schluckte und fing endlich an zu denken. Er wusste, dass er im Moment nichts machen konnte. Vielleicht hieß es zurück ans Zeichenbrett, aber so leicht durfte er nicht aufgeben. Er musste seinen Rückzug in die Sicherheit seines eigenen Büros organisieren, analysieren, was er falsch gemacht und in welchen Menschen er sich getäuscht hatte, um dann mit einer neuen Schlachtstrategie, neuen Waffen zurückzukehren, umgeben nicht von billigen Söldnern wie diesen beiden Cowboys, sondern von Menschen, auf die er sich verlassen konnte.

»Nach derart turbulenten Zeiten für die Agentur«, sagte Bethlehem, »hätte ich gedacht, dass der Geschäftsführer Kreation vielleicht einen Kommentar zu der aktuellen Situation äußern würde.«

Die beiden Männer starrten einander an, der Rest der Runde war vergessen. Garrett las alles in diesem Blick; er war vernichtend geschlagen, denn in all der Zeit, in der er geglaubt hatte, Intrigen gegen Bethlehem zu spinnen, seine Machtbasis auszubauen, seinen Triumph vorzubereiten und die absolute Herrschaft an sich zu reißen, war es Bethlehem gewesen, der nach wie vor das Schicksal seiner Firma kontrollierte.

»Wenn Sie nichts zu sagen haben, ist es sicher nicht übertrieben, wenn ich noch vor meinem Abflug nach Paris Ihre Kündigung auf meinem Schreibtisch erwarte.«

Er begleitete die Worte mit einem Hochziehen der Brauen, und Garrett spürte es bis in die Zehenspitzen, zusammen mit dem Gewicht von Bethlehems 3000 Pfund teuren Schuhen, die ihn in den Dreck traten.

Bethlehem begann zu lächeln und blickte zu Imelda Marcos am Ende des Tisches, die überrascht, unvermittelt in die Schlacht hineingezogen zu werden, erschreckt zusammenfuhr.

»Imelda«, sagte Bethlehem, und Garrett blickte den Tisch hinunter, während seine Unsicherheit langsam wachsendem Ärger über seine Demütigung wich. »Mir ist klar geworden, wie lange Sie auf Ihrer Position am Empfang schon verschwendet sind. Auf dem Flug hierher habe ich gedacht, dass Sie vielleicht darüber nachdenken möchten, mehr Verantwortung zu übernehmen. Vielleicht nicht das komplette Portefeuille, das Jools realisiert hat, aber kurzfristig würde ich Sie gerne als meinen Geschäftsführer Kreation sehen. Mal sehen, wie es läuft, Imelda, vielleicht können wir darüber nachdenken, Ihr Portefeuille in Zukunft zu erweitern.«

Imelda Marcos hatte Ihren Namen noch nie im Zusammenhang mit dem Wort *Portefeuille* gehört und staunte mit offenem Mund. Garrett seufzte angewidert und sah Bethlehem an, diesmal mit stechendem Blick und nicht als geschlagener Verlierer.

»Ja«, sagte Imelda schließlich, weil ihr sonst nichts einfiel.

»Fantastisch«, sagte Bethlehem und blickte in die Runde. Okocha wandte sich Imelda zu, lächelte ihr mit einem *Du-bist-eine-von-uns*-Zwinkern zu, und sie strahlte zurück.

Bethlehems Blick fiel auf Barney Thomson. Das Meeting war kurz gewesen, und er hatte es wie geplant komplett beherrscht. Das einzige Problem für ihn, der einzige Zweifel, der ihn denken ließ, dass vielleicht doch nicht alles so glatt lief, wie er gehofft hatte, lag in der Anwesenheit dieses Mannes. Er war eine komplette Leerstelle gewesen und hatte scheinbar desinteressiert zugesehen, wie sich die Handlung entwickelte; und zwar so desinteressiert, dass man es förmlich riechen konnte. Trotzdem hatte Bethlehem ein Gefühl für den Mann, das ihm Unbehagen bereitete. Er hatte das Gefühl, dass von diesem Barney Thomson noch mehr kommen, dass er in seinem Leben noch eine andere Rolle spielen würde, eine wichtigere als den Statistenpart in einer Vorstandssitzung.

Nachdem er seinen Blick zunächst gemieden hatte, schaute Barney schließlich auf und sah Bethlehem direkt an. Wieder witterten die anderen die Reaktion zwischen den beiden und beobachteten vor allem Barney, um zu sehen, wie er auf den Boss reagieren würde.

»Was wissen Sie über TV-Verträge?«, fragte Bethlehem grob, allerdings ohne das Selbstbewusstsein, das die Frage vorspiegelte. Sie verlangte eine negative Antwort, Barneys Eingeständnis, nichts darüber zu wissen, damit er ihn vor diesen Leuten zerreißen konnte. Er war der einzige am Tisch, über den Bethlehem bisher noch keine Macht hatte.

»Nichts«, erwiderte Barney genauso grob. Es gab keinen Grund, warum er sich auf eine Schießerei einlassen sollte, wenn der Sieg für ihn darin bestand, einfach kampflos gehen zu können.

»Und«, sagte Bethlehem mit ein wenig tieferer Stimme und einem Hauch sadistischer Kälte, der jedoch, wie er selbst wusste, nicht Barney, sondern die anderen Anwesenden beeindrucken sollte, »was qualifiziert Sie dann für die Position des Etatdirektor TV in einer Agentur wie *Bethlehem, Forsyth & Crane*?«

Barney überlegte, den Konflikt eskalieren zu lassen, sein Gegenüber vielleicht zur Weißglut zu treiben, ein bisschen Ärger zu machen und eine Situation auszunutzen, die ihm egal war und Bethlehem nicht. Aber er hatte weder die Lust noch das Interesse. Er konnte ebenso gut ehrlich sein, weil es mittlerweile sowieso egal und der Mann, der ihn angeheuert hatte, ohnehin vernichtend geschlagen war.

»Ihr Mann«, sagte Barney und wies auf Garrett, ohne den Blick von Bethlehem zu wenden, »hat mir viel Geld bezahlt, damit ich hier sitze und ihn unterstütze, obwohl ich es dann doch nicht tun musste, weil es schwer ist, jemanden zu unterstützen, der rein gar nichts zu einem Meeting beiträgt. Anschließend wollte ich jedoch meiner Wege ziehen und nie wieder einen Fuß in Ihr trauriges Kollektiv setzen. Also, ich weiß nichts über TV-Verträge und es ist mir egal.«

Bethlehem schnaubte und sah Barney angewidert an, wütend auf sich selbst, diesen Streit angezettelt zu haben, obwohl er gewusst hatte, dass er nicht gewinnen konnte. Er spürte Barney Thomsons Aura noch stärker als vorher.

»Sie sind gefeuert«, erklärte er barsch.

»Ich habe bereits gekündigt, wirksam mit dem Ende dieses Meetings«, sagte Barney.

»Ist das Meeting zu Ende?«, fragte Bethlehem. »Nein. Also feuere ich Sie, bevor Sie kündigen.«

Barney lächelte, ohne Bethlehems Blick auszuweichen. Bethlehem war sauer, diese alberne Situation heraufbeschworen zu haben, doch er konnte sich nicht bremsen. Er hatte das Gefühl, dass er als nächstes damit drohen würde, dass sein Daddy Barneys Daddy verhauen würde. Es gab kein Zurück mehr, und er konnte die Sache nur abbrechen, bevor weiterer Schaden entstand.

»Nigel«, sagte er, »Sie werden der neue Mann fürs Fernsehen, ist das cool?«

Nigel Okocha nickte und unterdrückte ein breites Grinsen, weil er nun wieder in eine Position mit Stimmrecht aufgerückt war, noch dazu im Marketing und nicht auf dem blöden Posten, den Garrett ihm angedient hatte.

Bethlehem sah sich rasch in der Runde um. Bis auf den geschlagenen Garrett waren sich alle einig, jede Rebellion war im Keim erstickt. Er konnte in dem sicheren Wissen, dass jeder Prinz John der Firma entweder tot oder zumindest gründlich zurechtgestutzt war, zu einem weiteren Kreuzzug durch Europa aufbrechen.

»Wir sind fertig«, erklärte er forsch. »Ich habe noch ein oder zwei Stunden, um ein paar Dinge durchzusehen, bevor ich wieder am Flughafen sein muss. Ich werde einige Tage weg sein, bin aber wahrscheinlich am Freitag zurück. Bis dahin möchte ich alle Positionen besetzt sehen, ist das klar, McFarlane? Imelda kann Ihnen bei der Personalsuche helfen.«

McFarlane nickte, wenig angetan von dem plötzlichen Stimmungsumschwung seines Chefs und der Aussicht, mit der Empfangssekretärin zusammenarbeiten zu müssen.

»Und ich möchte, dass Sie beide«, fuhr er an Bergerac und Okocha gewandt fort, »sich mit McFarlane koordinieren, um sicherzugehen, dass Sie die richtigen Leute hinter sich haben.«

Okocha nickte. Bergerac sah Bethlehem in die Augen und fragte sich, für wen zum Teufel er sich hielt, dass er mit ihr redete wie mit irgendeinem Lakai. Sie sagte natürlich nichts, sondern schwieg, wie sie es seit Betreten des Raumes getan hatte.

Bethlehem erhob sich und schob dabei seinen Stuhl zurück. Ein weiterer kurzer Blick in die Runde, dann auf die Uhr.

»Diejenigen von Ihnen, die bleiben, hängen sich sofort ans Telefon. Ich möchte noch heute Abend Ergebnisse sehen. Jools, schreiben Sie Ihren Brief und sehen Sie zu, dass Sie bis

18 Uhr aus dem Gebäude verschwunden sind. Und Sie«, sagte er zu Barney, »verschwinden verdammt noch mal sofort.«

Barney salutierte. Bethlehem zischte, bevor er aus dem Raum stürmte und die Tür offen stehen ließ. Die anderen sahen ihm nach und tauschten unbehagliche Blicke, die vor allem Garrett, dem geschlagenen General, galten.

Kein Grund, noch länger hier herumzuhängen, dachten die wenigen, die verschont geblieben waren, und so machten sich Marcos, McFarlane und Okocha auf, ihrem unerschrockenen Führer hinaus in die Wildnis der Büroetage zu folgen.

Drei kleine Negerlein, die blieben noch im Raum, Taylor Bergerac bohrte mit ihren Blicken tiefe Löcher in Garretts Schädel, der seinerseits auf den Tisch starrte, während Barney Thomson aufstand, um seine neuerlich bekräftigte fristlose Kündigung wirksam werden zu lassen. Schließlich schaffte es Garrett den Blick zu heben und jemanden anzusehen; Barney und nicht die Frau, die ihn gerade komplett, wenngleich anders als erhofft, gefickt hatte.

»Barney«, sagte er.

»Das haben Sie total vermasselt«, sagte Barney.

Garrett nickte. Treffender hätte man die Situation nicht auf den Punkt bringen können.

»Ja«, sagte er.

»Oder«, sagte Barney und wies auf die zurückhaltende, aber bösartige Gestalt Taylor Bergeracs, die ihm gegenübersaß, »jemand hat es Ihnen vermasselt.«

Garrett atmete tief ein, Barney zuckte die Achseln. Ein weiterer Idiot beißt ins Gras, und es war ihm im Grunde egal. Außerdem konnte Garrett mit einer anderen Firma zurückkommen, wenn er sein Selbstbewusstsein reanimieren konnte, was indes überaus zweifelhaft war.

»Bis dann, Boss«, sagte er.

»Ja«, sagte Garrett.

Der Blick, den sie tauschten, hatte etwas Kameradschaftliches, doch es waren zwei Männer, die sich nie wieder sehen würden und es sich leisten konnten, sich in ihrer Annahme gegenseitiger Solidarität selbst zu belügen. Barney sah zu Bergerac, die ihm plötzlich irgendwie bekannt vorkam, was er ohne einen Blick in ihre Augen allerdings nicht verifizieren konnte, die weiterhin Garretts Schädel fixierten. Es gibt etwas Gemeinsames zwischen allen Frauen, dachte Barney; die Fähigkeit, Männer zu verraten und zu zerstören, war immer da, egal wie tief sie schlummerte.

Und als er sich gerade abwenden wollte, drehte sie sich plötzlich zu ihm, sodass er den erhofften Einblick in ihr wahres Wesen bekam. Er sah ihr tief in die Augen, erkannte sie und erschauderte. Es lief ihm kalt den Rücken hinunter, seine Nackenhaare sträubten sich, und er wurde von einem Gefühl der Unbehaglichkeit oder sogar Angst übermannt. Er sah sie ein paar Sekunden lang an, während Garrett danebensaß und sich fragte, was zwischen den beiden abging, dann wandte sich Barney Thomson rasch ab und verließ den Raum.

Höchste Zeit, schleunigst zu verschwinden.

Und so blieben in dem Konferenzraum nur noch zwei zurück. Jools Garrett und Taylor Bergerac, in einer Situation, von der er in den vergangenen vier Tagen geträumt hatte. Sie und er und ein Tisch. Da konnte man vieles machen. Aber es waren nicht die Umstände, die er sich erhofft, und das Folgende war auch nicht das, wofür er so hart gearbeitet hatte.

Denn er sollte, wie gesagt, gründlich gefickt werden.

»So«, sagte Bergerac, »ich glaube, wir beide haben ein paar Sachen zu klären.«

Garrett schluckte und hatte aus irgendeinem unerklärlichen Grund auf einmal ganz große Angst.

Kapitel 9

Das Bionosphären-Katapult des Todes

Das tolle neue Spiel von Wardlingtons für alle Drei- bis Sechsjährigen. Setzen Sie Ihrem Kind den Sicherheitsfallschirm auf den Rücken, schnallen Sie es in das Bionosphären-Katapult des Todes und schießen Sie es über die Gartenmauer. Sie werden nur noch eine Staubwolke und Ihr Kind vielleicht sogar nie wiedersehen. Ihr Kind wird es lieben, und für einen bemerkenswerten Tiefpreis von nur 699,99 Pfund, inklusive kostenloser Krankenversicherung, wird es ein Spiel sein, an dem ihm nie die Lust vergeht.

Zehn Minuten später verließ Barney die Büros von Bethlehem, Forsyth & Crane, nachdem er sich selbst und Imelda Marcos damit überrascht hatte, dass er ihr einen langen Kuss auf den Mund gedrückt hatte, als er zum letzten Mal durch die Empfangshalle ging. Auf dem feuchten, vom Schnee geräumten Bürgersteig blieb er stehen und blickte in den immer grauer und dunkler werdenden Londoner Himmel. Er atmete die kühle Luft ein und fragte sich, wie eisig es am Morgen nach einer kalten Nacht sein würde. Er machte einen Schritt zur Seite, um zwei Männer vorbeizulassen, die in sturzbetrunkener Umarmung an ihm vorbeitorkelten, und spürte noch immer seine Verstörung angesichts seiner Begegnung mit Taylor Bergerac.

Er sah auf die Uhr und entschied, dass er Ashley Daniels finden und wenn möglich den Abend mit ihr verbringen würde, ohne zu wissen, wo er in der Nacht schlafen sollte, weil ihn der Gedanke an eine Rückkehr in seine kleine Wohnung mit einem seltsamen Unbehagen erfüllte. Am Morgen würde er aufbrechen. Oder sollte er, um seine Wohnung zu meiden, gleich einen Schlafwagen nehmen, um sechs Uhr früh in Glasgow oder Edinburgh ankommen, ein kleines Café suchen, einen Kaffee trinken, ein Croissant essen und über die nächste Phase seines ziellosen Wanderlebens entscheiden?

Er wandte sich in Richtung des Bahnhofs Canary Wharf und ging eilig die Straße hinunter.

Ashley Daniels war nervös. Die ganze Reise auf den Kontinent, hunderte von Meilen jenseits ihrer Amtsgewalt an einen Ort, dessen Sprache und Sitten sie kaum kannte, um irgendwie gegen die königliche Familie zu ermitteln, die von Sicherheitspanzern umgeben sein würde, beunruhigte sie. Und das Beunruhigendste war, dass sie den eigentlichen Grund ihres Unbehagens nicht benennen konnte. Die offenkundigen möglichen Konsequenzen ihrer Handlungen wie etwa eine Verhaftung im Ausland, eine Deportation zurück nach Großbritannien oder, wenn jemand an den richtigen Stellen seinen Einfluss geltend machte, vielleicht sogar eine lebenslange Haftstrafe in einem französischen Gefängnis, kümmerten sie offenbar nicht. Die ganze Geschichte schien einen noch dunkleren Aspekt zu haben, als ob irgendwo im Hintergrund eine bösartige Macht darauf wartete, ihre Seele zu zerschmettern.

Ihr schauderte, als sie zum wiederholten Mal in ihrer Handtasche nachsah, ob sie Pass und Flugticket bei sich hatte. Sie erhob sich von ihrem Schreibtisch und sah sich ein letztes Mal um. Rundherum die üblichen Gesichter, die mit dem üblichen

Papierkram beschäftigt waren. Keiner von ihnen wusste, was sie vorhatte, und wenn, hätten sie wahrscheinlich gelacht und kein Verständnis für ihre Ängste gehabt. Der einzige, der es wusste, Wildman, saß in seinem Büro, hatte die Füße auf den Schreibtisch gelegt und schien die neue Freiheit zu genießen, die Pinkslipper ihm verschafft hatte.

»Willst du los?«, fragte Detective Sergeant Lloyd, als sie sich Richtung Tür drückte.

»Ja«, sagte sie. »Bis morgen.«

»Schönen Feierabend«, sagte Lloyd und fragte sich, warum sie so früh ging, sagte jedoch nichts, weil er in ihrer Nähe nie einen Ton herausbrachte, wenn er versuchte, das Gespräch über eine absolute Basiskonversation hinauszuführen.

Sie nickte einigen anderen Kollegen zu, überhörte ein *Was glaubst du, wohin du verdammt noch mal gehst?*, eilte den Flur hinunter und rannte die Treppe hinab.

Jools Garrett sah sich seiner Nemesis gegenüber. Er hatte immer gedacht, es würde Bethlehem oder vielleicht sogar der verstorbene McKee sein, doch stattdessen war es Taylor Bergerac, vormaliges Objekt seines Begehrens und seiner Zuneigung. Sie lehnte sich zurück und musterte ihn eigenartig über den Tisch hinweg. Garrett hatte Probleme, ihrem Blick standzuhalten, er wandte immer wieder die Augen ab, seine Gedanken rasten, ohne dass er eine Ahnung hatte, was er tun oder sagen sollte. Schließlich kapitulierte er, stand auf und trat ans Fenster. Sein Herz pochte albern, und sobald er ihr den Rücken zugewandt hatte, spürte er die beiden Löcher, die sie in sein Rückgrat bohrte. Er beugte sich über die Fensterbank, blickte auf den grauen Fluss zehn Stockwerke tiefer und den Schnee drum herum, bevor er die Augen schloss und sich wünschte, vom Erdboden verschluckt zu werden.

Plötzlich wurde ihm klar, dass der Abend genau das für ihn in petto hielt. Er sollte Weird Johnny, den Dealer aus dem Pink Flamingo, aufsuchen, der sein Unbehagen und seine Gefühle von Unfähigkeit binnen Minuten kurieren würde. Es war im Augenblick die einzige Möglichkeit, sich für ein paar Tage in dieser Scheißwelt einzuschließen, jenen sonderbaren Zustand zu erreichen, den Johnny immer versprach, und dann in ein oder zwei Wochen fit wieder ins Geschäftsleben zurückzukehren. Im Moment fühlte er sich allerdings derart niedergeschlagen, dass es schwer vorstellbar war, wie er diesen Zustand der Fitness je wieder erlangen sollte. Er war verdorben und gebrochen.

»Du bist bloß ein kleiner schniefender Scheißer«, sagte Bergerac hinter ihm. »Wie konntest du auch nur eine Sekunde lang annehmen, dass ich auf dich fliegen würde?«

Garrett schluckte. Er brachte es nicht fertig, sich umzudrehen und sie anzusehen, geschweige denn etwas zu sagen. Er hatte bereits akzeptiert, dass er einfach dastehen musste, bis sie freiwillig ging, und wenn sie sich dafür entschied, ihn stattdessen lächerlich zu machen und zu demütigen, auf ihn einzuschlagen und ihn noch tiefer in den Staub zu treten, als Bethlehem es bereits getan hatte, dann musste er auch das schicksalsergeben hinnehmen.

»Sieh mich an«, fauchte sie. Taylor Bergerac war hier, um ihn endgültig zu erledigen. Mental und körperlich. Es war Jools Garrett nicht vorherbestimmt, den Konferenzraum aus eigener Kraft zu verlassen; er sollte genauso abtransportiert werden wie die anderen fünf Idioten von Bethlehem, Forsyth & Crane: auf einer Bahre zusammen mit den beiden Polizisten, die zurzeit vor dem Zimmer Wache standen und keine Ahnung von der wahren Identität der extrem attraktiven Frau hatten, die den Raum als Taylor Bergerac betreten hatte, neuer Etatdirektor Sonstige.

»Sieh mich an«, wiederholte sie. »Dreh deinen erbärmlichen kleinen Kopf rum und sieh mich an. Sofort!«

Garrett war gebrochen, demontiert, erledigt. Er fühlte sich geprügelt und geschlagen, zermalmt, durch die Mangel gedreht, aus dem 85. Stock gestoßen und auf den Bürgersteig geklatscht. Er drehte sich langsam um, ein erbarmungswürdiges Wrack.

Er sah ihr zögerlich in die Augen, während sie sich langsam von ihrem Stuhl erhob.

»Man sieht sich im Leben immer zweimal«, sagte sie unvermittelt lächelnd.

»Was?«

Sie griff mit der Hand in die Tasche ihres langen Mantels, wo eine kleine Pistole darauf brannte, ein Loch in Garretts Gesicht zu schießen.

»Man muss für alles im Leben bezahlen«, sagte Bergerac, »manchmal sogar schneller als erwartet.«

»Was soll das heißen?«, fragte Garrett, der nicht nur gedemütigt, sondern auch zusehends verwirrt war.

»Es kommt darauf an, wem man etwas schuldet«, sagte Bergerac, »und es ist dein Pech, dass du bei einem absoluten Dreckskerl verschuldet bist.«

»Was? Was?«, fragte Garrett, weiter in einen Zustand kompletter Konfusion abgleitend.

Bergerac fasste die Waffe und spürte die herrliche Anspannung des bevorstehenden Mordes in Nacken und Armen.

In diesem Moment ging die Tür auf, und ein Mann betrat den Raum. Garrett fuhr zusammen und riss den Blick von Bergerac los. Er erkannte den Besucher, wusste jedoch nicht mehr genau, woher, was ihn in noch tiefere Verwirrung und Erregung stürzte. Bergerac drehte sich langsam um, erkannte den Mann, der gerade die Tür hinter sich schloss, verdrehte die Augen und ließ sich, die Waffe verbergend, wieder auf ihren Stuhl sinken.

»Hey, Sportsfreund«, sagte Gott und nickte Garrett zu. »Miss«, sagte er zu Bergerac, die ihm zunickte, ohne ihn anzusehen. Ständig latschte einem irgendein Idiot mitten in den schönsten Mord hinein, dachte sie.

»Jesses«, sagte Garrett, »wer sind Sie noch mal? Sind Sie ein Kunde?«

»Was soll das heißen, wer bin ich noch mal?«, gab Gott verärgert zurück. »Ich bin Gott, Sie Idiot. Wer zum Teufel soll ich wohl sonst sein?«

»Klar«, sagte Garrett. »Gott. Stimmt. Scheiße. Der Typ von neulich. Ich hab einfach dermaßen viel um die Ohren.«

»Ja, ich weiß«, sagte Gott. »Ich habe zugeguckt.«

Er nahm auf dem Stuhl am Ende des Tisches Platz, der bei Bethlehems Abrissunternehmen unbesetzt geblieben war, trommelte mit den Fingern auf den Tisch und wartete, ob Garrett irgendwas vorbringen würde. In den letzten paar Tagen hatte er sich mit durchschlagendem Erfolg an eine Reihe von Leuten gewandt, allerdings immer wenn sie allein waren, aber es war ziemlich offensichtlich, dass Gott es sich nicht leisten konnte zu warten, bis Garrett allein war, weil seine Seele sonst futsch gewesen wäre.

»Was kann ich für Sie tun?«, fragte Garrett.

»Wie gesagt«, antwortete Gott, »es geht nicht darum, dass Sie etwas für mich tun, sondern darum, dass ich etwas für Sie tue.«

»Was?«, fragte Garrett und noch einmal: »Was?« Und er sah Bergerac an, die unterwürfig dasaß und auf den Tisch starrte. Beinahe hätte er sich gewünscht, dass sie wieder gegen ihn loswütete, nur um ein bisschen Kontinuität und Sicherheit in seinem Leben zu spüren.

»Das war ein guter Tipp, den Sie mir neulich gegeben haben«, sagte Gott. »Seelen kaufen. Sehr solide Idee, die Leute stehen Schlange. Klar ist es eine langfristige Geschichte, aber in ein paar Jahrzehnten wird sich die Sache auszahlen, wenn Sie wissen, was ich meine.«

Bergerac schnalzte tadelnd. Gott warf ihr einen Blick zu, den Garrett kaum bemerkte.

»Nun«, sagte er ein wenig ratlos, »das ist prima. Schön, dass in den letzten paar Tagen irgendwas Positives passiert ist.«

»Unbedingt«, sagte Gott. »Ich hab also zugeguckt, gesehen, in was für einer Scheiße Sie stecken, und mir gedacht, dass ich vorbeischauen und Ihnen ein ganz persönliches Angebot machen könnte, verstehen Sie? Was meinen Sie, Sportsfreund? Besser wird's nicht.«

Garrett war plötzlich schwindelig, er musste sich auf die Fensterbank stützen. Ein Angebot von Gott. Wie sollte das aussehen, was bekam er als Gegenwert für seine Seele?

»Gottverdammte, heilige Scheiße«, sagte er, ohne seine Sprache auch nur ansatzweise zu mäßigen, was Gott offen gestanden ein bisschen auf den Keks ging. »Im Moment wüsste ich gar nicht, wo ich anfangen soll.«

Gott sah Bergerac an und hatte ein merkwürdiges Gefühl. Seit er den Raum betreten hatte, hatte sie den Kopf nicht gehoben. Er wollte Garrett auch nicht vorschlagen, sie ihm auf einem Tablett zu servieren, weil damit der höchste Preis, den jener je bezahlen würde, verschleudert wäre. Die Auseinandersetzung mit Bethlehem wäre für sie beide ungleich befriedigender.

»Denken Sie strategisch«, sagte Gott. »An das Große Ganze und nicht an die kurzfristige Befriedigung Ihrer Bedürfnisse, kapiert?«

Wieder schnalzte Bergerac vernehmlich, Gott warf ihr

einen Blick zu, sagte jedoch nichts. Er begann zu erwägen, sie vollständig aus der Gleichung zu nehmen, indem er sie mit einem Blitzschlag eliminierte.

Garrett versuchte seinen Verstand anzuschmeißen und nicht an Taylor Bergerac und den verächtlichen Blick zu denken, mit dem sie ihn vernichtet hatte.

»Dafür, dass Sie mir helfen, Bethlehem zu erledigen und die Kontrolle über die Agentur zu übernehmen, bekommen Sie also meine Seele in alle Ewigkeit?«

»Sie erledigen mehr als nur Bethlehem, mein Freund«, sagte Gott. »Von Gesetz wegen bin ich allerdings verpflichtet, Sie darauf hinzuweisen, dass es im Himmel weder Sex noch Drogen noch Rock'n'Roll gibt, aber ich nehme an, Sie kennen den Deal.«

Bergerac murmelte leise etwas, und Gott dachte ernsthaft daran, die Nervensäge mit einem Atomschlag auszuradieren.

Garrett starrte Gott an, den freundlichen Mann am anderen Ende des Tisches. Er glaubte es natürlich nicht wirklich, keine Sekunde. Er hatte nicht geglaubt, dass es Gott war, als dieser zum ersten Mal das Büro betreten hatte, nicht einmal, als er den armen Pulteney abgefackelt hatte. Seltsamerweise glaubte er schon, dass der Typ ihm helfen konnte, Bethlehem loszuwerden, aber nicht, dass er dafür eine Ewigkeit in irgendeinem Langweilerschuppen ohne anständige Rockmusik und entspannende Medikamente zubringen musste.

»Ja«, sagte Garrett, »durchaus möglich, dass ich darauf zurückkomme, aber ich hoffe, dass wir nicht sofort zum Abschluss kommen müssen, weil ich gern noch ein bis zwei Stündchen über Ihre Seite des Deals nachdenken möchte.«

Gott zog die Augenbrauen hoch. Er hatte es nicht gern, wenn ihm jemand Vorschriften machte, schon gar nicht ein nutzloser kleiner Kretin wie Garrett.

»Das Angebot ist zwei Minuten gültig, nicht länger«, sagte er.

»Gut«, kapitulierte Garrett sofort, weil er erkannte, dass er nicht in der Position war zu handeln.

»Verdammte Scheiße«, sagte Bergerac und blickte auf. »Ich habe schon genug gehört!«

»Herrgott, was ist jetzt wieder?«, fragte Garrett. »Können wir beide uns hier nicht mal zwei Minuten ohne Unterbrechungen unterhalten? Bitte!«

Bergerac beachtete ihn gar nicht, sondern sah Gott an. Der musterte sie zum ersten Mal eingehender, bis es ihm plötzlich dämmerte. Er ließ die Schultern sacken und sank tiefer in seinen Stuhl.

»Na, leck mich«, sagte Gott, »du bist's. Du tauchst aber auch überall auf, du Mistkerl.«

»Nicht überall«, sagte Bergerac, »nur da, wo meine Interessen im Spiel sind.«

Gott spreizte die Hände und wandte den Blick gen Himmel, als wollte er sich selbst anflehen.

»Ich versuche nur, meinen Job zu machen«, sagte er. »Da kann ich es echt nicht brauchen, dass du überall deinen gehörnten Schädel und deinen geschwänzten Hintern reinsteckst.«

Bergerac beugte sich über den Tisch, und ihre Augen loderten im Antlitz Gottes zum ersten Mal rot auf.

»Dieser Wichser«, sagte sie ganz langsam und in jenem George Clooney *From-Dusk-'Til-Dawn*-Tonfall, den Gott so perfekt drauf hatte, »hat seine Seele vor vierzehn Jahren schon mir verkauft.«

»O verdammte Scheiße«, sagte Gott.

»*Du*«, sagte Bergerac, »steckst deinen blütenweißen Arsch in *meine* Angelegenheiten.«

Gott stand kopfschüttelnd auf.

»Sorry, Mann, tut mir echt Leid. Hatte wirklich keine Ahnung. Ich muss mal mit meinen Leuten reden. Da hat offenbar irgendwer großen Mist gebaut.«

»Ja, ja«, sagte Bergerac. »Aber ich sage dir, Alter, ich bin keineswegs glücklich darüber, dass du dich auf meinem Terrain tummelst.«

Gott lächelte.

»Alles, was Recht ist, im Himmel und auf Erden«, sagte er.

»Du kannst mich mal«, sagte Bergerac und zeigte Gott den Stinkefinger.

Garrett, der sich mehr und mehr vorkam wie David Beckham auf einem Kongress mit lauter Stephen Hawkings, meldete sich unsicher zu Wort.

»Ich verlier hier langsam den Überblick.«

Gott und Bergerac sahen ihn mit der gebotenen Mischung aus Hohn, Mitleid und Verachtung an.

»Du hast mir im Alter von vierzehn Jahren deine Seele verkauft«, sagte Bergerac, »weil du mit deiner Englischlehrerin schlafen wolltest.«

Gott verdrehte die Augen.

»Mrs. Hecht?«, fragte Garrett.

»Mrs. Hecht«, wiederholte Bergerac.

»Sie war scharf auf mich!«, sagte Garrett.

»Sie hat sich auch nur in die Nähe deiner mickrigen, runzeligen, kleinen Männlichkeit begeben, weil du mir deine Seele verkauft hast und ich ihr den Kopf verdreht habe, sodass sie nicht wusste, was sie verdammt noch mal tat.«

Alles, was Recht ist, aber Garrett hatte wirklich keine Ahnung, was los war, und das war in seinem Gesicht mehr als deutlich abzulesen.

»Und du bist, bitte sehr, wer?«, fragte er.

»Ich«, sagte Bergerac, »bin der Satan, der Fürst der Finsternis. In den letzten paar Tagen habe ich mit deiner erbärmlichen Seele nur ein bisschen rumgespielt, du dummer, namenloser kleiner Scheißer, weil ich ein richtiges Schwein bin. Und nun ist es Zeit, deine Nummer aufzurufen.«

Das half Garrett auch nicht recht weiter. Gott, Satan, das Ganze wurde ihm ein bisschen zu theologisch, und er fing an zu glauben, dass er möglicherweise in eine Nervenklinik verfrachtet worden war. So seltsam war das Leben für gewöhnlich nicht.

»Das heißt, du hast all die Typen aus der Firma umgebracht?«, fragte Garrett.

»Zur Hölle, nein«, sagte Bergerac mit einem Hauch von Heimweh, »das ist eine Tussi, die als Auftragskiller arbeitet. Damit habe ich nichts zu tun, auch wenn man die Qualität der Arbeit bewundern muss.«

»Ich bin verwirrt«, sagte Garrett.

»Cool«, sagte Bergerac, »lass dir helfen.«

Sie zog die Pistole aus der Manteltasche, und bevor Garrett auch nur Überraschung zeigen konnte, hatte Bergerac ihm eine Kugel in den Kopf gejagt, die sein Gesicht über das Fenster verteilte, während seine Seele zur Hölle fuhr. Die Tür ging auf, und Docherty und Clemens, die beiden Polizisten, die Garrett bewachen sollten, stürmten aufgeregt herein. Zwei weitere perfekte Schüsse mitten ins Gesicht, zwei platzende Köpfe, Blut allenthalben, und beide sanken tot zu Boden.

Gott wischte sich Blut aus dem Gesicht und sah Bergerac verächtlich an.

»Jesusmaria«, sagte er. »Selbst als Frau bis du noch vollkommen durchgeknallt.«

Bergerac lächelte das Lächeln, das Jools Garrett so gequält hatte.

»Ich versuche nur, die natürliche Ordnung der Dinge zu bewahren«, sagte sie, »selbst wenn das nicht alle so halten.«

Sie zwinkerte Gott zu, er grinste höhnisch zurück, und dann war sie auf dem Weg nach draußen.

»Man sieht sich«, rief sie über die Schulter.

»Was auch immer«, murmelte Gott, stand auf, betrachtete sich im Spiegel, schüttelte den Kopf und machte sich auf die Suche nach der nächsten Toilette.

Kapitel 10

Die Muppets sind wieder da Diesmal als Spülmittel!

Das neue Muppets-Spülmittel ist eine brandneue Abwaschlotion, die auch hartnäckige Flecken löst, an denen andere Mittel scheitern. Hergestellt aus dem konzentrierten Saft destillierter Muppets verströmt das neue Muppets-Spülmittel den langlebigen Duft der Muppets und spült Ihren Abwasch glänzend sauber. Und es ist so konzentriert, dass eine durchschnittliche vierköpfige Familie, die jede dritte oder vierte Woche Gäste zum Abendessen hat, mit einer Flasche des neuen Muppets-Spülmittels fast ein ganzes Jahr auskommt. Das neue Muppets-Spülmittel ist das herausragende neue Küchenprodukt dieser Generation.
Ebenfalls erhältlich: Die Sesamstraßen-Toiletten-Ente.

Ashley Daniels ging an der Reihe von Schreibtischen am Empfang entlang und winkte Sergeant Peterson zu, einer weiteren alten Flamme. Wohin sie auch schaute … Er nickte ihr nur flüchtig zu, weil er vollauf mit einem Typen beschäftigt war, der an der Ecke St. James' alte Damen belästigt hatte.

»Mehr kriege ich wohl nicht dafür, dass ich deine männlichen Neurosen eineinhalb Jahre lang ertragen habe«, murmelte sie auf ihrem Weg zur Tür hinaus in den Schnee, wo sie stehen blieb, um ihren Mantel enger um den fröstelnden Körper zu ziehen. Genau wie Barney Thomson eine halbe Stunde zuvor blickte sie in den Himmel. Mit der U-Bahn nach Paddington, von dort den Heathrow Express, und in einer Stunde würde sie in einem Flugzeug nach Paris sitzen. Was sie dort anstellen sollte, wusste sie allerdings nicht. Aber wenn diese Leute am Tag zuvor tatsächlich versucht hatten, sie umzubringen, wer sagte ihr dann, dass sie sie nicht weiter beobachteten und sie bereits erwarteten. Und jetzt mussten sie sie nicht einmal mehr umbringen; es war die perfekte Gelegenheit, sie verhaften und einsperren zu lassen, weil sie irgendwann unterwegs eine Grenze überschreiten musste, die sie nicht übertreten durfte.

Sie atmete aus, fragte sich, ob sie das Präsidium gerade zum letzten Mal verlassen hatte, und schlug den Weg Richtung Covent Garden ein. Wieder schweiften ihre Gedanken zu Barney Thomson, wie sie es, seit sich ihre Wege am Morgen getrennt hatten, ständig getan hatten. Sie führte imaginäre Gespräche mit ihm, obwohl sie nicht einmal wusste, wann sie das nächste Mal überhaupt mit ihm reden würde. Vielleicht würde sie ihn nie wiedersehen, vielleicht dramatisierte sie die Situation auch nur unnötig. Es bestand nach wie vor die Möglichkeit, dass sie Paris erreichte, absolut nichts ausrichten konnte und am nächsten Tag zurück in London war, um 117 Pfund plus Flughafengebühr ärmer und um nichts als ein nettes Frühstück im Pariser Hilton reicher.

»Sergeant«, sagte eine Stimme, und Barney Thomson trat neben sie.

Ihr Herz machte einen kleinen Satz, Wärme und Wohlbehagen durchströmten sie, und sie lächelte.

»Hi«, sagte sie. »Hattest du einen guten Tag?«

»Ach ja, ganz okay«, sagte Barney. »Binnen zehn Minuten habe ich gekündigt und bin gefeuert worden.«

»Prima«, sagte sie, »du warst sowieso zu gut für den Laden.«

Und so gingen sie eine Weile schweigend nebeneinander und genossen die überraschende Gesellschaft des anderen.

»Ich habe endlich auch Bethlehem getroffen«, sagte Barney. »Er hat alle üblichen Klischees bestätigt.«

»Ja?«, fragte sie.

»So weit ich weiß, fliegt er heute Abend noch zurück nach Paris«, bemerkte Barney beiläufig.

Ash blieb wie angewurzelt stehen, Barney erst nach ein paar weiteren Schritten. Er drehte sich um und sah sie fragend an, weil sie ihn anstarrte, als hätte er gerade etwas Bedeutendes gesagt.

»Er fliegt zurück nach Paris?«, fragte sie. »Das heißt, er ist gerade in Paris gewesen.«

»Für ein paar Tage«, berichtete Barney. »Er ist heute Nachmittag nach London geflogen und kehrt noch am Abend nach Paris zurück. Wen kümmert's?«, fügte er achselzuckend hinzu. »Nun gut, dich offensichtlich, deinem Gesichtsausdruck nach zu urteilen.«

Ash starrte ihn noch eine Sekunde länger an und ging dann mit gesenktem Blick weiter. Bethlehem war am selben Ort gewesen wie das königliche Gefolge, war für irgendein Meeting zurückgekommen und jetzt wieder auf dem Weg dorthin, wo sich die Queen noch einige Tage aufhalten würde.

Sie zückte ihr Handy und wollte Wildmans Nummer wählen, während sie versuchte, die Implikationen des Gehörten zu analysieren.

»Was ist?«, fragte Barney, doch sie winkte nur ab, und er konnte die Rädchen ihres Verstandes förmlich rotieren sehen. Er trat einen Schritt zurück und beobachtete sie, eine Ermittlerin bei der Arbeit.

Sollte sie Wildman wirklich anrufen? Er war von dem Fall

abgezogen worden, und sie stellte sich vor, wie er entspannt an seinem Schreibtisch saß und wartete, dass sie in Paris etwas herausfand. Was war mit McDonagh? Sie könnte ihn alarmieren, damit er Bethlehem vernahm. Aber wenn sie Bethlehem nach Paris zurückfliegen ließ, hätte sie eine Spur, der sie folgen konnte, etwas Konkretes.

»Tut mir Leid«, sagte sie, »ich muss nach Heathrow.«

»Oh«, sagte Barney und merkte, wie enttäuscht er war. Damit hatte sich ihr letzter gemeinsamer Abend sowie die Möglichkeit irgendeiner Zukunft, die sich daraus hätte ergeben können, wohl erledigt. »Wohin geht's denn?«

Sie zögerte, bevor sie ihm weitere Informationen enthüllte, die sie ihm wahrscheinlich verschweigen sollte.

»Nach Paris«, sagte sie. »Ein Arrangement, das zufälligerweise bereits getroffen wurde, bevor du mir diese Information hast zukommen lassen.«

»Ah«, sagte Barney.

Sie starrten einander an, plötzlich mit der Aussicht konfrontiert, getrennte Wege zu gehen. Sie musste weiter, während Barney für den Rest seines Lebens keine besonderen Pläne hatte.

»Und was hast du vor?«, fragte sie in dem Wissen, dass sie sich beeilen musste. Sie hatte entschieden, dass sie Wildman nicht konsultieren sollte und McDonagh nicht informieren konnte. »Ich ruf dich an, wenn ich zurück bin«, fügte sie rasch hinzu, obwohl sie sich mit ihrem Sinn fürs Dramatische nicht völlig sicher war, dass sie überhaupt zurückkommen würde.

»Mir reicht's«, sagte Barney. »Ich fahre morgen zurück nach Schottland.«

Er erkannte den Ausdruck in ihrem Blick, als er das sagte, wandte sich ab und starrte auf den Verkehr. Selbst ein weiß getünchtes London deprimierte ihn. Dichter Verkehr, permanent rempelnde Fußgänger, das Getriebe der Stadt setzte ihm weiter zu. Und nun hielt ihn hier gar nichts mehr.

»Vielleicht fahre ich auch schon heute Abend«, sagte er. »Ich könnte einen Schlafwagen nehmen.«

»Komm mit nach Paris«, sagte sie, bevor sie auch nur eine Sekunde über ihre Worte nachgedacht hatte. Wildman würde toben.

»Willst du mir nicht sagen, warum du nach Paris fährst?«, fragte Barney neugierig lächelnd.

»Ich kann nicht«, sagte sie in dem Wissen, dass er angebissen hatte. Obwohl sie noch keinerlei Intimitäten ausgetauscht hatten, waren ihre Gefühle offenkundig. Sie standen im Schneetreiben, starrten sich an und empfanden das Gleiche: reines Glück über die Gelegenheit, etwas Zeit miteinander zu verbringen, und sei es nur eine Stunde in einem Flugzeug, gefolgt von weiß der Himmel was. Es gab nichts Schöneres, als die Chance, unerwartet und ungestört Zeit mit dem Objekt seiner Verliebtheit zu verbringen.

Barney verzog die Lippen zu einem Lächeln und klopfte auf seine Manteltasche.

»Pass habe ich dabei, also auf geht's«, sagte er, froh darüber, dass er seine Wohnung am Morgen mit dem Gedanken verlassen hatte, vielleicht nie mehr dorthin zurückzukehren. Was kümmerten ihn die zurückgelassenen Kleider?

»Super«, sagte Ash. »Komm, wir müssen uns beeilen.«

Sie drehte sich um und stapfte eilig los, und Barney ging neben ihr und empfand eine ungeheuere Leichtigkeit des Seins.

»Du musst mir den Plan erklären, wenn wir da sind«, sagte Barney und sah sie aus dem Augenwinkel an. Sie waren seit einer halben Stunde in der Luft, und er hatte Sie ununterbrochen unterhalten. Das hatte sie überrascht, aber sie war schließlich eine Frau und alles und mochte einen Mann, der reden konnte. Ihr kam der Gedanke, dass er ihr, sollten sie je heiraten, auch emotionale Erfüllung geben konnte. Nicht dass Ashley Daniels den Ereignissen in irgendeiner Weise vorauseilte, zumindest nicht mehr als jede andere Frau unter den Umständen.

»Es gibt keinen Plan«, sagte sie. »Du fragst mich das jetzt zum – was? – fünften Mal. Vielleicht auch zum sechsten. Es gibt keinen Plan. Null Plan. Ich weiß nichts. Ich meine, ich finde es überhaupt nicht störend oder so, es ist lustig und interessant und ich liebe den Klang deiner Stimme, aber ich habe dir nichts zu erzählen.«

»Alles klar«, sagte Barney. »Okay. Hab verstanden. Okay. Das ist also das sechste Mal, dass ich dich das frage, aber das liegt nur daran, dass du mir keine Antwort gibst. Warum warst du schon auf dem Weg nach Paris, bevor du das mit Bethlehem erfahren hast?«

»Die Frage ist, warum hast du auf einmal das Bedürfnis entwickelt, ununterbrochen zu reden? Es ist nett und alles, aber wo kommt es her?«

Barney atmete tief ein und packte die Armlehne fester, als das Flugzeug in leichte Turbulenzen geriet und ruckelte. Er nahm ein Stück Brot, das einzige, was von seinem Imbiss noch übrig war und steckte es in den Mund. Er nippte an seinem mazedonischen Chardonnay, einer köstlich fruchtigen Kreation, vielarmig, gut abgehangen, mit überragender Länge, fantastischer Keramik, goldenen Beinen und grünen Augen, mit einem feinen Aroma von Aprikosen, Pfirsichen und Pflaumen sowie einem Hauch der zweiten Staffel von *Twin Peaks*. Aber alles, was Recht ist, das bekam der gute Barney nicht mit. Für ihn schmeckte es bloß nach fermentierten Trauben.

»Ich bin noch nie geflogen«, sagte er.

»Mein Gott«, sagte Ash. »Du warst noch nie in einem Flugzeug?«

»Ja«, erwiderte er gereizt, »das sagte ich doch gerade. Das meinte ich jedenfalls, als ich sagte, ich bin noch nie zuvor geflogen.«

»Es ist in Ordnung«, sagte sie. »Glaubst du nicht? Es wird schon nichts passieren.«

»Wir könnten sterben.«

»Wir werden nicht sterben«, sagte sie. »Wirklich, Fliegen ist sicherer als Autofahren. Also für uns nach den Erlebnissen von gestern garantiert.«

»Ja«, sagte Barney, »aber was passiert, wenn das Flugzeug einen Motorschaden hat? Wenn ein Auto einen Motorschaden hat, fährt man an den Straßenrand. Wenn ein Flugzeug einen Motorschaden hat, ist man tot. Das ist der Unterschied.«

»Uns passiert schon nichts.«

»Und dann ist da noch die Tatsache, dass, falls dich irgendwer wirklich umbringen will, er es bestimmt nicht noch einmal vermasselt. Und man hört doch, dass die CIA ganze Flugzeuge abstürzen lässt, um zu vertuschen, dass man es auf eine bestimmte Person abgesehen hatte. Das könnte doch hier auch passieren. Oder was, wenn jemand im Flugzeug sitzt, den die CIA, der KGB, der MI6 oder Gott weiß wer auslöschen will? Wir könnten vollkommen unbeteiligt sein und trotzdem ermordet werden. Und was ist mit massiven Turbulenzen, gewaltigen Stürmen, Getriebeschäden, Luftlöchern? Und was, wenn ein Mechaniker in Heathrow etwas übersehen hat oder er hat eine Frau an Bord gehen sehen, die aussieht wie seine verhasste Exfreundin? Ganz zu schweigen von der Luftkontrolle über Europa. Mein Gott, stell dir vor, wie kompliziert das ist und wie viele Flugzeuge gleichzeitig über dem Kontinent unterwegs sein müssen. Die statistische Chance, dass es an einem beliebigen Tag zu einem Zusammenstoß kommt, ist extrem hoch. Einen Autounfall kann man mit ein bisschen Glück überleben. Bei einem Unfall mit einem Flugzeug ist man einfach tot. Dann gibt es noch plötzlichen Druckabfall, weil irgendein verwirrter Passagier ein Loch in den Rumpf schießt. Was, wenn der Pilot einen Herzinfarkt hat und der Copilot in Panik gerät? Es gibt eine ganze Litanei möglicher Katastrophen, und dabei haben wir Flugzeugentführungen, terroristische Angriffe vom Boden oder eine Bombe in einem Koffer noch gar nicht erwähnt.«

Sie sah ihn irgendwie merkwürdig an.

»Was?«, fragte er. »Es ist ein Wunder, dass überhaupt irgendjemand irgendwo ankommt.«

Sie betrachtete sein Gesicht und lächelte.

»Na ja«, meinte sie, »so weiß ich zumindest, dass du wirklich ganz dringend mit nach Paris kommen wolltest.«

»Nun, heb mal nicht gleich ab«, kalauerte Barney in dem Bemühen, die Panik über die extrem hohe Wahrscheinlichkeit, in der Luft ums Leben zu kommen, in die er sich gerade hineingesteigert hatte, wieder zu verdrängen. »Ich dachte, wir nehmen den Zug.«

»Sehr witzig«, sagte sie.

Sie leerte ihr Glas französischen Merlot mit einem starken Aroma von schwarzen Johannisbeeren und blickte aus dem Fenster auf ein Stückchen Nordfrankreich, das trotz wolkenlosen Himmels ebenfalls schneebedeckt war.

»Auf dem Flughafen warten wir auf Bethlehem und heften uns, wenn er auftaucht, an seine Fersen«, begann sie. »Den anderen Grund, warum ich nach Paris geflogen bin, kann ich dir wirklich nicht sagen, aber ich gestehe gern, wie froh ich bin, dass Bethlehem aufgetaucht ist, weil ich keine Ahnung hatte, was ich wegen der anderen Geschichte unternehmen sollte.«

Das Flugzeug ruckelte wieder ein wenig, stark genug, dass Barney die Armlehnen umklammerte, während die anderen Passagiere es gar nicht mitbekamen.

»Wenn wir sterben …«, begann er.

»Wir werden nicht sterben«, sagte sie.

»Aber wenn wir sterben«, beharrte er, »will ich bloß, dass du weißt …« Seine Stimme verlor sich.

Ash lächelte. Sie wusste, was er versuchte zu sagen, und sie würde ihn nicht davonkommen lassen, ohne dass er es gesagt hatte.

»Ja?«

Barney atmete tief ein, eine Kombination diverser Nerven. Vertrautheiten mit Frauen austauschen. So weit war es gekommen.

»Ich …«

»Ja?«, fragte Ash erneut und genoss die Situation. Sie wollte sich zu ihm beugen und ihn auf den Mund küssen und überlegte, ob dies ein guter Moment für den ersten Kuss war. Es würde ihn jedenfalls bestimmt von seiner Flugangst ablenken.

Das Flugzeug ruckelte erneut, diesmal ein wenig heftiger und so lange, dass über ihnen mit einem Pling die Aufforderung aufleuchtete, die Sicherheitsgurte anzulegen.

»Was war das, Scheiße noch mal?«, fragte Barney.

»Wir sollen uns bloß die Sicherheitsgurte anlegen«, sagte Ash. »Was wolltest du sagen?«

»Heißt das, wir stürzen ab?«

»Wir stürzen nicht ab«, sagte Ash.

Das Flugzeug sackte ein paar Meter, Barneys Herz hüpfte verspielt bis in seinen Hals, und ein paar Hühnchenreste tropften auf seine Hose.

»Ah, Scheiße«, sagte er, ließ sich plötzlich in seinen Sitz sinken, zog das Kinn an die Brust und rollte sich so gut wie möglich in der Embryohaltung zusammen. Ash lächelte, fasste seine Hand und drückte sie fest. Der Augenblick war vorüber; um ihn jetzt noch zu küssen, hätte sie sich verrenken müssen. Am besten wartete sie auf die nächste Gelegenheit. Sie würden schließlich die Nacht gemeinsam im Pariser Hilton verbringen, Herrgott noch mal.

Das war zumindest der Plan.

Kapitel 11

Jurassic Park IV: Gerade erst abgedreht

Erst gab es Dinosaurier. Dann gab es mehr Dinosaurier. Und dann gab es noch mehr Dinosaurier. Jetzt ist das Genie Steven Spielbergs erst zum vierten Mal zurück auf der Leinwand, und diesmal gibt es mehr Dinosaurier denn je. Mit Sam Neil, Laura Soundso und der Aura von Jeff Goldblum läuft **Jurassic Park IV – The Really Really Really Lost World** zur Zeit nur im Kino.
Video/DVD-Release nächsten Donnerstag.

Sie saßen im Charles de Gaulle und tranken Kaffee. In der Stadt waren sie bereits gewesen, hatten im Hilton eingecheckt, um ihr Basislager einzurichten, und waren nun zum Flughafen zurückgekehrt, um die Ankunft des British-Airways-Flugs P3452 abzuwarten, der Thomas Bethlehem nach Paris bringen würde, wie sie herausgefunden hatten. Ash war sich nicht ganz schlüssig, was anschließend geschehen sollte. Bethlehem war durchaus zuzutrauen, dass er sich auf sein Zimmer verzog, den Zimmer-Service bemühte und ein paar Tage nicht vor die Tür trat, womit sie wieder am Anfang ihrer Ermittlung stehen würde und sich fragen müsste, was sie wegen der Queen unternehmen wollte.

Sie war bei ihrem zweiten Cappuccino, Barney bei der dritten Tasse Tee. Der Gute hatte sich zusehends beruhigt, nachdem er doch nicht grausam bei einem Luftverkehrsunfall ums Leben gekommen war.

»Und erzählst du mir, warum du hierher geflogen bist, wenn ich dir eine Million Pfund gebe?«, fragte Barney, und Ash schüttelte lachend den Kopf. Seit zehn Minuten wehrte sie alle Fragen über den Grund ihres Besuchs ab. Nach ein paar Jahren Beziehung wäre es wahrscheinlich nervtötend gewesen, doch im Moment war es noch ein Spaß, über den man lachen konnte.

»Wenn du sie mir cash an Ort und Stelle zeigst«, sagte sie.

Barney hatte seine Tasche mit dem Bargeld im Hotelzimmer gelassen; es würde natürlich nicht direkt aussehen wie eine Million Pfund, aber es wäre trotzdem ein netter kleiner Witz. Aber diese Überraschung konnte er sich für irgendwann später aufsparen.

»Und wenn ich richtig rate?«, fragte er. »Würdest du das zugeben?«

Ash nippte an ihrem Kaffee – ein Kolumbianer mit vollem Körper, aparten Beinen und einer wunderschön frisierten Scham – und spähte über den Rand ihrer Tasse. Wie hoch war die Wahrscheinlichkeit?

»Also gut«, sagte sie, »das mache ich. Wenn du es errätst, bist du dabei.«

Barney nickte, trank einen Schluck Tee – wahrscheinlich wieder English Breakfast – und starrte auf den Tisch. Er schaltete sein Detektivgehirn ein, das durch den jahrelangen Umgang mit Verbrechern und Polizisten gut geölt war, nahm den Löffel und klopfte damit leise auf die Tischplatte.

»Also, ich muss davon ausgehen, dass du nach wie vor an diesem Mordfall und an nichts anderem arbeitest, also muss es einen Zusammenhang geben«, begann er langsam.

»Okay«, sagte sie. »Noch mache ich dir kein Jobangebot.«

Er beachtete sie gar nicht, sondern klopfte weiter mit dem Löffel auf den Tisch.

»Es muss einen Zusammenhang zwischen dem Fall und einer Person in Paris geben. Die Tatsache, dass du gesagt hast, du hättest keine Ahnung, was du machen sollst, wenn du hier bist, deutet allerdings daraufhin, dass es nicht um eine schlichte Routinebefragung geht, weil du sonst die französischen Behörden um Amtshilfe gebeten hättest. Du arbeitest ganz offensichtlich verdeckt.«

Nach kurzem Zögern räumte sie ein: »Vielleicht.«

»Komm mir nicht mit vielleicht«, sagte Barney. »Du hast gesagt, du würdest es mir sagen, wenn ich richtig geraten habe.«

»Okay«, sagte sie, »okay, du hast Recht. Und rede ein bisschen leiser, falls uns irgendwer belauscht.«

Barney sah sie an, genoss ihren leicht verwirrten Gesichtsausdruck und klopfte weiter auf eine Art mit dem Löffel auf den Tisch, die ihr nach einer Weile ziemlich sicher auf den Keks gehen würde.

»Weshalb also kannst du nicht einfach die Franzosen um Hilfe bitten? Das ist die große Frage. Ganz London spricht von dem Fall, es wäre also für die Regierung nicht zu viel verlangt, wenn sie sich einschalten müsste. Außerdem haben sie einen Sergeant geschickt, um den Job eines Chief Inspectors zu erledigen. Das ist alles irgendwie nicht ganz koscher.«

Er machte eine Pause und überlegte weiter. Ash drehte sich zu der Anzeigetafel um, sah, dass Bethlehems Flug vor wenigen Minuten gelandet war und richtete ihren Blick auf den Ausgang für die Passagiere.

»Es muss also«, setzte Barney seine Vernehmung fort, »einen Grund geben, dass du und dein Chief Inspector nicht wollen, dass London weiß, dass ihr gegen irgendjemanden ermittelt. Jemand, der eine Verbindung zur Polizei hat, oder jemand mit Beziehungen zur Botschaft. Vielleicht auch irgendein anderer Offizieller, irgendwas mit der Regierung, weshalb ihr so diskret vorgehen müsst.«

Ash sah ihn aus geweiteten Augen an und wandte den Blick dann wieder zum Ausgang.

»Und die haben gestern auch versucht, dich umzubringen«, sagte Barney, und man konnte ihm die Überraschung über den eigenen Gedanken anhören. »Mein Gott, ist es das? Hat die Regierung versucht, dich umbringen zu lassen, Ash?«

»Nein«, entgegnete sie entschieden. »Nicht die Regierung.«

»Wer dann?«

Sie sah ihn mit noch größeren Augen an, war jedoch trotzdem nicht gewillt, ihm entgegenzukommen. Sie schüttelte den Kopf und wandte sich ab. Er folgte ihrem Blick zu Thomas Bethlehem, der gut fünfzig Meter entfernt dynamisch durch das Terminal schritt, neben ihm die unverkennbare Gestalt von Harlequin Sweetlips. Mit einer anderen Frisur und ganz anders geschminkt, aber nichtsdestoweniger Harlequin Sweetlips.

»Los«, sagte Ash, und ihr zuvor zu Scherzen aufgelegter und jovialer Ton wurde plötzlich barsch und geschäftsmäßig. Und das nicht nur, weil sie Thomas Bethlehem gesehen hatte.

Barney folgte ihr, als sie sich unter die Menge mischte und in einiger Entfernung an Bethlehems Fersen heftete.

»Wer ist sie?«, fragte Ash. »Ich habe sie vor zwei Abenden aus deiner Wohnung kommen sehen. Sie sieht anders aus, aber das ist sie doch, oder?«

Barney antwortete nicht sofort. Er erwog die möglichen Konsequenzen, aber er hatte im Grunde genommen nichts Falsches getan und war in keiner Weise mitschuldig. Schmerzhaft waren die Auswirkungen nur für das, was sich zwischen ihm und Ash vielleicht entwickeln könnte.

»Scheiße noch mal, Barn«, sagte sie, bevor er weiter unentschlossen schwanken konnte, »was zum Teufel geht hier vor? Warum hast du mir das nicht erzählt?«

»Was hätte ich dir erzählen sollen?«, fragte er zurück. »Ich wusste nicht, dass sie Bethlehem kennt.«

Ash warf ihm einen Blick über die Schulter zu und fing an, sich dumm und unprofessionell zu fühlen, weil sie den Mann überhaupt dabei hatte. Plötzlich erschien ihr die Idee, ihn mitzunehmen, vollkommen verrückt.

»Und was kannst du mir erzählen?«, fragte sie. »Ich will alles wissen, vom beschissenen Anfang an, bevor die ganze Sache noch blöder wird, als sie ohnehin schon ist.«

Sie holten die beiden langsam ein, nur noch wenige Menschen gingen zwischen ihnen, und sie fühlte sich äußerst seltsam bei dem Gedanken, wie leicht man sie enttarnen könnte. Alleine hätte sie mit Bethlehem kein Problem gehabt und nur darauf achten müssen, sich aus dem direkten Blickfeld von Sweetlips zu halten. Aber mit Barney an ihrer Seite, der beiden Verfolgten gut bekannt war, standen sie vollkommen bloß dar und liefen Gefahr, auf der Stelle erkannt zu werden. Sie durften also nicht zu nahe herankommen, was das Risiko barg, dass die beiden vor dem Terminal verschwanden, wenn sie noch zu weit entfernt waren. Ash war sich allerdings ziemlich sicher, dass die Neuankömmlinge direkt ins Hilton fahren würden, und dann wäre es sinnlos, ihre Tarnung durch ihre Anwesenheit am Flughafen zu gefährden.

»Scheiße«, zischte sie, »Scheiße.«

Barney hätte sich am liebsten selbst in den Hintern getreten. Er hätte es tun sollen, er hätte es ihr erzählen sollen. Es war die ganze Zeit offensichtlich gewesen; wenn er einen Film oder eine Fernsehserie gesehen hätte, hätte er den Helden angeschrien, er solle sich der Frau verdammt noch mal endlich offenbaren. Aber so war das immer im Leben, man behielt eine Information ein wenig zu lange für sich, bis die Art und Weise der Enthüllung nicht mehr in der eigenen Macht lag. Er biss die Zähne zusammen, folgte ihr zu der automatischen Drehtür des Terminals, wo sich beide hinter ein paar Passanten verbargen und beobachteten, wie Bethlehem und Sweetlips in ein unmarkiertes schwarzes Fahrzeug stiegen, das eilig im Verkehr davonrauschte.

»Scheiße«, sagte Ash noch einmal.

Sie hasteten aus dem Terminal, das Gesicht immer noch von dem verfolgten Wagen abgewandt, für den Fall, dass einer der Insassen hinausblicken und sie erkennen würde, und marschierten ohne Umschweife an die Spitze der Warteschlange am Taxistand.

»Interpol, Interpol!«, rief Ash mit großer Autorität, »machen Sie bitte Platz.«

Der Bursche an der Spitze der Schlange, der gerade in sein Taxi steigen wollte, stutzte kurz, bevor er entschied, dass ihn Interpol mal kreuzweise konnte, falls diese Leute wirklich von Interpol waren, und in den Wagen stieg. Ash warf einen Blick auf die Straße, wo der schwarze Audi schon fast außer Sichtweite war, packte den Burschen am Jackenkragen und zerrte ihn grob wieder aus dem Taxi, bevor er sich ganz auf den Beifahrersitz pflanzen konnte.

»Ich sagte, Interpol, du Wichser«, erklärte sie so wunderbar gallig und wütend, dass der Typ – der zwar groß, aber ehrlich gesagt eine ziemliche Memme war – zurückwich.

»He!«, rief der dritte oder vierte Wartende in der Schlange noch, der von der ganzen Interpolnummer wenig beeindruckt war, aber bevor es weiteren Aufruhr geben konnte, waren Ash und Barney bereits in das Taxi gesprungen und hatten die Türen zugeschlagen. Der Wagen setzte sich, einen alten Saab schneidend, sofort in Bewegung.

»Wie ist Ihr Englisch?«, fragte Ash und beugte sich vor.

»Sehr ausgezeichnet«, sagte der blonde Fahrer.

»Cool«, sagte Ash. »Einhundert Meter vor uns fährt ein schwarzer Audi, den wir verfolgen, aber schließen Sie nicht zu dicht auf.«

Der Fahrer lächelte, trat aufs Gaspedal, schaltete hoch und schnitt beim Spurwechsel einem Peugeot den Weg ab.

»Wunderbar«, sagte er, »ich habe kein Interesse, Ihr Interpol-*merde* zu kaufen, bin aber mehr als bereit, mich auf eine Verfolgungsjagd wie im Kino einzulassen. Sehr großartig. Viele amerikanische Filme ich habe gesehen.«

Um eine Ecke, eine Autobahnauffahrt hinauf, und sie sahen den schwarzen Audi vor sich. Ash entspannte sich ein wenig, blieb jedoch weiter vorgebeugt sitzen, um sicherzugehen, dass der Typ die Sache nicht mit irgendeinem idiotischen Stunt vermasselte; so idiotisch wie die Idee, Barney mitzubringen. Barney lehnte sich zurück, sah aus dem Fenster und fühlte sich so fehl am Platz, wie er tatsächlich war. Bloß ein Typ, der sich als etwas verkleidete, was er nie gewesen war, so wie er es seit seiner Ankunft in London und der absurden Anstellung bei BF & C in verschiedenerlei Gestalt ständig tat.

»Das ist er«, sagte Ash. »Bremsen Sie, fahren Sie nicht zu dicht auf, okay?«

»Weiß ich das«, sagte der Fahrer und nahm den Fuß vom Gas. »Sie selbst sollten ruhig sein.«

»Ja, egal«, sagte Ash, lehnte sich in den Sitz neben Barney zurück und dachte, dass sie typischerweise das Glück hatte, ausgerechnet einen verdammten Taxifahrer zu erwischen, der redete wie Yoda.

Einen Moment lang behielt sie den Audi vor ihnen weiter im Blick, dann erlaubte sie sich, sich dem Mann zuzuwenden, der neben ihr saß und mit dem sie offenbar die seltsamsten Achterbahnspielchen spielte.

»Also gut«, sagte sie. »Erzähl mir alles von Anfang an.«

Barney kam sich klein und dumm vor, was allerdings nicht bedeutete, dass er ihr schrecklich viel zu berichten hatte. Er zögerte und überlegte, wie er anfangen sollte, als ihm plötzlich wie aus dem Nichts wieder einfiel, dass die Königin zur Zeit auf Staatsbesuch in Frankreich weilte, und er sich fragte, ob es das sein könnte, worum sich alles drehte.

Kapitel 12

Kosaken-Haarspray für Männer: Und Ihr Haar bleibt bis zu drei Monaten in Form

Erinnern Sie sich an die Zeit, als es bei Kosaken-Haarspray nur um Männer auf Pferden ging. Jetzt ist Kosaken-Spray zurück, fester, glatter und subtiler denn je. Längst mehr als eine Referenz an reitende Soldaten ist Kosaken-Spray heute ein Synonym für kultivierte Raffinesse. Einfach aufsprühen und danach bis zu zwölf Wochen und mehr vergessen. Das Einzige, worüber Sie sich Sorgen machen müssen, sind die Frauen.
Kosaken für Männer – Zurück zur Magie!

Der britische Botschafter tobte durch seine Gesandtschaft in Paris, schmiss Stühle und Tische durch den Raum und machte ganz allgemein so viel Lärm, dass die Wanzen, die der CIA von gegenüber im gesamten britischen Botschaftsgebäude gepflanzt hatte, vollkommen überflüssig waren. Die Queen hatte einen weiteren Termin abgesagt, um in ihr Hotel zurückzukehren, und Seine Exzellenz Mr. Norbert Sheinwald, ein Karrierediplomat und Volltrottel, war über die Maßen erregt, dass der krönende Moment seiner diplomatischen Laufbahn, der Höhepunkt seines 35-jährigen Dienstes für Ihre Majestät ruiniert wurde, weil die Königin sich weigerte, das Spiel mitzuspielen.

»Was für eine beschissene Ausrede hat sie diesmal?«, brüllte er seine persönliche Assistentin an, die das Pech hatte, die schlechte Nachricht zu überbringen, nachdem er in den Empfang gestürmt war, ohne die wenigen anwesenden Besucher zu beachten. Zumindest war seine Assistentin so klug gewesen, die Nachricht telefonisch vom anderen Ende der Botschaft zu übermitteln, obwohl der Sturm durch das ganze Gebäude nicht annähernd ausgereicht hatte, um den Zorn des Botschafters zu dämpfen.

Kate Hacker richtete sich kerzengerade auf und merkte, dass die Empfangssekretärin sie beobachtete und sich fragte, wie ihre Kollegin aus der Situation herauskommen wollte, ohne umgebracht zu werden. Aber so wie Ashley Daniels angesichts Pinkslippers Zorn gedacht hatte, dass Angriff die beste Verteidigung war, suchte auch Kate ihr Heil in der Offensive. Was diese Karrierearschlöcher, die ihre Untergebenen ständig anschrien, wirklich brauchten, war jemand, der ordentlich zurückpöbelte.

»Ich habe keine beschissene Ahnung!«, brüllte sie unwillkürlich los, wobei ihr ihre eigene Stimme fremd vorkam.

Sheinwalds Gesicht lief noch dunkelroter an, während Gedanken an Mord, Rache und blutige Schlachten durch seinen Kopf rasten.

»Was haben Sie gesagt?«, brüllte er.

Kate Hacker kauerte sich an die Wand. Hab den Mut, zu deinen Überzeugungen zu stehen, Darling, dachte sie. Sie konnte schließlich schlecht in dem Ton anfangen und dann komplett klein beigeben. Die Empfangssekretärin und die beiden Besucher tauschten verlegene Blicke und fragten sich, was sie tun sollten, wenn der Botschafter begann, mit der Faust auf Hackers Gesicht einzuschlagen.

Sie atmete tief durch. Ihr Herz schlug in einer wahnwitzigen Frequenz, ihr Mund war trocken, ihr Magen drehte sich, der Schließmuskel drohte mit Streik. Nichts für Menschen mit schwachem Herzen.

»Ich sagte«, begann sie langsam, ohne seinem Blick auszuweichen, womit sie mehr Mumm zeigte, als irgendeiner seiner männlichen ersten Sekretäre in den vergangenen sechs Monaten, »dass ich es nicht weiß. Ihr Berater hat angerufen und abgesagt. Er meinte, sie würde zum Frühstück im Centre Pompidou erscheinen und vorher in keinster Weise zur Verfügung stehen.«

Sie machte eine Pause, in die Sheinwald jedoch nicht hineinstieß. Seine Nüstern waren gebläht, in den Mundwinkeln klebte Speichel, seine Augen loderten, und sie wartete darauf, dass der Vulkan aufs Neue ausbrach.

»Zu weiteren Informationen hat man sich nicht herabgelassen. Wenn Sie mehr erfahren wollen, müssen Sie wohl persönlich anrufen, denke ich, Sir.«

Sheinwalds Nüstern wirkten jetzt so gebläht, dass sie zu platzen drohten. Er drehte sich abrupt um und stürmte aus dem Raum auf der Suche nach jemandem, den er anbrüllen konnte, ohne dass der dagegenhielt. Er war schon immer der Ansicht, dass es nichts Schlimmeres gab als eine Frau mit starkem Willen, man denke nur an Imelda Marcos, Margaret Thatcher und Cate Blanchett. Oder seine Frau.

Hacker sah ihm nach und entspannte sich ein wenig, sodass sie unvermittelt zu einem großen klebrigen Klumpen Erleichterung zusammenschmolz.

»*Magnifique*!«, sagte einer der Typen am Empfang und begann zu applaudieren. Sein Kollege stimmte mit ein, und auch die Empfangssekretärin dachte kurz darüber nach, ließ es dann aber doch lieber bleiben, für den Fall, dass der Botschafter auf irgendeinem Weg von ihrer Zustimmungsbekundung erfuhr.

Hacker lächelte leicht verlegen und ging aus dem Zimmer. Die Neuigkeit ihres Widerstands würde sich rasch in der Botschaft verbreiten und sie zu einer Art Idol erheben. Ihre Methode des maximalen Widerstands gegen Sheinwald würde als Hacker-Effekt bekannt werden und Gewinn bringend von praktisch jedem Untergebenen des Mannes angewendet, sodass seine Autorität total unterminiert wurde, seine Arbeitsorganisation kollabierte und er jegliches Selbstbewusstsein verlor. Seine Karriere erlebte einen jähen Knick, und er kehrte nach London zurück, wo er bis zum Ende seiner Laufbahn als Toilettenwärter vor dem Sitz des Außenministers in der King Charles Street arbeitete.

Um nicht sofort erkannt zu werden, versuchten Ashley Daniels und Barney Thomson den Harlequin-Sweetlips-Verwandlungstrick anzuwenden. Dabei wollten sie keineswegs einer vollen Inspektion standhalten, sondern lediglich flüchtigen Blicks quer durch eine überfüllte Hotelhalle zur Bar. Barney war bereits auf dem Zimmer gewesen, hatte sich die Haare ein wenig gestutzt, eine dunkle Brille aufgesetzt und andere Kleidung angezogen, die er sich in einem Laden im Hotel gekauft hatte. Als Mann konnte er nicht viel mehr machen, und er bezweifelte, dass er den Test selbst eines noch so flüchtigen Blicks von Sweetlips überstehen würde, deren allgemeine und umfassende Fähigkeit, hellwach und gefährlich zu sein, er Ash zu vermitteln versucht hatte. Dann war er wieder nach unten gegangen und hatte Sweetlips und Bethlehem aus sicherer Entfernung beobachtet, während Ash hinaufgegangen war, um zu sehen, was sie mit sich anstellen konnte.

Als sie, die Haare um das Gesicht hochgesteckt, raffiniert, aber dezent geschminkt und anders gekleidet an den Tisch zurückkehrte, versteckte Barney sich hinter einer Ausgabe von

Le Monde, die ihm weitgehend unverständlich blieb. Er musterte sie über den Rand seiner Zeitung hinweg und nickte anerkennend.

»Du siehst fantastisch aus«, sagte er.

»Anders?«

»Ja«, sagte er und fügte rasch hinzu, »nicht, dass ich damit sagen will, dass du nicht vorher schon fantastisch ausgesehen hast.« Womit er sich, wie er fand, ganz elegant aus der Affäre gezogen hatte, wenn man bedachte, dass er einiges gutzumachen hatte.

»Lass den Quatsch, Barn«, sagte sie. »Süßholzraspeln reicht für deine Rehabilitation längst nicht aus.«

»Ich weiß, ich weiß«, erwiderte er. »aber du siehst trotzdem toll aus, weißt du, mehr will ich ja gar nicht sagen.«

»So läuft das nicht«, sagte sie schärfer als zuvor, um ihm klarzumachen, dass dies kein müßiges Geplauder war. »Irgendeine Bewegung?«

Barney erkannte den Fingerzeig und beschloss, die Schmeicheleien für später aufzusparen und sich auf nüchterne Wahrheiten zu beschränken.

»Nichts«, sagte er. »Sie sind nicht aufgestanden und haben auch kaum miteinander geredet. Bethlehem sieht dauernd auf die Uhr. Offenbar ist der Dritte im Bunde zu spät.«

»Brillant, Holmes«, sagte Ash.

»Danke«, sagte Barney.

Ash, die mit ihrer veränderten Erscheinung auch an Selbstbewusstsein gewonnen hatte, blickte zu den beiden Verdächtigen und überlegte, ob irgendetwas des zuvor Geschehenen einen Rückschluss darauf zuließ, auf wen sie warteten. Aber in Bezug auf Bethlehem hatten sie praktisch nichts in der Hand, nichts, woran sie sich festbeißen konnten; und bei Sweetlips war es auch nicht viel mehr.

»Hm-hm«, sagte Barney und wies mit dem Kopf auf die beiden Männer hinter Ash. »Zwei Idioten um zwei. Das ist es.«

Ash drehte sich um, warf einen kurzen Blick auf die Männer in dunklen Anzügen, die die Bar betraten, und wandte sich dann wieder Bethlehem zu, um zu sehen, ob irgendeine Veränderung in seinem Verhalten auszumachen war. Und in der Tat war er auf seinem Stuhl nach vorn gerückt und wartete mit Blick auf die beiden Männer darauf, sich zu erheben. Sweetlips stützte ihr Kinn in die Hand und lächelte passend zu ihrem Namen süß.

»Okay«, sagte Ash, »ich gehe nach draußen, um sicherzugehen, dass wir sie nicht verlieren, wenn sie plötzlich aufbrechen. Du beobachtest sie und rufst an, wenn sie irgendwas anderes tun, als das Hotel zu verlassen.«

»Ay ay, Boss«, sagte Barney, und Ash warf ihm einen schrägen Blick zu, bevor sie sich auf Umwegen aus der Bar verdrückte, was sie sich auch hätte sparen können, da Bethlehem und Sweetlips viel zu beschäftigt mit den Neuankömmlingen waren.

Förmliches Händeschütteln, Sweetlips machte nichts Besonderes, gab aber den Part der Killerschönheit so perfekt, dass Barney selbst aus fünfzig Metern Entfernung die Wirkung erkennen konnte, die sie auf die beiden Männer ausübte, auch wenn die sich alle Mühe gaben, das Treffen cool und geschäftsmäßig zu gestalten. Man nickte in die Runde, nach herzlicher Begrüßung herrschte kurz angebundene Höflichkeit, bevor Bethlehem gefolgt von Sweetlips neben den beiden Männern zum Ausgang strebte.

Barney wartete, zog das Handy, das Ash ihm gegeben hatte, aus der Tasche, wählte ihre Nummer und folgte der Viererbande in gemessenem Abstand.

»Hallo?«, antwortete sie.

»Banditen«, sagte Barney.

»In meiner Richtung?«

»In fünf Sekunden.«

»Okay.«

»Major, Ende«, sagte Barney, doch sie hatte schon aufgelegt, bevor er fertig war, nur damit er wusste, dass er nicht nur in Ungnade gefallen war, sondern auch gründlich verschissen hatte.

Du hast es nicht besser verdient, Barney, dachte er und beeilte sich, Bethlehems Gruppe nach draußen zu folgen, wobei ihm bewusst wurde, dass er diese alberne Scharade durchaus genoss und auf keinen Fall wollte, dass Ash irgendwohin ohne ihn aufbrach.

Kapitel 13

Das neue weißer als weiße Areola ultra-weiß Weißwaschpulver

Ist das Weiß Ihrer Weißwäsche nicht weiß genug? Versuchen Sie das brandneue weißer als weiße Areola ultra-weiß Weißwaschpulver für extra-weißes Weiß, weißer als jedes Weiß, das Sie je gesehen haben, weißer als jedes Weiß, das Sie sich vorstellen können. Ihr Weiß wird nicht bloß weiß, es wird weißer als mega-weiß. **Das neue weißer als weiße Aerola ultra-weiß Weißwaschpulver** für das weißer als weiße, weiß, weiß, weiße, weiß, weiß, weiß, weißer als weiße, mega-ultra-mega-weiße, weißer als weiße, brandneue Weiß.

Es war beinahe an der Zeit, den Vertrag formell zu unterzeichnen; Jahrhunderte von Misstrauen und Argwohn würden mit einer einzigen dramatischen Geste weggewischt werden. Es war ein Augenblick für die Geschichtsbücher, ein Augenblick, der des prachtvollsten Prunks würdig gewesen wäre, doch alle Beteiligten waren sich einig gewesen, dass Understatement in einer zunehmend säkularisierten Gesellschaft das Beste sein würde.

Wenn die formelle Erklärung vor Parlament und Öffentlichkeit abgegeben wurde, würde es zweifelsohne einen empörten Aufschrei geben, Rufe nach Abschaffung der Monarchie würden laut werden, jahrhundertealte Gesetze hervorgekramt und zitiert. Es würde Debatten im House of Lords und im House of Commons geben, in der Presse, auf der Straße, in Dorfsälen, Kirchen und Kneipen. Es würde das alles beherrschende Gesprächsthema in Großbritannien und vor allem in England sein, die größte Sensation seit der Abdankung von Edward, dem Soundsovielten, neunzehnhundertpaarunddreißig. Aber Ihre Majestät Königin Elizabeth II. war überzeugt das Richtige zu tun, um die Popularität und den Bestand ihrer königlichen Linie zu sichern, ihre Berater waren überzeugt, ihre Kinder und Enkel waren überzeugt worden. Sogar eine diskrete Umfrage unter allen Personen namens Nicholas Witchell und Jenny Bond war zu ihren Gunsten ausgegangen. Von allen, die von den Konsequenzen der historischen Unterschriftszeremonie wussten, stand nur Seine Königliche Hoheit Prinz Philip fest im Lager der Scheißegal-Fraktion.

Die Queen blickte aus dem Fenster des schwarzen Audis und war ein wenig nervös. Nachdem man ihr vor langer Zeit einen Platz in der Geschichte garantiert hatte, hatten die letzten gut fünfzehn Jahre gereicht, um sie davon zu überzeugen, dass man in Erinnerung an ihre Herrschaft eher an die Heldentaten und katastrophalen Ehen ihrer Kinder als an ihre eigenen guten Werke für das Land denken würde. Deshalb hatte sie es für notwendig erachtet, diesen dramatischen Schritt zu unternehmen, diesen außergewöhnlichen Bruch mit der Tradition, um ihren Status im Pantheon großer Monarchen aufs Neue zu zementieren.

Der Söldner, der Marketingfachmann, der vom Palast engagiert worden war, um Ihre Majestät zu beraten, wie genau sie es anstellen sollte, ihren Platz in der Geschichte zu betonieren, saß augenblicklich in einem identischen schwarzen Audi, der direkt hinter dem königlichen Wagen fuhr. Thomas Bethlehem war durchaus überzeugt von seinem eigenen Platz in der

Geschichte, als er nur Sekunden nach der Königin auf dasselbe Stück Paris blickte. Harlequin Sweetlips war die Geschichte ziemlich egal, sie hatte ihren eigenen Plan, ihre eigenen zu erledigenden Angelegenheiten. Engagiert von einer nicht komplett unbeteiligten Partei, um möglichst viel Schaden anzurichten, was sie bis zu diesem Punkt recht erfolgreich getan hatte.

Ein paar Fahrzeuge hinter den beiden schwarzen Audis fuhr ein rotes Privattaxi, ein Peugeot 406, in dessen Fonds Ashley Daniels und Barney Thomson saßen. Zwischen den beiden herrschte eine gewisse Förmlichkeit, die von Barneys Beziehungen zu Sweetlips herrührte, aber vielleicht wären sie ja gar nicht so weit gekommen, wie sie gekommen waren, wenn er ihr von vornherein reinen Wein eingeschenkt hätte.

»Es sind zwei, hast du gesehen?«, fragte Barney, bemüht, Konversation zu machen. Er fühlte sich nach wie vor unbehaglich und versuchte, sich damit abzufinden. Er war in seinem Leben schon in eine Reihe unglaublicher Situationen geraten, hatte sich in der Gesellschaft von Mördern aufgehalten und allerlei aberwitzige Erfahrungen gemacht, doch es war Jahre her, dass er sich deswegen in irgendeiner Weise unbehaglich gefühlt hatte. Frauen verändern leider alles, und man kann nichts dagegen tun.

»Ich weiß«, gab sie beinahe desinteressiert zurück. Sie wusste, was Barney wollte.

»Das macht die Verfolgung leichter«, versuchte dieser es weiter, obwohl auch er am liebsten die Klappe gehalten hätte.

Ash sagte nichts. Sie hatte zusehends das Gefühl, ins Schwimmen zu geraten. Sie wäre gern in der Lage gewesen, Verstärkung zu rufen, aber selbst wenn, was hätte sie ihnen sagen sollen? Fürs Erste ging es lediglich darum, einen Typen zu beschatten, um herauszufinden, mit wem er sich traf. Sie hoffte, es würden Manager von Renault oder irgendeinem anderen großen Konzern sein, aber angesichts des anderen schwarzen Audi spürte sie eine ominöse Gefahr, ein Gefühl, das durch die bedrohliche Anwesenheit von Harlequin Sweetlips noch verstärkt wurde.

»Es tut mir Leid«, sagte Barney. »Ich hätte von Anfang an etwas sagen sollen, aber du kannst es mir doch nicht für den Rest unseres Lebens um die Ohren hauen.«

»Es gibt keinen Rest unseres Lebens«, sagte sie. »Du hättest es mir vor vier Tagen sagen sollen, und dann wärst du nicht hier. Weiß Gott wie ich das erklären soll, wenn die Kacke irgendwie anfängt zu dampfen.«

»Kannst du nicht sagen, du hättest mich als deinen Hilfssheriff oder so verpflichtet?«, fragte er.

Sie schnaubte, aber auf diese Art, die Frauen hinkriegen und dabei immer noch attraktiv wirken.

»Du hast zu viele Filme gesehen, Barney. Und außerdem, wie genial stehe ich da, wenn ich einen Hilfssheriff ernenne, der sich, wie sich herausstellt, mit der Hauptverdächtigen eingelassen hat? Dafür würde ich zur Scheißpolizistin des Jahres gewählt werden.«

»Dann wäre es wohl das Beste, ich halte die Klappe«, sagte Barney.

»So intelligent, wie du bist, brauchst du das nicht mal zu fragen«, gab sie zurück.

Barney nickte, kaute auf einem Nagel und sah aus dem Fenster. Eine plötzliche Desillusionierung, die ebenso gut schon irgendwann früher in den letzten paar Stunden hätte passieren können. Er könnte genauso gut nicht hier sein. Im Hotel hatte er nach wie vor das Geld in seiner Tasche. Er könnte aussteigen, ein Taxi nehmen, den Zug nach Waterloo, weiter nach Edinburgh und morgen um dieselbe Zeit in einer kleinen Bed & Breakfast-Pension in Anstruther sein. Er konnte alldem den Rücken kehren, auf einer kalten Hafenmauer sitzen und aufs Meer blicken, die Intrigen von Paris und London gut 500 Meilen entfernt.

Er sah Ash an und wollte sagen, lass mich einfach aussteigen, doch ihr Anblick hielt ihn zurück. Stattdessen versank er in stillem Ernst, weil er wusste, dass er, egal wie sich der Abend entwickelte, irgendwann in den nächsten paar Tagen in seinem alten Fischerdorf an der Ostküste sein würde, wo ihm all das bloß wie eine weitere sinnlose Episode in seinem Leben erscheinen würde; die einzige Erinnerung wäre die Narbe, die Ashley Daniels hinterlassen hatte.

Bei diesem übermäßig dramatischen romantischen Gedanken schüttelte er den Kopf und schloss die Augen.

»Komm, Barney«, sagte Ash und stupste ihn an. Barney schreckte aus einem verrückten Traum auf, in dem Harlequin Sweetlips, ein Motorrad und ein sonnenüberfluteter Olivenhain vorgekommen waren. Er sah sich um. Sie waren auf einer Hauptstraße gegenüber einer kleinen Einfahrt in eine kurze Straße. Der Schnee, der schon Nordfrankreich heimgesucht hatte, begann jetzt auch in Paris zu fallen. Die beiden Audis parkten ein Stück die kurze Straße hinunter vor einer alten Villa zwischen anderen alten Villen. Auf die Entfernung von ein paar hundert Metern und in einer schwach beleuchteten Straße, deren Laternen vor der Ankunft der vornehmen Kombattanten strategisch eliminiert worden waren, konnten sie erkennen, wie mehrere Gestalten aus den Autos stiegen.

Ash warf dem Fahrer ein paar Geldscheine hin, der mit Pariser Höflichkeit grunzte, und stieg aus. Barney folgte ihr, als sie im Sichtschutz des Gebäudes an der Ecke der kleinen Straße auf die andere Seite rannte.

»Was ist der Plan?«, fragte Barney, der immer noch versuchte, richtig wach zu werden und das Bild von Harlequin Sweetlips in einem pinkfarbenen Hosenanzug aus seinem Kopf zu verbannen.

»Wie vorher, Barney«, sagte Ash, »es gibt keinen Plan. Wir halten uns bedeckt, wir versuchen, einen Blick zu erhaschen. Du hältst die Klappe.«

»In Ordnung«, sagte Barney.

»Und wenn du Sweetlips siehst, versuchst du, nicht mit ihr zu schlafen«, fügte Ash hinzu und hätte sich für die Stichelei am liebsten selbst getreten. Barney ignorierte sie.

Kaum behelligt von den wenigen Fußgängern schlichen sie zu dem Gebäude an der Ecke, als der erste der beiden Audis plötzlich am Ende der Straße auftauchte, dicht gefolgt von seinem Kollegen.

»Scheiße«, sagte Ash, die sofort in einen normalen Schritt verfiel und versuchte, nicht so auszusehen, als hätte sie gerade die kleine Seitenstraße hinaufschleichen wollen.

Die Fenster der Wagen waren getönt, sodass man nichts erkennen konnte. Ash und Barney erreichten die Kreuzung und warteten mit einigen anderen Passanten darauf, dass die gut einen halben Meter entfernten Wagen auf die Hauptstraße fuhren. Es ließ sich unmöglich sagen, wer darin saß und ob er sie bemerkte.

»Keine Dummheiten, Barney«, sagte sie. Barney antwortete nicht, weil er langsam die Nase voll davon hatte, wie ein Idiot behandelt zu werden, bloß weil er sich in den letzten paar Tagen wie einer benommen hatte.

Die Wagen fädelten sich in den fließenden Verkehr ein, während Barney und Ash sich ganz natürlich und unauffällig anschickten, die kleine Straße zu überqueren.

»Was meinst du?«, fragte Ash, die wild zwischen den beiden

Extremen hin und her schwankte, Barney wie einen Idioten zu behandeln und gleichzeitig seinen Rat zu suchen.

»Es ist zwecklos, die Wagen weiter zu verfolgen«, sagte Barney. »Irgendwer ist definitiv ausgestiegen, wir müssen einfach hoffen, dass es die sind, an denen wir interessiert sind.«

»Ja«, sagte Ash vorsichtig.

Sie starrte die Straße hinunter. Die beiden Audi hatten vor einer Ampel gehalten. Wenn sie die Verfolgung mit einem Taxi fortsetzen wollte, musste sie jetzt handeln. Die entscheidende Frage war, ob die Fahrer der beiden Audi wussten oder vermuteten, dass sie verfolgt worden waren, weil sie in diesem Fall versuchen würden, ihre Verfolger in kilometerlangen Fahrten abzuschütteln. Wenn sie keinen Verdacht geschöpft hatten, gab es keinen Grund, warum sie ihre menschliche Fracht nicht am vorgesehenen Ziel abgesetzt haben sollten. Trotzdem eigenartig, dass die beiden Wagen nicht auf ihre Passagiere warteten.

Die Ampel sprang auf grün, die Audis fuhren los und wurden rasch vom dichten Verkehr geschluckt. Die Entscheidung war gefallen. Ash blieb stehen und machte kehrt, nachdem sie zunächst ein paar Schritte an der Seitenstraße vorbeigegangen war. Barney folgte ihr, und sie betraten die Nebenstraße. Hier gab es keine Fußgänger, sondern nur zwei Reihen großer Häuser und Laternen, die, selbst wenn sie funktionierten, nur ein gedämpftes Licht verströmten.

»Hast du eine Ahnung, wo wir sind?«, fragte Barney.

»Du meinst, wo in Paris?«, fragte sie zurück.

»Ja.«

»Willst du mich verarschen? Wir sind etwa zwanzig Minuten vom Eiffelturm entfernt, mehr weiß ich auch nicht.«

»Okay«, sagte Barney. »Das heißt, es wird schwierig, Verstärkung zu alarmieren, wenn es hässlich wird.«

Sie bedachte ihn mit einem weiteren *Idiot!*-Blick und wies auf das Straßenschild.

»Nun, erstens betreten wir gerade die *Avenue des Aisselles*, und zweitens gibt es keine Verstärkung. Los, komm.«

Und damit setzte sie sich, dicht gefolgt von Barney, in Bewegung und ging leise und nicht allzu eilig die kleine Straße hinunter.

»Und was die Sicherheit betrifft, hast du auch keinen Plan?«

Ash ging voran, sie war genervt, dass sie ständig nach einem Plan gefragt wurde, den es nicht gab, kam sich dumm vor, eben weil sie keinen Plan hatte, und versuchte fieberhaft, sich einen auszudenken. Noch vierzig Schritte, dann waren sie da, und sie mussten die Dinge einfach nehmen, wie sie kamen.

Zwei Häuser von dem anvisierten Gebäude sprang sie plötzlich über eine niedrige Mauer in einen Garten. Ein kurzer Sprint, dann kauerte sie sich hinter einem Baum ins Gras und sah sich nach Barney um, der sie anstarrte, als wäre sie ein bisschen seltsam.

»Warum?«, fragte er.

»Los, komm!«, zischte sie mit einem gepressten Flüstern.

Barney, der sich bezüglich Aktivitäten, die das Überspringen von Mauern und anderen Gegenständen umfassten, nicht ganz sicher war, stieg vorsichtig auf die Mauer, kletterte hinüber, ging geduckt zu der Stelle, wo Ash im Gras lag, und legte sich neben sie.

»Du hast also mittlerweile doch einen Plan?«, fragte er.

Ash kroch durchs Gras, das noch nicht schneebedeckt war, sah sich rasch um, um sicherzugehen, dass sie nicht vom Haus beobachtet wurden, deren Bewohner sich fragen würden, was zum Teufel sie da machten, und hob den Kopf dann über die 1,50 Meter hohe Mauer, die das Grundstück vom Nachbargarten trennte. Barney spähte ebenfalls hinüber, bevor sich beide wieder nach unten gleiten ließen und mit dem Rücken zur Wand sitzen blieben.

»Klär mich auf, Ash«, sagte er.

»Vor dem Tor stehen zwei Typen«, sagte sie. »Ich habe nicht die leiseste Ahnung, was ich zu ihnen sagen sollte, und wir wären um ein Haar entdeckt worden. Also haben wir uns hierhin verzogen.«

»Wie willst du wissen, dass wir nicht entdeckt worden sind?«, fragte Barney.

Ash atmete tief ein und schüttelte den Kopf.

»Gar nicht«, sagte sie. »Komm, wir klettern dahinten bei dem Hibiskus über die Mauer.«

Barney blickte ratlos an dem Steinwall entlang.

»Und sagst du mir auch, welcher der Hibiskus ist?«, fragte er.

Sie drehte sich um, beugte sich ganz dicht zu ihm und zischte mit zusammengebissenen Zähnen: »Es gibt hier nur einen beschissenen Strauch, Barney!«

Barney nickte und fragte sich, warum er sich auf einmal aufführte wie so ein typischer Mann.

Ash hob ihren Kopf ein paar Zentimeter über die Mauer und musterte die beiden Typen, bevor sie sich blitzschnell und elegant über die Mauer hievte und auf der anderen Seite ins Gras fallen ließ. Sie sah sich kurz um, um sicherzugehen, dass sie in diesem Garten nichts erwartete, worüber sie sich Sorgen machen sollten, und robbte sich dann gefolgt von Barney im Schutz eines großen Busches weiter zur Mitte vor. Barney hatte die Mauer nicht direkt elegant überwunden, aber auch nicht so tollpatschig und unvorteilhaft, dass es die unerwünschte Aufmerksamkeit der beiden Typen vor dem Tor des Nachbargartens erregt hätte. Er robbte über den Boden, bis er Ash erreicht hatte.

Sie starrte konzentriert auf die Mauer des Nachbarhauses. Was sie jetzt nicht brauchen konnte, war ein Typ, der blöde Fragen stellte.

»Hast du vor die Typen umzulegen?«, fragte Barney.

Ihre Konzentration reichte aus, ihn zu ignorieren.

»Ich habe schon Menschen getötet«, sagte er, was sie dann doch aufhören ließ. »Nicht kriminell, weißt du, eigentlich nicht jedenfalls.«

»Ich will es nicht wissen, Barn«, sagte sie. »Interessieren würde mich allerdings, warum du plötzlich so ein Idiot geworden bist.«

»Das liegt an dir«, flüsterte er gepresst. »Du machst mich so.«

»Warum?«, fragte sie ihn mit der gebotenen Geringschätzung.

»Weil ich dich liebe«, sagte Barney plötzlich unwillkürlich und zum ersten Mal in seinem Leben.

Ash spürte die Worte bis ins Herz, in den Bauch und sämtliche anderen inneren Organe, die möglicherweise betroffen waren.

»Warum?«, fragte sie, weil es das Erste war, was ihr einfiel.

Beide erstarrten, als der Strahl einer Taschenlampe suchend über ihre Köpfe hinwegtastete und über die Wiese um sie herumharkte. Sie hörten die murmelnden Stimmen der beiden Wachleute an der Mauer, einer versuchte offensichtlich, hinüberzuklettern, aber die Mauer war viel höher als die, die Ash und Barney gerade überwunden hatten.

»Ich geh vorne rum«, sagte eine Stimme, und sie hörten, wie jemand mit stapfenden Schritten den Garten verließ und durch das Tor auf die Straße ging.

Flucht oder Kampf; Barney war bereit. Er war schon in vergleichbaren Situationen gewesen, und für ihn gab es nur eins.

Sie mussten hier weg. Es war völlig sinnlos, sich erwischen zu lassen; zu diesem Zeitpunkt, kurz vor ihrer unvermeidlichen Entdeckung, würde sie nichts dergleichen ihrem Ziel näher bringen, sie mussten einfach abhauen. Ash musste die Tatsache akzeptieren, dass sie versagt hatte, und mit leeren Händen nach London zurückkehren.

Sie konnten den Wachmann jetzt sehen. Er war ganz in der Nähe, und das Licht seiner Taschenlampe fiel auf den Busch, hinter dem sie sich versteckten. Der andere Mann versuchte, das Tor zu öffnen. Es war abgeschlossen und ließ sich offenbar nur vom Haus aus öffnen, also schwang er sich hinüber, während im selben Moment das Licht der Taschenlampe von jenseits der Mauer auf Barneys Hinterkopf fiel, sodass er festlich beleuchtet dastand wie die olle Carmen vor einer Soloarie.

»Und, liebst du mich auch?«, fragte er, als Ash, ohne ihn anzusehen, zur Attacke blies.

Nach Barneys Plan hätten sie versucht, dem Typen aus dem Weg zu gehen, ein kleines Ausweichmanöver und dergleichen, dann sportlich über die Mauer gehüpft und so hurtig wie möglich die Straße hinuntergespurtet. Ash hatte hingegen ein vollkommen anderes Drehbuch im Kopf und hoffte immer noch, die beiden Wachen auszuschalten und sich Eintritt in das Haus zu verschaffen. Deshalb stürzte sie mit gesenktem Kopf, Karacho und einem leisen Schrei auf den Wachmann zu.

»Oh Gott«, sagte Barney, als ihm klar wurde, dass er einen anderen Kurs einschlagen musste, um einer Frau zu helfen, die demnächst in Not geraten würde.

Ash schoss, den Fuß ausgestreckt in einer eleganten Kickbox-Bewegung, auf den Wachmann zu und visierte seinen Hals an. Leider hatte Ash jedoch keinerlei Ausbildung in irgendeiner Art von Kickboxen genossen und stützte sich in ihrem ganzen Bewegungsablauf auf das, was sie aus dem Fernsehen kannte. Ihr Fuß verfehlte sein Ziel, der Wachmann musste nicht einmal einen Schritt zur Seite ausweichen, er wehrte ihr Bein einfach mit einer kurzen Bewegung seines Bodybuilder-Bizeps-Arms ab, und sie lag nach Luft schnappend platt auf dem Boden, als Streitkraft weitgehend erledigt.

Empört über das, was man seiner Freundin angetan hatte, schoss nun auch Barney in vollem Tempo auf den Wachmann zu, doch bevor er irgendeine Art von Körperkontakt herstellen konnte, erwischte ihn ein satter Schlag ins Gesicht, der ihn circa fünf Meter durch die Luft segeln ließ.

Kaum noch bei Bewusstsein bemerkte er, dass der andere Wachmann seinem Kumpel zu Hilfe geeilt kam, während ein alter Herr mit brauner Krawatte in der Tür auftauchte und fragte, was *le fuck* noch mal der ganze Lärm zu bedeuten hatte.

Kapitel 14

Exron Gold

Erst war es ein Metall. Dann war es eine Investition. Dann war es eine Auszeichnung für olympische Größe. Die zweite Hälfte des 20. Jahrhunderts brachte das Filmereignis mit Roger Moore und den Höhepunkt der Karriere einer Beat-Combo aus den 80er Jahren.
Jetzt präsentiert Exron in Zusammenarbeit mit der First Connecticut Bank of Leonard Nimoy stolz *Gold*, die Kreditkarte, die auch Mitesser entfernt.
Exron Gold: Treten Sie der Verkäuferin selbstbewusst gegenüber.

Um den Tisch waren sieben Personen versammelt und warteten auf eine achte, die die Runde komplettieren sollte; der Achte im Bunde war einer der Hauptunterzeichner, weshalb sein Fehlen den Fortgang des Verfahrens verzögerte.

Am Kopf des Tisches saß Ihre Majestät Königin Elizabeth II., zu ihrer Linken Seine Königliche Hoheit der Duke of Edinburgh, zu ihrer Rechten Edward Milloy, stur und steif wie eh und je. In der Mitte des Tisches saßen sich Thomas Bethlehem von Bethlehem, Forsyth & Crane und seine persönliche Beraterin gegenüber – die ohne sein Wissen als Doppelagent arbeitete – die ansehnliche Harlequin Sweetlips. Neben ihnen zwei hohe Vertreter der römischen Kurie, der Regierung des Vatikan; Erzbischof Sandri und Erzbischof Tauran. Ein feines Kollektiv.

Soweit die Queen und Thomas Bethlehem unterrichtet waren, warteten sie noch auf die Ankunft des Papstes. Doch obwohl der Papst genauestens über das Treffen in dem gediegenen Pariser Vorort unterrichtet war, hatte er nie die geringste Absicht gehegt, die Zeremonie mit seiner Anwesenheit zu segnen, und amüsierte sich in diesem Moment mit ein paar Nonnen beim Strip-Schach.

Die Queen beugte sich vor und flüsterte Milloy etwas ins Ohr. Er nickte und blickte über den langen Tisch zu Erzbischof Sandri.

»Erzbischof«, begann er, »Ihre Majestät beginnt sich nach dem Grund der langen Verzögerung zu fragen.«

Der Erzbischof sah die Queen an und senkte leicht den Kopf. »Also, wir haben hier die Kontrolle, und ihr Komiker könnt mich mal kreuzweise«, wollte er sagen, lächelte jedoch stattdessen geboten respektvoll.

»Bitte unterrichten Sie Ihre Majestät, dass wir die Verzögerung bedauern und glauben, dass seine Exzellenz jeden Moment eintreffen …«

Die Tür ging auf und ersparte Erzbischof Sandri weitere Lügen und Ausflüchte. Ein Mann im Anzug trat ein, lächelte in die Runde, verbeugte sich vor der Königin und nahm dann den Platz am anderen Ende des Tisches ein.

Das Gefolge der Queen, sogar Sweetlips, blickte von dem Typ im Anzug zur Königin, um ihre Reaktion abzuschätzen. Die Queen nahm sich einen Moment Zeit, den Mann zu betrachten, bevor sie sich wieder vorbeugte und Milloy etwas zuflüsterte.

»Wir kennen diesen Spaßvogel nicht«, sagte sie mit äußerstem Taktgefühl, obwohl sie wusste, dass sie den Typen schon mal irgendwo gesehen hatte.

Milloy hüstelte, musterte ihn über den langen Tisch hinweg und sagte: »Ihre Majestät wünscht, dass Sie sich der königlichen Präsenz bekannt machen.«

»Ich bitte um Verzeihung«, sagte der Neuankömmling mit einem wunderschönen, leichten, italienischen Akzent. »Darf ich mich vorstellen. Ich bin Kardinal Sodano, Außenminister der römischen Kurie. Ich werde heute Abend im Namen des Vatikans unterzeichnen.«

Das Gesicht der Queen verfärbte sich in jenen seltsamen Farbton, den es immer annimmt, wenn sie hört, wie Charles eine seiner gewundenen Reden hält. Philip schnaubte und murmelte: »Das sieht euch Wichsern ähnlich, hier einen billigen Trick abzuziehen.« Bethlehem und Milloy wechselten bedeutungsvolle Blicke. Harlequin Sweetlips war im Grunde recht amüsiert, gab sich jedoch alle Mühe, ihren Mund nicht zu einem verstohlenen Lächeln zu verziehen.

»Warum?«, fragte die Königin diesmal direkt, ohne Milloy als Unterhändler einzuschalten, und beugte sich vor.

»Ich fürchte, er war in Rom unabkömmlich«, sagte Sodano.

»Blödsinn!«, blökte Philip, der seinen Spaß hatte, weil er die ganze Idee von Anfang an für einen Haufen Mist gehalten hatte.

Die Queen kochte. Sie kannte das Protokoll, sie wusste, dass nicht der Papst persönlich die gemeinsame Erklärung unterschreiben musste, mit der die britische Monarchie wieder zur römischen Kirche konvertierte und sämtliche Beziehungen zur Church of England abbrach. Entscheidend war, wie es wirkte. Wenn sie diesen Coup, diese dramatische Umkehr königlicher Politik vollziehen wollte, um ihren Platz im Herzen der wachsenden katholischen Bevölkerung in Großbritannien zu festigen, wäre dies ein furchtbarer Auftakt, von dem eine vernichtende Botschaft ausgehen würde. Wie würde es aussehen, wenn der Papst sich nicht einmal die Mühe machte, persönlich zu der Zeremonie zu erscheinen? Monate- und jahrelange Verhandlungen wären verschwendet; all die Reisen in letzter Minute zurück nach London, für die sie die sorgfältigst vorbereiteten Pläne für ihren Staatsbesuch über den Haufen geworfen hatte, um sich mit Beratern zu treffen und zu versuchen, in gewissen parlamentarischen Kreisen eine breite Koalition der Zustimmung zu schmieden; alles umsonst. Sie würde zum Gespött werden.

»Unter diesen Umständen können Sie nicht unterschreiben, Ma'am«, sagte Bethlehem zu ihr gebeugt, weil er sich der fatalen PR-Folgen einer solchen Tat nur zu bewusst war.

Das musste man der Queen nicht erklären. Sie starrte den Kardinal am anderen Ende des Tisches mit stechenden Blicken an, während sie verzweifelt überlegte, wie sie die Situation zu ihren Gunsten retten konnte. In Abwesenheit des Papstes zu unterschreiben, würde die Effektivität des ganzen Projektes unterminieren. Es würde Kontroversen über ihren Wechsel von einer christlichen Konfession zur anderen geben, und eine Menge Menschen würde sehr verärgert sein. Damit es überhaupt passieren konnte, würde es mit dem Parlament eine Schlacht über die Novellierung jahrhundertealter Gesetze geben. Die Probleme waren vielfältig, aber überwindbar, und man war überzeugt, dass es sich letztendlich lohnen würde. Der katholische Bevölkerungsanteil nahm zu, und von beiden Konfessionen nahmen die Katholiken ihre Religion deutlich ernster und identifizierten sich sehr viel stärker mit ihr. Wenn sie diesen Teil der Bevölkerung vollkommen hinter sich brachte, konnte sie die Monarchie für etliche weitere Jahrzehnte sichern, da war sie mit ihren Beratern einig. (William oder seine Kinder würden dann eben zum Islam übertreten müssen, wenn es so weit war.)

Wieder ging die Tür auf und alle drehten sich um, wobei die Queen nicht überrascht gewesen wäre, den Papst persönlich zu sehen. Doch es war nur der Wachmann vom Tor, der sich umsah und dann beschloss, seine Nachricht direkt an Kardinal Sodano zu richten, weil der offensichtlich die Autoritätsperson an diesem Tisch war.

»Ich fürchte, das Treffen könnte kompromittiert worden sein, Sir«, sagte er ohne die geringste Ahnung, mit wem er sprach.

»Weiter«, sagte der Kardinal.

»Wir haben zwei Personen erwischt, die herumgeschnüffelt haben, Sir.«

»Journalisten?«, fragte der Kardinal, das Wort förmlich ausspuckend. Er hatte keine Zeit für Journalisten, außer er brauchte sie, versteht sich.

»Eine von ihnen behauptet, eine Polizistin aus London zu sein.«

Sweetlips zog eine Braue hoch, Bethlehem sah sich hektisch um. Das konnten sie nun wirklich nicht gebrauchen. Die Queen und Milloy wechselten einen bedeutungsvollen Blick. Philip langweilte sich und fragte sich, wann er endlich ein Gläschen Sherry bekommen würde.

»Und der andere?«, fragte der Kardinal.

»Behauptet, er wäre Frisör«, sagte der Wachmann, selbst ein wenig in Zweifel über die Information, die er überbringen musste.

Die beiden Erzbischöfe und Philip fassten sich automatisch an den Hinterkopf und dachten, sie könnten eine Rasur gebrauchen. Bethlehem und Sweetlips sahen sich über den Tisch hinweg an, Bethlehem beunruhigt über die unwillkommene

Rückkehr des Mannes, von dem er erst vor wenigen Stunden geahnt hatte, dass er in seinem Leben noch eine Rolle spielen würde. Sweetlips lächelte, kein bisschen überrascht. Sie hatte gewusst, dass Barney ein Mann von Qualität war.

»Bringen Sie sie rein«, sagte Sodano, ohne weiter darüber nachzudenken.

»Nein!«, widersprachen Milloy und die Königin gleichzeitig.

Bethlehem beugte sich vor und blickte zur Queen. Sie hatte in den vergangenen Wochen Vertrauen zu ihm gefasst, und er wusste, wie groß sein Einfluss auf sie war. Das würde er schaffen.

»Doch«, sagte er. »Ich denke, Sie sollten es erlauben, Ma'am. Wir müssen herausfinden, was sie wissen.«

»Können Sie das nicht irgendwo anders machen?«, fragte Milloy.

Sodano blickte auf die Uhr.

»Ich muss mich entschuldigen, aber ich muss in zehn Minuten nach Rom aufbrechen, Eure Majestät. Die Zeit ist stets wesentlich, wie Sie verstehen werden.«

Die Queen kreiste, wie man es in der Gegend von Govan sagt, um die Lampe. Aus dem Nichts war sie in eine Ecke gedrängt worden, in der alle Arten von Druck auf sie ausgeübt wurden, während sie geglaubt hatte, der Weg wäre bereitet. Bethlehem wirkte ebenfalls besorgt, da er die Tatsache akzeptieren musste, dass er als Projektmanager des Unternehmens die Verantwortung für alle Fehler und Hindernisse übernehmen musste, die jetzt noch auftauchten. Er hätte voraussehen müssen, dass der Papst in Rom bleiben würde. Und auch die Möglichkeit, dass man sie verfolgte.

»Wir sollten mit ihnen reden, Ma'am«, sagte er, »und hören, was sie vorzubringen haben. Wenn es uns nicht gefällt, kann man sich immer noch um sie kümmern. Wir müssen das Thema offensiv angehen, Ma'am.«

Die Queen atmete tief ein, seufzte lange und versuchte, ihre Gefühle zu kontrollieren. Philip sah sie von der Seite an und hoffte, dass sie sich verdammt noch mal schnell entscheiden würde, wobei er wusste, dass es klüger wäre, sich zu diesem Zeitpunkt eine seiner typischen Anmerkungen zu verkneifen.

»Also gut«, sagte sie, »wir akzeptieren, aber wir sind nicht amüsiert.«

»Natürlich nicht, Ma'am«, sagte Bethlehem, knapp und geschäftsmäßig, als ob es immer irgendwelche Probleme geben würde, die nur außer Kontrolle gerieten, wenn man es zuließ.

Sodano nickte dem Wachmann zu, und der marschierte los, um die Gefangenen zu holen. Die Queen starrte auf den Tisch und hatte das Gefühl, dass ihre Autorität unterminiert wurde und sie den anderen nicht in die Augen blicken konnte, vor allem Sweetlips nicht, deren Anwesenheit sie höchst beunruhigend fand. Die anderen wechselten verstohlene und auch ein paar machohafte Blicke und alles, aber niemand war so recht in der Stimmung, sich auf ein Armdrücken einzulassen. Die katholische Kirche hatte die anderen gründlich verarscht; das wussten alle Beteiligten, und der Vatikan würde sie zu diesem Zeitpunkt bestimmt nicht mehr ins Spiel zurückkommen lassen.

Die Tür ging erneut auf, und der erste Wachmann betrat den Raum, gefolgt von Ashley Daniels, Barney Thomson und dem zweiten Wachmann. Keine Handschellen, Waffen oder dergleichen, lediglich die allgemeine Akzeptanz der Tatsache, dass sie nicht versuchen würden zu fliehen. Alles sehr zivilisiert.

»Hi, Barney«, sagte Sweetlips, ohne Ash zur Kenntnis zu nehmen. Bethlehem starrte ihn an, während tausend Gedanken durch seinen Kopf rasten, wie er das Problem angehen sollte. Um diesen Barney Thomson musste man sich kümmern.

»Schön, dass alle sich freuen, mich zu sehen«, sagte Barney, bevor er die Königin bemerkte und sich ein wenig deplatziert fühlte. Er nickte unwillkürlich und verbeugte sich halb. Ash hatte sie trotz der Schatten bemerkt, sobald sie den Raum betreten hatte, und starrte die Queen nun an, während sie versuchte zu ergründen, was hier vor sich ging. Doch weder der Raum und dessen Ausstattung noch die versammelte Runde ließen irgendwelche Rückschlüsse zu.

»Würden Sie uns darüber aufklären, wer Sie sind und warum Sie sich hier aufhalten?«, fragte Sodano, der fand, dass mittlerweile alle lange genug herumgestanden und sich angestarrt hatten.

Ash sah sich im Zimmer um, fing Sweetlips' Blick auf, erkannte sie diesmal von ihrer Begegnung vor ein paar Abenden wieder, wandte sich dann Philip zu, der erkennbar tödlich gelangweilt war, und blickte schließlich, weil sie weitere Zeit brauchte, wieder zu Sodano. Milloy hatte sie komplett ausgeblendet und auch die gesichtslosen Männer in Anzügen am unteren Ende des Tisches sagten ihr nichts. Irgendetwas ließ sie den Blick zurück zu Sweetlips wenden. Die Augen. Sie hatte sie bestimmt schon einmal gesehen, ein Foto in ihrem Gedächtnis. Augen lügen nie. Denk nach.

»Sagen Sie mir zuerst, wer Sie sind«, wandte sie sich direkt an Sodano, ohne den Blick von Sweetlips zu wenden. Sie versuchte, die Bond-Nummer abzuziehen, wo man nackt an einen Pfahl gefesselt mit achtzig Maschinengewehren, die auf einen gerichtet waren, einer Laserkanone, die auf die eigenen Eier zielte, in einer Metallpresse festsaß, die einen zu Brei zerquetschen würde, und trotzdem so tat, als hätte man das Kommando.

Sie riss ihren Blick von der Mörderin los, ließ ihn über den Tisch schweifen und registrierte die ausgelegten Dokumente, die sehr pompös und elegant zur offiziellen Unterzeichnung bereitlagen. Die Königin war nach Paris gekommen, um heimlich etwas zu unterschreiben.

»Ich denke, dass muss Sie nicht weiter kümmern«, erwiderte Sodano kalt. »Ich sollte Ihnen wohl erklären, dass niemand an diesem Tisch Sie kennt oder besonders erpicht auf Ihre Anwesenheit ist. Sie stehen, wie man in Ihrem Land sagt, auf tönernen Füßen.«

Ashs Verstand brutzelte, während Barney daneben stand und sich ein wenig verlegen und reichlich fehl am Platz fühlte. Die Queen stand offenbar im Begriff, irgendeinen geheimen Pakt zu unterzeichnen, rasten Ashs Gedanken weiter, irgendwas, bei dem sie die Hilfe einer Werbeagentur benötigt hatte. Sie unterschrieb also heimlich, um die Sache dann zu einem späteren Zeitpunkt ihrer Wahl öffentlich zu machen. Aber wer waren die drei Idioten, welche Verbindung bestand zu den Morden in Bethlehems Truppe, und was zum Kuckuck noch mal machten ihre Fingerabdrücke auf all den Messern?

»Sie haben zehn Sekunden, dann werden Sie weggebracht, und keiner von uns wird Sie je wiedersehen.«

Das Ganze war offensichtlich eine falsch gelegte Spur. Geheime Verhandlungen würden die Abwesenheit der Königin bei offiziellen Pflichtterminen sehr viel logischer erklären als die Vermutung, sie wäre jeweils kurz nach London gejettet, um Werbemanager zu ermorden. Es musste also jemand aus ihrem engeren Umfeld sein, der ihr Probleme bereiten wollte. Probleme? Wenn die Sache an die Öffentlichkeit drang, würde es nicht nur Probleme geben, sondern sie und ihre schillernde Verwandtschaft wären erledigt.

»Es sind Personen anwesend, die mich kennen«, sagte Barney, als er endlich begriff, dass Ash auf Zeit spielte, während sie fieberhaft versuchte, die Angelegenheit zu enträtseln. »Die beiden Komiker dort«, fügte er hinzu und wies auf Bethlehem und Sweetlips. Derart abfällig über Sweetlips zu reden und sie in eine Kategorie mit dem Mann zu packen, reute ihn seltsamerweise ein wenig. Sie lächelte, Bethlehem ignorierte ihn.

»Und dieser Komiker dort kennt mich«, sagte Ash und zeigte auf Milloy, dessen Gesicht noch dunkler und wütender anlief, als es ohnehin schon war. Die Queen bedachte ihren Stabschef mit dem entsprechenden Blick.

»Milloy?«, fragte sie.

Nicht bloß Ärger bereiten, dachte Ash. Sondern, was immer hier vor sich ging, torpedieren. Was es auch sein mochte, die Heimlichtuerei ließ vermuten, dass es Menschen und Gruppen gab, die nicht glücklich über das Ergebnis sein würden. Irgendjemand musste ein Interesse daran haben, die Sache zu vereiteln.

»Sie ist ein Sergeant von Scotland Yard«, sagte er brüsk. »Die Dame hat Ihre Aktivitäten ermittelt.«

Die Queen hob den Blick und sah Ash an, die versuchte, ihn zu erwidern, was allerdings schwierig ist, wenn man jemanden anguckt, den man sein Leben lang auf Briefmarken gesehen hat.

»Würden Sie uns darüber aufklären, warum Scotland Yard sich für unsere Aktivitäten interessiert?«

Alle sahen Ash an, sie ließ ihren Blick in die Runde schweifen und versuchte, das Durcheinander zu entwirren, versuchte zu entscheiden, ob es in ihrem Interesse war, der Königin die Einzelheiten anzuvertrauen.

Ash traf ihre Entscheidung aus dem Bauch heraus. Die Queen war eine von den Guten. Sie musste ihr vertrauen.

»Sie haben bestimmt von der Mordserie in London gehört«, sagte sie.

»Ja«, erwiderte die Queen. »Soweit wir wissen, stammten die Opfer größtenteils aus Mr. Bethlehems Firma. Tragisch.«

Ash nickte und zögerte. Sie spürte Milloys einschüchternden Blick, seine Augen bohrten sich förmlich in sie. Ein Mann, der nicht wollte, dass die Wahrheit ans Licht kam. Auch Bethlehem musterte sie, obwohl sie, ohne ihn anzusehen, das Gefühl hatte, dass er keine Ahnung hatte, was sie sagen würde.

Harlequin Sweetlips weiß es, dachte sie. Sie weiß es.

»Ma'am«, sagte Ashley Daniels, »ich weiß nicht, wie ich es erklären soll und vielleicht …«

»Das ist doch absurd«, ging Milloy unvermittelt dazwischen, »wir sollten diesen Unsinn zu einem Abschluss bringen. Ich denke, wir sollten gehen, Ma'am, und zwar ohne dieses teuflische Dokument zu unterzeichnen.«

»Ruhe«, sagte die Queen. »Sergeant?«

Milloy schnaubte und hasste die Tatsache, dass er jede Diskussion verloren hatte, die er je mit der Frau geführt hatte. Was glaubte sie, wer sie war?

»Ma'am«, setzte Ash neu an, »Ihre Fingerabdrücke wurden an jedem Tatort und den meisten der Mordwaffen gefunden.«

Die Königin wirkte leicht perplex. Philip wachte endlich auf und spitzte die Ohren. Er betrachtetet seine Frau plötzlich mit ganz anderen Augen und lächelte.

»Liz, altes Schlachtross, ich hab mich schon gefragt, was du immer gemacht hast«, sagte er.

Sie warf ihm einen missbilligenden Blick zu, fand ihn aber trotz allem eigentlich immer noch toll und ließ es ihm durchgehen. Stattdessen wandte sie sich wieder an Ash.

»Wie kann das sein?«, fragte sie.

»Irgendjemand muss der Mörderin einen Abdruck Ihrer Fingerabdrücke gegeben haben, den diese am Tatort verteilt hat, um Ihnen Schaden zuzufügen.«

»Gute Güte«, sagte die Queen.

»Das ist ja alles hochinteressant«, ertönte scharf der italienische Akzent am anderen Ende des Tisches, »aber wie ich bereits zuvor erklärte, ist meine Zeit begrenzt. Ich muss wissen, ob Eure Majestät die Absicht hat, dieses Dokument heute Abend zu unterzeichnen?«

»Ja«, sagte Bethlehem hastig.

»Wir glauben nicht«, sagte die Queen. »Es tut mir Leid, Kardinal, aber wir sind der Ansicht, dass die Angelegenheit weiterer Verhandlungen bedarf. Richten Sie Seiner Exzellenz aus, dass dies nur einen kurzen Aufschub des Projektes bedeutet und es keinen Grund gibt, warum es nicht im Laufe der nächsten Woche oder so zu einem befriedigenden Abschluss gebracht werden kann.«

Kardinal Sodano senkte den Kopf. Es kümmerte ihn nicht besonders. Er hatte seine Dienstreise nach Paris bekommen. Dass er noch heute nach Rom zurückfliegen musste, war gelogen, und er hatte einen erfreulichen Abend vor sich. Die beiden Erzbischöfe erhoben sich, nickten Ihrer Majestät zu, und die drei Kleriker verließen den Raum.

Eine Uhr tickte. An den Wänden hingen Porträts von Kardinälen, Bischöfen und Päpsten, die streng auf sie herabblickten. Die Gemälde fielen Ash erst jetzt auf, und sie begann zu ahnen, was hier über die Bühne hatte gehen sollen. Sie blickte zu Barney und erkannte, dass auch er es mitgekriegt hatte. Sie sah die Königin an, die trotzig zurückstarrte.

Jetzt waren nur noch die Briten übrig, ein trauriger kleiner Haufen, der keinen mehr zum Spielen hatte. Der Gegner hatte nicht nur das Spielfeld verlassen, er hatte auch den Ball mitgenommen.

Kapitel 15

Sutherland Chardonnay 2003

Die globale Erwärmung eröffnet ständig neue Möglichkeiten. So bekommen die Bauern aus dem Nordwesten von Sutherland nun die Chance, Weinberge anzulegen und Winzer in der stolzesten Tradition ihrer französischen Vorfahren zu werden, die die Normandie 1066 verlassen haben.
Genießen Sie eine köstliche Flasche **Sutherland Chardonnay 2003** mit einem Hauch von Wind, Sand, Schafdung und Stechmücken, jetzt für 0,99 Pfund in Supermärkten und im Einzelhandel. Ein idealer Begleiter zu Fish'n'Chips.

Ash nickte den beiden Wachmännern zu und wies auf die Tür. Sie war sich nicht ganz sicher, wie sich die Situation weiterentwickeln würde, doch ihr Gefühl sagte ihr: je weniger Teilnehmer, desto besser. Die beiden sahen Ihre Majestät an, in deren Diensten sie standen. Ein kaum merkliches Nicken, das sie gut kannten, und sie waren verschwunden. Die Tür wurde geschlossen, und Ash setzte sich auf den von Sodano geräumten Stuhl. Barney, der sich nach wie vor ein wenig deplatziert fühlte, sah sich um, bevor er neben Bethlehem Platz nahm, was ihm klüger erschien, als sich neben Sweetlips zu setzen.

Plötzlich ruhten alle Augen auf Ash; sie war zum Dreh- und Angelpunkt der Versammlung geworden. Selbst Philip wirkte durch die Ereignisse animiert und hatte entschieden, dass er sich eigentlich doch recht gut amüsierte. Wenn jetzt einer der Diener noch einen späten Umtrunk reichen würde, wäre er in seinem Element.

»Wir sind uns nicht sicher«, sagte die Queen, »ob wir noch mehr über diese Angelegenheit erfahren wollen. Aber ich hoffe, Sie sind in der Lage, alles aufzuklären.«

Ash betrachtete ihr Gesicht und sah sich dann im Raum um. Milloy wusste mehr, als er sagte. Bei Bethlehem war sie sich nicht sicher, doch er hatte wahrscheinlich auch etwas Lohnendes beizutragen. Und Sweetlips, wer immer sie sein mochte, war die Mörderin? Dafür hatte sie keinen Beweis, und Sweetlips würde keinen Fehler machen, in keiner Situation. Bei Barney war sie sicher, dass er ihr alles erzählt hatte. Die Queen tappte bezüglich der Morde völlig im Dunkeln. Und Philip war nicht nur in einem anderen Stück als alle anderen Anwesenden, sondern vielmehr auf einem anderen Planeten.

»Ich glaube schon«, sagte sie. »Ich bitte um Verzeihung, dass ich Ihnen auf diese Weise in die Quere gekommen bin, Ma'am. Wenn Sie jetzt bitte gehen wollen, werde ich versuchen, der Sache auf den Grund zu gehen.«

Die Queen starrte Ash an, nickte und erhob sich langsam. Philip fuhr zusammen, überrascht, dass sie nicht länger blieben, und stand sofort auf. Auch Milloy erhob sich eilig, dachte, dass dies eine gute Gelegenheit wäre, sich flink zu verdrücken.

»Sie nicht«, sagte Ash und sah ihn kalt an. Sie genoss es, dass das Blatt sich gewendet hatte, und wünschte, Wildman könnte hier sein, um den Spaß mitzuerleben.

»Platz«, sagte die Queen wie zu einem ihrer grässlichen kleinen Köter.

Milloy atmete tief ein, überlegte, was er am besten tun und

ob er seiner Chefin widersprechen sollte, nahm dann jedoch langsam wieder Platz und starrte auf den Tisch. Die Königin warf Ash einen weiteren dankbaren Blick zu, ging zur Tür und wartete, dass Philip sie für sie öffnete. Nachdem die Tür hinter den beiden wieder zugefallen war, war Ash mit Barney Thomson, Thomas Bethlehem, Harlequin Sweetlips und Edward Milloy allein.

Barney fragte sich, ob er in seinem Leben je wieder das Gefühl haben würde, am richtigen Ort zu sein. Wohin er auch ging, er war immer der Außenseiter, jemand der zufällig im Hintergrund herumlungerte und mit dem Hauptereignis eigentlich gar nichts zu tun hatte, auch wenn er auf unerklärliche Weise damit verbunden schien. Aber wo war sein Platz? Wo konnte er sich aufhalten und sich als ein wichtiges Rädchen einer Maschine fühlen? Es gab nur eine Antwort. In einem Frisörsalon. Dorthin gehörte er, und sobald das alles hier vorbei war, würde er ins Hotel zurückkehren, seine Tasche voller Geld abholen und sich in den Zug nach Edinburgh setzen. Ein paar Tage, um alles vorzubereiten, und dann konnte er hinter einer Truppe Rentner stehen, die sich ihr graues Haar stutzen ließ und dabei über Rangers, Celtic und das Machtgleichgewicht im schottischen Fußball redeten. Dort war sein Platz.

Bethlehem musterte Ash und fragte sich, was sie tun würde und wie er die Kontrolle über die Situation zurückgewinnen konnte. Er hatte keine Ahnung, wer seine Leute ermordet hatte, und es war ihm auch egal. Garrett, der Schwachkopf, hatte sich deshalb Illusionen gemacht, er könnte die Agentur übernehmen, aber das hatte er problemlos abgeschmettert. Was ihm wirklich Sorgen bereitete, war das Desaster, zu dem sich diese Geschichte entwickelt hatte. Es war ein Riesenauftrag, der bei aller Kontroverse zu weiteren substanziellen

Aufträgen geführt hätte. Er musste sofort los, Schadensbegrenzung betreiben und den Deal retten. Das war alles, was zählte. Immerhin sah es so aus, als ob Milloy tief in der königlichen Scheiße steckte, was ein Vorteil war, weil der Typ ein einziges großes Hindernis gewesen war.

Milloy sah Ash an. Der Lauf der Dinge gefiel ihm gar nicht, und er hatte das Gefühl, er müsste seine Autorität wieder geltend machen. Gleichzeitig blickte er verstohlen zur Tür und überlegte, ob er nicht einfach trotzdem abhauen sollte. Die Königin war wahrscheinlich schon weg. Er konnte gehen, ihr, wenn er sie traf, irgendwelche Lügen auftischen, und war wieder in der Spur, um den Job zu erledigen, für den ihn seine anderen Auftraggeber angeheuert hatten. Aber egal ob er ging oder blieb, Sergeant Daniels würde von ihm gar nichts bekommen.

Als Mitglied der offiziellen Delegation war Harlequin Sweetlips nicht von den Sicherheitsleuten durchsucht worden. Ein absurdes Versäumnis, aber sie hatten sie schon so oft gesehen, dass sie sie einfach für einen Teil der Truppe hielten. So kam es, dass sie im Besitz eines Messers mit einer wunderschönen silbernen Klinge war. Sie überlegte, es einzusetzen und, wenn ja, gegen wen. In der Runde gab es keinen, der es nicht verdient hätte, außer Barney vielleicht, für den sie nach wie vor eine Schwäche hatte, was allerdings für sich genommen vielleicht auch schon Grund genug war. Es mit vieren gleichzeitig aufzunehmen, könnte allerdings schwierig werden. Drei Männer und eine Polizistin. Aber in der Gasse unweit der Charing Cross Road hatte sie auch den Zwei-Polizisten-zum-Preis-von-einem-Job gemacht, es war also nicht so, als ob es nicht machbar wäre. Und Milloy könnte sie anfangs natürlich verschonen, da er und sie theoretisch in derselben Mannschaft spielten.

»Das ist doch sinnlos, Sergeant«, ging Milloy zum Angriff über. »Sie haben hier keinerlei Amtsgewalt, und ich weiß wirklich nicht, was das bringen soll.«

»Die Wahrheit ist die Wahrheit, ganz gleich auf wessen Boden«, sagte Barney wütend über Milloy und die Gelegenheit nutzend, Ash zur Seite zu stehen.

»Sehr lyrisch«, sagte Milloy, »aber trotzdem nutzlos.«

»Sie haben versucht, mich umbringen zu lassen«, sagte Ash ungeschminkt.

»Die Sache mit dem Auto?«, fragte Milloy. »Damit habe ich nichts zu tun. Wenn ich Sie hätte umbringen lassen wollen, wären Sie jetzt tot.«

»Hören Sie doch auf«, gab sie zurück. »Ich glaube, Sie sind einfach ein Haufen Dilettanten.«

»Sie können mich mal«, sagte Milloy. »Warum sollte ich Sie umbringen, Sie Idiot? Ihre erbärmliche Ermittlung hat uns doch perfekt gepasst.«

»Was?«

Er atmete tief ein, um Abstand von dem Streit zu gewinnen, in den er sich hatte ziehen lassen. Er hielt Ashs Blick einen Moment stand, bevor er sich abwendete und sich umsah. Sweetlips schoss ihm einen Killerblick zu, den Ash bemerkte und zwischen beiden hin und her starrte.

»Wen genau meinen Sie in diesem Zusammenhang mit uns?«, fragte sie.

Milloy ignorierte die Frage, blickte kurz auf, ließ sich jedoch nicht erneut provozieren. Ash wartete und akzeptierte, dass sie so nicht weiterkam.

»Und Sie?«, fuhr sie an Sweetlips gewandt fort. »Was ist mit Ihnen?«

Sweetlips sah Barney an, und ein Lächeln umspielte ihre Mundwinkel. Sweetlips lächelte viel, und wegen ihrer tollen

Lippen beschwerte sich kaum jemand, aber es fing an, Ash auf die Nerven zu gehen.

»Würden Sie die Frage wohl beantworten?«, insistierte Ash.

Sweetlips löste ihren Blick zögerlich von Barney und sah Ash an. Sie versuchte die *Hinreißende-Frau-schaut-dir-tief-in-die-Augen-und-macht-dich-ganz-kirre*-Nummer abzuziehen, die allerdings bei anderen Frauen, die sie nicht leiden konnten, nicht so gut funktionierte.

»Ich denke, Mr. Milloy hat Recht«, sagte Sweetlips langsam. »Sie haben hier keinerlei Amtsgewalt, und dieses Gespräch erscheint mir wenig fruchtbar, so gerne ich Ihnen ein bisschen was über die Welt beibringen würde.«

Ein paar Sekunden starrte Ash sie noch an, bevor sie sich Bethlehem zuwandte.

»Ihnen ist das vermutlich scheißegal?«, fragte sie.

»Das hat doch alles keinen Sinn«, sagte Bethlehem.

»Dass Ihre Angestellten ermordet worden sind, kümmert Sie nicht?«

Bethlehem tippte mit dem Finger auf den Tisch. Der Ton gefiel ihm nicht, er wollte eigentlich auch nicht hier sitzen und sich diesen Mist anhören, wo er doch eigentlich da draußen sein sollte, um seinen Deal zu retten. Möglicherweise musste er dafür sogar noch nach Rom fliegen und mit dem großen Boss selber reden. Dies hier war reichlich überflüssig.

»Ja, Sergeant«, sagte er. »Da haben Sie Recht. Menschen sind austauschbar, vor allem in der Werbung. Es gibt immer einen anderen. Diese Kids brauchen nur jemanden, der sie leitet. Geben Sie mir einen Schwachkopf, und ich mache Ihnen in einer Woche einen Marketingfachmann daraus. *Ich* bin Bethlehem, Forsyth & Crane, wer die Fußsoldaten sind, ist kaum von Belang. Die meisten von ihnen kommen ohnehin nicht damit klar, mit jemandem zusammenzuarbeiten, der so dynamisch ist wie ich. Ich brauche sie nur zur Unterstützung, damit die großen Firmen wissen, dass wir ein Big Player sind. Aber im Grunde bin alles ich.«

Sie beobachtete Bethlehem und lauschte seiner leidenschaftlichen Schmährede auf seine Belegschaft, bemerkte jedoch auch das Zucken in Sweetlips' Augen und das leicht höhnische Grinsen um ihre Mundwinkel. Hier war eine Frau, die nicht der Meinung war, dass Thomas Bethlehem Bethlehem, Forsyth & Crane war.

Crane. Sie sah wieder Harlequin Sweetlips an. Margie Crane? Ergab das einen Sinn? Sie hatte jede Menge Fotos von Margie Crane gesehen. Passte das alles zusammen?

»Sie haben die Männer ermordet«, sagte Ash und zwang Sweetlips, den Blick von Bethlehem zu wenden und ihre Antipathie zu kaschieren.

Sweetlips lächelte. Sehr gut, dachte sie, nur dass du dafür eine kleine Ewigkeit gebraucht hast.

»Ich glaube kaum«, sagte sie. »Ich habe in den vergangenen sechs Monaten mit Thomas zusammengearbeitet. Warum sollte ich seine Leute ermorden?«

»Weil es ein Teil deines Wesens ist«, mischte sich Barney in das Gespräch ein wie ein galoppierendes Shetlandpony. »Man sieht es in deinen Augen, in jeder Faser deines Körpers, jeder Falte deines Gesichtes.«

»Was soll das heißen, in jeder Falte meines Gesichtes, du dreister Mistkerl?«, protestierte sie.

Barney lächelte. Das war immerhin ein Riss in der Fassade.

»Anfangs war ich mir nicht sicher, wen du getötet hast«, sagte Barney, »oder ob du überhaupt schon getötet hattest, aber wenn ich dich jetzt ansehe, weiß ich es. Du hast sie alle ermordet, jeden Einzelnen aus Bethlehems kleiner Versagertruppe.«

Sweetlips lachte in dem Versuch, die Konversation wieder in den Griff zu bekommen. Ash beobachtete die Gesichter von Bethlehem und Milloy, um zu ergründen, was in ihren Köpfen vor sich ging. Wenn Sweetlips tatsächlich die Mörderin war, hatte einer von beiden davon gewusst? Bethlehem wirkte desinteressiert und blickte verstohlen zur Tür, als wollte er am liebsten aufstehen und gehen. Ihm war es wirklich egal, und Ash war beinahe gewillt, ihn laufen zu lassen. Sollte Sweetlips sich als Serienmörderin herausstellen, wäre er vielleicht irritiert und ein wenig verwirrt, aber nicht wirklich verärgert oder wütend. Milloy hingegen wusste es bereits. Es interessierte ihn nicht, und er wollte einfach nur nicht im selben Raum sein wie alle anderen, ein Mann, der lieber an jedem anderen Ort des Planeten gewesen wäre.

»Barney, du hast doch selber das Herz eines Mörders«, sagte Sweetlips.

»Du versuchst nur abzulenken«, erwiderte er hastig.

»Nein«, sagte sie. »Deine Anwesenheit hier ist erklärungsbedürftig, nicht meine. Ich arbeite hier. Aber warum tauchst du ständig auf? Was ist deine Ausrede?«

»Die braucht er nicht«, sagte Ash. »Sagen Sie uns, was Sie wissen.«

»Ich weiß gar nichts«, sagte Sweetlips. »Sie können sich anstrengen, wie Sie wollen, Sie werden mich nicht mit einem der Tatorte in Verbindung bringen.«

Ash starrte über den Tisch und fragte sich, wie wahrscheinlich es war, dass ihr eine DNA-Analyse zur Hilfe kam. Irgendetwas musste sich finden lassen, aber es würde bedeuten, dass man Sweetlips zurück ins Vereinigte Königreich brachte, was ehrlich gesagt eher fraglich schien.

»Sie würden mich gern zurück nach Großbritannien bringen«, sagte Sweetlips, ihren Triumph wie gewohnt auskostend, das Lächeln wieder am Platz. »Klar komme ich mit, warum auch nicht? Ich habe nichts zu verbergen. Ich gebe Ihren Leuten eine Blutprobe, wenn Sie wollen. Mir würden da ein paar Methoden einfallen.«

Sweetlips lächelte Ash zuckersüß an und legte den Kopf auf eine kecke Audrey-Hepburn-Art zur Seite, die in Ash das Verlangen weckte, ihren Kopf zu Brei zu schlagen.

»Sie haben es schon«, sagte Barney, »wenn du also zu einem Gespräch mit Scotland Yard nach England zurückkehren willst, würden sie sich bestimmt freuen, dich zu sehen.«

»Was?«, fragte Sweetlips plötzlich gereizt. »Was soll das heißen?«

Die Maske gerät ins Rutschen, dachte Ash und sah Barney mit zusammengekniffenen Augen an, während sie sich fragte, was der Typ im Schilde führte. Sie hoffte, dass er sich rehabilitieren würde, das hatte sie sich schon fast den ganzen Abend gewünscht.

Milloy blickte auf, mit einem Mal zeigte er Interesse an den Ereignissen. Bethlehem hatte begonnen, seine Papiere zusammenzuraffen. Er machte sich auf den Weg.

»Ich habe ihnen bereits eine Probe gegeben«, sagte Barney.

»Wen kümmert's?«, fauchte Sweetlips, deren Lack deutlich abzublättern begann. »Wer interessiert sich einen Scheißdreck für deine Probe?«

»Nein, nicht meine Probe«, erwiderte Barney. »Ich habe ihnen eine Probe von dir gegeben. Du warst in meiner Wohnung und hast jede Menge Spuren hinterlassen. Irgendeine Übereinstimmung werden sie schon feststellen.«

»Du kannst mich mal, Barney«, sagte sie. »Und ich dachte schon, dein größter Fehler wäre gewesen, nicht mit mir zu schlafen, als du die Gelegenheit dazu hattest.«

Barney schüttelte den Kopf und mied Ashs Blick. Er wusste, dass er rehabilitiert war.

»Harley?«, schaltete Bethlehem sich ein und lächelte neugierig. »Du hast meine Männer umgebracht? Ich meine, es ist mir scheißegal, aber warum?«

»Crane!«, rief Milloy vom anderen Ende des Tisches. »Ich denke, das reicht. Wir gehen«, bellte er, stand auf und raffte die Dokumente vor sich zusammen, die für immer ohne Unterschrift bleiben würden.

Sweetlips schnaubte bei Erwähnung des Namens und sah ihren ehemaligen Partner über den Tisch hinweg an. Bethlehem lehnte sich zurück, das Böse, die Verlogenheit und das Unfassbare taten sich vor ihm auf. Diese Augen sagten alles, und schließlich erkannte er, was ihm in all den vergangenen Monaten aufgrund einer Rhinoplastik, einem Gewichtsverlust von knapp 40 Pfund, weißen Zähnen, einem Zahnpastalächeln und fabelhaftem Sex verborgen geblieben war.

»Margie?«, fragte Bethlehem. »Das ist nicht dein Ernst?«

Sie lachte erneut. Für sie lief es am Ende alles auf dasselbe hinaus. Rache. Ihre Rache gegen Thomas Bethlehem, weil er sie benutzt und ihr ein Messer in den Rücken gestoßen hatte. Rache an ihm und all den pickeligen kleinen Schwachköpfen, die nach seiner Pfeife tanzten. Die Nebenhandlung, Milloys absurder Deal mit der Church of England, bei der sie als mörderisches Werkzeug zur Inkriminierung der königlichen Familie agiert hatte, hatte sie nicht weiter interessiert. Sie hatte das Geld der Kirche genommen und lustvoll ausgegeben, aber es hatte ihr nichts bedeutet.

»Mrs. Crane«, sagte Milloy, »wir gehen jetzt.«

»Nein, das tun Sie nicht«, sagte Ash, sprang auf und versperrte den Weg zur Tür.

»Ich möchte noch einmal betonen«, sagte Milloy in dem

Versuch, den Verantwortlichen zu geben, der er offensichtlich nicht war, »dass Sie hier keinerlei Amtsgewalt haben. Das alles hat wenig Sinn.«

»Ich möchte es hören«, sagte Bethlehem.

»Was gibt es da zu hören?«, fragte Sweetlips. »Meinst du etwa, du kämst lebend hier raus?«

Ash blickte quer durch den Raum und sah Barney an. Sie wollte nicht noch mehr Morde, nicht direkt vor ihrer Nase, wenn sie nominell die Autoritätsperson war. Es hatte genug Tote gegeben. Es wurde Zeit, dass diese verwirrte, mörderisch derangierte, fanatische, rachsüchtige Verrückte endlich auspackte.

»Also los«, sagte Ash. »Sie haben Recht. Niemand von uns hat Amtsgewalt, es gibt keine Anwälte, nichts von dem, was Sie sagen, kann gegen Sie verwendet werden. Spucken Sie's aus, Margie Crane. Scheiß Sweetlips«, fügte Ash noch verächtlicher hinzu. Margie Crane klang trotz allem falsch. »Wo haben Sie das bloß her?«

»Sie können mich mal«, sagte Sweetlips und sah sich im Raum um. Sie war kurz davor, alles auszuplaudern, und Milloy wusste es. Bethlehem war immer noch verwirrt und versuchte zu begreifen, wie sehr man ihn an der Nase herumgeführt hatte. Das und die Tatsache, dass er monatelang mit Margie Crane gevögelt hatte, die er immer für eine Schreckschraube gehalten hatte. Barney beobachtete Milloy und wusste, was kam.

»Halten Sie den Mund!«, brüllte Milloy.

»Ihr könnt mich alle mal am Arsch lecken«, sagte Sweetlips. »Ich sage, was mir verdammt noch mal passt.«

Milloy biss die Zähne zusammen und überlegte, was er tun sollte. Ash bemerkte es nicht, weil sie nicht alle Bälle gleichzeitig jonglieren konnte. Vielleicht konnte Sweetlips unbehelligt entkommen, aber Milloy würde nie als Stabschef der Königin nach London zurückkehren, wenn all das ans Licht kam.

Er ließ die Unterlagen fallen und hechtete mit für seine Größe überraschender Behändigkeit über den Tisch, denn nicht umsonst war er früher bei der Royal Air Force gewesen. Barney sprang gleichzeitig auf, weil er die Aktion erwartet hatte. Er schoss über den Tisch auf Milloy zu, der seinerseits Sweetlips anvisierte. Doch Barney war zu langsam und der Abstand zu groß. Aber Sweetlips war ganz und gar nicht langsam und hatte das Ganze seit gut fünf Minuten kommen sehen. Sie hatte längst das Messer gezückt, sodass Milloy, als er sich auf sie stürzen wollte, genau auf der Klinge landete. Sie trat zur Seite und ließ ihn ungebremst auf den Boden fallen. Als Barney nahte, zog sie die Klinge aus Milloys Brust und stieß noch einmal zu, diesmal in seinen Rücken. Der gute Barney machte eine erstklassige Figur, kam aber Sekunden zu spät.

Sweetlips riss das Messer aus Milloys Rücken und tanzte mit einer Pirouette aus dem Weg, Barney krachte neben dem niedergestreckten Milloy auf den Boden. Sweetlips über ihm, bereit zum tödlichen Stoß, doch wie schon zuvor hielt irgendetwas ihre Hand zurück, und als Barney sich aufrichtete und auf die Füße rappelte, wich sie mit ausgestrecktem Messer zurück.

»Nicht schlecht, Sweetlips!«, sagte Ash und machte einen Schritt auf sie zu. »Ich habe hier vielleicht keine Amtsgewalt, wie Ihr Kumpel zu betonen nicht müde wurde, aber ich denke, die Leute werden Schlange stehen, um Sie für diesen Mord zu verhaften.«

»Leck mich am Arsch«, sagte Sweetlips, was zu einer Art Motto des Abends wurde, und rannte um den Tisch Richtung Tür. Ash, Barney und Bethlehem beobachteten sie und hatten alle drei ungefähr den gleichen Gedanken wie die Toten von BF & C: Sie mochte eine Mörderin sein, aber sie würde sie nicht erwischen.

Kapitel 16

Das Knäuel wird entwirrt

In dem neuen Inspector-Morse-Krimi von Colin Dexter erfahren wir, dass Morse eigentlich gar nicht gestorben ist, sondern in Wahrheit in einem Pub in Henley gelebt hat. Aus dem Ruhestand zurückbeordert von Detective Superintendent Lewis, soll er eine Mordserie unter den Dons von Oxford aufklären. Morse gerät in eine romantische Verwicklung mit einer Tussi mittleren Alters und strebt, bis zum Hals in Mord- und Frauengeschichten verstrickt und unsicher, wie er das Ganze bewältigen soll, zurück in seinen Pub.

»Du bist tot«, sagte Sweetlips und richtete das Messer auf Ash. Dann wandte sie sich an Bethlehem, der sich mit seinem Stuhl gedreht hatte, um die Action mitzubekommen, die sich in seinem Rücken abspielte. »Du bist so was von tot, dass es schon nicht mehr wahr ist. Und du«, schloss sie an Barney gewandt, »ich will dich nicht töten, aber du hast es drauf angelegt. Wie konntest du mich so verraten.«

Barney warf ihr einen *Schau-doch-mal-in-den-Spiegel-*Blick zu, und sie verzog mürrisch das Gesicht.

»Mein Gott«, sagte Ash. »Wissen Sie, ich glaube, ich will Ihre *Warum-ich-es-getan-habe-*Rede gar nicht hören. Sie sind völlig durchgeknallt.«

»Du bist als Erste dran«, gab Sweetlips zurück.

»Nicht, dass es mich wirklich interessieren würde«, sagte Bethlehem, »aber wie hast du es geschafft, all die Jungs aus der Firma dazu zu bringen, mit dir auszugehen?«

»Damit kommen wir aber gefährlich in Scooby-Doo-artiges *Warum-ich-es-getan-habe-*Gebiet«, sagte Ash, womit sie nicht Unrecht hatte.

Sweetlips lachte ein wenig irre. Sie wurde von Sekunde zu Sekunde uncooler.

»Deine reizenden bezahlten Lakaien haben alle für mich gearbeitet. Alle miteinander. Sie wussten, dass ich geplant habe, dich zu stürzen, und ich habe mich mit jedem einzeln verbündet. Sie dachten alle, dass ihr Name bald an der Eingangstür stehen würde, die Jammerlappen.«

»Aber ich bin doch derjenige, auf den du einen Hass hast«, sagte Bethlehem, »und ich leite die Agentur immer noch. Du warst schon immer eine Niete, Marge.«

»Ich habe deine Leute umgebracht«, kreischte sie.

»Das ist mir egal«, sagte Bethlehem langsam. »Wirklich, es kümmert mich einen Dreck. Fahr zurück nach London und bring noch ein paar mehr um. Ich kann dir die Adressen geben, wenn du willst.«

»Der Palast hat also Bethlehem & Co engagiert«, sagte Ash, »um den Übertritt der Krone von der Church of England zur katholischen Kirche zu promoten.«

»Genau«, sagte Bethlehem, bevor Sweetlips wieder irre kichern konnte, »und dafür sind wir auch weiterhin engagiert, und wir sind nach wie vor am Ball.«

»Träum weiter«, flötete Sweetlips, und Barney hätte es nicht treffender sagen können.

»Und Sie«, fuhr Ash an Sweetlips gewandt fort, »haben mit Bethlehem zusammengearbeitet, wurden aber gleichzeitig von jemand anderem bezahlt, um den Deal zu torpedieren. Also haben Sie Ihre Mordserie begonnen, egal, wer die Opfer waren, wobei es Ihren eigenen Interessen sehr gelegen kam, in Ihrer ehemaligen Firma zuzuschlagen, und das alles nur, um den Palast zu inkriminieren und zu vernichten.«

Sweetlips lächelte wieder ihr süßes Lächeln, was inzwischen jedoch eher psychopathisch wirkte.

»Also wirklich, du bist mir doch ein richtiger kleiner beschissener Inspector Morse«, sagte sie.

»Aber es hat nicht richtig funktioniert, was? Kein Mensch redet darüber.«

»Das ist mir scheißgal«, sagte Sweetlips. »Das ist nicht mein Problem.«

»Wessen Problem ist es denn dann? Wer hat Sie bezahlt, den Deal zu vereiteln?«, fragte Ash.

»Ja?«, sagte Bethlehem.

Sweetlips schüttelte den Kopf.

»Manche Dinge bleiben lieber ungesagt, auch wenn ihr alle miteinander sterben werdet.«

»Die Church of England«, sagte Barney, und Bethlehem und Ash starrten ihn an. »Die hatte am meisten zu verlieren.«

Ein Augenblick der Klarsicht. Brillant, dachte Sweetlips und witterte eine neue Chance. Mit abgewandtem Kopf war Bethlehem ein leichtes Ziel. Obwohl sie wusste, dass es im Grunde unvermeidlich war, hatte Ash es nicht kommen sehen. Und so nahm Sweetlips die definitive Rache, die sie seit Jahren geplant hatte, die Rache, für deren Ausführung sie so viel auf sich genommen hatte.

In einem Gewirr aus Armen und Beinen hatte sie sich auf Bethlehem gestürzt und stieß das Messer immer wieder in seinen Körper, von einer Seite auf die andere, wild um sich schlagend, und in jenem hedonistischen Akt ultimativer Vergeltung verlor sie endgültig jede Fassung. Bethlehem ergab sich ihrer Wut, sein Kopf eine einzige blutige Masse. Ash stürzte sich quer durch den Raum auf Sweetlips und zerrte sie von ihm weg zu Boden. Dabei glitt auch Bethlehems Körper von seinem Stuhl, eine langsame, wunderbar stille Bewegung, bis sein blutiger Schädel dumpf von der Tischplatte abprallte und sein Körper grausam verrenkt zu Boden sank.

Sweetlips war sofort wieder auf den Beinen, über und über von Bethlehems spritzendem Blut besudelt. Barney sprang über den Tisch, um Ash zu schützen, falls sie als Nächste an der Reihe war. Ash rappelte sich schwer atmend und kampfbereit hoch. Sweetlips wich zurück und stand jetzt ein paar Meter von ihren Gegnern entfernt direkt neben der Tür.

Ein paar Sekunden verstrichen, während alle die Situation einschätzten. Zwei von vieren erledigt. Sweetlips war blutüberströmt, eine Wahnsinnige, die zu allem fähig war. Ash wollte sie zur Strecke bringen. Barney fand sich inmitten eines dieser gigantischen Gemetzel wieder, in die er immer wieder zu geraten schien, und konnte plötzlich die Nordsee sehen, die sich träge und grau vor ihm erstreckte, während er am Fenster seines kleinen Frisörsalons stand und zusah, wie die Reste der Fischereiflotte der Ostküste in See stachen. Bei dem Gedanken entspannte er sich, was in dieser Situation wahrscheinlich ziemlich dumm war, aber er wusste, dass er als Nächstes genau dorthin gehen würde. Nur ein paar hundert Meilen weit weg, aber Lichtjahre entfernt von den Harlequin Sweetlips, Thomas Bethlehems und Jools Garretts dieser Welt.

»Leg das Messer weg«, sagte Barney.

Sweetlips atmete schwer aus aufgeblähten Nüstern und Lippen, die gar nicht mehr süß waren, und starrte ihn mit einem irren Lächeln an. Sie würde diesen Raum auf gar keinen Fall in irgendeiner Form von Begleitung verlassen. Sie hatte von Anfang an geplant, als Einzige aufrecht hinauszugehen, und die Tatsache, dass sie dafür weniger Menschen töten musste, als sie anfangs gedacht hatte, hatte ihrem Ehrgeiz keinen Abbruch getan.

»Tun Sie, was er sagt«, drängte Ashley Daniels. »Legen Sie das Messer weg, und wir können über alles reden.«

Na gut, dachte Ash, als Sweetlips in ein wirklich nervtötendes irres Kichern ausbrach, das war kein besonders intelligenter Beitrag. Wenn alles voller Blut ist und eine Verrückte auf Hochtouren mit einem Messer danebensteht, gibt es nichts zu reden. Zumindest nicht für die Verrückte mit dem Messer.

»Du kommst als Nächste dran, Sweetlips«, sagte Sweetlips mit einem Blick auf Ashs Lippen, die tatsächlich süß waren. Dann warf sie einen warnenden Blick zu Barney, der einen Schritt auf sie zugemacht hatte. »Denk nicht mal dran, Barn«, sagte sie. »Stell dir vor: nur wir beide, du und ich. Bis jetzt habe ich dich verschont. Wir könnten die Welt beherrschen!«

Barney bedachte sie mit einem *Was-soll-der-Scheiß*-Blick.

»Wie willst du das anstellen?«, fragte er. »Alle umbringen, damit nur noch wir beide übrig sind?«

»Halt die Klappe, Barney!«, schrie sie ihn an.

»Also, das ist wirklich das Blödeste, was ich je von einem von euch Wichsern gehört habe«, fuhr er fort. »Leg das Messer weg und hör auf solchen Müll zu quatschen.«

So macht man das. Man muss sie demütigen, damit kriegt man sie.

Die glatte, elegante und anmutige Fassade von Harlequin Sweetlips bröckelte endgültig, und ein komplett außer Kontrolle geratenes Ungeheuer kam zum Vorschein, womit sie ihren Vorteil verspielt hatte. Sie stürzte von blanker Wut getrieben auf Barney los und vergaß alles, womit sie die Männer so lange dominiert und sogar umgebracht hatte, wenn sie sich wehren wollten.

Barney wappnete sich gegen den Angriff, während Sweetlips mit erhobenem Messer auf ihn zustürzte. Plötzlich spürte sie einen Hieb von der Seite und geriet ins Taumeln, als Ash ihr das Messer aus der Hand schlug. Sweetlips stolperte auf Barney zu, und der Gute zögerte nicht, ihr mit aller Wucht ins Gesicht zu schlagen, eine wunderschöne Gerade mit geschlossener Faust, der ihren Kopf beim Fall nach hinten schnellen ließ. Mit blutigem Gesicht drehte sie sich blitzschnell zur Seite, doch da kam Ash bereits herangestürmt. Sweetlips war kaum wieder auf den Beinen, als Ash auch schon über ihr war und heftig auf ihren Hals und ihr Gesicht einschlug. Sweetlips wich den Schlägen aus, war jedoch erkennbar in der Defensive.

Barney machte einen Satz durch das Zimmer und schnappte sich das Messer. Er wusste, was zu tun war. Mit jemandem wie Harlequin Sweetlips gab es keine halben Sachen.

Ash landete einen erstklassig gezielten Kopfstoß mitten in Sweetlips' Gesicht, sie packte ihren Kragen und setzte zu einem weiteren Stoß auf die Nase an. Aber dafür war Sweetlips zu gut, man durfte ihr keine Armfreiheit lassen. Mit enormer Kraft riss sie die Hände hoch und erwischte Ash an beiden Seiten des Halses. Ash schrie auf und riss instinktiv die Hände hoch, wodurch Sweetlips sich aufrichten und Ash abschütteln konnte und sich mit einem perfekt gezielten Kopfstoß auf Ashs Nase revanchierte.

Ash taumelte nach hinten, zwei Mal getroffen und beinahe geschlagen. Sweetlips stürzte sich auf sie und packte wieder ihren Hals. Nach der entsprechenden amerikanischen Ausbildung konnte Harlequin Sweetlips einem Opfer in zwei Sekunden das Genick brechen.

Doch kaum hatten ihre Hände sich um den wehrlosen und verletzten Hals von Ashley Daniels geschlossen, da zuckte Sweetlips plötzlich, und ihr Griff wurde schwach, weil jemand ihr das eigene Messer kraftvoll in den Nacken gestoßen hatte. Sie fuhr herum, als Barney das Messer gerade herauszog, sodass es, als er zum zweiten Mal zustieß, tief in ihren Hals drang. Sweetlip fixierte Barney Thomson, den Mann, den sie verschont hatte und der ihr jetzt buchstäblich das Messer in den Rücken gerammt hatte, mit starrem Blick, bevor sie von ihm abließ und tot zu Boden sank.

Barney stand schwer atmend über ihr, mit kaltem Blick, das Herz seltsam ruhig. Er vergewisserte sich, dass sie tot war, indem er ihren Kopf mit dem Fuß auf dem Boden hin und her rollte. Er bückte sich, überprüfte ihren Atem, der wie erwartet für immer ausgesetzt hatte. Trotzdem hatte er das Gefühl, dass Sweetlips eine Frau von der Sorte war, bei der man sich nie ganz sicher sein konnte.

Er überlegte, erneut mit dem Messer zuzustoßen, ließ es dann aber. Die Frau war tot. Er sah Ash an, die, Blut und Gewebefetzen im Gesicht, eine Hand an ihrer Nase, die andere an ihrem Hals, auf dem Boden saß und die endlich niedergestreckte Sweetlips betrachtete, während ihr Polizistinnenverstand sich bereits zu fragen begann, wie sie all das den französischen Behörden erklären sollte.

»Das ist ja in etwa so glatt gelaufen, wie man es erwarten konnte«, meinte Barney, und Ash stieß zwischen all dem Blut ein schmerzhaftes gurgelndes Lachen aus.

Kapitel 17

Exron Epilog

Der Abend ist zu Ende gegangen und Sie wissen nicht, ob Sie schlafen gehen oder noch eineinhalb Stunden vor dem Fernseher abhängen wollen, weil Sie wissen, dass Sie auf dem Sofa sabbernd vor dem Bildschirm einschlafen werden, während ihr Gehirn hellwach sein wird, sobald sie erschöpft ins Bett kriechen, damit Sie sich wegen allem auf diesem Planeten Sorgen machen können.
Was Sie brauchen, ist das brandneue **Exron Epilog**. Mit dem stärksten Schlafmittel der Welt ist **Exron Epilog** so wirkungsvoll, dass Sie vielleicht gar nicht mehr aufwachen. Nie wieder.
Exron Epilog. Mörderisch effektiv.

Da das Leben nun mal in Kreisen verläuft, saß Barney ein weiteres Mal an Ashs Krankenhausbett. Sie hatte schwere Blutergüsse am Hals, einen Verband über der Nase und ein blaues Auge. Er war unverletzt entkommen und hatte nur eine weitere Leiche auf dem Gewissen. Ash war direkt ins Krankenhaus gebracht worden, nichts allzu Ernsthaftes, sodass sie in ein paar Stunden entlassen werden sollte. Barney war in Polizeigewahrsam genommen worden, nachdem er beim Eintreffen der Gendarmerie den Mord an Sweetlips gestanden hatte. Er hatte eigentlich erwartet, eine lange Zeit dort zu verbringen, worauf er sich unverzüglich das gebotene Phlegma eingeredet hatte, aber eine Intervention auf höchster diplomatischer Ebene hatte Barneys Freilassung nach nur wenigen Stunden bewirkt. (Die Queen hatte ein letztes Mal ihre Rolle in dem Verfahren gespielt, den französischen Behörden gedankt und pflichtschuldig gelobt, sich an den restlichen drei Tagen ihres Besuches jedem Programmpunkt mit voller Konzentration zu widmen.)

»Du siehst beschissen aus«, sagte Barney.

Ash lächelte unter ihrem Verband und den Blutergüssen.

»Was machst du denn hier?«, fragte sie, wobei ihre Stimme wegen der verbundenen und verbogenen Nase ein wenig seltsam klang.

»Keine Ahnung«, sagte Barney. »Die haben mich aus heiterem Himmel entlassen. Offenbar wurden alle Tatvorwürfe fallen gelassen. Ich glaube, das habe ich jemandem von ganz oben zu verdanken.«

Ash nickte, was sie wegen der Schmerzen in ihrem Nacken jedoch sofort wieder einstellte.

»Das war der verrückteste Abend meines Lebens«, sagte sie.

»Findest du?«, fragte Barney. »Ich hatte da schon ein paar, die locker mithalten könnten.«

»Mein Gott«, sagte sie. »Erzählst du mir irgendwann davon?«

»Klar«, sagte Barney. »Kann ich machen.«

Sie schwiegen beide. Nachdem der Schaden des frühen Abends behoben war, herrschte wieder unausgesprochenes Verständnis zwischen ihnen. Es gibt nichts, was einer Freundin mehr Sicherheit bezüglich einer potenziellen Rivalin gibt, als wenn man der Rivalin ein Messer in den Hals stößt. Das überzeugt garantiert jedes Mal.

»Willst du immer noch zurück nach Schottland?«, fragte sie.

»Ich denke schon«, sagte Barney. »Vielleicht ein oder zwei Tage später als geplant, aber dort gehöre ich hin.«

Sie nickte wieder und verzog erneut das Gesicht.

»Brauchst du Gesellschaft?«

Barney sah ihr in die Augen, ein strahlendes Weiß inmitten der Verfärbungen ihres Gesichts.

»Bist du sicher, dass du mit nach Schottland kommen willst?«, fragte er. »Es regnet dauernd.«

»Das habe ich auch schon gehört. Ein paar Tage halte ich es aus. Vielleicht eine Woche oder zwei. Mal sehen, wie wir uns verstehen, was?«

»Ja«, sagte Barney. »Es gibt natürlich Leute, die nur für ein oder zwei Wochen nach Schottland kommen und für immer bleiben. Da muss man vorsichtig sein.«

Ash streckte ihre Hand unter der Decke aus, so wie sie es getan hatte, als sie vor ein paar Nächten Besuch von Gott hatte. Barney streckte seine Hand aus und fasste ihre Finger, eine Berührung, die beide wie einen Stromstoß erlebten, bevor sie sich zurücklehnten und sich tief in die Augen sahen.

Eine Stunde später war Ash eingeschlafen, und Barney löste sich widerwillig von ihrer Seite, um zu dem Kaffeeautomaten im Flur zu gehen. Er wollte eigentlich eine anständige Tasse Tee, musste aber, da sie in Frankreich waren, einsehen, dass das aussichtslos war.

Er suchte die erforderlichen zwei Euros zusammen und nahm gerade seinen Becher aus dem Automaten, als neben ihm ein Mann mit schmalem Gesicht und Pferdeschwanz auftauchte.

»Barney«, sagte er und beugte sich zu dem Automaten.

»Hi«, sagte Barney, musterte den Mann und fragte sich, woher er ihn kannte. Irgendwas an seinem Gesicht kam ihm bekannt vor, aber er konnte es nicht unterbringen.

»Wie geht es ihr?«, fragte Gott.

»Ash? Ihr geht es gut«, sagte Barney. »Ihr Gesicht ist ein bisschen zermatscht, aber das verheilt wieder. Kennen Sie sie?«

»Wir haben uns mal getroffen«, sagte Gott und fügte rasch hinzu, »du kennst mich nicht?«

»Glaube nicht«, erwiderte Barney. Gott nahm seinen Kaffee aus dem Automaten, und die beiden Männer schlenderten zu den bequemen Sesseln, die entlang des Korridors aufgereiht waren.

»Ich bin Gott«, sagte Gott und setzte sich. »*Der* Gott, bevor du fragst.«

Barney lächelte, nahm neben ihm Platz und nippte an seinem Kaffee.

»Nun«, sagte er, »ich bin bereit, das zu glauben. Wie soll ich Sie nennen?«

»Du kannst mich eigentlich nennen, wie du willst«, sagte Gott. »Das ist mir egal. Mir gefällt Chief ganz gut, ehrlich gesagt.«

»Chief?«

»Ja«, sagte er, »das haben die Proclaimers benutzt, und seither höre ich es immer gern.«

»Verstehe«, sagte Barney. »Alles klar, Chief.«

Nach einer kurzen Denkpause musste Gott lachen, und von diesem Lachen war Barney ebenso hingerissen wie Ash in der Nacht zuvor.

»Der achttaktige B-Teil von *I'm On My Way*«, sagte Gott. »Himmlisch, absolut himmlisch.«

»Ja«, sagte Barney. »Al Jolsen.« Und lächelte bei dem Gedanken.

»Oben bei uns dürfen wir es natürlich nicht spielen«, sagte Gott, »was einer der Gründe ist, warum ich mich so oft in diesen Breiten rumtreibe.«

Die beiden Männer versanken in ein behagliches Schweigen. Gott genoss seinen Kaffee, Barney starrte auf den Boden.

»Du schuldest ihr eine Menge«, sagte Gott.

»Ja«, sagte Barney, der irgendwie wusste, wovon der Herr redete, selbst wenn er es nicht verstand.

»Wenn du ihr irgendwas antust, bring ich dich um«, sagte Gott. »Hast du mich verstanden?«

»Absolut«, sagte Barney, der die Begegnung trotz der Drohung immer noch angenehm fand. »Ich passe auf sie auf.«

»Das weiß ich«, sagte er freundlich. »Okay, mein Sohn, ich mach mich auf den Weg. Viel zu tun. Pass auf dich auf, Sportsfreund.«

»Danke, Chief«, sagte Barney, während Gott seinen Kaffee austrank, aufstand und den Becher in einen Papierkorb warf.

»Ja«, sagte Gott und sah sich noch einmal um. »Diese Sache in dem Auto, als du beinahe ums Leben gekommen wärst.«

»Ja?«

»Das war McKee, der versucht hat, dich umzubringen, weil er dachte, dass du ihn beschissen hast.«

Barney nickte nachdenklich. Es war also ein Anschlag auf ihn und nicht auf Ash gewesen. Nun, das war eine weitere Premiere in seinem verrückten Leben.

»Also, du weißt schon«, sagte Gott. »Pass gut auf Ash auf.«

»Mach ich.«

Gott nickte befriedigt darüber, dass er einen guten Mann für Ashs Schutz gefunden hatte, drehte sich um und war verschwunden. Barney sah ihm nach, stand auf und ging zurück in das Zimmer, in dem Ash schlief. Er stellte seinen Kaffee auf den Nachttisch, beugte sich über sie, küsste sie auf die Stirn und setzte sich auf den Stuhl neben ihrem Bett.

Barneys Freilassung durch die französische Polizei hatte zwei Gründe gehabt. Der eine war, wie Barney vermutet hatte, die Intervention auf höchster diplomatischer Ebene. Der andere war, dass Barney den Mord an einer Person gestanden hatte, deren Leiche die Polizei nie gefunden hatte.

Barney und Ash hatten ein ansonsten leeres Haus von zweifelhafter Eigentümerschaft verlassen. Sie hatten die Polizei und nicht die britische Botschaft alarmiert, weil Ash der Gedanke an ein gigantisches diplomatisches Vertuschungsmanöver nicht behagte, wo alles unter den Teppich gekehrt wurde. Auf der Treppe vor dem Haus hatten sie auf die Polizei gewartet, den Schneeflocken zugesehen und sich innerlich gereinigt gefühlt.

Die Polizei war eingetroffen, man hatte die Überlebenden vernommen und Barneys Aussage aufgenommen. Sein Geständnis des Mordes an Harlequin Sweetlips hatte die Polizisten allerdings stutzen lassen, weil in dem Haus, in dem die Morde stattgefunden hatten, nur zwei Leichen lagen. Die von Thomas Bethlehem und Edward Milloy. Ein Messer oder Harlequin Sweetlips wurde nicht gefunden. Wo immer sie war, sie hatte nicht tot in dem Zimmer gelegen. Harlequin Sweetlips, die Frau, die alle für Margie Crane gehalten hatten, war verschwunden.

Epilog

Die Exron-Manager waren sehr beeindruckt von der Präsentation von Bethlehem, Forsyth & Crane. Die Tatsache, dass keiner der aktuellen Vertreter der Agentur schon dort gewesen war, als der Auftrag besprochen worden war, hatte sie anfangs irritiert, schien jedoch jetzt belanglos. Es war offensichtlich, dass sie Qualitätsarbeit bekamen.

Nigel Okocha, plötzlich Geschäftsführer Kreation der Agentur, machte einen Spitzenjob. Ein Produkt war noch übrig, und er wusste, dass er sie fest an der Angel hatte.

»Zum Schluss kommen wir zu dem Exron-Kondom«, sagte Okocha und die Manager des jüngsten Toilettenartikelherstellers auf dem Planeten beugten sich vor.

»Wir nennen es«, fuhr Okocha fort, »das SGS-Kondom. Ein Typ und eine Tussi, die im Bett liegen, ganz schlicht in postkoitaler Wonne. Wie zwei Leute, die gerade den besten Sex ihres Lebens hatten, wissen Sie. Dann kommt der Slogan: SGS-Kondome von Exron. Für ein einmaliges Erlebnis, jede Nacht.«

Die Slipeinlagen-Männer nickten lächelnd.

»SGS?«, fragte einer der Milchbärte nervös.

Okocha lächelte listig. Er wusste, dass er sie hatte.

»Wir sagen es nie«, erklärte er. »Nie. Aber wir streuen es als einen dieser modernen urbanen Mythen, die sich von selbst im Land verbreiten. Es ist nie offiziell, aber jeder weiß es. Jedes Mal, wenn die Menschen ein Plakat, einen Werbespot oder eine Anzeige in einer Zeitschrift sehen, werden sie es wissen und trotzdem das Gefühl haben, dass sie über Insiderkenntnisse verfügen, die sonst niemand hat. Es wird großartig.«

Die Slipeinlagen-Männer waren total gebannt. Sie beugten sich noch weiter vor.

»Verraten Sie's uns«, sagte einer von ihnen.

»Ja«, sagte ein anderer, »verraten Sie's uns.«

Okocha machte einen Schritt nach vorn. Die Runde wartete gespannt, es herrschte angespanntes Schweigen. Das Auditorium war gefesselt. Über ihnen flog ein Flugzeug eine weitere seiner endlosen Warteschleifen vor der Landung in Heathrow. Ein paar Touristenboote gingen auf dem Fluss ihrem wenig ergiebigen Erwerb nach. Autos rasten unten auf der Westferry, zu schnell für den Regen. Okocha nickte, und das Lächeln in seinem Gesicht erstarb. Er riss die Augen auf, das Lächeln kehrte zurück, und als er sprach, tat er es langsam und selbstbewusst, die Worte betonend wie George Clooney in *From Dusk 'Til Dawn*.

»Super Geiler Sex.«

Drei Monate später wurde in einem Wald fünfzehn Meilen westlich von Birmingham eine Leiche gefunden. Sie war gründlich vergraben worden, doch der Mörder hatte sich nicht mit dem Bauentwicklungsplan der Gegend beschäftigt und daher die Bulldozer nicht vorhergesehen, die dem Wäldchen den Garaus machten.

Die Autopsie ergab, dass die Frau irgendwann Mitte Januar erstochen worden war. Aufgrund zahnmedizinischer Unterlagen ließ sich die Leiche zweifelsfrei identifizieren.

Wer immer Harlequin Sweetlips war und wo immer sie jetzt sein mochte, da sie offensichtlich nicht in dem Besprechungszimmer der Villa in Paris geblieben war, sie war nicht Margie Crane, denn Margie Crane hatte längst tot im Wald gelegen, bevor die erste Spitzenkraft von Bethlehem, Forsyth & Crane gemeuchelt worden war.